Odeio
te amar

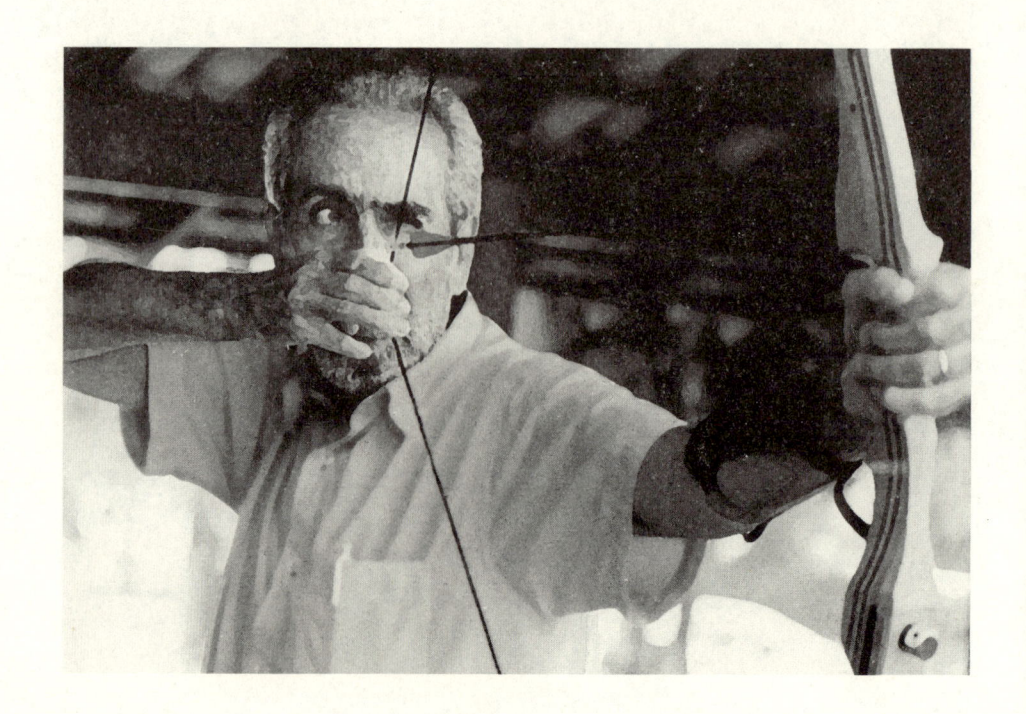

O Arqueiro

GERALDO JORDÃO PEREIRA (1938-2008) começou sua carreira aos 17 anos, quando foi trabalhar com seu pai, o célebre editor José Olympio, publicando obras marcantes como *O menino do dedo verde*, de Maurice Druon, e *Minha vida*, de Charles Chaplin.

Em 1976, fundou a Editora Salamandra com o propósito de formar uma nova geração de leitores e acabou criando um dos catálogos infantis mais premiados do Brasil. Em 1992, fugindo de sua linha editorial, lançou *Muitas vidas, muitos mestres*, de Brian Weiss, livro que deu origem à Editora Sextante.

Fã de histórias de suspense, Geraldo descobriu *O Código Da Vinci* antes mesmo de ele ser lançado nos Estados Unidos. A aposta em ficção, que não era o foco da Sextante, foi certeira: o título se transformou em um dos maiores fenômenos editoriais de todos os tempos.

Mas não foi só aos livros que se dedicou. Com seu desejo de ajudar o próximo, Geraldo desenvolveu diversos projetos sociais que se tornaram sua grande paixão.

Com a missão de publicar histórias empolgantes, tornar os livros cada vez mais acessíveis e despertar o amor pela leitura, a Editora Arqueiro é uma homenagem a esta figura extraordinária, capaz de enxergar mais além, mirar nas coisas verdadeiramente importantes e não perder o idealismo e a esperança diante dos desafios e contratempos da vida.

ALI HAZELWOOD

Odeio te amar

ARQUEIRO

Título original: *Loathe to Love You*

Títulos originais das histórias: *Under One Roof, Stuck with You* e *Below Zero*

Copyright © 2023 por Ali Hazelwood
Sob o mesmo teto, Presa com você e *Abaixo de zero*
Copyright © 2022 por Ali Hazelwood
Copyright da tradução © 2023 por Editora Arqueiro Ltda.

coordenação editorial: Gabriel Machado
produção editorial: Ana Sarah Maciel
tradução: Roberta Clapp
preparo de originais: Melissa Lopes Leite
revisão: Carolina Rodrigues, Jean Marcel Montassier e Mariana Bard
diagramação e capa: Gustavo Cardozo
ilustração de capa: lilithsaur
impressão e acabamento: Lis Gráfica e Editora Ltda.

CIP-BRASIL. CATALOGAÇÃO NA PUBLICAÇÃO
SINDICATO NACIONAL DOS EDITORES DE LIVROS, RJ

H337a
    Hazelwood, Ali
       Odeio te amar / Ali Hazelwood ; tradução Roberta Clapp. - 1. ed. - São Paulo : Arqueiro, 2023.
       352 p. ; 23 cm.

    Tradução de: Loathe to love you
    ISBN 978-65-5565-478-3

    1. Ficção italiana. I. Clapp, Roberta. II. Título.

23-82310   CDD: 853
                   CDU: 82-3(450)

Meri Gleice Rodrigues de Souza - Bibliotecária - CRB-7/6439

Todos os direitos reservados, no Brasil, por
Editora Arqueiro Ltda.
Rua Artur de Azevedo, 1.767 – Conj. 177 – Pinheiros
05404-014 – São Paulo – SP
Tel.: (11) 2894-4987
E-mail: atendimento@editoraarqueiro.com.br
www.editoraarqueiro.com.br

Sumário

Sob o
mesmo teto

Para Becca, a melhor pessoa do mundo e a que
deu a melhor ideia de todas.

Prólogo

Olho para a pilha de louça na pia e chego a uma dolorosa conclusão: estou apaixonada.

Pensando melhor... Risca isso. Eu já sabia que estava apaixonada. Mas, mesmo que não soubesse, eis um indício inquestionável: o fato de não ser capaz de olhar para um escorredor de macarrão e uma dúzia de garfos sujos sem imaginar Liam apoiado na bancada, aqueles olhos escuros, os braços cruzados; sem ouvir sua voz severa e ao mesmo tempo brincalhona me perguntando "É uma instalação pós-moderna? Ou só acabou o detergente?".

Eu me dou conta disso logo depois de chegar em casa tarde e perceber que ele deixou a luz da varanda acesa para mim. Isso... Ah, isso sempre faz meu coração disparar de um jeito meio gostoso, meio aflitivo. Outra coisa que também faz o coração disparar: quando me lembro de apagá-la depois de entrar. Algo bastante atípico para mim e possivelmente um sinal de que a gororoba de chia que ele vem me servindo no café da manhã toda vez que estou atrasada para o trabalho está realmente deixando meu cérebro mais inteligente.

Que bom que eu decidi me mudar. É o melhor a fazer. Essas palpitações são insustentáveis a longo prazo, tanto para minha saúde mental quanto para o sistema cardiovascular. Sou apenas uma mera iniciante nessa coisa de estar apaixonada, mas posso afirmar com conhecimento de causa que morar com um cara que você antes odiava e por quem, de alguma maneira, acabou se apaixonando *não é* uma atitude sensata. Confie em mim: eu tenho um doutorado.

(Em uma área totalmente distinta, mas ainda assim…)

Sabe o que é bom em estar apaixonada? O frio na barriga constante, que me faz olhar para a pilha de louça e achar que limpar a cozinha pode ser uma atividade divertida. Quando Liam entra, estou dando conta da urgência inesperada de encher a máquina de lavar-louça o mais rápido possível. Olho para ele, noto a maneira como esse homem praticamente preenche o batente da porta e ordeno ao meu coração que não dispare. Ele o faz mesmo assim, e dá até uma aceleradinha extra só para me mostrar quem é que manda por aqui.

Meu coração é um babaca.

– Você provavelmente está se perguntando se tem um atirador de elite apontando pra mim, me forçando a lavar a louça – digo para Liam.

Sorrio para ele sem de fato esperar que ele retribua o sorriso, porque, afinal, é o Liam. É quase impossível decifrar sua expressão, mas faz tempo que parei de tentar *ver* se ele acha graça das coisas e apenas me permito *sentir*. É uma sensação gostosa e acolhedora, e quero me banhar nela. Quero fazê-lo balançar a cabeça, dizer "Mara" naquele tom dele e rir a contragosto. Quero ficar na ponta dos pés, esticar a mão para afastar a mecha de cabelo escuro da testa dele, me aninhar no seu peito e sentir o cheiro fresco e delicioso de sua pele.

Mas duvido que *ele* queira qualquer uma dessas coisas. Então me viro para lavar uma tigela de cereal escondida sob o escorredor de macarrão.

– Achei que um dos esporos parasitas que a gente viu naquele documentário estivesse controlando a sua mente – rebate ele.

Sua voz é grave. Intensa. Eu vou sentir tanta falta dela, mas *tanta…*

– Eram cirrípedes. Tá vendo? Eu sabia que você tinha pegado no sono no meio do vídeo. – Ele não responde. O que é bom, porque… é o Liam. Um sujeito de poucos sorrisos e ainda menos palavras. – Então, sabe o cachorro do vizinho? Aquele filhote de buldogue francês? Ele deve ter fugido durante um passeio, porque veio correndo na minha direção do nada, no meio da rua. Com a guia presa no pescoço e tudo. – Estico o braço para pegar um pano de prato e minha mão esbarra nele. Ele está parado bem atrás de mim agora. – Opa. Desculpa. Enfim, eu trouxe o cachorro de volta pra casa e ele é tão fofinho...

Eu paro. Porque de repente Liam não está apenas parado *atrás de* mim. Estou sendo espremida contra a pia, os ossos do meu quadril encostando na bancada, e tem uma parede de calor gigantesca às minhas costas.

Ai, meu Deus.

Ele... Ele tropeçou? Deve ter tropeçado. Isso é um acidente.

– Liam?

– Tudo bem por você, Mara? – pergunta ele, mas sem se afastar.

Ele fica exatamente onde está, a parte da frente do corpo pressionada contra minhas costas, as mãos apoiadas na bancada, uma de cada lado dos meus quadris, e... Isso é um sonho lúcido ou algo do tipo? É um acidente cardiovascular provocado por palpitações cardíacas? Meu cérebro está convertendo minhas fantasias noturnas mais constrangedoras em alucinações?

– Liam? – Minha voz sai em um gemido, porque ele está cheirando meu cabelo.

Sinto seu nariz e sua boca bem acima da minha têmpora, e parece algo deliberado. Está bem longe de ser um acidente. Ele está...? Não. Não, com certeza não.

Mas suas mãos deslizam pela minha barriga, e é esse gesto que me sugere que isso aqui é diferente. Não parece um daqueles momentos em que nossos braços se tocam por acidente no corredor e nos quais ando pensando obcecadamente – vivo repetindo a mim mesma para parar com isso. Não parece aquela vez que tropecei no fio do computador e quase caí no colo dele nem o instante em que ele gentilmente segurou meu pulso para ver se a queimadura que sofri enquanto cozinhava tinha sido muito feia. Isso parece...

– Liam?

– Shhh. – Sinto seus lábios na minha têmpora, quentes e reconfortantes. – Tá tudo bem, Mara.

Algo quente e líquido começa a rodopiar dentro da minha barriga.

Capítulo Um

SEIS MESES ATRÁS

– Acho nada a ver dizer que, quando duas pessoas se dão bem de primeira, *o santo delas bateu*. Como assim o "santo bateu"? Eles trocam soquinhos camaradas? De onde saiu isso? Não faz o menor sentido. Ser legal com a pessoa que divide a casa com você não adianta nada, então? Porque, se o tal santo não "bater", não tem mais nada a fazer...

– Moça? – diz o motorista do Uber, parecendo se sentir culpado por interromper minha lenga-lenga pré-apocalíptica. – Só pra avisar que estamos a uns cinco minutos do seu destino.

Dou um sorriso que é um misto de "Obrigada" e "Desculpa" e olho para o celular. Os rostos das minhas duas melhores amigas ocupam a tela inteira. Então, no canto superior, estou eu: mais carrancuda do que de costume (o que se justifica), mais pálida do que de costume (será que isso é possível?) e mais ruiva do que de costume (deve ser o filtro, né?).

– É um questionamento totalmente válido, Mara – diz Sadie com uma expressão confusa –, e eu dou força pra você mandar as suas, hum, reclamações bastante pertinentes às autoridades linguísticas encarregadas desses assuntos, mas... na verdade eu só perguntei como foi o velório.

– Sim, Mara... como fo... velório? – pergunta Hannah.

A conexão dela está péssima, mas vamos em frente.

Isso, imagino eu, é o que acontece quando você conhece suas melhores amigas na pós-graduação: em um minuto você está feliz à beça, segurando seu diploma de engenharia novinho em folha, rindo em meio à quinta rodada de drinques Midori Sours. No seguinte, você está aos prantos porque as três seguirão caminhos separados. O FaceTime se torna tão necessário quanto o oxigênio. Não há nenhum drinque verde neon à vista. Seus monólogos levemente perturbados não acontecem na privacidade do apartamento que vocês dividem, mas no banco traseiro semipúblico de um Uber enquanto você está a caminho de uma conversa muito, *muito* estranha com alguém.

Sabe o que mais odeio nesse lance de ficar adulta? É que, em algum momento, você precisa crescer. Sadie está projetando edifícios sofisticados e ecossustentáveis em Nova York. Hannah está congelando em alguma estação de pesquisa do Ártico que a Nasa instalou na Noruega. E quanto a mim…

Eu estou aqui, em Washington, para começar no meu emprego dos sonhos – cientista da EPA, a agência de proteção ambiental americana. Em tese, eu deveria estar soltando fogos de artifício, e soltaria mesmo se me desse bem com o tal do Liam…

– O velório da Helena foi… interessante. – Eu me recosto no assento. – Acho que esta é a vantagem de saber que se está prestes a morrer: você começa a intimidar um pouco as pessoas. Fala pra elas que, se não tocar "Karma Chameleon" quando baixam o caixão, o seu fantasma vai assombrar toda a família por gerações.

– Fico feliz de você ter conseguido estar com ela nos últimos dias – diz Sadie.

Abro um sorriso, já com saudade, antes de contar:

– Ela foi uma cretina até o fim. Trapaceou na nossa última partida de xadrez. Como se não fosse ganhar de mim de qualquer maneira.

Sinto falta dela numa intensidade desmedida. Helena Harding, minha orientadora de doutorado e mentora ao longo dos últimos oito anos, era minha família de uma forma que meus parentes de sangue, frios e distantes, jamais tiveram vontade de ser. Mas ela também era idosa, sentia muitas dores e, como gostava de dizer, estava "ansiosa para encarar projetos mais desafiadores".

– Foi muito gentil da parte dela deixar pra você a casa em Washington – comenta Hannah. Ela deve ter ido para um fiorde melhor, porque dessa vez eu consigo de fato entender o que diz. – Agora você vai ter um lugar seu, não importa o que aconteça.

É verdade. Tudo isso é verdade, e sou imensamente grata. O presente de Helena foi tão generoso quanto inesperado, sem dúvida a coisa mais gentil que alguém já fez por mim. Mas a leitura do testamento foi há uma semana, e tem algo que não tive oportunidade de contar às minhas amigas.

– Sobre isso...

– Ih... – Vejo dois pares de sobrancelhas arqueadas. – O que aconteceu?

– É... complicado.

– *Adoro* – diz Sadie. – É dramático também? Deixa eu pegar uns lencinhos.

– Não sei direito ainda. – Respiro fundo para reunir forças. – A casa que Helena deixou pra mim, pelo que parece, não era exatamente... dela.

– O quê?! – exclama Sadie, abortando a missão dos lenços e franzindo a testa.

– Bem, ela é a dona. Mas apenas... da metade.

– E quem é o dono da *outra* metade? – indaga Hannah, sempre direta ao ponto.

– Originalmente, o irmão da Helena, que morreu e deixou pros filhos. Então o mais novo comprou a parte dos outros, e agora ele é o único dono. Quer dizer, além de mim. – Eu pigarreio. – O nome dele é Liam. Liam Harding. É um advogado de uns 30 e poucos anos. E atualmente mora na casa. Sozinho.

Os olhos de Sadie se arregalam e ela exclama:

– Puta merda! Helena sabia disso?

– Não faço a menor ideia. Dá pra imaginar que sim, mas os Hardings são muito esquisitos. – Dou de ombros. – Dinheiro de família. Muito dinheiro. Pensem nos Vanderbilts. Nos Kennedys. O que essa gente rica tem na cabeça?

– Provavelmente monóculos – diz Hannah.

Assinto e dou meu palpite:

– Ou arbustos esculpidos.

– Cocaína.

– Torneios de polo.

– Abotoaduras.

– Peraí – nos interrompe Sadie. – O que Liam Vanderbilt Kennedy Harding disse sobre tudo isso no velório?

– Excelente pergunta, mas… ele não apareceu.

– Ele não foi *ao velório da tia*?

– Ele não tem muito contato com a família. Complicações de mais, suponho. – Toco o queixo. – Talvez eles estejam menos para Vanderbilts e mais para Kardashians.

– Está dizendo que ele não sabe que você é dona da outra metade da casa dele?

– Consegui o número dele e entrei em contato pra dizer que daria uma passada lá. – Faço uma pausa antes de acrescentar: – Por mensagem de texto. Ainda não nos falamos. – Outra pausa. – E, na verdade, ele não… respondeu.

– Não estou gostando nada disso – dizem Sadie e Hannah em uníssono.

Em qualquer outra ocasião eu daria risada dessa sintonia entre elas, mas tem uma outra coisa que ainda não contei. Algo de que vão gostar menos ainda.

– Deixa eu contar uma curiosidade sobre Liam Harding… Vocês sabem que Helena era, tipo, a Oprah da ciência ambiental, né? – Mordo meu lábio inferior. – E que ela sempre brincava, dizendo que a família inteira era composta principalmente por acadêmicos de inclinação liberal que queriam salvar o mundo das garras das grandes corporações?

– Aham.

– O sobrinho dela é advogado da FGP Corp.

Só de dizer isso sinto vontade de fazer um gargarejo com enxaguante bucal. E ainda passar fio dental. Meu dentista ficaria orgulhoso.

– FGP Corp… Aquele pessoal dos combustíveis fósseis? – indaga Sadie, um sulco profundo aparecendo no meio da testa. – A galera do petróleo? Os magnatas?

– Isso aí.

– Ah, meu *Deus*. Ele sabe que você é cientista ambiental?

– Bom, eu dei meu nome pra ele. E pra achar o meu perfil do LinkedIn basta pesquisar no Google. Será que gente rica usa o LinkedIn?

– Ninguém usa o LinkedIn, Mara – diz Sadie, e esfrega a têmpora. – Minha nossa, isso não é bom.

– Não é tão ruim assim.

– Você não pode ir se encontrar com ele sozinha.

– Eu vou ficar bem.

– O cara vai te matar. Você vai matar o cara. Vocês vão se matar.

– Eu… talvez?

Fecho os olhos. Faz 72 horas que estou tentando me convencer a não entrar em pânico, e os resultados não têm sido muito satisfatórios. Não posso pirar agora.

– Acreditem em mim – continuo –, ele é a última pessoa com quem eu quero dividir a propriedade de um imóvel. Mas Helena deixou metade da casa pra mim, e eu meio que preciso disso. Devo uma grana em financiamento estudantil, e Washington é uma cidade muito cara. De repente eu posso ficar lá um tempinho. Economizar o dinheiro do aluguel. É uma decisão responsável em termos financeiros, né?

Sadie cobre o rosto com a mão e Hannah diz, exaltada:

– Mara, dez minutos atrás você era uma estudante de pós-graduação. Está só um pouquinho acima da linha da pobreza. *Não deixa* ele te expulsar dessa casa de jeito nenhum.

– Talvez ele nem se importe! Na verdade, saber que ele mora lá até me surpreende. Não me entendam mal, a casa é boa, mas… – Paro de falar, pensando nas fotos que vi, nas horas que passei no Google Street View aproximando as imagens, tentando assimilar o fato de que Helena se importava comigo o suficiente para *me deixar uma casa*. É uma bela propriedade, sem dúvida, mas parece mais uma residência familiar. Não é o que eu esperaria de um advogado bem-sucedido que provavelmente ganha o PIB anual de um país europeu por hora de trabalho. – Os advogados poderosos não moram em coberturas luxuosas no quinquagésimo andar de um prédio, com bidês dourados, adegas de conhaque e estátuas de si mesmos? Pelo que sei, ele mal fica em casa. Então vou simplesmente ser sincera com ele. Explicar a minha situação. Tenho certeza de que poderemos encontrar alguma solução que…

– Chegamos – diz o motorista com um sorriso.

Eu retribuo, não muito empolgada.

– Se você não mandar mensagem daqui a meia hora – diz Hannah em um tom muito sério –, vou concluir que Liam Magnata do Petróleo está te fazendo de refém no porão e vou chamar a polícia.

– Ah, não se preocupa. Lembra daquela aula de kickboxing que fiz no terceiro ano do doutorado? E daquela vez no festival do morango, quando botei pra correr aquele cara que tentou roubar a sua torta?

– Era um garotinho de 8 anos, Mara. E você *não* botou o menino pra correr. Você deu a sua torta pra ele e um beijinho na testa do moleque. Manda uma mensagem daqui a trinta minutos, ou eu vou chamar a polícia.

Eu a fuzilo com o olhar.

– Isso se um urso-polar não te atacar nesse meio-tempo.

– Sadie está em Nova York, e ela tem o telefone da polícia de Washington nos favoritos.

– Isso. – Sadie faz que sim com a cabeça. – Estou configurando aqui nesse segundo.

Começo a ficar nervosa no momento em que desço do carro, e a sensação vai piorando conforme arrasto minha mala pela calçada – uma pesada bola de ansiedade se aninhando lentamente no meu peito. Paro no meio do caminho para respirar fundo. A culpa disso é de Hannah e Sadie, cuja preocupação excessiva aparentemente é contagiosa. Eu vou ficar bem. Vai ficar tudo bem. Liam Harding e eu teremos uma conversa agradável e tranquila e encontraremos a melhor solução possível e que seja satisfatória para...

Observo o jardim de início de outono ao meu redor e perco a linha de raciocínio.

É uma casa simples. Grande, mas sem sinal de arbustos esculpidos, gazebos rococós ou aqueles gnomos assustadores. Apenas um gramado bem-cuidado com um cantinho ou outro com paisagismo, uma meia dúzia de árvores que não reconheço e um grande deque de madeira mobiliado com peças que parecem confortáveis. À luz do sol do fim da tarde, os tijolos vermelhos dão à casa uma aparência aconchegante. E cada centímetro quadrado do lugar parece salpicado com o amarelo quente das folhas de ginkgo.

Inspiro o cheiro de grama, casca de árvore e sol e, quando meus pulmões estão cheios, dou uma risadinha. Eu poderia facilmente me apaixonar por este lugar. É possível que já tenha me apaixonado? Meu primeiro amor à primeira vista?

Talvez tenha sido por isso que Helena deixou o imóvel para mim, porque ela imaginava que eu teria uma conexão imediata com ele. Ou talvez saber que ela me queria aqui faz com que eu me sinta pronta para abrir meu coração para a casa. Não importa: sinto que poderia ter um lar aqui, e Helena está mais uma vez sendo intrometida, só que agora do além. Afinal, ela vivia falando sobre como queria que eu realmente tivesse uma sensação de pertencimento.

– *Sabe, Mara, dá pra ver que você se sente sozinha* – dizia ela sempre que eu dava uma passadinha em sua sala para conversar.

– *Como você sabe?*

– *Porque só quem se sente sozinha escreve fanfics sobre* The Bachelor *no tempo livre.*

– *Não é fanfic. Está mais pra um metacomentário sobre os temas epistemológicos que surgem em cada episódio e... meu blog tem* muitos *leitores!*

– *Escuta, você é uma moça brilhante. E todo mundo gosta de ruivas. Por que não sai com um dos nerds do seu grupinho? De preferência o que não tem cheiro de adubo.*

– *Porque eles são todos uns idiotas que ficam perguntando quando eu vou desistir e me matricular em economia doméstica.*

– *Hum. Esse é de fato* um bom motivo.

Talvez Helena finalmente tivesse percebido que qualquer esperança de eu me relacionar com *alguém* era uma causa perdida e decidira canalizar seus esforços para que eu me relacionasse com *algum lugar*. Quase consigo vê-la soltando uma gargalhada de bruxa, e isso faz com que eu sinta falta dela com uma intensidade ainda maior.

Em um estado de espírito bem mais leve, deixo minha mala na varanda (ninguém vai roubá-la, não do jeito que está, coberta de adesivos do tipo EU ♥ RECICLAGEM, SALVAR O PLANETA ESTÁ EM NOSSAS MÃOS e ACREDITE EM MIM, EU SOU ENGENHEIRA AMBIENTAL). Passo a mão pelos meus longos cachos, esperando que não estejam muito revoltos (provavelmente estão). Lembro a mim mesma que é improvável que Liam Harding seja uma ameaça – apenas um garotão rico e mimado com a profundidade de uma prancha de surfe e que não pode me intimidar – e estico o braço para tocar a campainha. Só que a porta se abre antes que eu possa alcançá-la, e eu me deparo com um...

Um peitoral.

Um peitoral largo e definido sob uma camisa social. E uma gravata. E um paletó escuro.

O peitoral está ligado a outras partes do corpo, mas é tão largo que por um momento é a única coisa que dá para ver. Logo consigo ajustar o foco e finalmente noto o resto: pernas compridas e musculosas preenchendo a calça do terno. Ombros e braços se estendendo por quilômetros. Um queixo quadrado e lábios carnudos. Cabelos escuros e curtos e um par de olhos de um tom um pouco mais escuro que o dos cabelos.

Então percebo que estão fixados em mim. Analisando-me com o mesmo interesse ávido e confuso. O sujeito parece incapaz de desviar o olhar, como se estivesse enfeitiçado em algum nível elementar e profundamente físico. Fico aliviada, porque também não consigo desviar o olhar. Nem quero.

A atração que sinto por ele é como um soco na barriga. Isso confunde o meu cérebro e me faz esquecer de que estou diante de um desconhecido. De que eu deveria dizer alguma coisa. De que o calor que estou sentindo é provavelmente inadequado.

Ele pigarreia, parecendo tão atarantado quanto eu.

Eu sorrio.

– Oi – digo, um pouco sem fôlego.

– Oi. – Ele parece se sentir exatamente como eu. Umedece os lábios, como se de repente sua boca estivesse seca, e *uau*. É uma bela visão. – Posso… te ajudar em alguma coisa?

A voz dele é linda. Grave. Intensa. Um pouco rouca. Eu poderia me casar com essa voz. Eu poderia transar com essa voz. Eu poderia ouvir essa voz para sempre e abrir mão de qualquer outro som. Mas talvez eu devesse primeiro responder à pergunta.

– Você… é… mora aqui?

– Acho que sim – diz ele, como se estivesse atônito demais para lembrar. Isso me faz rir.

– Que bom. Eu vim aqui pra… – O que eu vim fazer aqui? Ah. Sim. – Eu estou procurando, é… Liam. Liam Harding. Sabe onde posso encontrá-lo?

– Aqui. Eu sou ele. – Ele pigarreia de novo. Está corando? – Quer dizer… Sou o Liam.

– Ah. – Ah, não. Ah, *não*. Não, não. Não. – Eu sou a Mara. Mara Floyd. A… amiga da Helena. Eu vim aqui por causa da casa.

A postura de Liam muda *instantaneamente.*

Ele fecha os olhos por um segundo, como alguém faz quando recebe uma notícia trágica. Por um instante, parece se sentir traído, como se alguém lhe tivesse dado um presente precioso apenas para roubá-lo de suas mãos no segundo em que foi desembrulhado. Quando ele diz "É você", há um tom amargo em sua bela voz.

Ele vira as costas e entra pelo corredor. Eu hesito por um momento, perguntando-me o que fazer. Ele não fechou a porta, então quer que eu o acompanhe. É isso? Não faço ideia. De todo modo, sou dona de metade da casa, então provavelmente não seria invasão de propriedade, certo? Dou de ombros e me apresso atrás dele, tentando acompanhar suas pernas muito mais compridas, sem assimilar quase nada do meu entorno até chegarmos a uma sala de estar.

Que é impressionante. A casa é cheia de janelas imensas e o piso é de madeira – meu Deus, isso é uma *lareira*? Eu quero tostar marshmallows nela. Quero assar um leitão inteiro. Com uma maçã na boca.

– Estou muito feliz por podermos enfim conversar pessoalmente – digo a Liam, um pouco sem fôlego. Só agora estou me recuperando… do que quer que tenha acontecido na porta. Brinco com a pulseira no meu braço, observando-o escrever algo em um pedaço de papel. – Sinto muito pela Helena. Sua tia era minha pessoa favorita no mundo inteiro. Não sei por que ela decidiu deixar a casa pra mim, e entendo que essa divisão seja um pouco inesperada, mas…

Eu paro quando ele dobra o papel e o entrega para mim. O cara é tão alto que preciso erguer o queixo para encontrar os seus olhos.

– O que é isso?

Eu não espero pela resposta e desdobro o papel.

Há um número escrito nele. Um número com zeros. Muitos zeros. Eu olho para cima, confusa.

– O que significa isso?

Ele me encara. Não há vestígios do homem atônito e hesitante que me cumprimentou alguns minutos antes. Esta versão de Liam é friamente bonita e segura de si.

– Dinheiro.

– Dinheiro?

Ele faz que sim com a cabeça.

– Não entendi.

– Pela sua metade da casa – diz ele, impaciente, e de repente minha ficha cai: ele está tentando comprar a minha parte.

Olho para o papel. É mais dinheiro do que jamais tive – ou terei – na vida. Engenharia ambiental não é uma carreira lucrativa, pelo que parece. E eu não entendo muito sobre o mercado imobiliário, mas presumo que essa quantia esteja *muito* acima do valor real da casa.

– Desculpa. Acho que houve algum mal-entendido. Eu não vou… Eu não… – Respiro fundo. – Eu acho que não quero vender a casa.

Liam me encara, inexpressivo.

– Você *acha*?

– *Não quero*. Vender a casa, eu quis dizer.

Ele balança a cabeça uma vez, secamente. E então pergunta:

– Quanto?

– O quê?

– Quanto você quer a mais?

– Não, eu… eu não estou interessada em vender a casa – repito. – Eu simplesmente não posso fazer isso. Helena…

– O dobro é suficiente?

– *O dobro…* Como você… Você tem *cadáveres* enterrados nos canteiros do jardim?

Os olhos dele parecem blocos de gelo.

– Quanto quer a mais?

Será que ele está me ouvindo? Por que essa insistência? Para onde foi aquele rubor fofo e juvenil? Na porta, ele parecia tão…

Deixa para lá. Eu estava claramente errada.

– Eu simplesmente não posso vender a casa. Desculpa. Mas talvez a gente consiga encontrar uma outra saída nos próximos dias. Não tenho onde morar em Washington, então estava pensando em ficar aqui por um tempo…

Ele solta uma risada silenciosa. Então percebe que estou falando sério e balança a cabeça.

– Não.

– Bom… – Tento ser razoável. – A casa parece grande, e…

– Você não vai morar aqui.

Eu respiro fundo.

– Eu entendo. Mas a minha situação financeira é bastante precária. Vou começar num emprego novo daqui a dois dias, e é muito perto daqui. Seria perfeito morar nesta casa por um tempo, até eu me organizar.

– Eu acabei de oferecer para você a solução de todos os seus problemas financeiros.

Eu estremeço.

– Não é tão simples assim.

Ou talvez seja. Não sei, porque não consigo parar de me lembrar das folhas de ginkgo pousando nas hortênsias e de imaginar como elas seriam na primavera. Talvez Helena quisesse que eu visse o jardim em todas as estações. Se o desejo dela fosse que eu vendesse a casa, ela teria me deixado uma quantia em dinheiro. Certo?

– Tenho motivos pra não querer vender – continuo. – Mas a gente pode tentar arranjar uma solução. Por exemplo, eu poderia, é… alugar temporariamente a minha metade da casa pra você e usar o dinheiro pra ficar em outro lugar.

Dessa forma, eu não abriria mão do presente de Helena. Ficaria fora do caminho de Liam e acima da linha da pobreza. Bem, *um pouquinho* acima. E, no futuro, quando Liam se casar com a namorada (que provavelmente é uma CEO da Fortune 500 capaz de listar as trinta principais empresas do Dow Jones por ordem de valor de mercado e assina alguma newsletter de tratamentos alternativos esdrúxulos), se mudar para uma mansão em Potomac e iniciar uma dinastia político-econômica, eu poderia revisitar este lugar. Morar aqui, como parece ter sido o desejo de Helena. Quer dizer, se até lá eu tiver recebido um aumento e puder pagar a conta de água sozinha.

É uma proposta justa, certo? Errado. Porque a resposta de Liam é:

– Não.

Caramba, ele adora essa palavra.

– Mas por que não? Você obviamente tem dinheiro…

– Quero resolver isso de uma vez por todas. Quem é o seu advogado?

Estou prestes a rir na cara dele e fazer uma piada sobre minha "equipe jurídica" quando o iPhone dele toca. Ele verifica o identificador de chamadas e xinga baixinho.

– Preciso atender. Não sai daí – ordena ele, mandão demais para o meu gosto. Antes de deixar a sala, ele me fulmina com seus olhos frios e severos e declara: – Esta casa não é e *nunca* será sua.

Então é isso.

Essa frase é a última pá de cal. Bem, além do tom condescendente, dominador e arrogante que ele usou para falar comigo nos últimos dois minutos. Entrei nesta casa totalmente disposta a ter uma conversa produtiva. Dei a ele várias opções, mas ele me ignorou e agora estou ficando *irritada*. Legalmente, tenho tanto direito de estar aqui quanto ele, e se ele se recusar a reconhecer isso...

Bem, azar o dele.

Com a raiva borbulhando na garganta, rasgo o papel que Liam me deu e coloco os quatro pedaços sobre a mesinha de centro para que ele os encontre mais tarde. Em seguida, volto para a varanda, pego minha mala e começo a procurar um quarto que não esteja ocupado.

Adivinhem só?, escrevo na mensagem de texto para Sadie e Hannah. A *doutora* Mara Floyd acaba de se mudar para sua nova casa. E o nosso santo definitivamente não bateu.

Capítulo Dois

CINCO MESES E DUAS SEMANAS ATRÁS

Eu não tenho tempo para isso.

Estou atrasada para o trabalho. Tenho uma reunião daqui a meia hora. Ainda preciso escovar os dentes *e* o cabelo.

Eu *realmente* não tenho tempo para isso.

No entanto, como sou boba, cedo à tentação. Bato a porta da geladeira, apoio as costas nela, cruzo os braços do jeito mais ameaçador possível e olho para Liam do outro lado da cozinha.

– Eu sei que você anda usando meu creme pra café.

É um desperdício de energia. Porque Liam fica parado ao lado da ilha, tão impassível quanto o granito da bancada, espalhando manteiga calmamente em uma fatia de torrada. Ele não responde. Não olha para mim. Apenas continua passando manteiga, imperturbável, e pergunta:

– É mesmo?

– Você não é tão furtivo quanto pensa, colega. – Dirijo a ele meu olhar mais furioso. – E, se isso por acaso for uma espécie de tática de intimidação, não está funcionando.

Ele acena com a cabeça. Ainda imperturbável.

– Já informou à polícia?

– O quê?

Ele dá de ombros, seus ombros largos e idiotas. Está vestindo um terno, porque está *sempre* vestindo um terno. Um terno de três peças cinza-escuro que lhe cai perfeitamente bem – e ao mesmo tempo nem um pouco bem, porque ele não tem o corpo de um executivo malvado. Será que, durante o treinamento obrigatório chamado "Como Matar a Terra", ele estagiou como perfurador de plataforma de petróleo?

– Esse suposto roubo do creme pra café parece afligir demais você. Já informou à polícia?

Preciso respirar fundo. Em Washington, o crime de homicídio pode ser punido com até trinta anos de prisão. Sei disso porque pesquisei no dia seguinte à minha mudança. Se bem que o júri jamais me condenaria – não se eu contasse os horrores aos quais tenho sido submetida nas últimas semanas. Eles certamente considerariam a morte de Liam legítima defesa. Talvez até me dessem um troféu.

– Liam, eu estou me esforçando. *Estou* realmente me esforçando pra fazer isso funcionar. Já parou pra se perguntar se não é *você* que está bancando o babaca?

Desta vez ele olha para mim. Seus olhos estão tão frios que meu corpo inteiro estremece.

– Eu tentei. Uma vez. E, quando eu estava perto de um pequeno avanço, alguém começou a tocar a trilha sonora de *Frozen* no último volume.

Sinto meu rosto corar.

– Eu estava limpando meu quarto. Não fazia ideia de que você estava em casa.

– Hum.

Ele assente e então faz algo que eu não esperava: se aproxima. Dá alguns passos lentos em meio à bela combinação de eletrodomésticos ultramodernos e móveis clássicos da cozinha até ficar bem perto e acima de mim. Olha para baixo como se eu fosse uma infestação de formigas da qual ele achava que tinha se livrado havia muito tempo. Ele cheira a xampu e tecido caro, e ainda está segurando a faca de manteiga. Será que é possível esfaquear alguém com isso? Não sei, mas Liam Harding dá a impressão de ser capaz de matar alguém (ou seja, eu) com uma bexiga inflável.

– Esse seu creme pra café pode até ser um apoio emocional pra você, mas não prejudica o meio ambiente, não, Mara? – pergunta ele, a voz baixa e grave. – Pensa no impacto dos alimentos ultraprocessados. Nos ingredientes tóxicos. Em todo aquele plástico.

Ele é tão condescendente que eu seria capaz de mordê-lo. Em vez disso, endireito os ombros e me aproximo ainda mais.

– Eu faço uma coisa da qual você provavelmente nunca ouviu falar. Se chama *reciclagem*.

– É mesmo?

Ele apoia a faca na bancada e olha para um ponto ao meu lado, na direção das lixeiras que instalei depois que me mudei para cá. Elas estão transbordando, mas só porque estive muito ocupada para levar os recicláveis até o centro de coleta. E ele *sabe* disso.

– Não tem coleta no bairro – admito. – Mas eu pretendo levar até o... O que você está...?

As mãos de Liam se fecham em volta da minha cintura, os dedos tão longos que se encontram nas minhas costas *e* acima do meu umbigo. Meu cérebro falha. O que diabos ele está...?

Ele me levanta até que eu esteja pairando acima do chão e, depois, sem esforço algum, me move alguns centímetros para o lado. Como se eu fosse tão leve quanto uma caixa da Amazon, uma daquelas gigantes que, por algum motivo, têm apenas um único desodorante dentro. Eu balbucio alguma coisa, o mais indignada que consigo, mas ele não presta atenção em mim. Em vez disso, abre a geladeira, pega um pote de geleia de framboesa e murmura:

– Então é melhor você ir logo – diz ele com um último olhar longo e intenso.

Ele volta para sua torrada, e eu volto a não existir em seu universo. Maravilha.

Saio da cozinha resmungando, um pouco nervosa e absolutamente tomada por sentimentos homicidas, ainda sentindo as palmas das mãos dele pressionando minha pele. *Quando ele estiver dormindo... Eu juro que vou matá-lo quando ele estiver dormindo. Quando ele menos esperar. E depois vou comemorar jogando frascos vazios de creme para café sobre o cadáver dele.*

Dez minutos depois, estou suando de raiva, caminhando para o trabalho durante uma videochamada emergencial de desabafo (desabafocall) com Sadie. Houve muitas dessas nas últimas semanas. *Muitas.*

– ... ele nem toma café. Isso significa que ele ou está jogando creme na privada pra me irritar, ou tomando como se fosse água… e eu sinceramente não sei qual opção seria pior, porque, por um lado, uma porção tem umas 640 calorias, e Liam mesmo assim consegue ter apenas três por cento de gordura corporal, mas, por outro, arranjar tempo na sua agenda lotada pra *me privar* do *meu* creme é um gesto de crueldade sem precedentes, que ninguém deveria jamais… – Paro de falar quando percebo sua expressão confusa. – O que foi?

– Nada.

Semicerro os olhos.

– Que olhar esquisito é esse?

– Nada, nada. – Ela balança a cabeça enfaticamente. – É só que…

– O quê?

– Você está falando sobre o Liam sem parar há – ela levanta uma sobrancelha – oito minutos seguidos, Mara.

Minhas bochechas queimam.

– Desculpa, eu…

– Não me leve a mal, eu estou *amando*. Ouvir você reclamar é minha trilha sonora favorita, recomendo demais. É que nunca te vi desse jeito, sabe? Nós moramos cinco anos juntas. Você só queria saber de concessões e harmonia e *"Imagine all the people…"*.

Eu *tento* levar a vida sem disparar raiva para todos os lados o tempo todo. Meus pais eram o tipo de gente que provavelmente não deveria ter filhos: autocentrados, nada afetuosos, impacientes para que eu saísse de casa e eles pudessem transformar o meu quarto em um armário de sapatos. Sei conviver com outras pessoas e minimizar conflitos porque faço isso desde os 17 anos – há dez anos. *Viver e deixar viver* é uma habilidade crucial em qualquer espaço compartilhado, e eu precisei dominá-la depressa. E ainda a domino. De verdade. Só não tenho certeza se *quero* deixar Liam Harding viver.

– Estou tentando, Sadie, mas não sou eu que continua baixando o maldito termostato pra congelar a casa. Quem não se dá o trabalho de apagar as luzes antes de sair… Nossa conta de luz é *surreal*. Dois dias atrás, cheguei em casa depois do trabalho e a única pessoa na casa era um cara aleatório sentado no meu sofá que me ofereceu meu próprio biscoito de queijo. Achei que fosse um assassino que o Liam tinha contratado pra me matar!

– Meu Deus. E era?

– Não. Era o Calvin, amigo do Liam, que é tragicamente um milhão de vezes mais legal que ele. A questão é que o Liam é o tipo de babaca que convida as pessoas pra dormirem lá quando ele não está em casa – e sem me avisar. Além disso, por que diabos ele não consegue dizer "Oi" quando me vê? E por que é psicologicamente incapaz de fechar os armários da cozinha? Ele tem algum trauma profundo que o levou a decorar a casa exclusivamente com ilustrações de árvores em preto e branco? Está ciente de que não precisa bater a porta toda vez que sai? E realmente tem que chamar seus amigos idiotas todos os fins de semana pra jogar videogame no... – Termino de atravessar a rua e olho para a tela. Sadie está mordendo o lábio inferior, pensativa. – O que foi?

– Você estava falando sem parar e não parecia precisar de mim, então fiz uma coisa.

– Que coisa?

– Pesquisei o Liam no Google.

– O quê? Por quê?

– Porque gosto de dar um rosto às pessoas de quem falo várias horas por semana.

– Faça o que fizer, *não* clica na página dele no site da FGP Corp. Não aumenta o número de acessos deles!

– Tarde demais. Ele é mesmo...

– Como se o aquecimento global e o capitalismo tivessem tido um filho que está passando por uma fase marombeira.

– Hum... Eu ia dizer "bonitinho".

Eu bufo.

– Quando olho pra ele, tudo que consigo ver são todas as xícaras de café sem creme que tenho bebido desde o dia que me mudei.

E talvez às vezes, só às vezes, eu me lembre daquele olhar confuso e maravilhado que ele me lançou antes de saber quem eu era. E lamente um pouco. Mas quem estou tentando enganar? Devo ter imaginado coisas.

– Ele se ofereceu de novo pra comprar sua parte da casa? – pergunta Sadie.

– Ele finge que eu não existo. Bom, a não ser quando às vezes me olha como se eu fosse uma barata infestando seu espaço intocado. Mas o advogado dele me manda e-mails com propostas ridículas todos os dias. – Avisto o prédio onde trabalho, a trinta metros de distância. – Mas eu não vou vender. Vou ficar com a única coisa que Helena me deixou. E, assim que eu estiver em uma condição financeira melhor, simplesmente vou me mudar de lá. Não deve demorar muito, alguns meses, no máximo. E, enquanto isso…

– Café puro?

Eu suspiro.

– Enquanto isso, vou tomar aquele café amargo e nojento.

Capítulo Três

CINCO MESES E UMA SEMANA ATRÁS

Querida Helena,

Isso é estranho.

Isso é estranho?

Isso provavelmente é estranho.

Quer dizer, você está morta. E eu estou aqui, escrevendo uma carta para você. Quando nem sei se acredito na vida após a morte. Verdade seja dita, parei de pensar nesses assuntos existenciais no ensino médio, porque eles me deixavam ansiosa e me davam urticária na axila esquerda (nunca na direita, por que será?). E até parece que eu seria capaz de desvendar um mistério que escapou a grandes pensadores como Foucault, Derrida ou aquele cara alemão, das costeletas espessas e sífilis, cujo nome é impossível de soletrar.

Mas estou divagando.

Faz mais de um mês que você se foi, e nada mudou. A humanidade ainda está nas garras das facções capitalistas; ainda temos que descobrir uma maneira de desacelerar a catástrofe iminente que é a mudança climática antropogênica; uso minha camiseta com a frase

"Salvem as abelhas & cobrem impostos dos ricos" toda vez que saio para correr. O mesmo de sempre.

Estou amando o trabalho na EPA (a propósito, muito obrigada pela carta de recomendação; sou muito grata por você não ter mencionado aquela vez que tirou a gente da cadeia – eu, Sadie e Hannah – depois do protesto contra a barragem. O governo dos Estados Unidos não teria gostado nada disso). O único problema é eu ser a única mulher em uma equipe de seis e os caras com quem trabalho parecerem achar que meu cérebro é incapaz de entender conceitos sofisticados como... o fato de a Terra ser redonda, talvez? Outro dia, Sean, o chefe da minha equipe, passou trinta minutos me explicando o conteúdo da minha própria tese. Fantasiei de forma muito vívida que dava uma pancada na cabeça dele e colocava o cadáver embaixo da minha banheira, mas você provavelmente já sabe de tudo isso. Você provavelmente fica sentada em uma nuvem o dia todo sendo onisciente. Comendo cream crackers. Tocando harpa de vez em quando. Sua preguiçosa.

Acho que a razão pela qual estou escrevendo esta carta que você nunca lerá é porque eu queria muito poder falar com você. Se a minha vida fosse um filme, eu me arrastaria até a sua lápide e abriria meu coração enquanto uma sinfonia de domínio público em ré menor tocaria ao fundo. Mas você foi (inconvenientemente) enterrada na Califórnia, o que torna uma carta a única opção viável.

Tudo isso para dizer que, em primeiro lugar, eu sinto saudade. Muita. Pra cacete. Como pôde me deixar aqui sem você? Que absurdo, Helena.

Segundo: estou muito, muito agradecida por você ter me deixado esta casa. É o melhor e mais aconchegante lugar em que já morei, sem dúvida. Tenho passado os fins de semana lendo no jardim de inverno. Sendo sincera, nunca pensei que colocaria os pés em uma casa com um hall de entrada sem ser escoltada para fora do local por um segurança. Eu simplesmente... nunca tinha tido um lugar que fosse meu. Um lugar que vai estar lá, não importa o que aconteça. Um porto seguro, se quiser chamar assim.

Sinto sua presença quando estou em casa, mesmo imaginando que a última vez que você pisou aqui tenha sido provavelmente na década de 1970, voltando de uma marcha pela emancipação das mulheres. E, não se preocupe, eu me lembro com carinho de como você odiava coisas piegas, e quase dá para ouvir você dizer "Para com essa merda". Vou parar, então.

Terceiro: você se importaria se eu matasse o seu sobrinho? Porque estou muito perto disso. Tipo... muuuuito perto. Estou quase esfaqueando ele com um descascador de batatas enquanto falamos. Embora me ocorra agora que talvez isso fosse exatamente o que você queria. Afinal, nunca mencionou Liam em todos esses anos. E ele trabalha para uma empresa cujo principal produto são gases de efeito estufa, então será que você o odiava? Talvez toda a nossa amizade tenha sido um longo plano que você sabia que terminaria comigo colocando fluido de freio no chá do parente de que você menos gostava. Se for esse o caso, bom trabalho. E eu te odeio.

Eu poderia fazer uma lista bastante abrangente das coisas horríveis que ele faz (mantenho uma no meu aplicativo de notas no celular), mas gosto de torturar Sadie e Hannah com isso pelo Zoom. Eu só... acho que gostaria de entender por que você me colocou no caminho de um dos babacas mais babacas do país. Do mundo. De toda a maldita Via Láctea. Só o jeito como ele olha para mim... O jeito como ele não olha para mim. Ele nitidamente acha que é melhor do que eu, e...

A campainha toca. Paro no meio da frase e corro para a entrada, o que me exige, tipo, dois minutos inteiros e prova meu argumento de que esta casa é grande o suficiente para duas pessoas.

Eu queria poder dizer que Liam Harding tem um péssimo gosto em termos de decoração. Que ele abusa de adesivos com citações inspiradoras, compra frutas de plástico na Ikea, instala luzes de neon em todos os lugares. Infelizmente, ou ele sabe decorar muito bem o interior de uma casa, ou seu dinheiro manchado de sangue da FPG Corp pagou um profissional para isso.

O lugar é uma elegante combinação de peças tradicionais e modernas; tenho quase certeza de que quem o mobiliou sabe usar corretamente a palavra *paleta* em uma frase e que a forma como os tons de vermelho-escuro, verde-bandeira e cinza-claro complementam o piso de madeira não se deve ao acaso. E tem também o fato de todos os espaços parecerem tão... simples. Com uma casa tão grande como esta, eu ficaria tentada a encher todos os cômodos com mesas, aparadores e tapetes, mas Liam de alguma forma se limitou às necessidades básicas. Sofás, algumas cadeiras confortáveis, prateleiras cheias de livros. E só.

A casa é arejada, cheia de luz, escassamente decorada em tons quentes, e ainda mais bonita por isso. "Minimalista", Sadie me disse quando fiz um tour com ela por vídeo. "Muito bem decorada também." Acredito que minha resposta tenha sido um grunhido.

Além disso, há quadros nas paredes, dos quais infelizmente venho começando a gostar. Fotografias de lagos ao nascer do sol e cachoeiras ao pôr do sol, bosques densos e árvores solitárias, terrenos congelados e campos floridos. Um animal selvagem qualquer vivendo sua vida, sempre em preto e branco. Não sei por quê, mas tenho me pegado olhando para eles. O enquadramento é simples, o tema, mundano, mas tem alguma coisa ali. Como se a pessoa que tirou essas fotos realmente estivesse conectada com o ambiente. Como se tivesse tentado de fato capturá-lo, levar para casa um pedaço dele.

Eu queria saber quem é o fotógrafo, mas não tem nenhuma assinatura. Enfim, provavelmente é algum mestrando em artes morto de fome da Universidade de Georgetown que deu a vida por essa série esperando que ela fosse comprada por alguém que aprecia arte e, em vez disso, aqui está ela. Em posse de um completo boçal. Aposto que Liam nem sequer escolheu essas fotografias. Aposto que ele só comprou porque eram dedutíveis do imposto de renda. Talvez ele tenha descoberto que, a longo prazo, uma coleção como essa seja tão vantajosa quanto dividendos de ações.

– Vou precisar de uma assinatura – diz o entregador quando abro a porta. Ele está mascando chiclete e parece ter uns 15 anos. Eu me sinto decrépita por dentro. – Você não é William K. Harding, é?

William K. É quase fofo. Odeio isso.

– Não.

– Ele está em casa?

– Não.

Graças a Deus.

– Ele é seu marido?

Dou uma risada. Depois dou outra risada. Então percebo que o entregador está olhando para mim como se eu fosse a Bruxa Má do Oeste.

– É... Não. Desculpa. Ele é... Ele divide a casa comigo.

– Certo. Pode assinar por ele?

– Claro.

Pego a caneta, mas minha mão fica parada no ar quando noto a logo da FGP Corp no envelope.

Eu odeio essa empresa. Ainda mais do que odeio Liam. Ele não só torna minha vida em casa um inferno ao cortar a grama às sete e meia da manhã no único dia da semana em que posso dormir até mais tarde, como também me insulta por trabalhar para um de meus inimigos profissionais. A FGP Corp é um daqueles grandes conglomerados que continuam provocando danos ambientais – um bando de caras com excelente formação em ternos de 7 mil dólares que espalham biotoxinas pelo mundo com total descaso pelos pelicanos-pardos (e por todo o futuro da humanidade, mas sou pessoalmente mais apegada aos pelicanos, que *nada fizeram* para merecer isso).

Olho para o envelope grosso. Liam receberia um envelope da EPA em meu nome? Duvido. Ou talvez ele recebesse, em seguida o prendesse nos balões vermelhos de seu amigo Pennywise e o observasse desaparecer ao pôr do sol. Já tenho 73% de certeza de que ele está escondendo minhas meias. Estou reduzida a quatro pares, pelo amor de Deus.

– Na verdade... – Dou um passo para trás, sorrindo, deleitando-me com minha própria mesquinhez. *Helena, você ficaria tão orgulhosa.* – Eu provavelmente não deveria assinar por ele. Imagino que possa configurar um crime ou algo assim.

O entregador balança a cabeça.

– Na verdade, não.

Dou de ombros.

– Quem me garante?

– Eu. Esse é o meu trabalho.

– Que você está fazendo muito bem. – Abro um sorriso. – Mas mesmo assim não vou assinar. Gostaria de uma xícara de chá? Uma taça de vinho? Biscoito de queijo?

Ele franze a testa.

– Tem certeza? É um malote urgente. Alguém pagou muito dinheiro pra que a entrega fosse realizada no mesmo dia. Provavelmente é alguma coisa bem urgente de que o William K. vai precisar assim que chegar em casa.

– Certo. Bem, parece que isso é um problema do William K.

O cara solta um assobio.

– Isso é cruel. – Ele soa admirado. Ou apenas assustado. – Então, qual é o problema do coitado do William K.? Ele deixa a tampa do vaso levantada?

– Nós temos banheiros separados. – Reflito sobre isso. – Mas tenho certeza de que ele deixa, sim, pensando na possibilidade muito remota de eu acabar usando o dele.

Ele assente.

– Sabe, quando estava na faculdade, minha irmã morava com um cara que ela odiava. Eles viviam em pé de guerra. Gritavam um com o outro o tempo todo. Uma vez, ela escreveu uma lista com tudo que odiava nele e o arquivo travou o aplicativo de notas do celular dela. Pensa numa lista grande!

Opa. Isso soa familiar.

– O que aconteceu com ela?

Cruzo os dedos para que a resposta não seja "Ela está cumprindo pena de prisão perpétua em uma penitenciária por raspar o cabelo dele enquanto ele dormia e tatuar 'Eu sou uma péssima pessoa' no couro cabeludo do sujeito". No entanto, o que o entregador acaba dizendo é dez vezes mais perturbador.

– Eles vão se casar em junho. – Ele balança a cabeça e se vira com um aceno. – Vai entender.

Estou sonhando com um show – um show ruim.

É mais barulho do que música, na verdade. O tipo de porcaria eletrônica alemã da década de 1970 que Liam tem em disco de vinil e às vezes coloca para tocar quando um de seus amigos vem jogar videogames de tiro. É barulhento, desagradável e irritante, e continua pelo que parecem horas. Até eu acordar e perceber três coisas:

Primeiro, estou com uma dor de cabeça terrível.

Segundo, estamos no meio da noite.

Terceiro, a música-ruído é, na verdade, apenas um ruído normal, e vem do andar de baixo.

Ladrões, penso. *Invadiram a casa. Não estão nem se esforçando para não fazer barulho – provavelmente estão armados.*

Preciso sair daqui. Ligar para a polícia. Preciso avisar Liam e me certificar de que ele...

Eu me sento com uma carranca.

– Liam.

Mas é *claro.*

Pulo da cama e saio do meu quarto. Estou na metade da escada quando me ocorre: meus cachos estão desgrenhados, estou sem sutiã e meu short já era muito curto quinze anos atrás, quando ganhei da escola como parte do uniforme de lacrosse. Bem, só lamento. Liam vai ter que lidar com isso e com minha camiseta com a frase "Não existe planeta B". Quem sabe ele aprende alguma coisa.

No momento em que chego à cozinha, estou cogitando passar a usar um megafone para assustá-lo todas as noites enquanto ele dorme pelos próximos seis meses.

– Liam, *sabe* que horas são? – esbravejo. – O que você está...

Eu não sei exatamente o que estava esperando. Definitivamente não era encontrar o conteúdo da geladeira espalhado por cada centímetro da bancada; definitivamente não era ver Liam com a intenção de massacrar um talo de aipo como se o coitado tivesse roubado sua vaga no estacionamento; definitivamente não era vê-lo nu, *totalmente* nu, da cintura para cima. A calça do pijama xadrez que ele está usando tem cintura baixa.

Muito baixa.

– Você poderia, por favor, vestir alguma coisa? Tipo um casaco de pele de filhote de foca, ou algo assim?

Ele não para de cortar o aipo. Não olha para mim.

– Não.

– Não?

– Eu não estou com frio. E eu moro aqui.

Eu moro aqui também. E tenho todo o direito de não olhar para aquela parede de tijolos que ele chama de peitoral na minha própria cozinha, que deveria ser um ambiente relaxante onde posso digerir a comida sem ter que olhar para mamilos masculinos aleatórios. *Ainda assim*, decido deixar o assunto de lado e tentar não pensar nisso agora. Quando tiver condições de sair daqui, vou precisar de terapia, mesmo. O que é mais um trauma para lidar? Agora eu só quero voltar a dormir.

– O que você está fazendo? – pergunto.

– Minha declaração de imposto de renda.

Eu apenas pisco.

– Eu... O quê?

– Não está vendo o que estou fazendo?

Meu corpo enrijece.

– Vendo, não, mas *com certeza* estou ouvindo. *E* parece que você está só batendo panelas.

– O barulho é um subproduto infeliz do preparo do jantar.

Ele deve ter terminado com o aipo, porque começa a fatiar um tomate – ei, esse tomate é meu? – e volta a me ignorar.

– Ah, e isso é absolutamente normal, né? Cozinhar uma refeição completa a uma e vinte e sete da madrugada no meio da semana?

Liam finalmente me encara, e há algo inquietante em seu olhar. Tranquilidade. Ele parece calmo, mas sei que ele não está. *Ele está furioso*, digo a mim mesma. *Ele está muito, muito furioso. Saia já daí.*

– Está precisando de alguma coisa? – pergunta ele.

Seu tom é fingidamente educado, e meu senso de autopreservação com certeza ainda está na cama dormindo.

– Sim. Preciso que você faça silêncio. E acho bom que esse tomate não seja meu.

Ele enfia metade na boca.

– Sabe – diz ele calmamente enquanto mastiga, conseguindo falar com a boca cheia e ainda assim parecer o produto aristocrático de várias gerações de riqueza –, eu não tenho o hábito de estar acordado a uma e vinte e oito da madrugada.

– Que coincidência. Nem eu, antes de conhecer *você*.

– Mas hoje... quer dizer, ontem... a equipe jurídica inteira que eu coordeno acabou tendo que trabalhar até depois da meia-noite. Porque uns documentos muito importantes tinham se perdido.

Fico tensa. Ele não pode estar falando...

– Não se preocupa, os documentos foram encontrados. Em algum momento. *Depois* que o meu chefe acabou comigo e com toda a minha equipe. Aparentemente, deu algum problema na entrega.

Se ele pudesse incinerar pessoas com o olhar, eu já estaria cremada. É óbvio que ele está ciente da minha pequena maldade de ontem à tarde.

– Escuta. – Eu respiro fundo. – Não me orgulho do que aconteceu, mas eu não sou sua assistente. E não vejo como isso justifica você bater todas as panelas da casa no meio da noite. Vou ter um dia longo amanhã, então...

– Eu também. E, como pode imaginar, já tive um dia longo hoje. E estou com fome. O que significa que não vou fazer silêncio. Pelo menos não até conseguir jantar.

Até cerca de dez segundos atrás, eu estava com raiva de uma maneira fria e racional. De repente, estou pronta para arrancar a faca da mão de Liam e cortar sua jugular. Só um pouquinho. Só para fazê-lo sangrar. Não vou fazer isso, porque não acho que me daria bem na cadeia, mas também não vou deixar passar batido. Tentei responder educadamente quando ele não me deixou instalar painéis solares na casa, quando jogou fora meu refogado de brócolis porque "tinha cheiro de esgoto", quando me trancou do lado de fora de casa enquanto eu estava correndo. Mas isso aqui é a gota d'água. Chega. Essa situação chegou longe demais.

– Você está de *sacanagem* comigo?

Liam derrama azeite em uma panela, quebra um ovo e parece voltar ao seu estado padrão: ignorar que eu existo.

– Liam, goste você ou não, EU MORO AQUI. Não pode fazer o que te der na telha!

– Interessante. Você parece estar fazendo exatamente isso.

– Do que está falando? É *você* que está fazendo uma omelete às *duas da madrugada*, e *eu* que estou pedindo que você não faça.

– Verdade. Se bem que, se você tivesse lavado a sua louça esta semana, eu não precisaria fazer tanto barulho enquanto resolvo isso...

– Ah, cala a boca. Até parece que você não deixa suas coisas espalhadas pela casa o tempo todo.

– Pelo menos eu não deixo lixo empilhado em cima da lixeira como se fosse uma escultura dadaísta.

O som que sai da minha boca quase me assusta.

– Meu *Deus*. É *impossível* conviver com você! – grito.

– Que pena, porque eu moro aqui.

– Então *se muda, porra*!

Faz-se silêncio. Um silêncio absoluto, pesado, muito desconfortável. Perfeito para que minhas palavras reverberem sem parar entre nós. Então Liam fala. Devagar. Cauteloso. Com uma raiva fria e assustadora.

– Como é que é?

Eu me arrependo imediatamente. Do que eu disse e de *como* eu disse. Sou muitas coisas, mas cruel não é uma delas. Ainda que Liam Harding tenha demonstrado ter a capacidade emocional de uma noz, eu disse algo ofensivo e devo a ele um pedido de desculpa. Não que eu *queira* fazer isso, mas deveria. O problema é que simplesmente não consigo não continuar.

– Por que você está aqui, Liam? Gente como você vive em mansões com móveis bege desconfortáveis, sete banheiros e obras de arte caríssimas que não entendem.

– Gente como *eu*?

– Sim. Gente como *você*. Pessoas com zero moral e muito dinheiro!

– O que *você* está fazendo aqui? Eu me ofereci pra comprar sua metade da casa umas mil vezes.

– E eu disse que não, então você poderia ter se poupado desse trabalho novecentas e noventa e nove vezes. Liam, não tem motivo nenhum pra você querer morar nesta casa.

– Esta casa é da *minha* família!

– Esta casa era da Helena tanto quanto é sua, e…

– A porra da Helena morreu!

Levo alguns momentos para assimilar por completo as palavras de Liam. Ele abruptamente desliga o fogão e fica parado na frente da pia, as mãos agarradas à beirada da bancada e os músculos tensos como cordas de um violão. Não consigo parar de olhar para ele, essa… essa *víbora* que acabou de mencionar a morte de uma das pessoas mais importantes da minha vida com tanta raiva, descuido e desdém.

Eu vou *destruir* Liam. Vou *acabar com ele*. Vou fazê-lo sofrer, vou cuspir nos seus smoothies idiotas, quebrar seus discos de vinil um por um.

Só que Liam faz algo que muda tudo. Ele contrai os lábios, pressiona o nariz com a ponta dos dedos, depois passa uma mão grande e exausta pelo rosto. De repente, tenho um estalo: o Liam Harding parado bem ali na minha frente está cansado. E ele odeia isso, *tudo isso*, tanto quanto eu.

Ah, meu Deus. Talvez meu refogado de brócolis realmente estivesse fedendo e eu devesse tê-lo colocado em um Tupperware. Talvez a trilha sonora de *Frozen* seja um pouco irritante. Talvez eu pudesse ter recebido aquele pacote idiota. Talvez eu também não reagisse bem ao ter que dividir o mesmo teto com alguém, ainda mais se eu não pudesse fazer nada a respeito.

Cubro os olhos com as mãos. Talvez a babaca seja eu. Ou pelo menos uma delas. Deus. Ah, meu *Deus*.

– Eu... – Procuro em minha mente algo para dizer e não encontro nada. Então alguma barragem dentro de mim se rompe, e as palavras jorram. – Helena era a minha família. Sei que você não se dá bem com a sua e... talvez você a odiasse, sei lá. Tudo bem, ela podia ser muito mal-humorada e intrometida às vezes, mas ela... ela me amava. E ela foi o único lar de verdade que eu tive na vida.

Atrevo-me a olhar para Liam, meio que esperando um sorriso de escárnio. Um comentário sarcástico sobre Helena que me fará de novo querer socá-lo. Mas ele está me fitando, atento, e eu me forço a desviar o olhar e a prosseguir, antes que mude de ideia.

– Eu acho que ela sabia disso. Talvez tenha sido por isso que me deixou esta casa, pra que eu tivesse algum tipo de... de qualquer coisa. Mesmo depois de ela partir.

Minha voz falha na última palavra, e agora estou chorando. Não chorando como quando vejo *O Rei Leão* ou os primeiros dez minutos de *Up – Altas aventuras*, mas lágrimas silenciosas, esparsas e implacáveis que não tenho esperança de conseguir segurar.

– Sei que você provavelmente me vê como uma... proletária usurpadora que veio pra roubar a fortuna da sua família e, acredite em mim, eu entendo. – Enxugo a bochecha com as costas da mão. Minha voz está enfraquecendo rápido. – Mas entenda que, enquanto você está morando aqui pra tentar provar alguma questão, ou pra irritar alguém, essa pilha de tijolos significa tudo pra mim, e...

– Eu não odiava Helena.

Olho para ele, surpresa.

– O quê?

– Eu não odiava Helena.

Os olhos dele estão fitando a omelete pela metade, ainda chiando no fogão.

– Ah.

– Todo verão ela saía da Califórnia e passava algumas semanas fora. Pra onde você achava que ela ia?

– Eu… Ela só dizia que passava o verão com a família. Eu sempre presumi que…

– Era pra cá, Mara. Ela vinha pra cá. Dormia no quarto ao lado do seu. – O tom de voz de Liam é seco, mas sua expressão se suaviza, mostrando algo que eu nunca tinha visto. Um leve sorriso. – Ela alegava que era pra ficar de olho nos meus planos de poluir o planeta. Entre um encontro ou outro com os amigos, passava a maior parte do tempo enchendo o meu saco sobre as minhas escolhas de vida. E acabava comigo no xadrez. – Ele faz uma careta. – Com certeza ela trapaceava, mas nunca consegui provar.

– Eu… – Ele deve estar inventando isso. Com certeza. – Ela nunca mencionou você.

Ele arqueia uma sobrancelha.

– Ela nunca mencionou *você*. E ainda assim você estava no testamento dela.

– Mas… mas peraí. Peraí um minuto. No velório… Eu achava que você não se desse bem com a sua família.

– Ah, eu não me dou. Eles são "uns babacas pretensiosos, que vivem de aparências e estão sempre julgando as pessoas", segundo as palavras da própria Helena. Mas ela era diferente, e eu mantinha contato com ela. Eu gostava dela. Muito. – Ele pigarreia. – Não sei por que você pensava o oposto.

– Bom, você não ter ido ao funeral me fez pensar isso.

– Conhecendo Helena, acha que ela se importaria?

Penso no meu segundo ano do doutorado. Na única vez que organizei uma festinha surpresa para o aniversário de Helena no departamento, e ela simplesmente… foi embora. Literalmente. Nós gritamos "Surpresa!" e soltamos vários balões. Helena nos lançou um olhar mordaz, entrou na sala, cortou uma fatia de seu bolo de aniversário enquanto olhávamos em silêncio e depois foi para sua sala comer sozinha. Ela se trancou lá dentro.

– Tá. É um bom argumento.

Liam assente.

– Você sabe por que ela deixou a casa pra mim? – pergunto.

– Não. No começo achei que fosse algum tipo de pegadinha. Um dos jogos de poder caóticos dela. Tipo quando ela fazia você se sentir culpado pra no fim assistir a programas antigos com ela.

– Nossa, ela *sempre* escolhia...

– *Além da imaginação*. Mesmo já sabendo de todas as reviravoltas que aconteciam no fim. – Ele revira os olhos. Então seu semblante se transforma. – Eu não sabia que ela estava tão mal de saúde. Liguei pra ela dois dias antes de ela morrer, exatamente dois dias, e ela me disse... Eu não deveria ter acreditado nela.

Meu coração fica apertado. Eu estava lá. Sei exatamente a que conversa Liam está se referindo, porque ouvi o que Helena disse. Lembro-me da maneira como ela respondeu às perguntas e minimizou as preocupações da pessoa do outro lado da linha. Ela mentiu durante uma hora de conversa – era óbvio que estava feliz com a ligação, mas não foi sincera sobre como as coisas haviam piorado, e eu me senti desconfortável com aquela mentira toda. Só que ela fez isso com todo mundo. Ela teria feito o mesmo comigo se eu não fosse a pessoa que a levava para as consultas.

– Eu queria muito que ela tivesse me dado a chance de estar lá. – O tom de Liam é impessoal, mas consigo ouvir o que não é dito. Como foi doloroso ter sido deixado de lado. – Mas não foi o que aconteceu, e a decisão foi dela. Assim como deixar a casa pra você foi uma decisão dela, e... eu não estou feliz com isso. Não entendo. Mas aceito. Ou pelo menos estou tentando.

Pela primeira vez, percebo como deve ter sido para ele a minha chegada a Washington. Uma garota da qual Liam nunca tinha ouvido falar, uma garota que teve o privilégio de estar com Helena durante seus últimos dias, aparece do nada e força a barra para ocupar um lugar na casa dele. Na vida dele. Isso enquanto ele tentava lidar com o próprio luto e superar a perda do único parente de quem se sentia próximo.

Talvez ele tenha agido como um idiota. Talvez ele nunca tenha feito com que eu me sentisse bem-vinda ou não tenha sido minimamente gentil, mas ele estava sofrendo assim como eu, e...

Que confusão sem tamanho. Como estou sendo idiota e cabeça-dura.

– Eu… Me desculpa pelo que falei antes. Foi da boca pra fora. Eu não te conheço, e…

Deixo a frase incompleta, sem saber como continuar.

Liam assente, rígido.

– Me desculpa também.

Nós ficamos ali parados, em silêncio, por longos segundos. Se eu voltar para o meu quarto agora, Liam vai pedir uma pizza e eu poderei dormir sem ter que caçar meu estoque de tampões de ouvido. Estou quase saindo para fazer exatamente isso, mas um pensamento me ocorre: as coisas poderiam ser melhores. *Eu* poderia ser melhor.

– Talvez possa rolar uma… uma espécie de trégua?

Ele arqueia uma sobrancelha.

– Uma trégua – repete ele.

– Sim. Tipo… Eu posso… Acho que posso parar de aumentar o termostato pra 25 graus Celsius assim que você vira as costas. Vou usar um casaco em vez disso.

– Você disse 25 graus Celsius?

– Eu sou cientista. A gente não usa Fahrenheit, porque é uma escala ridícula e… – Ele está olhando para mim com uma expressão que não consigo decifrar, então rapidamente mudo de assunto: – E acho que também posso parar com as trilhas sonoras da Disney…

– Pode, é?

– Aham.

– Até a da *Pequena sereia*?

– Sim.

– E a da *Moana*?

– Liam, eu estou realmente me esforçando. Você pode, por favor… – Estou prestes a sair da cozinha quando percebo que ele está sorrindo. Quer dizer, mais ou menos. Com os olhos. Ah, meu Deus, isso foi uma piada? Ele *faz piadas*? – Você não é tão engraçado quanto pensa.

Ele assente e leva um segundo ou dois antes de dizer:

– As trilhas sonoras da Disney não são tão ruins. – Ele parece aflito. – E eu vou tentar ser melhor também. Vou regar suas plantas quando você estiver fora e elas estiverem prestes a morrer. – Eu sabia que ele tinha deixado meu pepino morrer de propósito. Eu *sabia*. – E talvez, quando eu sentir fome depois da meia-noite, eu faça um sanduíche pro jantar.

Eu ergo a sobrancelha.

Liam suspira e se corrige:

– Depois das dez da noite?

– Seria perfeito.

Ele cruza os braços enormes sobre o peito igualmente enorme, ainda nu, e então se balança um pouco sobre os calcanhares.

– Tá bem, então.

– Tá bem.

O silêncio se estende. De repente, a situação parece… tensa. Constrangedora. O limiar de alguma coisa. Um ponto de virada.

Um bom momento para eu sair dali.

– Vou nessa… – Aponto para as escadas. – Boa noite, Liam.

Não me viro de volta quando ele diz:

– Boa noite, Mara.

Capítulo Quatro

QUATRO MESES E TRÊS SEMANAS ATRÁS

Existem muitas coisas que eu não esperaria que Liam Harding fizesse ao entrar na cozinha.

Por exemplo, é improvável que ele toque castanholas e dance flamenco ao redor da ilha. Que entre cantando um sucesso de Michael Bolton da década de 1980. Que me venda um soprador de folhas e me convença a entrar para um empreendimento relacionado a ferramentas de jardinagem. Todos esses são acontecimentos *bastante* improváveis, e ainda assim nenhum deles me chocaria tanto quanto o que ele faz de fato. Que é olhar para mim e dizer:

– Tá… bonito o dia lá fora hoje.

Não é que não esteja. O dia está, de fato, muito bonito. Inexplicavelmente quente. Porque a Terra está morrendo, é claro. O aumento da temperatura média global está associado a oscilações generalizadas nos padrões climáticos, e é por isso que ainda estamos vestindo casacos leves em pleno fim de novembro em Washington, com o inverno logo ali, e as árvores de Natal sendo vendidas faz semanas. Há alguns anos, Helena escreveu um artigo sobre como a ação humana está aumentando a periodicidade e a intensidade dos eventos climáticos extremos. Foi publicado na *Nature Climate Change* e citado um zilhão de vezes.

Eu poderia dizer tudo isso para Liam. Eu poderia incorporar o meu eu mais detestável e palestrar sobre o assunto por horas. Mas não faço isso, e o motivo é que, apesar do seu tom seco e hesitante e do fato de ele não me olhar nos olhos, eu consigo reconhecer uma bandeira branca sendo levantada na minha frente.

E, neste momento, é exatamente o que está acontecendo.

Passaram-se cerca de duas semanas desde que percebi que Liam é capaz de expressar emoções humanas. E, como se vê, respeitar uma trégua enquanto moramos sob o mesmo teto é equivalente a ter uma quantidade significantemente menor de discussões aos gritos, mas ainda não torna fácil encontrar temas para conversas. E tudo bem. Na maior parte do tempo. Afinal, a casa é grande. Mas nas raras ocasiões em que nossos horários coincidem e acabamos na sala ou na cozinha juntos...

É esquisito.

Pra cacete.

– Sim. – Concordo com a cabeça de um jeito entusiasmado demais para tentar compensar. – É bom. Quando o dia está assim, quero dizer.

Liam assente também (com firmeza, mas talvez eu esteja apenas imaginando coisas) e, assim, voltamos à estaca zero: silêncio.

Dou uma mordiscada na unha do polegar. Ao que parece, *não* parei de fazer isso quando completei 14 anos. Preciso encontrar algo para dizer. O quê? *Rápido, Mara. Pensa.*

– Hum... Então...

Nada. Cabeça totalmente vazia.

Deixo as palavras balançarem como um macarrão cozido além do ponto e tento disfarçar me virando para pegar... o quê? Uma espátula? Uma torradeira? Um lanche! Sim, vou fazer um lanche. Acho que comprei porções individuais de biscoitinhos de queijo para tentar reduzir os gastos e tal. Só que não consigo encontrá-los no meu armário. Tem uma caixa tamanho família. Outra. Uma terceira, sabor cheddar... Senhor, eu tenho um problema. Mas os pacotinhos não estão... Ah, ali estão eles. Na prateleira mais alta, é claro. Lembro-me de jogá-los lá em cima, pensando que seria um problema para a Mara do Futuro.

A Mara do Futuro tenta mas não consegue alcançá-los. Então ela olha para trás a fim de pedir a Liam que pegue um para ela, e seu coração aperta.

Ele está olhando para o lugar que minha camisa deixou de cobrir quando me estiquei, na parte inferior das minhas costas – ou seja, minha bunda.

Ah, não. Não é possível. William K. Harding jamais se rebaixaria tanto, e a ideia de que ele olharia voluntariamente para minha bunda esquelética é risível. Mas ele está olhando para mim, bem *ali*, com os lábios entreabertos e a mão esquecida no ar, o que provavelmente significa que está… horrorizado? Por causa das minhas calças de moletom de oito anos atrás, aposto. Ou por causa da explosão de sardas na minha pele. Ou por… Meu Deus, que calcinha estou usando? Por favor, que não seja aquela com a cara do Jeff Goldblum que a Hannah me deu no ano passado. E quantos furos ela tem? Ele vai me denunciar à polícia das roupas íntimas. Serei executada pela patrulha da Victoria's Secret e…

Ele pigarreia.

– Aqui.

Ele vence o desgosto e se aproxima, parando atrás de mim. O homem é simplesmente *imenso*. Tão grande que bloqueia a luz do teto. Por um microssegundo me sinto quente, estranhamente formigando. Então ele larga um pacote ao lado da minha mão sem que eu precise pedir e diz:

– Quer que eu coloque isso numa prateleira mais baixa pra você?

Sua voz está um pouco grave. Talvez ele esteja ficando resfriado. Espero não ficar também.

– Ah, seria ótimo. Obrigada.

Ele leva cerca de meio segundo. Então nós dois voltamos à nossa posição original – eu com meu café, Liam com seu chá –, e percebo que, em meio às aventuras levemente constrangedoras do último minuto, esqueci de pensar em um assunto decente para mostrar que também estou balançando a bandeira da paz. *Maravilha.*

Então falo sem pensar:

– O Nationals está indo bem nesta temporada.

Eu *acho*… Ouvi um cara dizer isso no ônibus. Liam está sempre jogando videogame com seus amigos. Ele provavelmente gosta de esportes também.

– Ah. Isso é… ótimo – diz ele, assentindo.

Eu assinto também.

De novo esse momento constrangedor, e então silêncio. Mais uma vez.

Nossa, isso é desconfortável demais. Vou instalar sensores de movimento em todos os cômodos da casa para garantir que nossos caminhos nunca mais se cruzem...

– Esse time é de que mesmo? – indaga ele.

Paro de encarar o café, que estou mexendo furiosamente.

– Oi?

– O Nationals. Qual é o esporte?

– Ah... – Olho ao redor da cozinha, procurando por pistas. Encontro um total de zero. – Eu não faço ideia.

Liam enfia um saquinho de chá em sua caneca, e vejo um brilho de diversão em seus olhos.

– Nem eu.

Saímos da cozinha por portas opostas. Eu me pergunto se ele está ciente de que quase sorrimos um para o outro.

Capítulo Cinco

Olho pela janela, tentando usar meu diploma de engenharia para estimar a quantidade de neve que caiu durante a noite. Um metro? Dezessete? Infelizmente, no doutorado não havia nenhuma disciplina que ensinasse a calcular a altura da neve acumulada, então desisto e pesquiso no celular.

Não tenho como chegar ao escritório, e toda a minha equipe na EPA está na mesma situação. O carro de Sean está preso na garagem. Alec, Josh e Evan não conseguem sequer *chegar* à garagem. Ted está em sua quinta piada sobre eventos climáticos extremos. Nosso canal no Slack apita com mais algumas mensagens xingando todas as formas de precipitação, e então Sean sugere que todos nós deveríamos trabalhar de casa, acessando o servidor da EPA a partir de nossos notebooks corporativos. Para mim, isso é um problema.

Então mando uma mensagem para Sean.

MARA: Sean, eu não tenho um notebook da agência aqui.

SEAN: Por quê?

MARA: Você ainda não me deu um.

SEAN: Entendi.

SEAN: Bem, você pode tirar o dia pra responder e-mails e coisas assim, então. Vamos tentar resolver o problema do pulverizador eletrostático hoje, então não precisamos de você.

SEAN: E, da próxima vez, me lembra de que você ainda não tem um notebook.

Seria muito passivo-agressivo encaminhar para Sean o e-mail que enviei a ele dois dias atrás com esse lembrete? Imagino que sim.

Suspiro, mando um "Ok" como resposta e tento não remoer o fato de que adoraria dar minha opinião sobre a questão do pulverizador eletrostático. Na verdade, ela está intimamente relacionada à minha tese, mas quem eu quero enganar? Mesmo que eu estivesse presente, Sean agiria como sempre faz: murmuraria um "hum…" educado depois das minhas contribuições, encontraria um motivo banal para descartá-las e, quinze minutos depois, elas seriam parafraseadas e reformuladas como se fossem ideias dele.

Ted, meu aliado mais próximo na equipe, me diz para não levar para o lado pessoal, porque Sean é um babaca com praticamente todo mundo. Mas sei que não estou viajando quando digo que suas atitudes mais detestáveis são sempre direcionadas a mim (*Por que será?*, penso comigo mesma, acariciando meu queixo de mulher na área das ciências). Mas Sean é o chefe da equipe, então…

Por acaso eu disse que adoro meu emprego na EPA? Talvez eu tenha mentido. Ou talvez eu até goste do trabalho, mas meu ódio por Sean seja maior. Difícil dizer.

Passo o dia fazendo o que posso sem o acesso a informações confidenciais – ou seja, muito pouco. Entro numa chamada de vídeo rápida com Sadie, mas ela está enrolada com um prazo para algum projeto hippie ecossustentável ("Estou há 38 horas sem dormir. Por favor, amarre uma bigorna no meu pescoço e me jogue no mar de Sargaços."). Hannah está incomunicável (provavelmente está brincando com morsas em uma placa de gelo), e... é isso. Não tenho mais nenhum outro amigo.

Eu provavelmente deveria fazer algo a respeito disso.

Quando dá uma da tarde, estou absolutamente entediada. Tiro um cochilo; assisto a um vídeo no YouTube sobre o arranjo das placas ósseas do estegossauro; pinto as unhas com um esmalte vermelho fosco; escrevo um post meia-boca para o meu blog sobre *The Bachelor* falando das minhas expectativas para a próxima temporada; tento fazer uma coroa de tranças; me pergunto se sou workaholic e concluo que provavelmente sou.

Não consigo me lembrar da última vez que passei o dia todo em casa. Sempre fui um pouco inquieta, um pouco ansiosa demais. *Agitada demais*, diziam meus pais enquanto tentavam me matricular em todos os esportes coletivos possíveis para me manter ocupada. Eles não são más pessoas, mas duvido que quisessem filhos, e tenho certeza de que não gostaram nem um pouco das mudanças que minha chegada provocou no estilo de vida deles. Hoje em dia, nos falamos talvez uma ou duas vezes por ano – e sempre sou eu que ligo.

Enfim.

Encosto a testa no vidro gelado da janela, uma estranha sensação de isolamento em mim, como se estivesse desconectada do mundo inteiro, envolta em um casulo branco.

Eu deveria voltar a sair para encontros e namorar.

Será que eu deveria voltar a namorar?

Sim. Eu deveria. O problema é que... homens. Não, obrigada. Sei que #NemTodoHomem é um babaca condescendente feito Sean, e já tive minha cota de namorados bem legais que não sentiam a necessidade de dizer um "Na verdade..." quando conversávamos. Mas, mesmo em seus melhores momentos, todos os meus relacionamentos amorosos pareciam um trabalho. De uma maneira que os relacionamentos com Sadie, Hannah e Helena nunca pareceram. De uma maneira que nem o trabalho de verdade nunca pareceu. E para quê? Sexo? Ainda nem sei dizer se me importo com isso de fato.

Talvez eu devesse esquecer essa história de namoro e apenas visitar Sadie em Nova York assim que o tempo melhorar. Sim, farei isso. Vamos curtir um fim de semana. Patinar no gelo. Tomar o tal frozen de chocolate quente sobre o qual ela não para de falar e que aparentemente não é apenas um milk-shake com outro nome. Mas, enquanto esse dia não chega, ainda está nevando, e eu ainda estou presa aqui. Sozinha.

Bem, não literalmente sozinha. Liam está em casa. Ele desceu de manhã, a mão grande roçando o corrimão de madeira lisa, com uma aparência... não exatamente desgrenhada, mas ele não se deu o trabalho de vestir o terno habitual. A calça jeans desbotada e uma camiseta surrada o fizeram parecer mais jovem, uma versão mais humana de seu eu distante e inflexível. Ou talvez fosse o cabelo, escuro como sempre, mas um pouco espetado atrás. Se a gente se odiasse um pouco menos, eu teria me aproximado e ajeitado para ele. Em vez disso, eu o observei ir até a entrada espaçosa, e então ela não pareceu mais tão espaçosa assim. Nenhum pé-direito alto é *tão* alto quando alguém da altura de Liam para sob ele, ao que parece.

Passei alguns segundos olhando para ele, meio hipnotizada, até que percebi que ele estava olhando de volta. *Ops.* Então ele olhou pela janela, deu um suspiro profundo e voltou para o andar de cima. Com o celular no ouvido, dava instruções calmas e detalhadas sobre um projeto que provavelmente visa libertar o planeta das garras malignas das plantas fotossintetizantes.

Desde então não o vi mais, apenas o ouvi. Risos ali. Passos descalços acolá. O ranger da madeira e o bipe do micro-ondas. Nossos quartos ficam a um corredor e meio de distância. Sei que ele tem um escritório em casa, mas nunca entrei lá – uma espécie de acordo tácito do tipo "não vá para a ala oeste", ao estilo *A Bela e a Fera*. Pensei em bisbilhotar enquanto ele não estivesse em casa, mas e se por acaso ele tiver espalhado armadilhas? Eu o imagino chegando em casa, me encontrando aos prantos, com o tornozelo emaranhado em uma delas. Ele provavelmente me deixaria lá para morrer.

Além disso, ele não sai muito. Tem um ou dois amigos que aparecem para fazer coisas surpreendentemente nerds (o que me lembra muito Sadie, Hannah e eu preparando brownies para uma maratona de *Parks and Recreation* – uma lembrança levemente sofrida –, então finjo que isso não acontece). Os dias de trabalho dele parecem ter dezesseis horas de duração. Eu me pergunto se ele tem namorada. Me pergunto se ele traz uma garota diferente para casa toda noite e diz a ela: "Shhh, fala baixo. A garota ruiva e usurpadora que divide a casa comigo vai quebrar minha vitrola se fizermos muito barulho." Eu me pergunto se, todo fim de semana, enquanto estou enfiada debaixo da minha colcha de retalhos redigindo atentamente os posts do meu blog, estou perdendo as orgias com pessoas mascaradas que ele faz na cozinha.

Eu me pergunto por que me pergunto.

Quando desço para jantar, a casa está escura e silenciosa. E fria. Sinceramente, como Liam não está congelando? São os trinta quilos de músculos? Ele se lambuza com óleo de filhotes de foca? Balanço a cabeça enquanto aumento o termostato e aqueço mais comida do que preciso comer (mas, atenção: não mais comida do que *consigo* comer).

Existem algumas salas de estar, saletas, lounges e afins no primeiro andar, mas a minha favorita é a que faz conexão com a cozinha. Tem um sofá grande e confortável que deve ter custado mais do que o meu doutorado, um tapete macio que gosto de acariciar furtivamente quando estou sozinha em casa e a *pièce de résistance*: uma TV gigante. Apoio meus (muitos) recipientes de comida na mesa de centro de nogueira e me acomodo no sofá.

Por razões que não compreendo, Liam paga para ter TV a cabo e mais ou menos quinze serviços de streaming diferentes que nunca o vi usar. Como minha moral não me permite explorar o dinheiro sujo da FGP Corp, encontro na TV aberta a reprise de um episódio da décima segunda temporada de *The Bachelorette*. Não é a minha favorita, por motivos que expliquei detalhadamente no blog (não me julguem), mas dá para o gasto.

Dez minutos depois, um idiota que parece viciado em bronzeamento artificial está trocando socos com outro idiota que claramente cheira proteína em pó, tudo sob os olhos de uma garota toda encantada – ou seja, a premissa do programa. Mas percebo que nem todos os ruídos vêm da TV. Quando tiro o som, ouço outra discussão. Vinda do andar de cima. Na voz de Liam.

Não é alta o suficiente para que eu consiga entender o cerne da questão, mas consigo escutar algumas palavras soltas. "Errado", "antiético", "sou contra", talvez? Alguns "não" firmes, mas só. Após um breve momento, os sons soam abafados novamente. Mais um minuto, e uma porta bate; pés apressados descem os degraus.

Merda.

Penso em mudar rapidamente para um filme de Lars von Trier, mas Liam chega antes que eu possa enganá-lo e fazê-lo pensar que sou uma intelectual. Tiro os olhos do meu rolinho primavera e lá está ele, na parte da cozinha que consigo ver do sofá, com uma expressão... raivosa.

Quer dizer: mais que o normal.

Meu primeiro instinto é me encolher no sofá e continuar assistindo ao meu programa tosco e comendo minha comida maravilhosa. Mas ele se vira, nossos olhares se encontram, e eu não tenho escolha a não ser dar um tchauzinho hesitante para ele. Ele responde com um breve aceno de cabeça e... parece sério e sombrio, como se tivesse tido dez minutos horrorosos, ou talvez um dia horroroso. Pior ainda, ele parece estar pronto para descontar na primeira pessoa que encontrar pela frente – que, dadas as condições climáticas, lamentavelmente serei eu. Ele precisa de uma distração, e uma ideia muito idiota vem à minha cabeça.

Não faça isso, Mara. Não faça isso. Você vai se arrepender.

Mas Liam está visivelmente trincando os dentes. A maneira como ele olha para a geladeira aberta sugere que gostaria de estrangular cada pote de molho tártaro (por razões desconhecidas, ele tem três). Talvez o de ketchup também. A linha de seus ombros largos está tão tensa que eu poderia usá-la como um nível de bolha e...

Ah. Dane-se.

– Então. – Pigarreio. – Eu pedi comida demais só pra mim. – Resisto à vontade de disfarçar meu desconforto com uma risada nervosa. Ele provavelmente é capaz de sentir o cheiro do meu medo. – Você... é... quer um pouco?

Ele lentamente fecha a porta da geladeira e se vira.

– O quê?

Ele olha para mim como se eu tivesse acabado de convidá-lo para roubarmos um banco juntos. Para nos inscrevermos numa aula de ioga aéreo. Para passar o resto da noite observando mariposas.

– Comida. Chinesa. Quer um pouco?

Ele olha na direção da janela. Sim, ainda está nevando. Estamos oficialmente no polo Norte.

– Você pediu comida? – pergunta ele, confuso.

– Não hoje. Dois dias atrás. Eu sempre peço comida a mais, porque de um dia pro outro fica mais gostoso. Principalmente o lo mein, que realmente precisa passar um tempo mergulhado no molho pra… – Eu paro de falar. Minhas bochechas coram. – Enfim, quer um pouco?

– A gente está no meio de uma tempestade de neve, Mara. – Por que estou tremendo de repente? Ah, sim. Porque está frio. Não porque ele disse o meu nome. – Você deveria estar estocando comida.

Sim, eu deveria.

– Vai acabar estragando. E fico feliz em compartilhar.

Liam leva um tempo enorme para responder. São dez bons segundos me olhando com ceticismo, talvez suspeitando que eu seja uma assassina maluca que envenena pessoas com quem divide a casa. Por fim, ele diz:

– Certo.

Percebo muitas coisas em sua voz, menos certeza. O rosto dele demonstra cautela enquanto ele se aproxima de mim. Liam enfia as mãos nos bolsos traseiros da calça jeans e olha ao redor, carrancudo, e é óbvio que ele não tem ideia do que fazer – sentar-se no sofá, na cadeira, no chão? Comer em pé no meio da sala? Pela primeira vez, me ocorre que aquela personalidade distante e inflexível talvez esconda um pouco de acanhamento. Será que ele é uma dessas pessoas que são hiperconfiantes em ambientes profissionais e totalmente o oposto na vida social? Não. Muito improvável.

Dou um tapinha no assento ao lado do meu, já me arrependendo do gesto. Nós nunca nos sentamos juntos antes. Até agora, todas as nossas interações tinham sido circunstanciais. O ato de nos sentarmos um ao lado do outro implica intencionalidade e uma duração maior. Um novo território.

É esquisito.

Liam é tão pesado e alto que o assento afunda quando ele se senta, e eu tenho que contrair o abdômen e me reposicionar para não deslizar na direção dele. Entrego a ele um prato e um par de hashis, fingindo que não tem nada de incomum nisso. Ele faz o mesmo ao aceitá-los, assentindo de leve, seus dedos jamais tocando os meus por acidente.

– O que você está vendo? – pergunta ele.

– *The Bachelorette*. – Nenhum sinal de reconhecimento por parte dele. – É um programa tosco e maravilhoso. É um reality. Não precisa assistir comigo. Fuja enquanto pode. – Surpreendentemente, Liam fica onde está.

Sua expressão ainda sugere que ele adoraria destruir a casa inteira, mas é um pouco menos sanguinária. Seria um avanço? – Então, a Sheryl, a garota de vestido verde... a única garota... tem algumas semanas pra escolher um marido dentre todos os caras.

Liam semicerra os olhos na direção da TV.

– Com base em quê? Eles parecem todos iguais.

– Parecem, né? – Dou de ombros. – Ela e eles têm alguns encontros. E conversam. Mais pro fim, pode rolar até sexo.

Ele está corando? Não. É apenas a luz.

– Na TV?

– Ei, é a ABC, não a HBO.

Coloco um rolinho primavera no prato de Liam. Então dou uma olhada nele (os braços preenchendo a camisa, o peito, toda a sua... imensidão) e acrescento mais dois. De quantos milhões de calorias ele precisa por dia? Vou descobrir. Em nome da ciência.

– Está vendo o cara usando esses óculos de que ele obviamente não precisa na vã esperança de parecer menos imbecil?

– O de camisa azul?

– Sim. A gente está torcendo por ele.

– Ah, é?

– Aham. Porque ele é do Michigan. E eu fiz a graduação na Universidade do Michigan – explico, lambendo uma gota de molho hoisin do meu polegar.

Seus olhos se demoram nos meus lábios por um longo instante, então ele vira o rosto abruptamente.

– Entendi.

– É um lugar maravilhoso. Já foi lá?

– Não, acho que não.

Ele ainda não está olhando para mim. Será que tem um ódio profundo e irracional por esse estado?

– Onde você estudou?

Ele parece levemente surpreso por eu querer saber. Faz sentido, já que não me saí muito bem em puxar conversa antes.

– Primeiro em Dartmouth. Depois, na Faculdade de Direito de Harvard.

– Claro. – Eu assinto deliberadamente. – Nem um pouco... caro.

Ele tem a decência de parecer encabulado, então sinto pena dele.

– Quer um pouco de frango com castanha-de-caju?

– Ah… Sim, por favor.

– Aqui. Pode matar. Eu já comi uns cinco quilos disso.

– Obrigado.

Liam Harding sendo educado. Uau.

– De nada.

Ficamos alguns minutos em silêncio – Liam assistindo à TV, eu o observando discretamente enquanto ele come, grandes garfadas rápidas que o fazem parecer encantadoramente jovial. Então ele se vira para mim.

– Mara.

– Oi?

– Você obviamente é uma espécie de gênio.

Ahn? Sou?

– Isso é… Você está… me sacaneando?

Ele parece bastante sério e um tanto ofendido com a minha sugestão.

– Você é praticamente uma megacientista.

– "Praticamente" é a palavra-chave.

– E Helena, que tinha parâmetros altíssimos, escolheu você pra trabalhar com ela. Você está muito acima da média.

Meu Deus. Isso é um elogio? Minhas bochechas vão corar?

– É… Obrigada?

Ele assente.

– O que eu não entendo é: por que alguém tão inteligente quanto você está assistindo a essa merda?

Abro um sorriso para o meu arroz frito.

– Você vai ver.

Uma hora depois, quando Sheryl diz "Acho que nosso relacionamento já foi bem longe, mas não estou convencida de que seja possível avançar ainda mais…", eu bato a mão no meu apoio de braço e grito:

– Ah, fala sério, Sheryl!

Ao mesmo tempo, Liam bate no apoio de braço dele e grita:

– Sheryl! Como assim?

Viramos um para o outro e trocamos um olhar breve e confuso. *Eu falei*, penso ao encará-lo com um sorriso. Sua boca se contrai, como se ele me ouvisse em alto e bom som.

"... a esta altura, eu simplesmente sei que a gente não vai dar certo. Quer que eu te acompanhe até a porta?"

Liam balança a cabeça, horrorizado.

– Péssima decisão.

– Eu sei.

– Ele é o melhor do grupo.

– Muuuuito burra, né? Ela vai se arrepender tanto... Sei disso porque já vi essa temporada. – *Várias vezes.* Pego uma das cervejas que Liam trouxe da geladeira alguns minutos atrás. – Quer outro wonton de caranguejo? – pergunto.

Ele faz que sim com a cabeça e se acomoda, as pernas compridas esticadas ao lado das minhas sobre a mesa de centro. A neve lá fora ainda está caindo, e esperamos até que o episódio seguinte comece.

Liam remove a neve como se tivesse nascido para isso.

Talvez seja a insanidade induzida pelo isolamento falando, mas existe algo hipnótico nessa visão. A subida e descida rítmica de seus ombros sob o casaco preto de fleece. A maneira com que ele vem fazendo isso há horas, aparentemente sem esforço, parando de tempos em tempos para enxugar o suor da testa com a parte de trás da manga. Pressiono a testa na janela e só consigo... olhar fixamente. Ouço a voz de Helena na minha cabeça (*Quer o meu binóculo de observar pássaros emprestado?*). Eu a ignoro.

É nisso que ele deve ter se formado em Dartmouth: Remoção de Neve. Com uma especialização complementar em Músculos. O título da sua monografia foi "A importância dos bíceps no trabalho de escavação ergonômica". Depois ele foi estudar direito especializado em Como Fazer uma Tarefa Corriqueira de Inverno Parecer Sexy. E cá estou eu, incapaz de tirar os olhos de uma década de cursos de ensino superior excessivamente caros.

Isso está ficando meio estranho. Está me dando flashbacks da primeira vez que o vi, quando a visão de seus olhos escuros e aqueles ombros (absolutamente ridículos) me atingiu como um tijolo na cabeça. Não é uma lembrança que eu queira reviver, então desvio o olhar e desço as escadas para fazer o almoço, considerando que minha insanidade temporária se deva ao fato de eu ter pulado o café da manhã. Isso é o que eu ganho por ter dormido tarde ontem, no meio do último episódio, explicando a Liam, entre bocejos, que os participantes de *The Bachelor* e *The Bachelorette* passam por exames obrigatórios de IST; por ter acordado hoje de manhã no sofá, com um cobertor macio absurdamente perfumado em cima de mim. Fico me perguntando de onde ele veio. Não foi da sala de estar. Tenho certeza de que não havia nenhum por perto.

Não é que Liam e eu sejamos amigos agora. Eu não o conheço melhor do que ontem – exceto, talvez, por saber que ele tem algumas opiniões surpreendentemente pertinentes quando se trata de reality shows. Mas, por algum motivo incompreensível, quando começo a preparar minha sopa, me pego fazendo o suficiente para duas pessoas.

É por isso que os humanos não devem ficar confinados em casa. O tédio e a solidão transformam suas mentes em mingau de aveia e eles começam a impor sua comida sem graça a Advogados da Neve desavisados. E eu aparentemente estou embarcando nessa esquisitice, porque, quando Liam entra, com o cabelo escuro úmido e encaracolado por causa dos flocos de neve derretidos, as bochechas coradas por causa do exercício, eu digo:

– Fiz almoço.

Ele me observa, os braços balançando ao lado do corpo, como se não soubesse o que responder. Então acrescento:

– Pra nós dois. Pra agradecer você. Por fazer isso. Remover a neve, quero dizer. – Ele me olha em silêncio por um pouco mais de tempo. – Se você quiser. Não é obrigatório.

– Não. Não, eu…

Ele não conclui a frase. Mas, quando percebe que estou me esticando para alcançar uma prateleira alta a fim de pegar as tigelas, ele se aproxima por trás e coloca duas no balcão.

– Obrigada.

– De nada.

Talvez eu esteja imaginando isso, mas acho que o ouvi inspirar lentamente antes de se afastar. Meu cabelo está cheirando mal? Eu lavei ontem. Será que o Garnier Fructis me deixou na mão depois de anos de serviço de qualidade? Fico me perguntando se chegou a hora de mudar para o Pantene no momento em que estamos educadamente comendo à mesa da cozinha, um na frente do outro, como se fôssemos uma jovem família em um comercial da Campbell.

Problema: sem a TV ligada, é bastante evidente que não temos nada para conversar. Liam olha para mim a cada poucos segundos, como se eu ali me entupindo de comida fosse algo que ele gostasse de ver... ou uma imagem absolutamente tenebrosa. Vai saber? À medida que o silêncio se estende, começo mais uma vez a me arrepender de todas as escolhas que fiz. E, quando o celular dele toca, fico tão aliviada que poderia dar um soquinho no ar.

Só que ele não atende. Liam verifica quem está ligando (*Mitch – FGP Corp*), revira os olhos e, em seguida, pousa o celular na mesa com a tela para baixo, em um gesto desdenhoso que me faz rir.

Liam me lança um olhar confuso.

– Desculpa – digo a ele. – Eu não queria... É só que... – Dou de ombros. – É bom saber que você também odeia os seus colegas de trabalho.

Ele ergue uma sobrancelha.

– Você odeia os seus colegas de trabalho?

– Bem, não. Eu não odeio. Quer dizer, *às vezes* eu odeio, mas... – Por que estamos falando sobre *mim*? – Enfim, acha que parou de nevar de vez?

– Por que você às vezes odeia os seus colegas de trabalho?

– Não é isso. Eu me expressei mal. É só que... – Liam parou de comer e está olhando para mim como se estivesse realmente interessado. *Aff.* – Eles são todos homens. Todos engenheiros. E engenheiros homens podem ser... Pois é. E eu sou a mais nova na equipe, e eles já são meio que amiguinhos. E tenho quase certeza de que Sean, o meu chefe, acha que só fui contratada pra preencher a cota destinada às minorias. E isso não é verdade. Sou uma excelente profissional. Tenho que ser, ou Helena teria me esquartejado durante o sono.

Ele assente como se entendesse.

– Ela teria te esquartejado com você acordada.

– Né? Ela não dava muita colher de chá. E não estou reclamando, devo muito a ela. Ela realmente me ajudou a me tornar uma cientista melhor, mas todo mundo na minha equipe me trata como se eu fosse uma novata que não sabe o que é um ohm e... – Por que eu *ainda estou falando*? – Bom, todo mundo, menos o Ted, mas não sei bem se ele de fato me respeita ou se só está a fim de ficar comigo, até porque já me convidou pra sair três vezes, o que deixa as coisas meio estranhas...

A expressão de Liam endurece na hora. Sua colher pousa na tigela com um tilintar alto.

– Isso é assédio sexual.

– Ah, não.

– Pra dizer o mínimo, é totalmente inapropriado.

– Não, não é bem assim...

– Eu posso falar com ele.

Eu só faço piscar.

– O quê?

– Qual é o sobrenome dele? – indaga Liam, como se fosse uma pergunta completamente normal. – Posso falar com ele. Explicar que ele deixou você desconfortável e que deve parar...

– O quê? – Solto uma risada. – Liam, eu não vou te falar o sobrenome dele. O que você vai fazer? Derramar um barril de petróleo na casa dele?

Ele desvia o olhar. Como se fosse mesmo uma opção.

– Não, eu... Na verdade, eu gosto do Ted. Ele é legal. Quer dizer, até considerei sair com ele. Por que não, né? – "Por que não?" é o que Helena diria, mas a expressão de Liam se fecha. Ou talvez seja apenas a minha alma, se fechando diante da ideia de passar delineador para sair com um cara totalmente sem graça e que me excita tanto quanto espinafre cozido. – É só que... – Dou de ombros. Como explicar que os homens que conheço nunca mexem comigo? Nem vou me dar o trabalho. Não é como se ele se importasse. – Mas obrigada mesmo assim – acrescento.

Ele aparenta querer insistir, mas apenas diz:

– Se mudar de ideia, me fala.

– Ah. Tá bem. – Eu tenho uma montanha de músculos de um metro e noventa de altura me defendendo agora, é isso? Até que é legal. Eu deveria fazer sopa com mais frequência. – Então, já que estamos aqui conversando *– e para evitar que a gente caia em um silêncio constrangedor de novo –*, qual é o lance das fotos?

– Fotos?

– As fotos em preto e branco de árvores e lagos e tal. Penduradas em literalmente todas as paredes.

– Eu gosto de tirar fotos, só isso.

– Peraí. Foi você quem tirou essas fotos?

– Aham.

– Isso significa que você esteve mesmo em todos esses lugares?

Ele engole uma colherada de sopa, assentindo.

– A maioria eu tirei em parques nacionais. Alguns estaduais. No Canadá também.

Estou um pouco chocada. Além de as fotos serem boas, de nível profissional, elas também...

– Tá – digo, apontando para a moldura atrás da mesa, um arco rochoso aparentemente em Sierra Nevada –, este não é o trabalho de alguém que odeia o meio ambiente.

Ele me lança um olhar atordoado.

– E eu odeio o meio ambiente?

– Sim! – Eu pisco uma vez. – Não?

Ele dá de ombros.

– Posso não compostar minhas fezes nem prender a respiração pra evitar a emissão de gás carbônico, mas eu gosto da natureza.

Agora eu que fico um pouco atordoada.

– Liam, posso fazer uma pergunta que provavelmente vai fazer você querer jogar a tigela de sopa em mim?

– Isso não vai acontecer.

– Você não ouviu a pergunta.

– Mas a sopa é muito boa.

Eu sorrio. E então imediatamente fico constrangida com a onda de calor que sinto por saber que ele gosta da minha comida. E daí que gosta? Ele é um cara aleatório. Ele é Liam Harding. Em tese, eu odeio esse homem.

– Você disse que respeitava muito o trabalho da Helena. E que ela era a sua tia favorita. E que vocês eram próximos. Mas você trabalha na FGP Corp, e eu fico me perguntando...

– Como ainda estou vivo?

Dou uma gargalhada.

– Tipo isso.

– Não sei exatamente por que ela me poupou.

– É um pouco fora da curva, né?

– Eu escondia as facas afiadas toda vez que ela me visitava. Mas ela se concentrava principalmente em me mandar mensagens de texto diárias sobre todo o mal que a FGP Corp está causando ao mundo. Talvez ela estivesse tentando vencer de pouquinho em pouquinho.

– Eu só... não entendo como você ama a Helena e a natureza, *mas* trabalha numa empresa que faz lobby pra acabar com os impostos sobre o carbono como se o objetivo fosse fazer a civilização mergulhar nas trevas.

Ele dá risada.

– Acha que eu *gosto* de trabalhar lá?

– Eu presumi que sim. Porque você parece passar o tempo todo trabalhando. – Sinto meu rosto corar. Tudo bem, eu presto atenção nos horários dele, me processe. Mas ele não parece se importar. – Você... não gosta?

– Não. É uma empresa de merda e eu odeio tudo que ela representa.

– Ah. Então por que... – Eu coço o nariz. Ah. Eu *não* esperava isso. – Você é advogado. Não pode... tipo... advogar em outro lugar?

– É complicado.

– Complicado?

A colher raspa o fundo da tigela por um momento.

– Foi o meu mentor que me recrutou.

– Seu mentor?

– Ele foi meu professor. Devo muito a ele... Ele me ajudou a conseguir todos os meus estágios, me orientou durante a faculdade de direito. Quando pediu que eu aceitasse esse trabalho, senti que não tinha como dizer não. Ele é meu chefe hoje em dia e... – Ele se recosta na cadeira e passa a mão pelo cabelo. Cansado. Ele parece muito cansado. – Eu tenho muitos sentimentos controversos em relação ao que a FGP Corp faz. E não gosto da empresa nem da missão dela. Mas, no fim das contas, é bom que eu esteja por perto. Se eu não estivesse lá, outra pessoa faria o meu trabalho tão bem quanto eu. E pelo menos posso dar apoio à equipe que lidero. E interceder por eles com o meu chefe quando é necessário.

Penso nas palavras que ouvi ontem à noite. *Errado. Antiético.*

– Era com ele que você estava discutindo? No telefone? – Ele arqueia uma sobrancelha, e minhas bochechas ficam quentes. – Eu juro que não estava prestando atenção! – Mas Liam dá de ombros como se não se importasse. Então eu sorrio, me inclinando sobre a mesa. – Tá, talvez eu estivesse. Só um pouquinho. Então, qual é o nome dele?

– Nome de quem?

– Do seu chefe. Talvez *eu* possa falar com *ele* enquanto *você* fala com o Ted, que tal? Um bullying recíproco?

Então ele sorri para mim – um sorriso completo e verdadeiro. O primeiro na minha presença, eu acho, e isso torna minha respiração muito mais difícil, a temperatura do cômodo muito mais quente. Como... *Por que* ele é tão bonito? Eu o encaro, sem palavras, incapaz de fazer qualquer coisa além de notar o castanho dos seus olhos, os lábios formando uma linha torta, o fato de que ele parece estar me analisando com uma expressão amorosa e gentil, e...

Nossos olhos disparam para o celular dele. Que está tocando novamente.

– Trabalho? – pergunto, com a voz rouca.

– Não. É... – Ele se levanta da mesa e pigarreia. – Com licença. Já volto.

Quando Liam sai, ouço ele dar uma risadinha de leve. Do outro lado da linha, uma voz feminina diz o nome dele.

Capítulo Seis

Dou um passo cauteloso para fora do chuveiro, deixando meus dedos dos pés afundarem no tapete grosso e macio. No fim das contas, acaba sendo uma escolha infeliz, porque faço isso assim que Liam abre a porta do banheiro.

Isso me faz dar um pulo. E sacudir os braços. E gritar:

– Aaaaaaah!

– Mara? O que…

– Aaaah!

– Desculpa… Eu não…

Meu corpo inteiro está escorregadio e agitado – o que não é uma boa combinação. Quase perco o equilíbrio tentando me cobrir com a cortina do chuveiro. Então *de fato* perco o equilíbrio, e tenho certeza de que Liam consegue ver tudo.

O umbigo para fora sobre o qual Hannah sempre faz piada.

A cicatriz em forma de foice acima do meu seio direito, resultado de uma partida de lacrosse.

O tal seio direito *e* o esquerdo.

Por uma fração de segundo, nós dois ficamos imóveis. Encarando um ao outro. Incapazes de reagir. Então, eu digo:

– Você pode... Será que podia... é... me passar aquela toalha ali?

– É... claro. Aqui. Eu...

Ele estende o braço e se vira para o outro lado enquanto eu enrolo a toalha (a toalha dele, a toalha de Liam) ao redor do corpo. É macia, limpa, cheira bem e... quem usa toalhas pretas, gente? Quem fabrica? Onde ele compra essas toalhas?

– Mara?

Ele está parado sob o batente da porta, intencionalmente olhando para o outro lado.

– Sim?

– Por que você está no meu banheiro?

Merda.

– Desculpa. Me desculpa *mesmo*. O meu chuveiro não está funcionando, e... acho que tem alguma coisa errada com o encanamento, e... não sei exatamente, mas liguei pro Bob.

– Bob?

– O encanador. Bem, *um* encanador. Ele vai vir aqui amanhã de manhã.

– Ah.

– Mas aí eu saí pra correr mais cedo, e estava toda suada e fedendo, então...

– Entendi.

– Desculpa. Eu devia ter falado com você antes. Já pode se virar, aliás. Estou apresentável.

Liam se vira. Mas só depois de cerca de dez segundos do que parece ser um debate interno bastante intenso. Suas expressões nunca são as mais fáceis de ler, mas ele parece um pouco nervoso.

Muito, na verdade. Tipo, ainda mais do que eu.

Isso é estranho. Eu é que fui pega com os peitos de fora, e Liam provavelmente está bastante acostumado a estar na presença de mulheres nuas. E muito mais nuas do que estou no momento. Sejamos realistas: a ex dele provavelmente é uma modelo da Victoria's Secret que recentemente abandonou a carreira para terminar um doutorado em história da arte e se tornar curadora da Smithsonian. Ela tem um umbigo impecável e sabe qual botão do PlayStation apertar para lançar uma granada. Eu disse "a ex dele"? Eles ainda estão namorando, até onde eu sei. Têm uma vida sexual bastante atlética. Estou falando de brinquedinhos e personagens. Tá, preciso interromper esse pensamento nesse segundo.

Será que ele está apenas constrangido por mim? Não que devesse estar. Eu sou bonita. Quer dizer, *acho* que sou bonita. Bonitinha de um jeito sardento, cinco centímetros mais baixa do que gostaria e um pouco insegura em relação ao meu nariz. Às vezes, em geral depois que Sadie passa delineador em mim, eu até me acho gata. Mas jamais serei tão atraente quanto Liam. É por isso que ele está agindo desse jeito estranho – me encarando enquanto obviamente se esforça muito para não encarar.

– Desculpa não ter te avisado. Achei que você estivesse viajando ou algo assim. Porque não voltou pra casa ontem à noite e…

Eu me sinto um pouco envergonhada por ter notado. Mas como não notaria? Desde a tempestade de neve, meio que entramos nessa cadência estranha, jantando juntos sempre às sete. Não que haja um combinado ou coisa do tipo, mas eu sei que antes ele comia um pouco mais tarde, e sei que passei a vida inteira comendo um pouco mais cedo, mas de alguma forma convergimos para um horário que funciona para nós dois… Cheguei perto de mandar uma mensagem para ele ontem à noite, mas decidi não fazer isso, porque me pareceu que seria cruzar uma espécie de limite implícito.

– Não, eu só… tive que trabalhar. Por causa de um prazo. Eu ia te avisar, mas…

Você não quis cruzar uma espécie de limite implícito?, quero perguntar. Mas não se fala de coisas não ditas, então apenas prossigo:

– Claro. – Pigarreio. – Eu vou pro meu quarto. Me vestir.

– Tá bem.

Faço menção de sair, só que Liam ainda está lá, bloqueando a saída. A única saída, se não contarmos a janela, que chego a considerar uma opção por um segundo antes de concluir que não seria viável. Não no meu atual estado.

– Você está… – começo a dizer.

Ele parece não entender *onde* está. Eu gesticularia e apontaria, mas tenho que segurar a toalha com as duas mãos para evitar expor minha nudez para ele e…

– Ah. Ah, claro, eu…

Ele dá um passo grande para o lado, tão grande que está basicamente grudado na pia agora.

– Tá bem. Obrigada de novo por me deixar usar o seu banheiro.

– Sem problemas.

Eu realmente deveria sair agora.

– E peguei um pouco do seu xampu emprestado. Quer dizer, roubei. Não tenho como devolver, né... Mas você entendeu.

– Tudo bem.

– A propósito, adoro Old Spice. Boa escolha.

– Ah. – Liam olha para todos os lados, menos para mim. – Eu só pego o primeiro que vejo na loja.

Naquele momento, eu sei, simplesmente sei, que Old Spice é a marca favorita de William K. Harding no que se refere a produtos de higiene pessoal e que ele sente uma baita vergonha disso.

– Sim. Claro. – Ele consegue ser uma graça às vezes. – Ei, só pra você saber, eu não estou constrangida. Você também não deveria estar.

– O quê?

– Eu não me importo de você ter me visto pelada. Porque sei que você não se importa. Estou só dizendo que não precisa ficar um clima estranho por causa disso. – Dou risada. – Sei que você não vai usar os peitinhos sardentos da sua companheira de casa ruiva e irritante como inspiração pra bater umazinha.

Fico esperando que ele responda com uma piada, como costuma fazer, mas isso não acontece. Ele não diz nada, na verdade. Apenas contrai os lábios, assente uma vez e, de repente, as coisas ficam ainda mais esquisitas. *Merda.*

– Enfim. Obrigada de novo.

– De nada.

Saio com um pequeno aceno e noto duas coisas: ele está olhando fixamente para os pés e sua mão esquerda está cerrada ao lado do corpo.

Capítulo Sete

Não há nada de errado com o guia de ondas. Disso eu tenho certeza. O transformador e o agitador também parecem estar funcionando, o que me faz pensar que o problema está no magnétron. Bem, não sou nenhuma especialista no assunto, mas espero que, se eu ajustar o filamento, o conjunto volte por si só…

– Isso é porque a gente assistiu a *Transformers* ontem à noite?

Olho para cima. Liam está parado com um sorrisinho no rosto do outro lado da ilha da cozinha, analisando as peças do micro-ondas que dispus meticulosamente na bancada de mármore.

Acho que fiz uma bagunça.

– Era isso ou escrever uma fanfic sobre o Optimus Prime.

Ele concorda com a cabeça.

– Fez uma boa escolha.

– Mas, fora isso, seu micro-ondas não está funcionando. Estou tentando consertar.

– Posso comprar um novo. – Ele inclina a cabeça. Estuda os componentes com a testa levemente franzida. – Isso é seguro?

Minha expressão endurece.

– Está perguntando porque eu sou mulher e, portanto, não sou capaz de fazer qualquer coisa remotamente científica sem causar poluição radioativa? Porque, se for isso, eu...

– Estou perguntando porque *eu* não saberia por onde começar e porque *eu* sou tão ignorante sobre qualquer coisa remotamente científica que você poderia estar fabricando uma bomba atômica e eu nem iria desconfiar – responde ele calmamente. Como se nem precisasse ficar na defensiva porque a ideia de eu ser uma garota burra nunca passou pela sua cabeça. – E você obviamente saberia fabricar. – Uma pausa. – Por favor, não fabrique uma bomba atômica.

– Não me diga o que fazer.

Ele suspira.

– Vou abrir espaço para o plutônio na gaveta de queijos.

Dou uma gargalhada e percebo que é a primeira vez que faço isso em horas. Isso, por sua vez, me faz suspirar.

– É que... Sean está sendo superbabaca. De novo.

A expressão dele se fecha ao ouvir isso.

– O que ele fez?

– O de sempre. Sabe aquele projeto de que te falei? Eu estava oferecendo uma solução muito boa, mas ele só me deixou falar por meio minuto antes de me dizer por que não ia funcionar. – Mexo com o magnétron e começo a remontar o micro-ondas. No segundo em que minhas mãos estão ocupadas, uma mecha de cabelo resolve cair no meu olho esquerdo. Eu a afasto com um sopro. – A questão é que eu já tinha pensado em todas as objeções que ele ia fazer e tinha solução pra todas elas. Mas ele me deixou continuar? Não. Daí agora a gente vai seguir com um método muito menos elegante, e... – Não concluo a frase. A esta altura, venho submetendo Liam a umas três reclamações sobre Sean por semana. O mínimo que posso fazer é mantê-las breves. – Enfim... Desculpa por estar na defensiva.

– Mara, você devia denunciar esse cara.

– Eu sei. É só que... essa abordagem constantemente depreciativa é tão difícil de provar, e...

Dou de ombros, o que é uma péssima ideia, já que meu cabelo volta aos meus olhos. Eu me sinto um pouco travada. Muito travada.

– Então, qual é o sobrenome do Sean? – pergunta Liam.

– Por quê?

– Curiosidade.

Ele tenta soar despreocupado, mas é péssimo nisso. Liam é basicamente o pior mentiroso do mundo (como conseguiu terminar a faculdade de direito?). Isso sempre me faz sorrir.

– Você precisa praticar – digo, apontando minha chave de fenda para ele.

– Praticar?

– Praticar men…

Minha voz desaparece. Porque Liam está estendendo a mão para roçar os dedos na minha bochecha, um leve sorriso nos lábios. Meu cérebro entra em curto-circuito. O que…? Ele…?

Ah. *Ah.* Meu cabelo. Minha mecha de cabelo rebelde. Ele a colocou atrás da minha orelha. Está só sendo legal e ajudando a ruiva desajeitada que divide a casa com ele e que está tendo um piripaque. *Mantenha a postura, Mara. Mantenha a postura.*

– Praticar o quê? – pergunta ele, ainda olhando para a concha da minha orelha, que provavelmente é deformada e eu nunca soube.

– Nada. Mentir. Eu… – Pigarreio. *Segura a onda.* – Ei, sabe de uma coisa? – Tento manter um tom leve. Mudar de assunto. – O início desse negócio de morar juntos foi um pesadelo, mas eu gosto muito disso aqui.

– Disso aqui?

– Desse lance. – Começo a aparafusar a placa traseira do micro-ondas. – De a gente conversar sem jogar cadeiras um no outro e você pedir os sobrenomes de caras que são malvados comigo com o óbvio propósito de fazer justiça com as próprias mãos.

– Não é isso que eu…

Ergo uma sobrancelha. Ele cora e desvia o olhar.

– Enfim, eu gosto muito mais disso aqui. De sermos amigos, eu acho.

Ele me lança um olhar penetrante.

– Eu *não sou* seu amigo.

– Ah. – Eu quase me encolho. Quase. – Ah. Eu… Desculpa. Não quis insinuar…

– Outro dia, a Eileen deu uma rosa pro Bernie, e você disse que era uma boa jogada. Não dá pra ser amigo de uma pessoa que pensa assim.

Caio na gargalhada.

– Fala sério, ele é fofo. É adestrador de cachorros. E gosta de K-pop!

– Tá vendo? É por isso que você é minha maior inimiga.

Ele balança a cabeça, e eu rio mais alto, e então minha risada diminui e por um segundo estamos apenas sorrindo um para o outro enquanto um estranho calor líquido escorre por dentro de mim.

– Tenho *certeza* de que Helena teria torcido pelo Bernie.

Ele bufa.

– Você fala como se isso fosse algo bom. Como se ela não tentasse constantemente me apresentar pra pessoas aleatórias pra quem eu não dava a mínima.

– Ela fazia a mesma coisa comigo! – exclamo.

– E, quando eu era adolescente, ela namorou um cara que tinha feito uma greve de banho de quatro meses.

– Meu Deus. Por quê?

– Não faço ideia. Por causa do meio ambiente?

– Não… Por que ela namorou esse cara?

Liam estremece.

– Segundo ela, eles tinham uma "química absurda".

Reflito sobre a vida sexual de Helena até que Liam quebra o silêncio mórbido e pergunta:

– Já pensou em mudar de emprego?

Balanço a cabeça.

– É a EPA. O lugar onde eu sempre quis estar. Sério, a Mara de 15 anos viajaria no tempo pra me esfaquear se eu pedisse demissão. – Mas sinto que existe algo por trás da pergunta. – Por quê? Você já pensou em mudar de emprego?

Ele balança a cabeça também.

– Não tenho como fazer isso – responde.

Estou começando a conhecê-lo um pouco. Estou mais atenta a seus estados de espírito, seus pensamentos, à maneira como ele se fecha sempre que reflete sobre algo sério. Há uma espécie de muro que Liam constrói entre ele e todos aqueles que tentam conhecê-lo. Às vezes eu gostaria que isso não existisse. Então me apoio suavemente nesse muro e pergunto:

– Como estão as coisas no trabalho?

Ele fica calado por um tempo, as mãos apoiadas na ilha, me observando em silêncio enquanto eu termino de aparafusar as peças. Meu cabelo permanece seguramente preso atrás da orelha.

– Ele pediu que eu demitisse uma pessoa hoje.

– Ah.

Eu já sei quem é *ele*. Mitch. O chefe de Liam. Que eu odeio secretamente com a intensidade de mil fornos de micro-ondas. A razão pela qual Liam sente como se não pudesse juntar seus diplomas que valem o preço de um órgão contrabandeado e seus anos de experiência como vilão do mundo corporativo e encontrar outro emprego.

– Por quê? – pergunto.

– Uma pessoa da minha equipe cometeu um erro bem idiota. Mas reversível. E ainda que não fosse… Foi só um erro. Todo mundo faz besteira… Eu, pelo menos, faço. – Ele distraidamente esfrega as costas da mão nos lábios. – Achei que poderia convencê-lo a mudar de ideia.

Ele balança a cabeça, e eu franzo a testa. E contraio os lábios. E me forço a contar até cinco antes de dizer qualquer coisa, só para evitar ser invasiva ou agressiva. Cinco, quatro, três…

– Sinceramente, seu chefe é um bostinha e não te merece. Você devia pedir demissão e deixar ele lá mergulhado na própria merda.

Liam olha para cima, surpreso. E achando graça, aparentemente.

– Um bostinha?

Sinto meu rosto corar.

– Um insulto precioso porém subestimado. Mas, Liam, sério, você merece um emprego melhor. E, antes que me acuse de ser hipócrita por falar pra você trocar de emprego enquanto eu mesma não faço isso, preciso dizer que a situação é completamente diferente. Eu amo o meu trabalho… só odeio as pessoas com quem preciso trabalhar. Incluindo Sean. Principalmente o Sean. Na real, praticamente só o Sean.

Ah, como eu queria ferver as minhas meias usadas depois da corrida, fazer uma sopa e dar para Sean tomar.

– Você pode pedir transferência.

– É o meu plano. Mas não vai adiantar. – Dou de ombros e conecto o micro-ondas na tomada de novo. – A EPA está abrindo uma sede nova. Vou pedir transferência pra lá, mas Sean, o Babaca, também vai. – Reviro os olhos. – É impossível me livrar dele. Parece um desses fungos que dão no dedão do pé.

– Então você vai competir com ele pela vaga?

– Bem, não. Ele vai tentar o cargo de chefia. Eu vou estar com a ralé... Seria um membro mais humilde da equipe.

– Você não pode ser chefe porque está na empresa há pouco tempo?

– Ah, acho que não tem nenhum requisito de tempo de casa.

– Então por que não se candidata pra vaga de chefia?

– Porque...

Eu fecho a boca e olho para a chave de fenda. Pois é. Por quê? *Por que* eu *não* me candidato a uma vaga de liderança? Qual é o meu problema? Sean não é mais capacitado do que eu. Ele apenas adora impor o som da própria voz aos transeuntes desavisados. E talvez eu não tenha experiência de liderança suficiente para ter certeza de que serei uma boa chefe, mas tenho experiência suficiente com Sean para saber que ele *não* será. O sujeito continua me chamando de Lara, pelo amor de Deus. Nos *e-mails*. Nos quais ele digita o meu endereço de e-mail: marafloyd@epa.gov. Cara, você não consegue simplesmente *copiar* e *colar*?

Levanto a cabeça. Liam está me encarando com uma expressão tranquila, como se esperasse pacientemente que eu chegasse a esta exata conclusão: sou melhor que Sean. Porque *todo mundo* é melhor que Sean, e isso me inclui.

Sinto um arrepio quente percorrer minhas costas, como se alguém estivesse me abraçando. Isso é estranho, já que não abraço ninguém há... meu Deus, meses. Desde a morte de Helena.

– Tá bem. – Coloco as mãos nos quadris, sentindo-me determinada de repente. – Eu vou me candidatar ao cargo de chefia.

– Isso é exatamente o que você deveria...

– Se *você* largar seu emprego.

Ele faz uma pausa e em seguida solta uma risada.

– Se eu largar meu emprego, quem vai manter esse estilo de vida caríssimo, com papel higiênico de folhas triplas, ao qual você está acostumada?

– Você, já que provavelmente está sentado em montanhas de dinheiro da Nova Inglaterra passadas de geração a geração. Além disso, você podia trabalhar como advogado de corporações um pouco menos desprezíveis. Se é que elas existem. E, se fizermos esse pacto de sangue e eu conseguir o emprego, pode ser que isso traga algo ainda melhor pra você.

– Vai me deixar enfiar a cabeça do Sean dentro da privada?

– Não. Bom, sim. Mas é que, se eu conseguir essa vaga de chefe da equipe, eu vou ganhar mais dinheiro. E finalmente vou poder me mudar.

Sem precisar vender minha metade da casa.

A expressão de Liam muda abruptamente.

– Mara…

– Pensa só! Você andando pelado numa casa deliciosamente gelada, esfregando a bunda na frente de uma geladeira cheia de molho tártaro, cozinhando tacos às três da manhã enquanto ouve pop industrial pós-moderno no seu gramofone. Cercado de telas gigantes, transmitindo jogos de videogame 24 horas por dia, sete dias por semana. Parece ótimo, né?

– Não – responde ele categoricamente.

– Isso porque esqueci de mencionar a melhor parte: sua ex-colega de casa irritante se foi, pra nunca mais voltar. – Abro um sorriso largo. – Agora, me fala se não vai amar cada segundo de…

– Não vou, Mara. Eu…

Ele se vira de costas, e consigo ver sua mandíbula travada, como ele costumava fazer antes, quando minha presença nesta casa o irritava e ele me considerava um desastre. Mas sua mão aperta a borda da bancada uma vez, e ele parece se recompor. Então se volta para mim e me observa por um longo momento.

– Por favor – insisto. – Eu não vou me candidatar se você não pedir demissão. Quer realmente me condenar a uma vida inteira ao lado do Sean?

Ele fecha os olhos. Então os abre e assente. Uma vez.

– Eu não vou largar meu emprego…

– Ah, fala sério!

– … até que eu tenha outro em vista. Mas vou começar a procurar.

Abro lentamente um sorriso.

– Peraí… Sério?

Eu *não* achei que isso fosse dar certo de verdade.

– Só se você se candidatar ao cargo de chefia.

– Uhul! – Bato palmas. – Liam, eu vou te ajudar. Você está no LinkedIn? Aposto que os recrutadores vão voar pra cima de você.

– O que é LinkedIn?

– Aff. Você tem pelo menos uma foto de perfil recente?

Ele me encara sem entender.

– Tudo bem, vou tirar uma foto sua. No jardim. Quando tiver uma boa luz natural. Usa o terno de três peças cinza-escuro com aquela camisa azul... Fica incrível em você. – Ele arqueia uma sobrancelha, e imediatamente me arrependo de ter dito isso, mas estou tão animada com a ideia desse estranho pacto de suicídio profissional que nem enrubesço. – Isso é *demais*. Precisamos selar esse pacto.

Estendo a mão, e ele a pega na hora, sua própria mão firme, quente e grande ao redor da minha, e... talvez seja a primeira vez que nos tocamos deliberadamente, em vez de braços roçando enquanto estamos no fogão, ou dedos raspando um no outro enquanto ele separa minha correspondência. É... gostoso. E parece certo. E natural. Eu gosto, e olho para o rosto de Liam para ver se ele gosta também, e... há mil expressões diferentes passando pelo seu rosto. Um milhão de emoções diferentes.

Não consigo interpretar nem uma sequer.

– Combinado – diz ele, a voz grave e um pouco rouca.

Ele usa a mão livre para ligar o micro-ondas – que, vejam só, está funcionando de novo.

Capítulo Oito

Meu tipo de clima favorito? Chuvoso.

Gosto mais das tempestades de verão, com seus ventos fortes e o ar quente, que me fazem sentir como se estivesse no interior abafado de um balão prestes a estourar. Quando criança, eu corria para fora de casa assim que a chuva começava a cair, só para ficar completamente encharcada – o que deixava minha mãe indignada.

Mas não sou exigente. Ainda é fevereiro, é início da noite, e as gotas pesadas tamborilando no meu guarda-chuva já me fazem feliz. Sorrio quando destranco a porta da frente. Estou cantarolando também. Atravesso o corredor, atenta à chuva em vez de ao que está acontecendo dentro da casa, e deve ser por isso que não os ouço.

Liam e uma garota. Não: uma mulher. Eles estão na cozinha. Juntos. Ele está encostado na bancada. Ela está sentada na bancada, ao lado dele, perto o suficiente para apoiar a bochecha em seu ombro enquanto mostra algo no celular que faz os dois sorrirem. Nunca vi Liam tão relaxado ao lado de alguém. É nitidamente um momento muito íntimo que eu *não deveria* interromper, só que não consigo sair do lugar. Sinto meu estômago embrulhar e permaneço enraizada no chão, incapaz de recuar enquanto a mulher balança a cabeça e murmura algo no ouvido de Liam que não consigo ouvir, algo que o faz dar risadinhas em tons graves e profundos e...

Acho que solto um arquejo. Ou faço algum tipo de barulho, porque em um segundo eles estão rindo, braços se tocando, e no outro estão os dois olhando para mim.

Merda.

Faço um imenso esforço para não deixar meus olhos assimilarem a noção de aconchego, de como ele aparenta estar confortável e à vontade. Não se assemelha em nada com o que acontece quando ele e eu acidentalmente esbarramos um no outro no corredor, com aquela eletricidade que parece crepitar entre nós quando nos distraímos e nossas mãos se encostam. Mas essa é a questão, certo? Qualquer contato físico entre mim e Liam é provavelmente indesejado da parte dele, enquanto isso aqui...

Isso é humilhante. Quero sair daqui e nunca mais voltar. Comprar uma bolsa térmica e um fogareiro, colocá-los no meu quarto e ser completamente autossuficiente.

A mulher, no entanto, não parece tão desconfortável nem constrangida com o fato de estar empoleirada em um móvel de uma casa que não é dela, a saia subindo para mostrar as pernas compridas e definidas. Ela sorri para mim, e de alguma forma, em algum lugar, encontro minha voz:

– Desculpa. Desculpa mesmo, eu não queria interromper... Eu vim só pegar alguma coisa pra beber e...

E o quê? *E agora vou para o meu quarto enfiar a cara na privada e dar descarga. Adeus, mundo cruel.*

– Eu achei que você fosse... – A voz de Liam parece mais grave que o normal. Eu me pergunto se eles estavam prestes a levar o que quer que isso seja para o quarto dele. *Ah, meu Deus. Ah, meu Deus, acabei de interromper o cara com quem eu divido a casa e a namorada dele. Que besta que eu sou.*

– Sair. Achei que você fosse sair.

Ah. Claro. Eu deveria estar em um encontro. Com Ted. Algo que concordei em fazer outro dia sob o impulso de "Por que não?". Hoje de manhã falei para Liam por que chegaria tarde em casa, só que acabei cancelando porque... no fundo não estava com vontade de ir.

Por algum motivo.

Que não está claro para mim.

– Não. Quer dizer, sim. Sim, eu ia. Mas...

Faço gestos aleatórios com as mãos. É a melhor explicação que consigo dar.

– Ah.

– É. Eu...

Eu realmente deveria ir para o meu quarto e fazer aquele lance da descarga. Mas é difícil, com Liam me encarando desse jeito. Meio curioso, meio feliz em me ver, meio... alguma outra coisa. É a primeira vez que o vejo com alguém que não é Calvin ou outro de seus amigos homens que ele parece conhecer desde sempre, alguém que é obviamente... Beleza. Isso é um encontro. Com uma mulher. Estavam prestes a transar, provavelmente. E eu interrompi. *Merda.*

– Eu... vou nessa, assim vocês podem...

– Não precisa – diz uma voz.

Uma voz? Ah. Sim. Claro. Tem uma terceira pessoa no local. Uma linda mulher com longos cabelos escuros que ainda está sentada na bancada, olhando com bastante interesse de mim para Liam e...

– Eu estava *prestes* a ir embora – diz ela. Mas é mentira. Ela definitivamente *não estava* prestes a ir embora. – Né, Liam?

Ela e Liam trocam um olhar silencioso e significativo que eu daria um rim para ser capaz de decifrar.

– Ah, não. Você não precisa ir – digo com uma voz fraca. – Eu...

– Aliás, vou me apresentar, já que Liam pelo jeito não vai fazer isso. – Ela desce com uma graça que eu só testemunhei anteriormente em bailarinas e ginastas olímpicas e estende a mão. Eu me odeio por tentar lembrar se é a mesma mão que estava agarrada ao braço de Liam enquanto sua cabeça estava no ombro dele. – Eu sou a Emma. Você deve ser a famosa Mara, acertei?

A razão de ela saber o meu nome é um grande mistério. A menos que Emma e Liam tenham um relacionamento sério, e então Liam teria mencionado uma ou duas vezes a mulher irritante com quem ele divide a casa. Sinto que simplesmente não sou capaz de suportar esse mero pensamento.

– Sim. É... Prazer em te conhecer.

O aperto de mão de Emma é frio e firme. Ela dá um sorriso breve, agradável e seguro de si, então se vira para pegar seu casaco sobre um dos banquinhos.

– Bem, isso foi divertido. Informativo também. Mara, espero que a gente se veja muito *mais* vezes. E você... – Ela se vira para Liam. Sua voz fica mais baixa, mas ainda consigo distinguir as palavras: – Se anima, amigo. Não acho que esteja tão condenado a uma vida inteira de sofrimento como pensa. Eu te ligo amanhã.

Ela não é muito alta e tem que ficar na ponta dos pés para beijá-lo na bochecha, com uma mão apoiada na barriga dele para se equilibrar, e, se Liam se incomoda em deixar que ela invada seu espaço, não demonstra. Em seguida, vem um tchauzinho simpático, dirigido a mim desta vez, um alegre "Boa noite", o som de seus saltos contra o piso de madeira a caminho da entrada, e então...

Ela se vai.

Isso significa que Liam e eu estamos sozinhos.

– Liam, eu sinto *muito*. Eu não queria...

– Não queria...?

Ele coça a nuca, parecendo confuso com a minha reação. Ele ainda está encostado na bancada, e não consigo me afastar da entrada. Não consigo prosseguir e pedir desculpa por interromper o encontro dele. *Eu estava indo embora. Eu juro. Vocês podiam ter continuado no seu quarto, Liam. Eu não me importaria.*

Sério mesmo.

– Como foi a apresentação?

Tiro os olhos dos meus sapatos e olho para cima.

– O quê?

– Sua apresentação hoje pra vaga de chefia... Como foi?

– Ah. – Claro. A apresentação. Aquela da qual venho reclamando há dias. A que treinei com ele ontem. E no dia anterior. Aquela que ele provavelmente sabe de cor. – É... excelente. Ótima. Quer dizer, boa. Aceitável.

– Está ficando pior a cada palavra.

Eu me retraio.

– É que... eu dei umas travadas.

– Entendi.

– Mas talvez, mesmo assim, eu tenha me saído melhor que Sean.

– Talvez?

– Provavelmente.

Liam sorri.

– Provavelmente?

Eu sorrio de volta.

– Quase com certeza.

– Que melhora rápida.

Dou risada, e ele se afasta da bancada e se aproxima para ficar bem na minha frente. Como se quisesse estar mais perto para ter essa conversa. Mais perto de mim.

– Mas isso é uma má notícia pra você – digo.

– É?

– Se eu conseguir essa vaga, você vai ter que correr atrás e encontrar um emprego novo também.

– Ah. Sim.

– Nós fizemos um acordo.

– Trato é trato.

– Além disso, depois da entrevista, eles informaram o salário. Será um belo aumento. Com certeza eu vou conseguir me mudar.

Seus olhos endurecem, então retomam uma expressão neutra.

– Claro.

– O que foi? – Eu o provoco. – Está com medo de não conseguir comprar seu próprio creme pra café?

Para que ele usa o creme afinal? Ainda não consegui entender.

– Só estou preocupado de ter que ver sozinho a Eileen fazer péssimas escolhas.

– Eileen sabe o que está fazendo. Como expliquei no último post do meu blog.

– Que eu li, é claro.

Ele não é engraçado. Ele não é *tão* engraçado. Não estou meio apaixonada por seu estranho senso de humor.

– Não acredito que você comentou "Deleta a sua conta". Isso é cyber-bullying, Liam.

Ele ainda está sorrindo, e tem algo quente se desenrolando no meu peito agora. Algo que na verdade não deveria estar lá, porque… Porque não.

– Você e a sua amiga…? – pergunto.

– Minha amiga?

– Emma.

– Ah.

Silêncio. Fico torcendo as mãos, percebendo que na verdade não formulei uma pergunta. *Ela é sua...?* Não. Muito direto. *Vocês estão saindo?* E o que é essa palpitação no meu peito enquanto considero essa ideia? Talvez Liam nunca tenha mencionado uma namorada. Ou qualquer garota. Mas o que eu estava pensando? Que ele fosse celibatário? De qualquer forma, não é da minha conta. Somos apenas amigos. Bons amigos. Mas amigos.

– O quê? – pergunta ele.

Então me lança um olhar demorado, como se eu tivesse feito uma pergunta absurda que não se baseia em fatos. No fato de eu tê-lo flagrado demonstrando afeto por ela.

– Achei que vocês...

– Não. – Ele balança a cabeça uma vez. Então ele a balança outra vez. – Não, Emma é... Estudamos juntos no jardim de infância. E ela... Não. Somos amigos, bons amigos, mas nada além disso.

– Ah.

Sério? Mentira. De verdade?

– Somos só amigos – repete ele. Como se quisesse ter certeza de que eu entendesse. Como se estivesse com medo de que eu não acreditasse nele. E eu não acredito mesmo. Olhe para ela. Olhe para *ele*. – Ela na verdade... Ela sabe que eu...

Ele passa a mão pelo rosto, como sempre faz quando está tenso ou cansado. É um gesto que tenho visto mais ultimamente. Porque Liam tem me permitido ver mais facetas dele. Nem todas são ruins, as arestas afiadas e os sulcos profundos da personalidade desse homem. Inesperadas, mas não ruins.

– Sabe que você...?

– Que eu não costumo... Eu nunca... Bem, *quase* nunca, aparentemente...

Liam balança a cabeça, como se dissesse *Deixa pra lá*, e eu continuo sem saber o que ele quase nunca faz, porque ele não conclui sua fala e eu não sei se quero me aprofundar. Além disso, ele está olhando para mim de uma maneira que não consigo entender, e de repente estou sentindo que é hora de dar no pé.

– Vou deitar, tá bem? – Dou um sorriso. – Tenho que acordar cedo amanhã.

Ele assente.

– Tá bem. Claro. – Mas, quando estou quase fora da cozinha, ele me chama. – Mara?

Eu paro. Não dou meia-volta.

– Sim?

– Eu... Boa noite.

Não parece ser o que ele pretendia dizer. Mas eu retribuo o cumprimento e saio depressa para o meu quarto mesmo assim.

Capítulo Nove

UM MÊS ATRÁS

– Eu me diverti muito esta noite.

– Que bom. Obrigada. Quer dizer… – Pigarreio. – Eu também.

Ted é bastante previsível. Ele me levou ao restaurante etíope que eu disse que estava querendo experimentar (excelente); puxou assuntos com os quais estou suficientemente familiarizada para me sentir confortável, mas não tanto a ponto de me entediar em poucos minutos; e, agora que me acompanhou até a porta de casa, vai se inclinar e me beijar, exatamente como eu poderia ter previsto quando ele me buscou três horas atrás.

É, previsivelmente, um bom beijo. Um beijo consistente. Provavelmente levaria a uma boa noite de sexo se eu decidisse convidá-lo para entrar e tomar alguma coisa. Um sexo consistente. De quem está há muito tempo sem sexo. Estamos falando de anos, na verdade. Helena abriria um champanhe e me mandaria tirar as teias de aranha.

E mesmo assim…

Não tenho vontade de convidá-lo para entrar. Realmente, já faz séculos, mas esse lance com Ted é só… Não.

Ele é um cara legal, mas não vai rolar, por várias razões. Razões que, digo a mim mesma, não têm nada a ver com o longo tempo que Liam passou me encarando hoje cedo antes de Ted parar o carro em nossa garagem. Ou com a maneira como ele imediatamente desviou o olhar quando eu o flagrei. Ou com a rouquidão em sua voz quando ele notou meu vestido e disse: "Eu… Você está linda."

Ele parecia querer dizer outra coisa. Parecia um pouco melancólico. Quase pesaroso. Isso fez eu me arrepender de ter passado trinta minutos me maquiando para sair com outra pessoa, um coitado que nem sequer me preocupo em impressionar pelo simples motivo de que ele não é…

Pois é.

– Eu…

Respiro fundo e dou um passo para trás, me afastando de Ted, cujo único defeito é… não ser outro cara. Não consigo imaginá-lo assistindo a *The Bachelor* comigo, o que aparentemente é um fator decisivo. Quem diria?

– Eu vou entrar agora. Mas obrigada por tudo. A noite foi ótima.

Se Ted está decepcionado, não sei dizer. Ele hesita apenas por um segundo, então sorri e volta para o carro sem nenhum "Eu te ligo" ou "Até a próxima", que ambos sabemos que não seriam nada mais do que mentiras educadas. Agradeço silenciosamente aos deuses da EPA por ele ter sido transferido para outra equipe na semana passada e entro.

Fico surpresa ao encontrar Liam na sala, sentado no sofá com uma cerveja em uma mão, uma pilha de papéis na outra, óculos de leitura ridiculamente fofos empoleirados no nariz. Ou talvez eu não tenha ficado. Afinal, é sábado à noite. Costumamos passar as noites de sábado naquele mesmo sofá, vendo TV, conversando sobre tudo e nada. Faz sentido que ele esteja aqui, mesmo que eu estivesse fora.

Juro pela minha vida que não consigo me lembrar de uma atividade melhor do que ficar em casa de pijama e passar o tempo com o cara que mora comigo.

– O que você está lendo?

Liam olha para mim, observa meu vestido curto-mas-não-curto-demais, meu cabelo solto, meus lábios vermelhos, então imediatamente se volta para seus papéis.

– É só um documento do trabalho.

– Como provocar seu próprio derramamento de petróleo em dez passos simples?

Seus lábios se curvam para cima.

– Acho que só precisa de um.

– Olha só, a gente já discutiu isso. Tudo bem que você ainda não queira pedir demissão, mas o mínimo que pode fazer é *não* trabalhar nos fins de semana. Vamos lá, Liam. Em nome do meio ambiente.

Ele suspira, mas tira os óculos e guarda os papéis. Eu sorrio e me aproximo para pegar sua cerveja e tomar um gole sem me dar o trabalho de perguntar se posso. Liam me observa em silêncio, mas não volta a ler. Quando ergo uma sobrancelha – *o que foi?* –, ele cede e pergunta:

– Ele não vai entrar?

– Quem?

Liam olha para a entrada.

– Ah. – Claro. Outros homens também existem. É difícil lembrar às vezes. – Não. Ted não vai… Ele foi pra casa.

– Ah.

– Eu não vou… A gente não vai… – Como posso dizer? – A gente não teve…

Liam assente, embora seja impossível ter entendido o que acabei de balbuciar. Então ele não diz nada. E aí as coisas parecem ficar um pouco estranhas. Há uma tensão esquisita na sala. Como se nós dois estivéssemos contendo alguma coisa. Prefiro não vasculhar dentro de mim para descobrir o que é.

– Acho que vou dormir.

– Tá bem. – Ele engole em seco. – Boa noite.

Talvez tenham sido os dois drinques que tomei, ou talvez eu jamais tenha de fato aprendido a andar de salto alto. O fato é que perco o equilíbrio e tropeço assim que tento passar por ele. Suas mãos, grandes e sólidas, quentes mesmo através do meu vestido, se fecham em torno dos meus quadris e me estabilizam. Eu estou de pé, e ele está sentado, e nessa posição sou vários centímetros mais alta que ele, e… vê-lo dessa perspectiva é algo novo. Ele parece mais jovem, quase mais flexível, e meu primeiro instinto bêbado é segurar seu rosto, traçar a linha de seu nariz, passar o polegar sobre seu lábio inferior.

Eu paro, mas meu cérebro lento e falho, não. Ele me fornece uma imagem peculiar: Liam sorrindo e me puxando para seu colo. Afastando meus joelhos. Suas mãos deslizando pelas minhas coxas, sob o vestido, provocando cócegas na minha pele, me fazendo rir. Ele alcança a parte inferior das minhas costas e aperta mais forte, dedos longos deslizando sob o elástico da minha calcinha, segurando minha bunda para me pressionar contra... *Ah*. Ele está de pau duro. É grande. Obstinado. Ele me ajeita exatamente como quer que eu fique, e eu solto o ar assim que ele geme no meu ouvido: "Cuidado, Mara."

Peraí. O quê?

Eu pisco com força, me afastando de sei lá que negócio foi esse, assim que Liam me solta. Ele diz: "Cuidado, Mara", e eu dou um passo para trás antes que acabe me humilhando com algo idiota e totalmente constrangedor.

– Obrigada. – Fixamos o olhar um no outro pelo que parece muito tempo. Pigarreio. – Você também vai dormir?

– Ainda não.

– Está proibido de ler mais qualquer coisa sobre derramamento de petróleo, Liam.

– Então acho que vou jogar um pouco.

– Sem o Calvin? – Eu inclino a cabeça. – Você não disse que ele vinha aqui hoje?

– Era pra ter vindo.

– Sabe de uma coisa? – Passo a mão pelos cabelos. É uma decisão tomada em frações de segundo. – Na verdade, eu também não estou com sono. Posso jogar com você?

Ele ri.

– Sério?

– Sim. O que foi? – Eu tiro os sapatos, pego uma manta (a que ele usou para me cobrir naquela primeira noite e que está nesta sala desde então) e me deixo cair no sofá, bem ao lado dele. Um pouco perto demais, talvez, mas Liam não reclama. – Eu tenho um doutorado. Acho que consigo fingir que estou matando bandidos usando um... *joystick*?

– A gente chama de "controle" hoje em dia. – Ele balança a cabeça, mas parece... feliz, eu acho. – Você já jogou videogame?

– Não. Pra falar a verdade, parece muito chato, e não entendo por que uma pessoa obviamente inteligente com um monte de diplomas de universidades de prestígio que custaram mais do que meus órgãos poderia se interessar tanto por essa porcaria de dar tirinho, mas eu tenho um blog sobre *The Bachelor*, então não tenho moral pra falar nada. – Dou de ombros. – E aí, o que aconteceu com Calvin?

– Não deu pra ele vir.

– Foi jogar com outra pessoa?

– Teve um encontro.

Hum.

– Você deveria ter ido com ele. Emma estava ocupada?

Ele me dirige um olhar que não consigo interpretar. Como se houvesse algo catastroficamente errado no que eu disse.

– Eu já te falei, a Emma não quer sair comigo tanto quanto eu não quero sair com ela.

Duvido. Quem não iria querer? Além disso, quão assustado você ficaria se eu lhe dissesse que na outra noite sonhei com você e Emma, sentados lado a lado na cozinha, e eu triste? Mas durou pouco. Porque, depois de um tempo, não eram você e Emma. Éramos você e eu e você estava de pé entre as minhas pernas e colocava as mãos na parte interna das minhas coxas e as empurrava para que abrissem mais, para dar espaço para si mesmo e...

– Você podia sair com outra pessoa, então – deixo escapar, para interromper o que está rolando na minha cabeça.

– Acho que não estou a fim, Mara.

– Certo. – Meu coração acelera. – Você não ia gostar de comer bem, ter conversas agradáveis e transar.

– Foi assim o seu encontro? – pergunta ele baixinho, sem olhar para mim.

– Eu só quis dizer que... – Estou nervosa. – Talvez você gostasse de ter um encontro com a pessoa certa.

– Para de bancar a Helena.

Dou uma gargalhada.

– Tenho que manter a tradição de me intrometer na vida pessoal dos outros. – Algo me ocorre, e eu solto um arquejo. – Sabe o que é *realmente* impressionante?

– O quê?

– Que Helena nunca tenha tentado juntar a gente.

– Sim, isso é… – Liam fica em silêncio de repente, como se algo tivesse lhe ocorrido também. Ele olha para o nada por um instante e então solta uma risada grave e profunda. – Helena.

– O que foi? – Ele não me responde. Então eu repito: – Liam? O que foi?

– Eu só acabei de me dar conta de que… – Ele balança a cabeça, achando graça. – Nada, Mara. – Quero insistir até que explique que revelação ele aparentemente alcançou, mas ele coloca um controle na minha mão e diz: – Vamos jogar.

– Tá bem. Quem eu tenho que matar e como faço isso?

Ele sorri para mim, e um milhão de pequenas faíscas descem crepitando pelas minhas costas.

– Achei que você nunca fosse perguntar.

Capítulo Dez

Quando Liam chega em casa, mal posso sentir meus dedos dos pés, estou batendo os queixos e sou mais cobertor que humana. Ele me analisa da entrada da sala enquanto tira a gravata, os lábios apertados como se achasse muita graça.

Otário.

Ele continua me observando por longos segundos antes de se aproximar. Então se agacha na minha frente, abre espaço entre as camadas de cobertores para ver melhor os meus olhos e diz:

– Estou com medo de perguntar.

– O aq-aque-aquecimento não está funcionando. Já dei uma olhada... Acho que queimou um fusível. Liguei pro cara que consertou da última v-vez, e ele deve che-chegar aqui em meia hora.

Liam inclina a cabeça para o lado.

– Você está debaixo de pelo menos três mantas. Por que seus lábios estão azuis?

– Porque está muito frio! Não consigo me aquecer.

– Não está tão frio assim.

– Talvez não esteja tão frio pra quem tem duzentos quilos de músculos pra se proteger, mas eu vou morrer...

– Vai?

– De hipotermia.

Ele *com certeza* está contraindo os lábios para segurar o riso.

– Quer o meu casaco de pele de filhote de foca emprestado?

Eu hesito.

– Você tem mesmo um?

– Ia querer se eu tivesse?

– Estou com medo de descobrir.

Ele balança a cabeça e se senta ao meu lado no sofá.

– Vem cá.

– O quê?

– Vem cá.

– Não. Por quê? Está querendo roubar o meu lugar? Sai fora. Levei séculos pra aquecer…

Não consigo concluir a frase. Porque ele me levanta, com as mantas e tudo, e me coloca no seu colo até que a minha bunda esteja repousando nas suas coxas. O que…

Ah.

Isso é novo.

Por um momento, minha coluna enrijece e meus músculos ficam tensos com a surpresa. Mas é muito breve, porque ele é tão deliciosamente *quentinho*… Bem mais aconchegante do que o meu lugar idiota no sofá, e a pele dele… tem um cheiro familiar e gostoso. Muito, muito gostoso.

– Você é tão quente. – Deixo minha testa encostar em sua bochecha. – É como se você gerasse calor.

– Acho que todos os humanos geram calor. – Seu nariz toca a ponta gelada da minha orelha. – É física, ou alguma coisa assim.

– Primeira lei da ter-termodinâmica. A energia não é criada nem destruída.

Sua mão percorre minha coluna para cobrir minha nuca, e de repente a temperatura está cinco, dez graus mais alta. O calor lambe minhas costas e se espalha ao redor do meu tronco. Meus seios. Minha barriga. Eu quase solto um gemido.

– Você é uma exceção, aparentemente – diz ele.

– Isso é muito injusto.

O polegar de Liam traças linhas na pele do meu pescoço, e não tenho escolha a não ser suspirar. Já estou me sentindo melhor. Estou *incandescente*.

– O quê? Você não produzir calor?

– Sim. – Eu me aproximo do peito dele. – Talvez meus pais sejam mutantes, metade tubarão, metade humano. De uma espécie pecilotérmica, de sangue frio. Eles só se esqueceram de me avisar que herdei a incapacidade de termorregulação e jamais deveria viver em terra firme.

– É a única explicação possível.

Sinto a respiração dele contra minhas têmporas, uma coceirinha leve e agradável.

– Pra minha incapacidade patológica de manter a homeostase térmica?

– Pra não te darem o devido valor. – Ele está de repente me segurando um pouco mais apertado. Um pouco mais perto. – E pra você gostar tanto do seu bife malpassado.

– Eu… Ao ponto para mal.

Minha voz sai tremida. Digo a mim mesma que é por causa do frio, e não por ele se lembrar das coisas que contei sobre minha família.

– Fala sério. Basicamente cru.

– Humpf. – Não adianta discutir com ele, não quando ele tem razão. Não quando sua mão está esfregando meu braço, num gesto caloroso e calmante, mesmo por cima das mantas. – Acha que ele vai conseguir consertar o fusível ainda hoje?

– Espero que sim. Se não, dou um pulo na loja e compro um aquecedor pra você.

– Você faria isso?

Ele dá de ombros. Há cerca de dez camadas entre nós (Liam subestimou completamente a quantidade de mantas com que posso me cobrir), mas ele é muito quente e sólido. Alguns meses atrás, eu o considerava frio, de todas as maneiras possíveis. Quando eu achava que o odiava.

– É menos trabalhoso do que te levar pro pronto-socorro pra tratar as queimaduras de frio – responde ele.

Sua bochecha se curva contra minha testa.

– Você não é tão insensível quanto pensa, Liam.

– Não sou tão insensível quanto *você* pensa.

Dou risada e me inclino para trás a fim de olhar bem para ele, porque parece que ele está sorrindo, um sorriso largo, e isso é um fenômeno raro e maravilhoso do qual quero desfrutar. Mas não está. Está olhando para mim também, me analisando daquele jeito ponderado e sério. Primeiro meus olhos, depois meus lábios e… O que é isso, esse momento de silêncio pesado e absoluto que faz meu coração disparar e minha pele formigar?

– Mara. – Ele engole em seco. – Eu…

Batidas fortes nos assustam.

– O eletricista.

– Ah. Sim – digo, e minha voz sai estridente e sem fôlego.

– Eu vou abrir a porta, tá?

Por favor, não. Fica aqui.

– Tá.

– Acha que consegue não morrer de hipotermia se eu te soltar?

– Sim. Provavelmente. – *Não.* – Talvez?

Ele revira os olhos daquele jeito arrogante que me lembra muito Helena. Mas seu sorriso, aquele que eu estava procurando antes, chegou. Finalmente.

– Muito bem, então.

Sem me soltar, ele se levanta e me carrega até a entrada.

Eu escondo meu rosto em seu pescoço, murmurando com o calor e algo mais, algo desconhecido e impossível de identificar.

Capítulo Onze

DUAS SEMANAS ATRÁS

Recebo o telefonema numa quarta-feira à noite, antes do jantar, assim que chego em casa do trabalho.

Ao longo de toda a conversa me mantenho incrivelmente controlada: demonstro surpresa nos momentos certos; faço perguntas pertinentes e importantes; lembro-me até de agradecer ao interlocutor por compartilhar a notícia comigo. Mas, depois que desligamos, perco totalmente a compostura.

Não ligo para Sadie. Não mando mensagens de texto para Hannah na esperança de que ela tenha sinal dentro da barriga de uma baleia nórdica qualquer em que esteja morando agora. Subo as escadas correndo, quase tropeçando em tapetes e móveis que fazem parte da família Harding há cinco gerações, e, quando chego na frente do escritório de Liam, abro a porta sem bater.

Olhando em retrospecto, não foi mesmo minha atitude mais educada. E nem a seguinte, quando corro na direção de Liam (que está falando ao telefone perto da janela), atiro os braços em volta da sua cintura em absoluto desrespeito pelo que ele está fazendo e grito:

– Consegui! Liam... Eu consegui a vaga!

Ele não perde um segundo.

– A vaga de chefia?

– Sim.

Seu sorriso é ofuscante. Então ele diz "Te ligo depois" para quem está do outro lado da linha, ignora completamente o fato de que a resposta é "Senhor, esse assunto é urgente..." e arremessa o celular na cadeira mais próxima.

Então ele me abraça. E me levanta como se estivesse feliz demais para se conter, como se esse telefonema que acabei de receber e que mudou minha vida mudasse a dele também, como se estivesse querendo isso tanto e tão intensamente quanto eu. E é quando ele me gira no meio do escritório, num único e perfeito rodopio de pura felicidade, que eu me dou conta.

De como eu estou incrivelmente, absolutamente apaixonada por este homem.

Venho sentindo isso há semanas. Meses. Sussurrando no meu ouvido, entrando furtivamente, me atingindo na cara como o vagão de um trem. Acabou crescendo de um jeito poderoso e luminoso demais para eu ignorar, mas tudo bem.

Porque eu não quero ignorar.

Liam me coloca de volta no chão. Suas mãos se demoram em mim até que ele dá um passo para trás – com uma mão descendo pelo meu braço, a outra afastando uma mecha de cabelo da minha têmpora, colocando-a atrás da minha orelha. Quando ele me solta, quero implorar para que não faça isso.

– Mara, você é maravilhosa. Brilhante.

Eu me sinto maravilhosa. Eu me sinto brilhante quando estou com você. E quero que você sinta o mesmo.

– Eu obviamente mereço escolher o que vamos assistir na TV hoje à noite.

– Você escolhe o que vamos assistir todas as noites.

– Mas hoje eu realmente *mereço*.

Ele ri, balançando a cabeça, me olhando nos olhos. O tempo se estende. Uma tensão pesada e doce cresce entre nós. Eu quero beijá-lo. Quero muito, muito beijá-lo. Será que pergunto a ele? Será que ele me afastaria? Será que me agarraria, me jogaria na mesa, me viraria e me seguraria com uma mão espalmada entre minhas escápulas e sussurraria para mim: "Finalmente", "Fique parada", "Vamos comemorar", ...

Não. Pare com isso.

Eu quase engasgo.

– Caramba, o que você acha que Sean está fazendo agora?

– Chorando no banheiro, espero – diz ele.

– Espero que ele esteja postando tuítes desesperados e ouvindo uma play-list do My Chemical Romance no Spotify. Eu preciso stalkear ele nas redes sociais. Já volto.

Faço menção de sair do escritório de Liam tão rápido quanto entrei. Ele me impede, porém, com uma mão no meu pulso.

– Mara?

– Oi?

Eu me viro. Seu rosto feliz e estranhamente aberto se transformou em outra coisa. Em algo mais contido. Obscuro.

– Você falou que... Umas semanas atrás, você falou que, se conseguisse o emprego, iria se mudar daqui.

Ah.

Ah.

O lembrete me apunhala como uma faca entre as costelas. Eu realmente *disse* isso. Eu disse. Mas faz semanas. Semanas roubando comida do prato um do outro, mandando mensagens no meio do dia para debater sobre a vida amorosa de Eileen e a vez que ele me fez rir tanto que fiquei por dez minutos sem conseguir respirar direito.

As coisas... As coisas não mudaram para nós? Entre nós dois?

Por um momento, não consigo falar. Não sei o que dizer sobre o fato de que seu primeiro pensamento foi que eu me mudaria de lá... Não, seria insensível da parte dele. Ele estava feliz por mim. Genuinamente feliz. Seu *segundo* pensamento foi que finalmente voltaria a viver sozinho.

Tento fazer uma piada.

– Por quê? Está me expulsando?

– Não. Não, Mara, não é isso que eu...

O celular dele toca, interrompendo-o. Liam dirige um olhar frustrado para o aparelho, mas, quando seus olhos pousam em mim outra vez, eu já me recompus.

Se Liam quer morar sozinho, tudo bem. Ele gosta de mim. Ele se importa comigo. Ele é um cara legal – eu sei de tudo isso. Mas ser amigo de alguém não significa querer passar cada segundo da vida com a pessoa e… Pois é.

Acho que isso é um problema meu. Algo com que vou precisar lidar depois que me mudar daqui e essa fase da minha vida chegar ao fim.

– É claro que eu vou procurar um lugar para morar. – Tento soar alegre. Embora não me saia muito bem. – Mal posso esperar pra andar pelada pela casa e me empanturrar de creme pra café e celebrar as excelentes decisões da Eileen e…

Não consigo continuar, minha voz some.

Os olhos de Liam permanecem retraídos. Ausentes, quase. Mas, depois de um tempo, ele diz em um tom delicado e gentil:

– O que você achar melhor, Mara.

Consigo dar um último sorriso e sair do escritório no instante em que a primeira lágrima cai bem na minha clavícula.

Capítulo Doze

UM DIA ATRÁS

Não existe nenhuma dimensão em que procurar por um apartamento (mais precisamente: procurar por um apartamento quando se está de coração partido) possa ser agradável. Tenho que admitir, no entanto, que navegar no Craigslist durante uma chamada de vídeo com as minhas amigas enquanto tomo o vinho tinto caríssimo que Liam ganhou em um retiro da FGP Corp diminui a dor dessa provação.

Sadie acabou de passar uma hora contando em detalhes minuciosos que recentemente saiu com um engenheiro que mais adiante se mostrou um completo babaca – um problema, já que ela realmente gostava do cara (tipo, gostava *mesmo* do cara). Mesmo que ela esteja agindo de um jeito estranhamente evasivo em relação a isso, tenho 97% de certeza de que rolou sexo, 98% de certeza de que o sexo foi excelente, 99% de certeza de que foi o melhor sexo da vida dela. A situação parece estar alimentando seus planos de batizar o café do sujeito com veneno de sapo, o que é bem a cara dela.

Hannah está de volta a Houston, o que é bom para seu acesso à internet, mas ruim para sua paz de espírito. Ela vem batendo de frente com um cara importante da Nasa que vetou sem motivo algum o projeto de pesquisa que é a menina dos olhos dela. Hannah está, obviamente, a um passo de matar o dito-cujo. Não consigo ver suas mãos pelo FaceTime, mas tenho quase certeza de que ela está afiando uma faca.

Existe algo reconfortante em ouvir as histórias delas. Faz eu me lembrar da época do doutorado, quando não podíamos pagar terapia e, todas as noites, passávamos horas em saudáveis sessões de desabafo coletivo, apenas para sobreviver à loucura. Houve alguns momentos ruins, mas, no fim das contas, estávamos juntas. No fim das contas, acabava dando tudo certo.

Então talvez seja isso que vai acontecer desta vez também. Estou à beira de virar uma sem-teto, meu coração parece uma pedra de tão pesado e quero estar com alguém muito mais do que esse alguém quer estar comigo. Mas Sadie e Hannah estão (mais ou menos) aqui e, portanto, tudo vai ficar (mais ou menos) bem.

– Homens são um equívoco – diz Sadie.

– Um equívoco imenso – acrescenta Hannah.

– *Gigantesco* – completo.

Eu me afundo no sofá da sala de estar, me perguntando se Liam, meu equívoco pessoal, vai voltar para casa esta noite. Já passa das nove. Talvez ele tenha saído para jantar. Talvez, se tiver algo para comemorar, durma em outro lugar. Na casa de Emma, de repente.

– Às vezes eles são úteis – aponta Sadie. – Tipo aquele cara com a camiseta do Korn que me ajudou a abrir um pote de rabanetes em conserva em 2018.

– Ah, sim – digo, assentindo. – Me lembro disso.

– Sem dúvida a experiência mais profunda que tive com um homem.

– Pensando bem, você devia ter pedido a mão dele em casamento.

– Uma grande oportunidade desperdiçada.

– Será que a gente só teve muito azar? – indaga Hannah. Há um pouco de barulho vindo da linha dela. Talvez *esteja mesmo* afiando uma faca. – Será que a maré vai virar e finalmente vamos encontrar caras que não merecem ser alimentados com uma tigela de tachinhas?

– Talvez – digo. *Pense positivo*, Helena costumava me dizer. *A negatividade é para velhas teimosas como eu.* – Na verdade, tudo pode acontecer. Pode ser que a gente seja selecionada aleatoriamente pra ganhar um suprimento vitalício de Nutella.

Sadie dá uma risada nasalada.

– Pode ser que o poema surrealista que escrevi na terceira série me dê o Prêmio Nobel de Literatura.

– Que meu cacto finalmente floresça este ano.

– Que comecem a produzir sorvete sabor Twizzlers.

– Que *Firefly* tenha a última temporada que merece.

Ninguém fala por alguns segundos. Até que Hannah diz:

– Mara, você quebrou a sequência. Inventa algo maravilhoso e mesmo assim inalcançável.

– Ah, sim. É… Pode ser que Liam chegue em casa e me peça pra não me mudar e então me jogue sobre o móvel mais próximo e me coma rápido e com força.

Quando concluo a frase, Sadie está rindo e Hannah está assobiando.

– Rápido e com força, é?

– Aham. – Eu balanço a cabeça. – Mas isso é completamente disparatado.

– Nada. Quer dizer, não mais que o meu poema surrealista – admite Sadie. – Então, como vai o crush não correspondido?

– Não é *exatamente* um crush.

Embora seja bastante não correspondido.

– Achei que tivéssemos combinado que fantasiar sobre ser atirada sobre a bancada da cozinha constitui *sim* um crush.

Eu bufo.

– Tá bem. É… Bom, não penso muito nisso, na verdade. Não passo tanto tempo assim sonhando em transar com ele. – Mentirosa. – Está numa fase embrionária. – Está chegando à adolescência e é forte como um touro. – Acho que um pouco de distância vai fazer bem. Estou quase alugando um apartamento mais ou menos barato no centro da cidade.

Vou sentir falta deste lugar. Vou sentir falta de me sentir perto da Helena. Vou sentir falta do jeito que Liam me sacaneia por eu ser incapaz de aprender para que servem os botões do controle idiota do PlayStation. Muito, muito mesmo.

– E tem certeza de que Liam tá de boa com essa sua mudança?

– É o que ele quer. – As coisas andaram um pouco estranhas na última semana. Um clima constrangedor. Meio que um retrocesso na relação, mas… Eu vou ficar bem. Vai ficar tudo bem. – Acho que vai passar. O crush.

– Claro – concorda Sadie, aparentando não concordar nem um pouco.

– Muito em breve – acrescento.

– Tenho certeza.

– Eu só preciso que ele… nunca descubra sobre as fantasias em cima dos móveis – explico.

– Hum.

– Porque as coisas iam ficar meio esquisitas pra nós dois – completo. – Pra ele.

– É.

– E ele não merece isso.

– Não.

– Ele é um bom amigo. Além disso, está passando por várias mudanças na vida dele. Quero poder dar apoio. E gosto de estar com ele.

– Aham.

– Basicamente, não quero que ele se sinta desconfortável perto de mim.

– Claro que não.

– Enfim… – Minhas bochechas estão quentes. Deve ter sido todo aquele vinho. – A gente devia falar sobre outra coisa.

– Tá bem.

– Tipo. Literalmente qualquer outra coisa.

– Beleza.

– Uma de vocês tem que puxar um assunto.

Se estivessem aqui pessoalmente, Sadie e Hannah trocariam um olhar demorado e significativo. Nesse nosso arranjo, elas ficam em silêncio por alguns segundos. Então Hannah diz:

– Posso te contar uma história?

– Claro.

– É sobre uma amiga minha.

Eu franzo a testa.

– Que amiga?

– Ah… Sarah.

– Sarah?

– Sarah.

– Acho que não sei quem é. Desde quando você tem amigas que eu não conheço?

– Não importa. Então, alguns anos atrás, minha amiga Sarah foi morar com esse cara, é… Will. E no começo eles se odiavam muito, mas depois descobriram que eram mais parecidos do que imaginavam, e ela começou a falar dele cada vez mais, de um jeito cada vez mais positivo. Então Sadie e eu… Sadie conhece ela também… Bom, a gente ficou, tipo, "Nossa, ela tá gostando desse cara?". Daí, uma noite, minha amiga me confessou que tinha fantasias eróticas e bastante elaboradas com Will jogando ela na bancada da cozinha e…

– Tchau, Hannah.

– Peraí – diz Sadie –, a gente não ouviu o final.

– Vocês são péssimas amigas e eu não sei por que amo tanto vocês.

Desligo na cara delas, rindo contra minha vontade. Atiro o celular longe e me levanto para encher minha taça de vinho, pensando que, quando Hannah e Sadie se apaixonarem por alguém, eu vou implicar com elas sem dó e inventar histórias que não existem sobre pessoas que não existem, e aí elas vão ver como é bom ser…

– Mara.

Liam está de pé na entrada da sala de estar, a gravata em uma mão, parecendo cansado e bonito e alto e…

Merda.

– Liam?

– Oi.

– Q-quando você chegou?

– Agora mesmo.

– Ah. – *Graças a Deus.* – Como foi sua… entrevista, como foi?

– Boa, eu acho.

– Ah. Que bom.

Ele disse que acabou de chegar. Não tem como ele ter escutado o que eu disse. Eu não falei nada comprometedor nos últimos segundos. E o falso conto de fadas de Hannah usava nomes fictícios.

Então por que ele está me olhando desse jeito?

– Quando vai saber se conseguiu o emprego?

Ele dá de ombros.

– Daqui a alguns dias, imagino.

Ele cortou o cabelo na semana passada. Não muito curto, porém mais curto que o normal. Às vezes, muitas vezes, eu o vejo sob certa luz, ou o pego fazendo uma daquelas caras que tenho certeza de que ele não deixa ninguém ver, e fico sem ar diante da maravilha que é.

– Está com fome? Fiz um mexidão. Sobrou um pouco.

Ele me observa e não diz nada.

– Não tem cenoura – completo. – Juro.

O que vou fazer com todo esse conhecimento que tenho do que ele gosta e não gosta? Todo esse conhecimento que tenho *dele*? Para onde vai tudo isso quando ele não estiver mais na minha vida?

– Obrigado, mas não estou com fome.

– Tá bem. – Ando ao redor do sofá, procurando algo para fazer comigo mesma, e me apoio no batente da porta. A poucos metros dele. – Acho que encontrei um lugar. Pra morar, quero dizer.

– Encontrou? – pergunta ele, com uma expressão indecifrável.

– Aham. Mas só vou saber daqui a alguns dias.

Silêncio. E um olhar longo e pensativo.

– Mesmo assim, não vou vender minha metade da casa. Desculpa, eu sei que você quer comprar, mas…

– Eu não quero.

Eu franzo a testa.

– Como assim, não quer?

– Não quero.

Dou risada.

– Liam, faz um milhão de anos que você está querendo comprar a minha parte.

Sua boca se curva.

– Há um milhão de anos a casa não existia e este lugar era um pântano, mas não é como se você fosse uma cientista ambiental e pudesse saber disso…

– Ah, cala a boca. O que estou dizendo é que, por um bom tempo… – No entanto, agora que estou pensando nisso, o advogado dele não me envia um e-mail há… semanas. Meses, talvez? – Ah, meu Deus. Liam, você está sem dinheiro? – Eu me inclino para a frente. – É o mercado de ações? Você jogou fora todas as suas economias? Apostou todo o seu dinheiro na seleção dos Estados Unidos achando que fossem ganhar a Copa do Mundo e só percebeu tarde demais que eles nem sequer se classificaram? Você se envolveu em um esquema de pirâmide e não consegue parar de comprar suplementos...?

– Você está bêbada?

– Não. Bem, eu bebi um pouco do seu vinho. Muito. Por quê?

– Você fica irritante quando está bêbada. – Dá para ver o lampejo de um sorriso em seus olhos. – Mas fofa.

Dou a língua para ele.

– Você é irritante o tempo inteiro.

E fofo também.

O sorriso de Liam se alarga um pouco, e ele olha para os pés. Depois diz:

– Boa noite, Mara.

Ele se vira e vai para o quarto. A luz amarela da luminária lança um brilho quente e dourado sobre toda a extensão de seus ombros.

– Aliás – digo –, eu comprei um creme novo. É de canela. Você vai odiar!

Liam não responde e continua andando. Eu não o vejo até a noite seguinte, e é quando...

É quando tudo acontece.

Capítulo Treze

O mais estranho é a rapidez com que tudo muda.

Em um minuto, estou limpando a cozinha, me perguntando se o copo do liquidificador pode ser lavado na lava-louças, pensando no momento difícil pelo qual estou passando e na minha mudança iminente, em como vou sentir falta disto: voltar para casa depois do trabalho e encontrar na pia um escorredor de macarrão e uma dúzia de garfos, imaginando quantos deles são de Liam.

No minuto seguinte, ele está atrás de mim. Liam Harding está bem atrás de mim, me encurralando contra a bancada. Como se ele *quisesse* estar aqui, perto, me tocando, tanto quanto eu quero. Estou abismada demais para fazer qualquer coisa a respeito da água que jorra na pia, mas ele se inclina para fechar a torneira e, de repente, a cozinha fica em silêncio.

A mão dele se apoia no meu quadril, e não consigo pensar direito. Não consigo compreender o que está acontecendo. Estou respirando. Ele está respirando. Estamos respirando juntos – no mesmo ritmo, o mesmo ar –, e por um momento eu apenas sinto. Isso. É gostoso. É bom. É o que venho desejando.

Então ele afasta meus cabelos e expõe a minha nuca. Sinto algo – dentes, talvez? – roçando minha pele.

– Liam?

Dou um leve gemido.

– Sou eu. – Ele está me beijando. Ali. – Tudo bem por você?

Estou fazendo que sim com a cabeça... Para quê, não sei. *Sim, você é o Liam. Sim, tudo bem fazer isso. Sim, estou prestes a derreter no chão.*

– Você é tão cheirosa, Mara.

Agradeço aos céus por ter a pia da cozinha para me apoiar, porque meus joelhos estão prestes a ceder. Agradeço pelas mãos de Liam também. Só que uma delas está deslizando sob a minha blusa. Nunca me vi como uma mulher pequena, mas de alguma maneira a mão dele consegue abranger todo o meu tronco enquanto seu polegar...

Está roçando a parte de baixo do meu seio e...

Ah.

Ele lambe minha nuca, e fico constrangida ao ouvir meu próprio gemido.

– Você é tão macia. – Sua respiração está quente no meu ouvido, e eu estremeço. Apenas uma vez. – Acho que imaginei que não seria. Você está sempre correndo, malhando. Parece tão forte, mas...

Ele me solta por uma fração de segundo, e todas as células do meu corpo se revoltam ao mesmo tempo.

Não.

Espera.

Fica aqui.

Mas ele está apenas me ajeitando. Sua mão pressiona a parte inferior das minhas costas, me inclinando ligeiramente para a frente, como se... Meu Deus, como se ele estivesse prestes a...

Ele volta para mim imediatamente. Começa a abrir o zíper da minha calça jeans, o ruído quebrando o silêncio. Solto o ar com força.

– Tudo bem? – pergunta ele mais uma vez, suave, ensurdecedor, e *está* tudo bem.

Mesmo que minha calça esteja deslizando pelas minhas coxas, e eu nunca, nunca tenha me sentido tão fora do controle de uma situação. Acho que estamos prestes a fazer sexo, mas sexo *não é* isso. Sexo é tirar as roupas desajeitadamente, negociar posições e horas de preliminares pontuadas com "Tem certeza de que não quer ficar por cima?" e "Peraí, isso é o meu cotovelo". Sexo não vai de zero a um milhão desse jeito. Não para mim. Não é agarrar a beirada da pia para tentar não gemer, ou precisar me esfregar contra alguma coisa – qualquer coisa –, ou sentir meus joelhos amolecerem e virarem gelatina.

– Era isso que você queria, Mara? – Ele desliza um dedo sob a minha calcinha e afasta os meus lábios. Um único dedo. – O que você... *Ah.*

Por um momento, entro em pânico. Não é possível que eu esteja molhada, não tão depressa. Mas então percebo que estou e posso sentir e ouvir o deslizar escorregadio de pele contra pele, meu corpo já começando a vibrar.

E Liam deixa claro que está gostando.

– Você – grunhe ele no meu ouvido. – Você não acreditaria nas coisas que já pensei em fazer com você.

– As cois...

– É assim que você queria?

– Queria... o quê?

– Você disse que queria que eu te comesse. Rápido e com força. – Eu disse isso? Não consigo me lembrar. Não consigo lembrar meu próprio nome, e então as coisas ficam ainda piores: ele se ajoelha atrás de mim. O que ele...? – Tira. – Liam abaixa minha calça jeans e minha calcinha até que elas estejam ao redor dos meus tornozelos, então as joga do outro lado da sala assim que eu me livro delas. – Boa menina.

Eu arquejo. Ele disse isso mesmo? Para mim? Mas não posso pedir que ele repita, já que ele claramente se distraiu um pouco no caminho de volta para cima. Sua mão viaja ao longo da parte interna da minha coxa, seus dedos compridos apertam a pele macia da minha bunda. De repente me ocorre que estou nua. Completamente nua, a não ser por uma camiseta fininha e um sutiã ainda mais fininho. E que essa pessoa mordendo delicadamente a polpa da minha bunda como se eu fosse um pedaço de fruta madura, essa pessoa é Liam Harding.

Liam. Harding. Que me toca como se já conhecesse meu corpo. Que me abre como se eu fosse um livro da faculdade de direito e enterra o rosto em mim. Que geme contra minha pele e murmura:

– Desculpa. – Ele parece realmente estar se desculpando ao se afastar para lamber e chupar a pele da minha nádega direita. – Sei que você quer rápido e com força. Mas é que eu penso muito nisso. Em você.

Um segundo depois ele está de pé novamente, o peito contra as minhas costas. Uma mão aperta de leve o meu quadril, e ele empurra um joelho entre as minhas pernas, até que a maior parte do meu peso esteja descansando em sua coxa. Ouço sons vagamente obscenos: algo tilintando, algo tateando, algo sendo empurrado para o lado. Então sinto uma carne quente contra a minha e um "Tudo bem?" sussurrado, que devo ter respondido com um aceno de cabeça, porque...

Fricção.

Minha visão fica embaçada. Liam está dentro de mim. Só um pouco. Apenas a cabeça. Ele é enorme – não cabe, *não cabe de jeito nenhum* –, implacável, gostoso, magnífico. *Profundo.*

– Porra, Mara. Isso é *surreal.*

E então são vários gemidos ofegantes e "Só mais um pouquinho" e músculos se contraindo e relaxando, mas ele vai mais fundo, e aí é quase um pouco demais. Seria demais, mas ajuda o fato de Liam se agarrar a mim como se fosse morrer se me soltasse, ou de que seus dedos estejam vacilantes enquanto ele afasta meus cabelos do meu ombro. Mas o meu corpo parece estar a fim disso, espaços escondidos e não utilizados, preenchidos, latejando ao redor... Meu Deus.

Ao redor do pau de Liam.

– Eu não consigo pensar quando você está por perto. – Sua voz é áspera. Ele fica parado dentro de mim, como se não estivesse com pressa para começar, mas posso senti-lo vibrar com a tensão. A palma de sua mão desliza para baixo até pousar no meu clitóris. – Não consigo pensar quando você *não está* por perto. Tem sido um problema. Sinto que não formulo um pensamento coerente há meses. Sinto que você não vai sair da minha cabeça, e...

E, de repente, está tudo acabado. Liam ainda nem se moveu, mas minha mente esvazia. O mundo desaparece e eu começo a gozar sem aviso, arqueando contra ele, mordendo o lábio para abafar um grito. Eu me sinto mergulhada em prazer e sou incapaz de evitar.

Não sei quanto tempo passa até que recupero os sentidos e percebo a respiração intensa dele no meu ouvido.

– Você acabou de...? – Liam parece em agonia. – Você realmente gozou, só de eu...

Estou desnorteada. Minhas terminações nervosas ainda estão formigando. Fecho os olhos com força e assinto constrangida assim que seus dentes se fecham ao redor da parte carnuda do meu ombro. Ele grunhe como um animal, como se estivesse desesperado para manter o pouco de controle que resta.

– Porra, Mara, você... Posso te levar pra cama?

Sua voz soa diferente de todas as vezes que já a ouvi, suplicante e um pouco bruta. Ele ainda está se contorcendo dentro de mim; a cada poucos segundos, mais ou menos, parece perder o controle que tem sobre si mesmo, e mexe os quadris. Não me ajuda a focar. Nem a ele. *Não nos ajuda a focar.*

O que talvez devêssemos fazer. Talvez isso precise parar agora. Por melhor que tenha sido – e esse momento acabou de redefinir o que é sexo para mim –, não sei bem por que Liam quer isso, e se é apenas uma transa por impulso, que não significa nada para ele, mas que promete muito sofrimento para mim depois... Será que deveríamos parar por aqui?

– Vou tentar ser rápido. – Ele está lambendo a marca de sua mordida anterior. – Mas deixa eu te levar pra cama.

A questão é que eu não quero parar. Eu já gozei uma vez, só de ele entrar em mim, da sensação de sua mão segurando o osso do meu quadril – um pequeno milagre por si só, porque geralmente eu levo uma *eternidade*. Mas, se eu deixar que ele me leve para a cama, ele vai acabar comigo. Vai arruinar a chance de eu me relacionar com qualquer outra pessoa. Vai me destruir de todas as maneiras possíveis.

– Por favor – murmura ele.

Eu não tenho mesmo escolha: quero dizer sim, então assinto. *Faz o que quiser comigo, Liam.*

Não é bom quando ele sai de dentro de mim. Ele solta um arquejo de pura frustração e é nítido que não está nada feliz. Também não estou, e fui eu que acabei de ter um orgasmo que simplesmente mudou a minha vida. Foi Liam quem me proporcionou esse momento e recebeu muito pouco em troca – o que nem chega a ser uma surpresa.

Eu não teria me apaixonado por um homem que não fosse generoso.

Liam tira minha blusa e meu sutiã, e ainda estou tremendo demais de prazer para fazer qualquer coisa além de ficar parada e permitir que ele o faça, olhando enquanto ele me encara com um olhar sombrio e indecifrável, apesar de eu estar ali completamente nua, com meu umbigo para fora e a cicatriz do lacrosse brilhando sob as luzes fracas.

– Vem cá. Mara, você... Caralho. Vem cá.

Sua mandíbula está tensa quando ele me pega no colo e me leva para o quarto dele. É minha primeira vez aqui, mas conheço este lugar, porque conheço Liam. Cores escuras. Fotos emolduradas da natureza semi-hostil das viagens sobre as quais me contou. Pouquíssimos móveis. Uma pilha de livros na mesa de cabeceira. Óculos de leitura, com os quais adoro implicar, abertos no meio da escrivaninha. Quero explorar cada canto, mas não há tempo. O colchão cede sob as minhas costas, e então ele ocupa todo o meu campo de visão.

– Posso beijar você? – pergunta ele.

Sua boca está pairando alguns centímetros acima da minha, então eu apoio as mãos em sua nuca e arqueio o corpo na direção dele, beijando-o eu mesma.

É lento e quente e dolorosamente cauteloso. Ele estava me fodendo menos de um minuto atrás. Estava tão fundo dentro de mim que me senti deliciosamente dividida em duas. Mas agora vem esse deslizar suave de lábios e línguas, Liam me mordiscando, segurando primeiro meu queixo, depois a parte de trás da minha cabeça, e meu coração se entrega a ele.

Estou catastroficamente, avassaladoramente apaixonada por você.

– Eu amo beijar você – digo, suspirando em sua boca.

– Mara. – Os lábios dele. A voz. – Eu quero beijar você toda. – Ele se move para trás, como se algo lhe ocorresse naquele momento. – Posso chupar você?

Sinto minhas bochechas esquentarem. Ele realmente quer fazer isso?

– Só por um minuto – acrescenta ele, e então...

É incrível como ele aguarda a minha resposta. Ele acabou de me inclinar sobre a pia da cozinha, deslizar para dentro mim e me fazer gozar no seu pau, mas agora está pedindo permissão para me chupar como se eu estivesse fazendo um favor a *ele*.

– Tem certeza?

– Trinta segundos. Por favor.

– Sim. Quer dizer, se... se é isso mesmo que você... Ah...

Ele é muito bom nisso. Não... Talvez não extremamente habilidoso, mas está cem por cento dedicado, meticuloso, ruidoso, perdido no desfrutar absoluto e maravilhado do ato, de mim. Meus quadris arqueiam e ele precisa me segurar, me conduzir para o prazer. Dura mais de trinta segundos. Dura mais de três minutos, talvez mais de dez, mas minhas coxas estão tremendo e minha boceta tem espasmos e o gozo se aproxima como uma onda, e, quando acho que o prazer está finalmente diminuindo, ele enfia dois dedos dentro de mim e meus quadris se levantam, porque não acabou. O mundo gira ao meu redor. Já tive mais orgasmos nos últimos vinte minutos do que no ano passado inteiro.

Com os dedos ainda dentro de mim, ele ergue o olhar, os olhos suaves, sérios e tomados por suas pupilas.

– Obrigado.

Ah.

– Eu acho... – Pigarreio. Minha voz continua rouca. – Acho que eu que devia agradecer.

Ele balança a cabeça e se ergue sobre mim, apoiado em um braço, e meus olhos se arregalam. Ele se toca com a outra mão enquanto olha para os meus seios com uma expressão extasiada.

– Isso é muito gostoso, Mara. Você é muito gostosa. Por que quer que seja rápido? – Ele se inclina para me beijar novamente, lambendo o interior da minha boca, mordiscando meu pescoço. – Eu não quero que acabe – diz ele, roçando a pele contra a minha.

Não faço ideia do que ele quer dizer. Não quero que seja rápido. Eu nunca disse que queria, mas ele continua repetindo isso...

Só que eu *disse* isso. Merda, eu disse isso. Só que não foi para *ele*.

– Você me ouviu – afirmo.

Liam está absorto. Lambendo um dos meus mamilos. Mordendo-o suavemente. Lambendo-o de novo. Fazendo um trabalho *espetacular*.

– Você me ouviu – repito. Enrosco o meu dedo em seu cabelo para fazê-lo diminuir o ritmo. – No telefone.

Ele para, mas não levanta a cabeça. Sua respiração, quente contra o meu peito, me faz tremer.

– Lembra quando encontrei você no meu banheiro? Eu não paro de pensar nos seus peitos desde...

– Liam, você me ouviu falar pras minhas amigas... – No momento ele está ocupado chupando a parte de baixo do meu seio, mas por algum motivo não consigo repetir a frase. – Sobre o que eu queria que você fizesse. Você me ouviu.

Ele ergue o olhar. Está corado, excitado e mais lindo do que nunca.

– Eu posso fazer isso, Mara. Posso fazer isso por você. O que você quer.

– Eu não... – Isso é constrangedor. Eu o empurro, mas ele mal se move. – Se isso for caridade ou coisa do tipo, fique sabendo que não preciso que você transe comigo por pena. Sou perfeitamente capaz de...

Ele pega minha mão e a puxa para baixo, arrastando-a pelo seu peito, passando pelo seu abdômen, até chegar ao seu pau quente. É enorme, e quase automaticamente meus dedos se fecham ao seu redor. Liam faz uma careta, mordendo o lábio inferior, e de repente me dou conta de que ele está me tocando de todas as maneiras possíveis, mas que ainda não o toquei, de jeito algum. Parece triste, injusto e insuportavelmente ridículo. Algo que preciso remediar.

– Isso aqui faz parecer que estou transando com você por pena? – pergunta ele.

Não. Não, definitivamente não. Mas...

– Não sei.

Por vontade própria, minha mão começa a se mover para cima e para baixo, movimentos simples que o fazem ofegar e fechar os olhos. Seus lábios se abrem enquanto faço círculos ao redor da cabeça úmida com o polegar. O braço em que ele está apoiado treme. Visivelmente.

– Qual é, Mara. – Seus quadris estão se movendo agora. Para dentro e para fora do meu punho fechado. Ele está chegando perto. Mais perto de algo. – Você sabe.

– Sei o quê?

– Como tem sido difícil... Caralho... Manter minhas mãos longe de você. Como eu queria isso, quase desde o começo.

Ah.

Ah, meu *Deus*.

Seus olhos estão vidrados; os músculos, tensos. Ele está prestes a gozar, isso é óbvio. Tão óbvio que fico chocada quando seus dedos envolvem meu pulso para me parar.

– Por favor, deixa eu comer você. Deixa eu dar o que você quer. Deixa eu tentar, pelo menos. – Ele beija um sinal sob o meu queixo. – Rápido e com força.

Não vou dizer não a ele. Não vou dizer não a *mim mesma*. Em vez disso, sorrio e o puxo para cima de mim, os braços entrelaçados ao redor de seu pescoço enquanto silenciosamente murmuro contra seu ombro como eu gosto dele, como estou adorando isso, e Liam nos ajusta e se inclina até que esteja quase dentro de mim novamente, quente e úmido e… o pensamento mais irritante me ocorre. *Merda*.

– Camisinha! – exclamo. – A gente precisa… Você…?

Liam dá um gemido.

– Merda.

Seus bíceps estão tremendo, os nós dos dedos, brancos, de tão agarrados aos lençóis. Então ele respira fundo e muda de posição, até conseguir deslizar um, dois dedos profundamente dentro de mim, curvando-os para cima para que vibrem bem onde preciso deles.

– O que você está…? – começo a dizer.

Meu Deus, isso é absurdamente bom.

– Não tenho camisinha. – Suas palavras saem um pouco arrastadas. – Eu vou fazer você gozar assim e depois eu gozo.

Ele aparenta estar fazendo a coisa mais difícil da vida, e ainda assim fica claro que está absolutamente tranquilo com isso. O que… Não. Não, não, não, *não*.

– Liam, você está… *Ah*… Você está limpo? – Seu polegar esfrega meu clitóris. Dou um gemido. – Porque eu tomo pílula, e…

– Não faço ideia.

Como assim ele não faz ideia? Agarro seu antebraço para detê-lo. O problema é que ele ainda consegue curvar os dedos. Seus longos e lindos dedos.

– Fez exame de sangue desde a última vez que você…?

Eu me preparo para todos os tipos de respostas horrorosas, desde "Claro que não, a última vez que transei com alguém foi ontem" até "Todo mundo tem HPV mesmo". Mas o que vem é:

– Todo ano faço vários exames pro trabalho. Eu… Mara, não tem problema. – Ele me beija na bochecha, e um giro de seu pulso faz meu cérebro esvaziar. – Acho que consigo fazer você gozar com os dedos. Assim é seguro. E você não precisa depois…

– Quando foi a última vez que você transou? Você pode... *Ah*, por favor, por favor, para com isso.

– Eu não faço ideia. – Liam remove os dedos. Por um segundo, o atrito me distrai. Então minha boceta se contrai em protesto. – Eu não faço sexo, Mara.

– Você... você o quê?

Ele desvia o olhar. Nós dois estamos respirando com dificuldade.

– Eu não gosto de sexo – diz ele.

Olho para baixo. Ele está muito duro. Seu pau pesa sobre a minha coxa. Tem um líquido pré-gozo na minha pele.

– Você parece... gostar bastante.

– É. Mas, na verdade, não. É que... – Ele me encara. Seus olhos são de um castanho-escuro bonito. – Eu gosto muito de *você*, Mara. Gosto de conversar com você. De ver você fazendo ioga. De como você cheira a protetor solar. Gosto de como você sempre consegue dizer o que quer e mesmo assim ser absurdamente gentil. Gosto de estar nesta casa com você e de tudo que a gente faz aqui. – Ele engole em seco. – Não acho que seja uma surpresa que eu goste muito, muito mesmo da ideia de transar com você.

Ai, meu Deus. Ai, meu Deus ai meu Deus ai meu Deus...

– Mas eu não preciso... Estou tendo prazer com isso. – Ele para de falar e faz uma careta, como se estivesse chocado com o eufemismo. – Talvez até demais, já que quase gozei... várias vezes, só de estar perto de você. Então por mim tudo bem se você apenas me deixar cuidar de você e...

Não.

Dou um empurrão em seu ombro, em seu peito, e então continuo empurrando até ele parecer resignado, depois confuso, depois perplexo. Uma vez que suas costas estão no colchão, ele me deixa montar em seus quadris e dá um gemido.

– O que você está fazendo? – protesta ele.

Eu me inclino e sussurro em seu ouvido:

– Rápido e com força, Liam.

Há um longo instante durante o qual ele apenas me encara, desorientado. Então ele se dá conta: estamos perfeitamente alinhados. Eu me esforço para colocá-lo dentro de mim; tenho um pouco de dificuldade, porque ele é muito *grande* nessa posição. Mas agora estou me mexendo, apoiando as palmas das mãos no peito dele, para cima e para baixo e para cima de novo, e alguns minutos depois, na descida, ele está completamente dentro de mim.

O ângulo é tão profundo que minha visão fica turva. O aperto dele na minha cintura chega a doer.

– Mara. – Ele está ofegante. – Eu não vou conseguir tirar.

– Tudo bem. – Está *perfeito*. – Só faz o que for prazeroso pra você.

Tudo dá prazer no fim das contas. Nossa pele se esfregando, a fricção molhada – mesmo com nossos movimentos desajeitados, quando ele escorrega para fora e tem que colocar de volta, parece tudo perfeito. A maneira como ele olha atordoado para o meu rosto, meus seios, meus quadris subindo e descendo; os sons úmidos e lascivos de nós dois nos movendo juntos; as coisas que ele diz sobre como eu sou bonita, sobre todas as vezes que ele imaginou fazer isso – e são muitas.

Sinto minha pulsação acelerar e sorrio para ele enquanto me inclino para a frente. *Eu te amo*, penso. *E acho que você também me ama. E mal posso esperar para admitirmos isso um para o outro. Mal posso esperar para ver o que vai acontecer depois.*

– Eu acho… – grunhe ele contra o meu pescoço. – Mara, acho que vou gozar agora.

Eu assinto, perto demais para conseguir falar qualquer coisa, e deixo que ele mude a gente de posição.

– Bem, foi rápido mesmo – diz Liam, ainda sem fôlego, em um tom levemente autodepreciativo.

– Aham.

Delicioso. Foi *delicioso*.

– Posso me sair melhor – continua ele. Tenho certeza de que ele não faz ideia de que isso *foi* melhor. O melhor. De todos. – Acho que consigo. Talvez com a prática.

Eu nem sei exatamente se acabou mesmo. Minhas terminações nervosas ainda estão se contraindo. Meu corpo inteiro é inundado com uma espécie de prazer elétrico, arrancado de mim e então derramado de volta outra vez.

– Não foi *tão* rápido assim – digo.

Liam enterra o rosto no meu pescoço e se enrosca em mim, me fazendo parecer minúscula. Sim. *Foi rápido, sim.*

– Eu quero dizer – murmuro contra seu peito – que não foi rápido demais. Foi... – Extraordinário. Espetacular. Transcendente. – Bom. Muito bom. – Ele dá um beijo no meu pescoço, e eu acrescento: – Mas também não foi com tanta força assim – acrescento.

Ele fica tenso.

– Desculpa. Você...?

– Ou seja, a gente devia fazer isso de novo. – Ele se afasta para encontrar meus olhos. Parece muito, *muito* sério. Eu não. – E de novo. E de novo. Até acertar. Perfeitamente rápido e perfeitamente com força. Sabe como?

Seu sorriso se abre lentamente.

– É?

Esperançoso e feliz, ele parece mais jovem do que nunca. Eu sorrio e o puxo para um beijo.

– É, Liam.

Epílogo

SEIS MESES DEPOIS

– Quem é que coloca creme pra café no smoothie?

   – As pessoas.

   – Duvido.

   – Várias pessoas.

   – Me fala uma.

   – Eu.

Reviro os olhos.

   – Então me fala duas.

Silêncio.

   – Viu?

Liam suspira.

   – Isso não quer dizer nada, Mara. Pessoas normais não conversam sobre creme pra café.

   – Você e eu com certeza conversamos. Avelã ou baunilha?

   – Baunilha.

Coloco duas embalagens no carrinho. Então fico na ponta dos pés e dou um beijo na boca de Liam, rápido e com força. Liam tenta continuar o beijo quando dou um passo para trás, como se relutasse em me deixar.

– Tá bom – digo, sorrindo. Ultimamente, estou sempre sorrindo. – O que mais?

Liam passa os olhos na lista que fiz hoje cedo, sentada entre suas coxas enquanto ele estava ocupado matando bandidos no PlayStation. Ele força um pouco a vista para ler minha letra horrorosa, e tento não rir.

– Acho que acabou. A menos que você precise de mais algumas caixas de biscoitos de queijo tamanho família.

Dou a língua para ele. Minha mão cai para o lado, até que roça a dele. Ele começa a empurrar o carrinho de compras e entrelaça seus dedos nos meus.

– Podemos ir embora? – pergunta ele.

– Podemos. – Abro um sorriso largo. – Vamos pra casa.

Presa
com Você

Para Marie, minha Elizabeth Swann favorita.

Capítulo Um

Meu mundo acaba às 22h43 de uma sexta-feira à noite, quando o elevador para entre o oitavo e o sétimo andar do prédio em que fica a empresa de engenharia onde trabalho. As lâmpadas do teto piscam. Então se apagam por completo. Em seguida, depois de um intervalo de cinco segundos que parece durar décadas e décadas, a iluminação volta, mas com o tom ligeiramente mais amarelado da lâmpada de emergência.

Merda.

Uma curiosidade: na verdade, esta é a segunda vez que meu mundo acabou esta noite. A primeira foi há menos de um minuto. Quando o elevador em que estou agora parou no décimo terceiro andar e Erik Nowak, a última pessoa que eu queria ver, apareceu que nem um viking em todo o seu esplendor louro e imponente. Ele ficou me olhando pelo que pareceu muito tempo, deu um passo para dentro e depois me olhou um pouco mais, enquanto eu inspecionava intensamente os bicos dos meus sapatos.

Merda. Merda.

A situação é um pouco complicada. Eu trabalho em Nova York, e minha empresa, a GreenFrame, aluga um pequeno escritório no décimo oitavo andar de um prédio em Manhattan. Bem pequeno. Tem mesmo que ser muito pequeno, porque somos uma empresa novata, ainda nos estabelecendo em um mercado bastante implacável, e nem sempre ganhamos rios de dinheiro. Acho que isso é o que acontece quando a gente valoriza coisas como sustentabilidade, proteção do meio ambiente, viabilidade e eficiência econômica, recursos renováveis, minimização da exposição a riscos em potencial como materiais tóxicos e... Bem, não quero entediar você com um verbete da Wikipédia sobre engenharia verde. Basta dizer que a minha chefe, Gianna (que é a única outra engenheira trabalhando em tempo integral na empresa), fundou a GreenFrame com o objetivo de criar grandes estruturas que realmente façam sentido em seu ambiente, e é extremamente dedicada a isso, de uma forma maravilhosa. O lado ruim é que essa área nem sempre paga muito bem. Ou bem.

Ou sequer paga.

Então, como eu disse, nossa situação é um pouco complicada, principalmente quando comparada à de empresas de engenharia mais tradicionais que não focam tanto em conservação e em controle de poluição. Como a ProBld, a empresa gigantesca onde Erik Nowak trabalha. A que ocupa o décimo terceiro andar inteiro. E o décimo segundo. Será que o décimo primeiro também? Já nem sei mais.

Então, quando o elevador começou a desacelerar no décimo quarto andar, senti uma onda de apreensão, que ingenuamente deixei de lado, considerando ser mera paranoia. *Você não tem nada com que se preocupar, Sadie*, eu disse a mim mesma. A ProBld tem um monte de escritórios. Eles estão sempre em expansão. Orquestrando "fusões" e engolindo empresas menores. Feito a bolha assassina. Eles são a entidade ameboide alienígena corrosiva do setor, logo centenas de pessoas trabalham para eles e qualquer uma delas poderia ter chamado o elevador. Qualquer uma. É impossível ser Erik Nowak.

Aham.

Era exatamente Erik Nowak. Com sua presença colossal. Erik Nowak, que passou todo o nosso trajeto de cinco andares me encarando com seus olhos azuis gélidos e implacáveis. Erik Nowak, que está olhando para a luz de emergência com a testa ligeiramente franzida.

– Faltou luz – diz ele, numa declaração óbvia, com sua voz absurdamente grave.

Ela não mudou nada desde a última vez que nos falamos. Nem desde aquela sequência de mensagens de voz que ele deixou no meu celular antes de eu bloquear o número dele. Aquelas que eu jamais me dei o trabalho de responder, mas que também não consegui excluir. Aquelas que ouvi várias e várias vezes sem parar.

Continua sendo uma voz idiota. Idiota e ardilosa, forte e precisa, com propriedades acústicas próprias. "Eu vim da Dinamarca pra cá aos 14 anos", ele me disse no jantar quando perguntei sobre seu sotaque – leve, difícil de detectar, mas definitivamente presente. "Meus irmãos mais novos acabaram perdendo o sotaque, mas eu, não." Seu rosto estava severo como sempre, mas vi sua boca se suavizar, com uma curvinha no canto que poderia ser um sorriso. "Como pode imaginar, implicavam muito comigo na adolescência."

Depois da noite que passamos juntos, depois de tudo que aconteceu entre nós, eu não conseguia tirar da cabeça a maneira como ele pronunciava as palavras. Passei dias me assustando, virando-me toda vez que pensava ter ouvido sua voz vindo de algum lugar próximo. Achava que pudesse estar por perto, mesmo que eu estivesse correndo no parque, sozinha no escritório ou na fila do supermercado. A voz dele tinha simplesmente grudado em mim, cobrindo meus ouvidos e o interior da minha...

– Sadie? – A voz desprezível de Erik interrompe meus pensamentos. Tem a entonação de quem está repetindo alguma coisa, e provavelmente não pela primeira vez. – Está ou não?

– Está ou não o quê? – Olho para cima e o vejo ao lado dos botões do elevador. Mesmo nas sombras duras da luz de emergência, ele é tão... Meu Deus. Fitar seu belo rosto é um erro. Ele é um erro. – Desculpa, é... O que você falou?

– Seu celular está funcionando? – pergunta ele mais uma vez, paciente, gentil.

Por que ele é tão gentil? Não deveria ser. Depois do que aconteceu entre nós, decidi me torturar perguntando sobre ele por aí, e a palavra *gentil* nunca apareceu. Nenhuma vez. Um dos melhores engenheiros de Nova York, as pessoas costumavam dizer. Conhecido por ser tão competente quanto intratável. Pragmático, esquivo, frio. Embora ele nunca tivesse sido assim comigo. Até ser, é claro.

– Hum. – Pego meu celular no bolso de trás da minha calça preta de alfaiataria e pressiono o botão para ver a tela inicial. – Sem serviço. Mas isso aqui é uma gaiola de Faraday – digo, pensando em voz alta –, e o poço do elevador é de aço. Nenhum sinal vai ser capaz de fazer um loop e... – Percebo o jeito como Erik está olhando para mim e calo a boca abruptamente. Ele também é engenheiro. Já sabe de tudo isso. Pigarreio. – É, não tem sinal, não.

Erik assente e continua:

– O wi-fi deveria estar funcionando, mas não está. Então talvez tenha sido...

– ... uma queda de energia no edifício inteiro?

– Quem sabe até no quarteirão inteiro.

Merda.

Merda, merda, merda. Merda.

Erik parece estar lendo minha mente, porque me observa por um instante e diz de forma tranquilizadora:

– Pode ser melhor assim. Alguém vai verificar os elevadores se souber que faltou luz. – Ele faz uma pausa antes de acrescentar: – Embora possa demorar um pouco.

Dolorosamente franco. Como sempre.

– Quanto tempo?

Ele dá de ombros.

– Algumas horas?

Algumas o quê? Algumas horas? Em um elevador que é menor que o meu banheiro já minúsculo? E com Erik Nowak, a mais taciturna das montanhas escandinavas? Erik Nowak, o homem que eu...

Não. De jeito nenhum.

– Deve ter alguma coisa que a gente possa fazer – digo, tentando soar controlada.

Juro que não estou entrando em pânico. Não muito.

– Não consigo pensar em nada.

– Mas... o que a gente faz agora, então? – pergunto, odiando o tom choroso da minha voz.

Erik deixa sua bolsa carteiro cair no chão com um baque. Ele se apoia na parede oposta à minha, o que teoricamente deveria me dar algum espaço para respirar, mas, por alguma razão que desafia a física, ainda parece perto demais. Eu o vejo enfiar o celular no bolso da frente da calça jeans e cruzar os braços. Seu olhar é frio, insondável, mas há um brilho fraco neles que faz um arrepio percorrer as minhas costas.

– Agora – diz ele, olhando fixamente para mim – a gente espera.

São 22h45 de uma sexta-feira à noite. E, pela terceira vez em menos de dez minutos, meu mundo acaba.

Capítulo Dois

Existe coisa pior.

Existe, sem dúvida, uma infinidade de coisas piores no mundo. Meias molhadas. TPM. As prequelas de *Star Wars*. Biscoitos de aveia com passas querendo se passar por gotas de chocolate, wi-fi lento, mudanças climáticas e desigualdade de renda, caspa, engarrafamento, o final de *Game of Thrones*, tarântulas, sabonete com cheiro de comida, pessoas que odeiam futebol, horário de verão (quando adianta uma hora), masculinidade tóxica, a vida injustamente curta dos porquinhos-da-índia – todas essas coisas, só para citar algumas, são realmente terríveis, pavorosas e horrendas. Porque é assim que o universo funciona: está repleto de acontecimentos ruins, tristes, perturbadores, injustos e revoltantes, e eu deveria saber que não tem sentido fazer beicinho feito uma criança de 10 anos que por pouco não tem altura para andar na montanha-russa quando Faye me diz, atrás do balcão de sua pequena cafeteria:

– Desculpe, querida, acabou o croissant.

Só para esclarecer: eu nem quero comer um croissant. E sei que parece estranho (todo mundo sempre *quer* um croissant; é uma lei da física, como o paradoxo de Fermi ou as equações de campo de Einstein), mas a verdade é que eu sobreviveria sem *este* croissant específico se esta fosse uma manhã normal de terça-feira.

Infelizmente, hoje é dia de fazer uma apresentação de vendas. Vou me reunir com potenciais futuros clientes da GreenFrame, conversar com eles, explicar as centenas de pequenas coisas que posso fazer para ajudá-los a gerenciar projetos de construção sustentável em grande escala e torcer para que decidam nos contratar. É o que venho fazendo há cerca de oito meses, desde que terminei o doutorado: tentar trazer novos clientes; tentar manter os que já temos; tentar aliviar a carga de trabalho de Gianna, já que ela acabou de se tornar mãe – não de um, mas de três bebês. Aparentemente, gestações de trigêmeos acontecem mesmo. E eles são uns fofos, mas também acordam um ao outro no meio da noite em uma espiral interminável de insônia e exaustão. Quem poderia imaginar?

Enfim, voltando aos clientes: a GreenFrame vem operando no limite do rentável, e a apresentação de hoje é fundamental para não entrarmos no vermelho.

É aí que entra o croissant. Na verdade, eu tenho um outro probleminha: sou um pouco supersticiosa. Só um pouquinho. Um tiquinho de nada. Desenvolvi um sistema complexo de rituais e gestos para afastar a má sorte que precisa ser cumprido para garantir que minhas apresentações ocorram conforme o planejado. Tenho mais anos de educação científica do que qualquer um poderia precisar, então deveria saber que acreditar que a cor das minhas meias de alguma maneira influencia meu sucesso profissional não faz muito sentido. Mas acredito mesmo assim.

Na faculdade, eu precisava ter exatamente três tranças no meu cabelo em todas as partidas de futebol (mais duas camadas de rímel L'Oréal, se não estivéssemos jogando em casa) e tinha que ouvir "Dancing Queen" e "My Immortal" antes de absolutamente todas as finais – estritamente nessa ordem. Graças a Deus consegui me formar a tempo, porque a instabilidade emocional estava acabando comigo.

Não que eu goste de admitir essa minha questão para todo mundo. Na verdade, apenas Mara e Hannah, minhas supostas melhores amigas, sabem disso. Nós nos conhecemos no primeiro ano do doutorado e nos arrastamos juntas ao longo do suplício que é a academia nas áreas STEM (que incluem ciências, tecnologia, engenharia e matemática). Na maior parte do tempo, tê-las na vida é minha única alegria verdadeira, mas houve momentos não tão agradáveis assim. Por exemplo, durante os quatro anos em que moramos juntas, elas variaram entre encenar intervenções antissuperstição e aprontar pegadinhas comigo, como convidar gatos de rua pretos para o nosso apartamento toda sexta-feira 13.

(Acabamos até adotando um por alguns meses, o JimBob, até percebermos que a gatinha do panfleto de animais desaparecidos espalhado pelo bairro inteiro parecia com ele; JimBob na verdade era a Sra. Fluffpuff, e nós a devolvemos discretamente no meio da noite. Ela tem feito muita falta desde então.)

De qualquer jeito, sim: eu tenho melhores amigas péssimas, incríveis e que não apoiam minhas superstições. Só que não moramos mais juntas. Não moramos sequer na mesma cidade: Mara está em Washington, na EPA, a agência de proteção ambiental americana, e Hannah trabalha para a Nasa, dividindo-se entre o Texas e a Noruega. Então posso jogar sal por cima do ombro e procurar superfícies de madeira para bater até dizer chega.

Agora... *Por que* eu sou assim? Não faço a menor ideia. Vamos jogar a culpa na minha mãe extremamente italiana.

Mas... voltando a esta terça-feira de manhã: o cerne do meu problema, entenda, é que, no último inverno, antes da minha apresentação mais bem-sucedida até hoje, eu estava faminta. Então entrei na cafeteria tosca da Faye e, em vez de apenas pedir o de sempre – café brutalmente puro: sem açúcar, sem creme, apenas o amargo entorpecimento da escuridão –, acrescentei um croissant ao meu pedido. Era tão bom quanto o café (ou seja, ao mesmo tempo rançoso e malpassado; o sabor pairando entre amido e salmonela), mas, para o meu eterno desgosto, foi prontamente seguido pela assinatura do contrato mais lucrativo que a GreenFrame tinha visto em sua jovem história.

Gianna ficou absolutamente radiante. E eu também, até que meu cérebro meio italiano começou a formar um milhão de pequenas conexões entre aquele croissant dos infernos e minha grande vitória profissional. Você já sabe onde isso vai dar: sim, agora sinto com todas as minhas forças que devo comer um croissant da Faye antes de cada apresentação, caso contrário o impensável acontecerá. E não, não faço ideia de como reagir ao seu educado porém decisivo "Desculpe, querida, acabou o croissant".

Eu disse que existem coisas piores no mundo? Era mentira. Isso é um desastre. Minha carreira acabou. Estou ouvindo sirenes à distância?

– Entendi – digo a ela.

Mordo o lábio inferior e me forço a sorrir. Afinal, não é culpa de Faye se minha mãe infiltrou nos meus neurônios de bebê que passar por debaixo da escada é um caminho infalível para uma vida inteira de desgraças. Faço terapia por causa disso. Ou vou fazer. Em algum momento.

– Você... é... está fazendo mais?

Ela olha para a vitrine.

– Ainda tenho muffins. De mirtilo. De limão.

Ah. Parece muito bom. Mas...

– Nenhum croissant mesmo?

– Posso fazer um bagel pra você. Canela? Mirtilo? Puro?

– Isso é um não pro croissant?

Faye inclina a cabeça com uma expressão satisfeita.

– Você realmente gosta do meu croissant, hein?

Gosto?

– Eles são tão... hum... – Agarro a alça da minha bolsa carteiro de couro ecológico. – Únicos.

– Bem, infelizmente acabei de servir o último pro Erik logo ali.

Faye aponta para sua esquerda, bem na direção do fim do balcão, mas eu mal olho para Erik-logo-ali – *homem alto, ombros largos, veste terno, chato* –, ocupada demais xingando meu péssimo timing. Se eu não tivesse passado vinte minutos fazendo cosquinha na bela e majestosa bundinha de Ozzy, o meu porquinho-da-índia... Agora estou merecidamente pagando pelos meus erros, e Faye está me lançando um olhar julgador.

– Vou tostar um bagel. Você é muito magrinha pra ficar sem café da manhã. Coma um pouco mais, e de repente você ainda cresce um pouco também.

Duvido que eu consiga finalmente superar meu um metro e meio no auge dos 27 anos, mas quem sabe.

– Só pra recapitular – digo, em uma última tentativa suplicante e cho-

rosa de salvar meu futuro profissional –, você *não vai* fazer mais croissants hoje?

Faye semicerra os olhos.

– Querida, talvez você goste um pouco *demais* dos meus croissants...

– Aqui.

A voz – que não é a de Faye – é intensa e grave, vinda de algum lugar
acima da minha cabeça. Mas eu mal presto atenção porque estou ocupada demais encarando o croissant que milagrosamente surgiu diante
dos meus olhos. Ainda está inteiro, apoiado em cima de um guardanapo,
com alguns flocos de massa caindo do topo. Eu já tinha comido os croissants de Faye antes e sabia que o que lhes falta em sabor compensa em
tamanho. Eles são muito, muito grandes.

Mesmo quando entregues por uma mão muito, muito grande.

Pisco repetidamente por vários segundos, me perguntando se aquilo
é uma miragem induzida pela superstição. Então me viro devagar para
olhar o homem que depositou o croissant no balcão.

Ele não está mais lá. Já saiu pela porta, e tudo que tenho é um breve
relance de ombros largos e cabelos claros.

– O que...? – Olho para Faye enquanto aponto para o homem. – O
que...?

– Parece que Erik achou que você deveria ficar com o último croissant.

– Por quê?

Ela dá de ombros.

– A croissant dado não se olham os dentes.

Croissant dado.

Desperto do meu estupor, enfio uma nota de 5 dólares no pote de gor-
jetas e saio correndo da cafeteria.

– Ei! – grito. O homem está cerca de vinte passos à minha frente. Bem,
vinte passos com as minhas perninhas. Podem ser menos de cinco com
as dele. – Ei, espera um pouco...

Ele não para, então agarro meu croissant e corro atrás dele. Incorporo
minha melhor versão de ex-bolsista do time de futebol e desvio de uma
senhora passeando com seu cachorro, depois de seu cachorro, então de
dois adolescentes se beijando na calçada. Alcanço-o ao virar a esquina,
quando paro na frente dele e digo:

– Ei.

Dou um sorriso, olhando para cima. E mais e mais e mais para cima. Ele é mais alto do que calculei. E estou mais sem fôlego do que gostaria. Preciso me exercitar mais.

– Muito *obrigada*! Você realmente não precisava…

Fico sem palavras. Por nenhum motivo a não ser a constatação de como ele é impressionante. Tão…

Escandinavo, talvez. Tipo um viking. Nórdico. Como se seus ancestrais tivessem se divertido sob a aurora boreal a caminho de fundar a IKEA. Ele é grande como o Iéti, com olhos azul-claros e cabelo louro-claro curto, e eu apostaria meu croissant que seu nome contém uma daquelas letras nórdicas legais: o *a* e o *e* grudados, aquele *o* estranho cortado no meio… Aquele *b* grande que parece um beta também é nórdico? Bom, alguma letra que requer muito conhecimento de HTML para ser digitada.

Aquilo me pega de surpresa, e por um momento fico sem saber o que dizer e apenas olho para cima. A mandíbula forte. Os olhos fundos. A maneira como os traços retos do seu rosto se combinam para formar algo muito, muito bonito.

Então percebo que ele está me encarando de volta e me sinto constrangida. Sei exatamente o que ele está vendo: a camisa azul que enfiei dentro da calça de sarja; a franja que preciso muito aparar; o cabelo castanho na altura dos ombros que *também* preciso aparar; e depois, claro, o croissant.

O croissant!

– Muito *obrigada*! – digo com um sorriso. – Não era minha intenção roubar seu lanche.

Nenhuma resposta.

– Posso te pagar.

Ainda sem resposta. Apenas aquele olhar nórdico e severo.

– Ou posso comprar um muffin pra você. Ou um bagel. Eu realmente não queria atrapalhar seu café da manhã.

Número de respostas: zero. Intensidade do olhar: imensurável. Será que ele entende o que eu estou… Ah.

Aaaah.

– *Muito. Obrigada* – repito, bem, bem devagar, como quando o lado materno da minha família, a parte que não imigrou para os Estados Unidos, tenta falar italiano comigo. – Pelo croissant – acrescento, levantando o croissant na frente do rosto. – Quero agradecer – aponto para o viking – a você. Você é muito – inclino a cabeça e torço meu nariz alegremente – gentil. – Ele olha ainda mais fixamente, pensativo. Acho que não entendeu. – Não está entendendo, né? – murmuro para mim mesma, desanimada. – Bem, obrigada mais uma vez. Você me fez um grande favor.

Ergo o croissant uma última vez, como se estivesse fazendo um brinde. Então eu me viro e começo a me afastar.

– De nada. Se bem que você vai descobrir que o croissant deixa muito a desejar.

Eu me viro de volta para ele. O viking louro está olhando para mim com uma expressão indecifrável.

– V-você falou comigo?

– Falei.

– Em inglês?

– Acredito que sim.

Sinto minha alma rastejar para fora do meu corpo e se projetar astralmente nas chamas ardentes do inferno por puro e absoluto constrangimento.

– Você... você não estava dizendo nada. Antes.

Ele dá de ombros. Seus olhos são calmos e sérios. A extensão dos ombros dele poderia facilmente fazer hora extra como platô na Eurásia.

– Você não fez nenhuma pergunta.

– Eu achei... Parecia que... Eu... – Fecho os olhos, lembrando-me do jeito como enfatizei *gentil* para ele. Acho que quero morrer. Quero que isso tudo acabe. Sim, chegou a minha hora. – Estou muito agradecida.

– Provavelmente não vai estar depois que experimentar o croissant.

– Não, eu... – digo, retraindo-me. – Eu sei que não é bom.

– Sabe?

Ele cruza os braços e me lança um olhar curioso. Está vestindo um terno, como 99% dos homens que trabalham neste quarteirão. Só que ele não parece nenhum outro homem que eu já vi. Está mais para uma versão corporativa do Thor. Tipo um Ragnarök Platinum. Gostaria que ele sorrisse para mim, em vez de apenas me observar. Eu me sentiria menos intimidada.

– Me enganou direitinho.

– Eu... A verdade é que eu não *quero comer o croissant de fato*. Eu só preciso dele pra uma... pra uma coisa.

Ele ergue a sobrancelha.

– Uma coisa?

– É uma longa história. – Coço meu nariz. – Um pouco constrangedora, na verdade.

– Entendi. – Ele contrai os lábios e faz que sim com a cabeça, pensativo. – Mais ou menos constrangedor do que você presumir que eu não falo inglês?

Sabe a morte rápida e violenta de que eu estava falando antes? Preciso dela agora.

– Eu sinto muito, *muito mesmo* por isso. De verdade, eu não...

– Cuidado.

Olho ao redor e entendo o aviso quando um cara quase me atropela passando de skate. É por um triz: segurando com uma das mãos o precioso croissant em relação ao qual claramente tenho sentimentos ambivalentes e com a outra a minha bolsa, quase perco o equilíbrio, e é aí que o Thor Corporativo intervém. Ele se move muito mais rápido do que qualquer um do seu tamanho deveria ser capaz de fazer e desliza entre mim e o Cara do Skate, amparando-me com uma das mãos em volta do meu bíceps.

Olho para ele, quase sem fôlego. Ele é alto como uma cordilheira da Groenlândia, empurrando-me um pouco contra a vitrine da barbearia da esquina, e acho que salvou minha vida. Minha vida profissional, claro. E agora também minha vida como um todo.

Ai, merda.

– Que manhã é essa? – murmuro para ninguém.

– Você está bem?

– Sim. Quer dizer, estou obviamente rolando ladeira abaixo em sofrimento e vergonha, mas...

Ele mantém os olhos em mim. Sua expressão é séria, sem sorrir, mas, por uma fração de segundo, um pensamento passa pela minha cabeça.

Ele está se divertindo. Ele me acha engraçada.

É uma impressão passageira. Dura um breve momento e se dissolve no instante em que ele solta meu braço. Mas não acho que imaginei coisas. Tenho quase certeza de que não, por causa do que acontece a seguir.

– Eu acho – diz ele, sua voz mais deliciosa do que os croissants de Faye jamais poderiam ser – que iria gostar de ouvir sua longa e constrangedora história.

Capítulo Três

Tenho quase certeza de que o elevador está encolhendo.

Nada drástico, na verdade. Mas calculo que, a cada minuto que passamos aqui, ele diminui alguns milímetros. Eu me enfiei em um canto, com os braços ao redor das pernas e a testa nos joelhos. Da última vez que olhei para cima, Erik estava no canto oposto, aparentando tranquilidade, com as pernas de um quilômetro esticadas à sua frente e os bíceps da espessura de uma sequoia cruzados no peito.

E, claro, as paredes estão pairando ameaçadoramente sobre mim. Aproximando-nos cada vez mais. Eu estremeço e praguejo contra a falta de energia. Contra as paredes. Contra Erik.

Contra mim mesma.

– Está com frio? – pergunta ele.

Ergo a cabeça. Estou usando meu look de trabalho de sempre: calça de sarja e uma blusa bonita. Cores sólidas e neutras. Profissional o suficiente para ser levada a sério; recatada o suficiente para convencer os caras com quem me relaciono por conta do trabalho de que minha presença em qualquer reunião serve para avaliar a eficácia do projeto do sistema de biofiltração, e *não* para lhes proporcionar "algo bonito de se ver". Ser mulher no mundo da engenharia pode ser muito, muito divertido.

Erik, porém... Erik está um pouco diferente. Ele está vestindo uma calça jeans e um suéter escuro e felpudo que se estica ao longo do peito, e isso parece incomum, já que antes eu só o via de terno. Se bem que eu só vi Erik duas vezes antes disso, tecnicamente no mesmo dia.

(Isso se não contarmos as vezes no mês passado que o vi de relance próximo ao prédio e prontamente me virei para mudar de direção – o que de fato não conta.)

Ainda assim, não posso deixar de me perguntar se o motivo para ele estar vestido de maneira atipicamente informal é ter trabalhado em campo. Fazendo supervisão. Consultoria. Talvez ele tenha sido chamado para dar recomendações sobre o projeto Milton e... Enfim. Vou parar por aqui.

Estico e endireito os ombros. Minha mágoa por Erik Nowak, o sentimento que tenho guardado no bolso feito um ratinho nas últimas três semanas, aquele que tenho alimentado com bile e sobras, é despertado. E, para ser sincera, a sensação é boa. Familiar. Ela me lembra de que Erik *não* se importa de fato se eu estou com frio ou não. Aposto que ele tem segundas intenções ao fazer essa pergunta. Talvez queira vender meus órgãos. Ou talvez esteja planejando definir que o canto do xixi será sobre o meu cadáver apodrecido.

– Estou bem – respondo.

– Tem certeza? Posso te dar o meu suéter.

Por um segundo eu o imagino tirando o suéter e o entregando para mim. Eu já o vi fazer isso antes, portanto nem preciso ter muita imaginação. Lembro-me bem da maneira como ele agarrou o colarinho e puxou a peça pela cabeça, seus músculos se flexionando e contraindo, a expansão repentina da pele pálida...

Ele estenderia o suéter para mim, e a roupa ainda estaria quente. Talvez até tivesse o cheiro da pele dele, ou mesmo de seus lençóis.

Uau. Uau, uau, *uau*. O que *foi* isso? Estou neste elevador há aproximadamente nove minutos e meu cérebro já está desenvolvendo buracos feito um queijo suíço. *Está se controlando bem, Sadie Grantham. Parabéns pela sua força emocional. Por sentir tesão por uma pessoa verdadeiramente horrível.*

– Não precisa – digo, balançando a cabeça de um jeito um pouco ansioso.
– Tem certeza de que a gente espera? Tipo… Não faz nada e só espera?

Ele assente calmamente, deixando claro que não é difícil para ele levar a situação numa boa, que a ideia de ficar preso comigo não o incomoda nem um pouco e que, ao contrário de certas pessoas, não está tentado a enterrar o rosto nas mãos e chorar. Exibido.

– E se a gente gritar? – sugiro.

– Gritar?

– Sim, e se a gente gritar? Esse prédio é gigante. Alguém vai acabar ouvindo, certo?

– Às onze da noite de uma sexta-feira? – A resposta dele é muito mais gentil do que minha pergunta idiota merece. – Gritos de um elevador preso entre dois andares? *Este* elevador?

Eu desvio o olhar. Ele está certo. Frustrantemente certo. Este maldito elevador em que estamos fica na parte mais isolada do edifício, próximo a um corredor pelo qual ninguém passaria à noite. Uma verdadeira tragédia, ofuscada apenas pelo fato de também ser o elevador mais estreito que já vi na vida. Visitantes e clientes raramente o utilizam, e é por isso que ele oferece a vantagem de ser mais rápido – e a desvantagem de ser pequeno.

Minúsculo, na verdade. Eu sabia que era apertado, mas nada como imaginar que este pode ser o lugar onde vou morrer para me dar conta do *quão* minúsculo ele é. Se eu esticar os braços, vou esbarrar em Erik. Se eu esticar as pernas, vou esbarrar em Erik. Se eu me debater no chão como quero desesperadamente, *também vou* esbarrar em Erik. Que dilema.

– Você está bem? – pergunta ele com ternura.

Seus olhos parecem ternos também. Uma bola de algo que não consigo distinguir se forma no meu peito.

– Estou.

– Aqui. – Ele revira sua bolsa por um momento. Então estende algo para mim. – Toma um pouco d'água.

Não sei por que aceito sua garrafa de água da Liga de Futebol Amador de Nova York 2019. Não sei por que meus dedos roçam os dele por um brevíssimo momento. E não sei por que, enquanto bebo pequenos goles, ele me observa com algo que lembra preocupação.

Ele não está *realmente* preocupado, porque Erik Nowak não é esse tipo de cara. Que tipo de cara ele é de verdade? Um traidor. Um menti-roso. Um robô sem coração que valoriza apenas o próprio sucesso profissional. Um torcedor do F. C. Copenhague – que, me agrada dizer, é um time de futebol medíocre na melhor das hipóteses. Sim, foi exatamente o que eu disse.

– Você está melhor?

– Eu já disse que estou bem. Estou ótima.

– Você está pálida. – Ele inclina a cabeça, como se quisesse me observar melhor. – É claustrofóbica?

– Não. Acho que não.

Mas será que eu sou? Isso explicaria muita coisa. As paredes se fechando. Essa sensação nauseante no estômago. A forma como adoraria sair arranhando as paredes deste lugar com as unhas por ele ser tão pequeno, por Erik ocupar tanto espaço dentro da minha cabeça e por eu conseguir sentir o cheiro do sabonete dele. Eu só queria esquecer tudo a respeito dele, e talvez achasse que tivesse esquecido, mas agora *ele está aqui e tudo está voltando, e eu...*

– Sadie. – Erik está olhando para mim como se soubesse exatamente que tipo de espiral está se desenrolando no meu cérebro. – Respira fundo.

– Eu sei. Eu estou respirando fundo.

Ou talvez eu não estivesse. Porque agora, com um pouco de ar nos pulmões, meu cérebro está ficando um pouquinho mais quieto.

– É a primeira vez que isso acontece com você?

Olho para ele e só pisco.

– Respirar?

Ele dá um sorriso fraco. Como se não se importasse com o fato de que vamos morrer aqui.

– Ficar presa num elevador.

– Ah. Sim. – Reflito por um instante. – Peraí, não é a sua primeira vez?

– Terceira.

– *Terceira?*

Ele faz que sim com a cabeça.

– Rogaram uma praga contra você ou coisa assim?

– Estou vendo que as suas superstições estão se fortalecendo – diz ele, claramente implicando comigo, e a ideia de que ele acha que me *conhece*, o fato de depois de tudo que aconteceu ele se sentir autorizado a *brincar* comigo...

Fecho a cara.

E, a julgar pela expressão de Erik, ele percebe.

– Sadie...

– Eu estou bem – interrompo. – Juro. Mas será que a gente pode, por favor, ficar em silêncio? Só um pouquinho?

Odeio o modo como minha voz soa fraca.

Pouso a garrafa d'água no chão e enterro o rosto nos joelhos de novo. Ouço ele soltar o ar com força, em meio ao silêncio tenso e desconfortável que cai entre nós, e tento não pensar na última vez que estive com ele.

Quando eu não queria parar de falar nunca, nem por um segundo.

Capítulo Quatro

TRÊS SEMANAS ATRÁS

Tenho uma reunião de apresentação daqui a uma hora, uma pequena montanha de gigabytes de arquivos para revisar e a certeza de que meus estagiários estão neste momento dezoito andares acima de mim tentando entender se os abandonei para ingressar em alguma seita ou se fui sequestrada por um Pé Grande urbano. Mas não consigo deixar de olhar para a boca do Thor Corporativo enquanto ele me diz, com naturalidade:

– Fachada pra lavagem de dinheiro.

– Mentira!

Ele dá de ombros. Estamos sentados lado a lado em um banco em um pequeno parque que fica bem atrás do meu prédio. O sol está brilhando, os pássaros estão cantando, já avistei pelo menos três borboletas, e ainda assim continuo vagamente intimidada pelo tamanho dele. E por suas maçãs do rosto.

– É a única explicação possível.

Mordo o lábio, refletindo.

– Será que Faye não é só, tipo… uma confeiteira muito ruim?

– Sem dúvida ela é. O café também é questionável.

– Lembra bastante fluido de freio – admito.

– Sempre pensei em fluido de radiador. A questão é que ela já estava aqui dez anos atrás, quando comecei a trabalhar naquele prédio, e vai estar aqui muito depois que você e eu formos embora. Apesar disso. – Ele aponta para o croissant que ainda estou segurando. Eu deveria apenas aceitar o inevitável e comê-lo de uma vez. O suor da minha mão não vai deixá-lo mais saboroso. – Não existe nenhuma razão comercial válida para o negócio dela ainda estar de pé.

Concordo com a cabeça, pensativa. Pode ser que o argumento dele faça sentido.

– Tirando a lavagem de dinheiro e as ligações com o crime organizado?

– Exatamente.

Certo, o inglês dele pode ser perfeito, mas estou começando a captar um leve sotaque estrangeiro. Quero fazer um milhão de perguntas a esse respeito, um desejo que compete diretamente com o de não parecer esquisita. Um objetivo ousado, já que sou, de fato, esquisita.

– Entendo sua teoria. Mas… escuta só. – Eu tiro a franja dos olhos. A expressão de Erik não muda um nanômetro, mas sei que ele está ouvindo. Tem alguma coisa nele, como se sua atenção fosse algo fisicamente tangível, como se ele fosse bom em ver, ouvir e *saber as coisas*. – Então… Se lembra do que eu falei sobre o meu… problema?

– O das crendices? Que faz você acreditar que seu sucesso profissional está relacionado ao que comeu no café da manhã?

Não acredito que *admiti* isso para alguém. Meu Deus, ele já sabe que eu sou esquisita – embora aparentemente esteja levando numa boa, o que lhe dá algum crédito.

– Tá bem, olha só, eu sei que parece que vivo absolutamente agarrada a resquícios atávicos dos tempos antigos.

– Parece?

Ele ergue uma sobrancelha.

Acho que estou corando.

– Gosto de pensar nisso mais como… uma forma de me envolver com alguma coisa e celebrar as tradições dos meus sucessos anteriores, sabe? E menos como estabelecer uma conexão causal empírica entre a cor da minha calcinha e acontecimentos futuros.

– Entendo. – O canto de sua boca se contrai para cima. Só um pouco;

ainda não é um sorriso. Talvez ele não seja capaz de sorrir. Talvez tenha uma condição médica incapacitante. Sorrisopatia, com CID-10 e tudo. – Muito bem, e qual é a sua cor da sorte?

– Oi?

– De calcinha.

– Ah. É... lavanda.

Ele parece confuso por um momento.

– Roxo?

– É, mais ou menos. – Esqueci que a maioria dos homens não é capaz de nomear mais de cinco cores. – Um pouco mais claro. Entre o roxo e o rosa. Um tom meio pastel.

Ele balança a cabeça lentamente, como se estivesse tentando visualizar.

– Cor bonita – diz ele, e seu tom é simples e direto, como tem sido nos últimos minutos.

Não há nenhuma lascívia bizarra; foi mais como se ele estivesse elogiando uma flor ou um cachorrinho. Mesmo assim, meu coração dá um pulo.

Será que ele...? Se ele me visse usando minha... Mesmo assim ele pensaria que...?

Ai, meu *Deus*. Qual é o meu problema? Este pobre coitado acabou de me dar seu *croissant*.

– Enfim – apresso-me a acrescentar –, talvez tenha um monte de gente comprando croissants de boa sorte, porque eu não estou sozinha na minha... crendice... Boa forma de definir, aliás. Por exemplo, minha amiga Hannah trabalha na Nasa e conta que os engenheiros de lá passaram os últimos, tipo, cinquenta anos seguindo umas superstições complexas envolvendo amendoins e lançamentos espaciais. E eu sou engenheira. No fundo, sou profissionalmente obrigada a...

– Você é engenheira?

Os olhos dele se arregalam de surpresa.

Meu coração se aperta de decepção. *Ah, meu Deus. Ele é desses. Não posso acreditar.*

Fecho a cara e me levanto do banco, olhando para ele com uma carranca.

– Fique sabendo que, nos Estados Unidos, quinze por cento da força de trabalho da engenharia é composta por mulheres. E esse número não para de crescer, então não precisa ficar tão chocado com...

– Eu não estou chocado.

Minha cara se fecha ainda mais.

– Você com certeza parecia…

– É que eu também sou engenheiro, e me pareceu uma grande coincidência.

– Ah. – Minhas bochechas queimam. – Ah. – Uau. *Gente, a babaca sou eu, então? Olha, meio que é, Sadie.* – Desculpa, eu não quis insinuar…

– Onde você estudou? – pergunta ele, imperturbável, puxando meu punho até eu me sentar de novo.

Acabo ficando um pouco mais perto dele do que antes, mas beleza. Está tudo bem. *Siri, quantas vezes sou capaz de me humilhar completamente no intervalo de trinta minutos? Infinitas, você diz? Obrigada, foi o que imaginei.*

– É… Na Caltech. Terminei o doutorado ano passado. E você?

– Na NYU. Fiz o mestrado uns… dez, onze anos atrás.

Nós nos encaramos: eu calculando sua idade, ele… Não sei. Talvez ele esteja calculando também. Ele deve ser seis ou sete anos mais velho que eu. Não que isso seja relevante em qualquer aspecto. Estamos apenas conversando. Vamos seguir caminhos separados daqui a doze segundos.

– Onde você trabalha? – pergunta ele.

– Na GreenFrame. E você?

– Na ProBld.

Torço o nariz, reconhecendo imediatamente o nome – tanto das placas no saguão do prédio quanto das fofocas no mundo da engenharia em Nova York. Existem muitas empresas nessa área, e ele trabalha na que eu menos gosto. A grande água-viva que continua se expandindo à medida que come as águas-vivas menores. Não que eles não sejam bons – eles são. Apenas são tradicionais e não focam em sustentabilidade tanto quanto nós. Mas têm uma reputação sólida, e alguns de nossos clientes em potencial até optam por eles em vez de nós por causa disso. Argh.

– Você fez cara de nojo quando eu disse o nome da minha empresa?

– Não. Não! Quer dizer, sim. Um pouco. Mas não quis ofender. Eles só parecem não aplicar uma abordagem de sistemas integrais pra solução de problemas ao lidar com desafios ambientais… – Os olhos dele brilham. Ele está gozando com a minha cara? O Thor Corporativo *faz isso com as pessoas*? – Tipo, neste momento eu estou mais de vinte minutos atrasada pro trabalho. Sendo bem realista, provavelmente vou ser demitida e acabar implorando um emprego pra vocês.

Ele assente, os lábios contraídos.

– Que bom. Eu tenho uma boa relação com os sócios.

– Ah, é?

– Tenho certeza de que eles adorariam ter você na equipe. Pra desenvolver uma abordagem de sistemas integrais pra solução de problemas ao lidar com desafios ambientais. – Mostro a língua, mas ele me ignora. – Que nome devo dar ao recomendar você?

– Ah... Sadie Grantham.

Estendo a mão sem croissant. Ele olha para ela por um longo momento, e eu, de repente, inexplicavelmente, sinto um medo avassalador. Ah, meu Deus. E se ele não retribuir?

Ei, Sadie?, uma voz sábia, má e pragmática sussurra em meu ouvido. *E se um estranho não apertar a sua mão? Como você vai lidar com o impacto zero ponto zero que isso terá na sua vida?* Mas a voz é irrelevante, porque ele retribui, e meu coração se acelera com a sensação agradável de sua pele, rígida e um pouco áspera. Sua mão engole meus dedos, aquecendo minha carne e os anéis bonitinhos e baratos que coloquei hoje de manhã.

– Prazer em te conhecer, Dra. Grantham. – Fico sem fôlego. Meu coração derrete. Terminei o doutorado há menos de um ano, então ainda fico toda boba ao ser chamada de doutora. Especialmente porque ninguém nunca me chama assim. – Erik Nowak.

Bem, ninguém exceto Erik Nowak.

Erik Nowak.

– Posso te perguntar uma coisa um pouco inapropriada?

Ele balança a cabeça, devagar, solenemente, e diz:

– Infelizmente, não estou usando cueca roxa.

Dou risada.

– Não, é que... Tem aquelas letras elegantes no seu sobrenome?

Deixo escapar a pergunta e imediatamente me arrependo. Nem sei ao certo o que estou perguntando.

– Tem um *n*. E um *w*. São consideradas letras elegantes?

Na verdade, não. Bem sem graça.

– Claro.

Ele assente.

– E o *k*? – indaga ele. – É a minha letra favorita.

– É… Sim. É elegante também.

Sem graça também.

– Mas com certeza o *a* não é.

– É… Bem, acho que o *a* é…

Sua boca está se contorcendo. Outra vez. Ele está me zoando. *De novo.* Eu odeio esse cara.

– Vai te catar – digo sem nenhuma emoção.

Ele está *quase* sorrindo.

– Sem tremas. Sem diacríticos. Nada de Møller. Nem Kiærskou. Nem Adelsköld. Embora eu tenha frequentado a escola com todos eles. – Faço que sim com a cabeça, levemente decepcionada. Até que ele pergunta: – Decepcionada?

Então a única coisa que consigo fazer é me esconder atrás do meu croissant e rir. Quando paro, ele *definitivamente* está sorrindo e diz:

– Você realmente deveria comer isso. Ou vai acabar perdendo seu cliente, e o próximo foguete da Nasa vai explodir.

– Aham, claro. – Tiro um pedaço. Estendo para ele. – Quer um pouco? Não me importo de dividir com você.

– Jura? Você não se importa de dividir meu próprio croissant notoriamente horrível comigo?

– O que posso dizer? – Sorrio. – Sou uma alma generosa.

Ele balança a cabeça. E então acrescenta, como se tivesse acabado de lhe ocorrer:

– Conheço um bistrô francês muito bom.

Meu corpo inteiro se anima.

– Ah, é?

– Eles têm uma padaria também.

Sinto meu corpo se animar *e* formigar.

– É mesmo?

– Fazem uns croissants excelentes. Eu vou bastante lá.

O sol ainda está brilhando, os pássaros ainda estão cantando, até agora avistei cinco borboletas e… o ruído ao fundo diminui lentamente. Olho para Erik, noto a forma como a sombra das árvores cai em seu rosto, observo-o com a mesma intensidade com que ele me observa.

Ao longo da vida, já fui convidada "para beber alguma coisa" por um número suficiente de conhecidos aleatórios para achar que talvez, apenas *talvez*, eu seja capaz de saber aonde ele está querendo chegar. E, ao longo da vida, eu quis recusar o convite de cada um desses conhecidos aleatórios, e é por isso que aprendi a evitar que a pergunta seja feita. Sou boa em transmitir desinteresse e indisponibilidade. Muito, muito boa.

E, no entanto, cá estou eu.

Em um banco de Nova York.

Segurando um croissant.

Prendendo a respiração e... na expectativa?

Vai, me convida, penso, olhando para ele. *Porque quero conhecer esse bistrô francês que você mencionou. Com você. E falar mais sobre lavagem de dinheiro e uma abordagem de sistemas integrais para engenharia ambiental e cuecas e calcinhas roxas que na verdade são cor de lavanda.*

Me convida, Erik Nowak. Me convida, me convida, me convida, me convida.

Há carros à distância, pessoas rindo e e-mails se acumulando na minha caixa de entrada, dezoito andares acima de nós. Mas meus olhos se mantêm fixos nos de Erik por um longo, prolongado momento, e, quando ele sorri para mim, percebo que seus olhos são tão azuis quanto o céu.

Capítulo Cinco

De acordo com a placa acima do painel dos andares (que, a propósito, não inclui um botão de emergência; estou redigindo mentalmente um e-mail contundente que provavelmente jamais será enviado), o elevador suporta 630 quilos. O interior, eu estimo, tem cerca de um metro quadrado e meio, sendo que noventa por cento disso é inconvenientemente ocupado por Erik. Um corrimão de inox está instalado no lado interno, e as paredes são realmente muito bonitas, com revestimento branco esmaltado ou algo do tipo, o que talvez deixe a decoração um pouco datada, mas é muito melhor do que espelhos. Eu odeio espelhos em elevadores, e eu os odiaria ainda mais *neste* elevador – seria três vezes mais difícil evitar vislumbres de Erik.

No teto, entre as duas lâmpadas embutidas de baixo consumo (assim espero) que no momento estão apagadas, notei um grande painel de metal. E é nele que tenho fixado meu olhar ao longo do último minuto. Não sou especialista em elevadores, mas tenho quase certeza de que a saída de emergência é ali.

Considerando que tenho um metro e meio de altura, acredito que Erik meça entre um metro e noventa e dois metros. Com base nisso, estimo que o elevador tenha dois metros e meio. Alto demais para eu alcançar sozinha e muito longe da parede para que eu possa usar o corrimão como apoio para fincar os pés. *Mas* tenho certeza de que Erik poderia facilmente me levantar. Tipo, ele já fez isso antes. Em várias ocasiões no espaço das 24 horas que passamos juntos. Como quando ficamos com fome no meio da noite: ele me ergueu como se eu fosse um gatinho de dois quilos e me colocou na bancada da cozinha enquanto eu me impressionava com sua bela geladeira abarrotada de coisas, e então começou a inspecionar as inúmeras sobras de comida chinesa antes de compartilhá-las comigo. Sem mencionar aquela *outra* vez, quando estávamos no chuveiro dele e ele passou uma mão por baixo da minha bunda para me imprensar contra a parede e...

A questão é: ele poderia me ajudar a chegar ao painel. Eu iria abri-lo, sair do elevador e, se estivéssemos perto o suficiente do andar de cima, eu conseguiria abrir as portas e sair. A essa altura, eu estaria livre. Livre para ir embora e alimentar Ozzy em casa, porque ele sem dúvida está chiando feito um louco como sempre faz quando passa mais de duas horas sem comer. Ele olharia para mim como se eu fosse uma péssima mãe e então, relutantemente, aceitaria o palito de cenoura da minha mão e se aconchegaria no meu colo. E, claro, depois que o sinal do meu celular voltasse, eu pediria ajuda para que alguém viesse cuidar de Erik. Mas não ficaria por aqui para vê-lo sair, porque para mim já basta de...

– Não.

Eu me sobressalto e olho para Erik. Ele ainda está no canto oposto ao meu, me encarando.

– Não o quê?

– Isso não vai acontecer.

– Você nem sabe o que...

– Você não vai usar a saída de emergência.

Eu praticamente me encolho, porque, apesar de minhas tendências supersticiosas, estou ciente de que esse negócio de ler mentes não existe. No entanto, também estou ciente de que esta não é a primeira vez que Erik parece saber exatamente o que está se passando na minha cabeça. Ele foi muito bom nisso durante o nosso jantar. E depois, claro. Na cama.

Mas nesta casa (ou seja, meu cérebro) não admitimos isso.

– Bem – digo –, você é muito maior e muito mais pesado. Então não tem como você passar por ali.

Além disso, não sei se confio que ele não vai me largar aqui. Eu confiei nele antes e me arrependi amargamente.

– Nem você, porque eu não vou deixar.

Franzo a testa.

– Talvez eu consiga alcançar a saída sozinha. Nesse caso, você tecnicamente não tem que *deixar* nada.

– Se você tentar, eu vou te impedir.

Eu odeio esse cara. Muito.

– Olha só, e se a gente passar dias presos aqui dentro? E se a nossa única chance for eu sair por ali?

– Não tem nada que garanta que o elevador não vai se movimentar no segundo em que a luz voltar. Estamos aqui há uma meia hora, o que não é nada, considerando que a equipe de manutenção provavelmente está trabalhando na rede pra reverter o apagão que aconteceu no quarteirão inteiro. Sem falar que seria extremamente *perigoso* fazer o que você está sugerindo.

Ele tem razão. Estou sendo impaciente e irracional, o que me deixa nervosa.

– Eu... Só pra mim.

Seu rosto se transforma em pedra.

– *Só* pra você?

– Você estaria seguro aqui. Bastaria esperar que eu pedisse ajuda e...

– Acha que eu ficaria de boa vendo você se colocar em risco?

Via de regra, Erik não é exatamente um cara caloroso e sociável, mas eu não fazia ideia de que ele poderia soar assim: supostamente calmo, mas com uma fúria intensa e fria. Ele se inclina para a frente, como se quisesse me encarar melhor, e agarra o corrimão, os nós dos dedos brancos de tanta força aplicada. Tenho uma breve visão dele partindo o corrimão em dois.

A raiva dele me faz ficar ansiosa, o que por sua vez me deixa com raiva. Então eu me inclino para a frente também.

– Não vejo motivo pra não ficar.

– Jura, Sadie? É isso mesmo? Você acha que eu ficaria bem em deixar que *você, logo você*... – Ele desvia o olhar abruptamente, a mandíbula tensa, um músculo tremendo na bochecha. Percebo que seu cabelo está mais curto do que quando o toquei. E acho que ele pode ter perdido um pouco de peso. E eu não consigo, eu realmente *não consigo* lidar com a constatação de como ele é bonito. – Você prefere mesmo fazer algo tão idiota e imprudente a ficar aqui comigo por mais alguns minutos? – pergunta ele, voltando-se para mim, a voz gélida e calma de novo.

Claro que não, quase deixo escapar. Eu não sou a mocinha idiota de filme de terror que segue a placa PARA MORRER, VÁ POR ALI só para no final ficar boquiaberta quando o assassino arranca sua perna com um machado. Geralmente sou uma pessoa responsável e sensata – *geralmente* é a palavra-chave, porque agora estou meio tentada a me jogar no colo amoroso de um assassino em série empunhando um machado.

Meu lado racional sabe que Erik tem razão: não ficaremos presos aqui por muito tempo, e alguém está prestes a nos resgatar. Mas então me lembro de como me senti traída e decepcionada nos dias depois de ele fazer o que fez. Lembro-me de chorar ao telefone com Mara. Chorar ao telefone com Hannah. Chorar ao telefone com Mara *e* Hannah.

Estar aqui com ele parece tão imprudente quanto qualquer outra coisa, para ser franca. E é assim que me pego dando de ombros e dizendo:

– Tipo isso.

Fico esperando que Erik sinta raiva de novo. E que depois me diga que estou sendo boba. Que ele faça uma daquelas piadas sarcásticas que me fizeram rir todas as vezes. Em vez disso, ele me pega de surpresa: desvia o olhar, parecendo culpado. Então ele pressiona os olhos com o indicador e o polegar, como se de repente estivesse completamente exausto, e murmura baixinho:

– Caramba, Sadie. Me desculpa.

Capítulo Seis

Eu não tenho nenhum ritual supersticioso quando se trata de relacionamentos amorosos.

E juro que não estou dizendo isso para me gabar. Existe uma razão simples pela qual não convenci a mim mesma de que preciso tomar um suquinho Capri Sun ou fazer sete polichinelos antes de sair em um encontro: eu não fico com ninguém. Nunca. Mas já namorei, claro. Muito tempo atrás. Com Oscar, o Amor da Minha Vida.

Como Hannah costuma observar, é um pouco estranho que eu me refira a ele como o "Amor da Minha Vida", o cara que conheceu outra mulher em um retiro corporativo de cientistas de dados e duas semanas depois me ligou aos prantos para me dizer que estava apaixonado por ela. E, juro, eu entendo a estranheza. Mas minha história com Oscar é antiga. Foi com ele que dei meu primeiro beijo (de língua), quando estávamos no segundo ano do ensino médio. Ele foi meu par no baile de formatura, a primeira pessoa fora da família com quem viajei nas férias, foi no ombro dele que chorei quando ele soube que tinha sido aceito na faculdade dos seus sonhos no Meio-Oeste, a sete estados de distância de mim.

Na verdade, conseguimos fazer o relacionamento à distância dar certo ao longo de quatro anos durante a faculdade. E conseguimos passar os verões juntos, a não ser nos momentos em que eu estava fazendo algum estágio, o que aconteceu... Bem, sim, em todos os verões, tirando o do primeiro ano, e tive aquele treinamento de programação na Universidade da Califórnia em Santa Bárbara, então, é... Sim, todos os verões. Então, talvez não tenhamos passado nenhum verão juntos, mas acabei com um currículo incrível, e isso foi ótimo. Melhor, até.

Quando nos formamos na faculdade, Oscar recebeu uma proposta de emprego em Portland, e eu *ia* acompanhá-lo e procurar algo por lá, mas passei no programa de doutorado da Caltech, uma oportunidade boa demais para deixar passar. Eu realmente achei que poderíamos manter mais cinco anos de namoro à distância, porque Oscar era um cara legal e *muito* paciente e compreensivo – até o começo do meu terceiro ano. Até o dia que ele me ligou por chamada de vídeo chorando porque havia conhecido outra pessoa e não tinha escolha a não ser terminar comigo.

Eu chorei. Stalkeei a nova namorada dele no Instagram. Tomei uma quantidade de sorvete Talenti equivalente ao meu peso (nos sabores trufa de caramelo salgado, *parfait* de framboesa e baunilha e, em uma noite particularmente constrangedora, *sorbet* de manga derretido em uma jarra do drinque Midori Sour; se arrependimento matasse...). Cortei meu cabelo curto, fazendo o que meu cabeleireiro apelidou de *o corte long bob mais longo da história dos bobs*. Eu não suportava ficar sozinha, então por uma semana dormi na cama da Mara, porque Hannah se mexe demais e tenho certeza de que ela só trocou os lençóis duas vezes nos cinco anos em que moramos juntas. Passei dez dias absurdamente mal, de coração partido. E depois...

Depois eu meio que fiquei bem.

Sério, considerando que Oscar e eu estávamos juntos havia quase uma década, minha reação ao término unilateral foi nada menos que milagrosa. Tirei a nota máxima em todas as matérias e na minha pesquisa de laboratório, passei o verão viajando de trem pela Europa com Mara e Hannah, e alguns meses depois fiquei chocada ao perceber que fazia semanas que eu não fuçava o Twitter da namorada de Oscar. *Uau.*

– Será que não era amor de verdade? – me peguei perguntando às minhas amigas entre um e outro Midori Sour (sem *sorbet* de manga; eu havia recuperado minha dignidade a essa altura).

– Acho que existem muitos tipos de amor – disse Hannah. Ela estava sentada ao meu lado em nossa mesa favorita no Joe's, o bar frequentado pelos estudantes da pós-graduação mais próximo do nosso apartamento. – Talvez o seu com Oscar estivesse mais próximo do amor entre irmãos do que de algo parecido com um caso apaixonado entre almas gêmeas. E vocês ainda mantêm contato. Sabem que ainda se gostam como amigos, então seu cérebro entende que não tem necessidade de ficar na fossa por ele.

– Mas no começo eu fiquei arrasada, *totalmente* arrasada.

– Bem, eu não estou aqui pra te analisar...

– Você quer *muito* me analisar.

Hannah sorriu, satisfeita.

– Já que você insiste... Será que o que te deixou mais arrasada não foi a ideia de perder seu porto seguro, a pessoa que estava ao seu lado desde que vocês eram adolescentes e prometeu estar com você pra sempre, e não a ideia de perder o Oscar *de fato*? Será que ele não era uma espécie de muleta?

– Não sei – respondi, cutucando a cereja do meu drinque. – Eu gostava de ser namorada dele. Ele estava sempre tão... disponível, sabe? E, quando a gente estava longe um do outro, eu sentia falta dele, mas não muita. Era... fácil, eu acho.

– Será que não era fácil demais? – indagou Mara antes de roubar meu limão.

Desde então venho refletindo sobre essa pergunta.

Mas não houve ninguém depois de Oscar. Logo, tecnicamente ele ainda detém o título de Amor da Minha Vida, mesmo que dois meses atrás eu tenha recebido um convite para o casamento dele – uma pista bastante evidente de que eu não sou o Amor da Vida Dele.

Eu poderia ter saído mais, eu acho, principalmente durante o doutorado. Poderia ter tentado mais. "Quando uma porta se fecha, outra se abre", diriam Hannah e Mara. "Agora você pode conhecer pessoas. Deixou passar tantos caras gatos nos últimos anos... Lembra daquele que a gente conheceu em Tucson? E aquele que sempre te convida para sair quando tem alguma conferência? Ah, meu Deus, e o cara da dinâmica dos fluidos que estava obviamente apaixonado por você? Você devia falar com ele!"

Claro, sempre que o tópico da minha vida amorosa vem à tona – porque apontar o dedo é algo sagrado no pacto de amizade –, eu nunca hesito em ressaltar que, embora Hannah e Mara estejam solteiras desde que começaram o doutorado, elas praticamente não tiram proveito das incríveis oportunidades que têm de namorar alguém. Geralmente a conversa termina com Mara murmurando na defensiva que está muito ocupada e Hannah rebatendo que está dando um tempo nos relacionamentos, porque as duas últimas pessoas com quem ela transou foram Posso Gozar no Seu Cabelo e a Garota da Caveira Humana na Mesinha de Cabeceira, e eles fariam qualquer uma perder o interesse em sexo. A discussão costuma terminar com nós três decidindo coletivamente que nenhum relacionamento jamais poderia competir com nosso emprego, nosso porquinho-da-índia ou... a Netflix, talvez?

Se a ideia de ficar debruçada sobre plantas de construções e projetos é mais atraente para mim do que me jogar na balada (o que quer que isso signifique; o que *é de fato* uma balada?), então talvez eu devesse apenas me relacionar com meus projetos. Não que as coisas não possam mudar, já que, para minha surpresa, no momento Mara está constrangedoramente apaixonada por seu Cara Anteriormente Babaca com Quem Divide a Casa.

Talvez as plantas e eu devêssemos formalizar nossa união estável. Quem vai me julgar?

Enfim, tudo isso para dizer: eu realmente não tive muitos encontros amorosos, e essa é a única razão pela qual não desenvolvi hábitos estranhos e ritualistas em torno do processo. Ou melhor, eu *não tinha desenvolvido*. Até agora.

Porque a noite começou há cerca de quinze minutos e estou achando que não vou tirar essa calça jeans preta nunca mais na vida. O suéter verde fininho que vesti? Não posso me desfazer dele. Nunca mais. Este é agora o meu traje da sorte para encontros. Porque, no segundo em que nos sentamos no bistrô, onde tudo tem um cheiro delicioso e nossa mesa estreita na janela tem a suculenta mais fofa, o celular de Erik emite um bipe.

– Desculpa. Vou deixar no silencioso. – Ele o faz, mas não antes de revirar os olhos. E isso foge tanto do seu ar estoico e impassível habitual que não posso deixar de cair na gargalhada. – Por favor, não brinque com meu sofrimento – diz ele, ocupando a cadeira em frente à minha.

Não sei como, mas sei que ele está brincando. Talvez eu esteja desenvolvendo poderes telepáticos.

– Trabalho? – pergunto.

– Quem me dera. – Ele balança a cabeça, resignado. – Coisas muito mais sérias.

Ah. Talvez ele não estivesse brincando.

– Está tudo bem?

– Não. – Ele põe o celular no bolso e se recosta na cadeira. – Meu irmão mandou uma mensagem dizendo que meu time acabou de negociar um dos nossos melhores jogadores. Nunca mais vamos ganhar uma partida.

Eu sorrio enquanto bebo um gole d'água. Nunca me interessei muito por futebol americano. Parece meio chato – um bando de caras grandes demais usando ombreiras estilo anos 1980 e batendo cabeças umas contra as outras rumo à encefalopatia traumática crônica –, mas eu sou louca demais por futebol para julgar os fãs de outros esportes. Talvez Erik jogasse quando era mais jovem. Ele tem porte para isso, eu acho.

– Então eles realmente deveriam investir em cuecas da sorte.

Ele me lança um olhar demorado.

– Roxas.

– Lavanda.

– Certo – diz ele e desvia o olhar.

É agradável estar aqui. Tem uma pessoa na minha frente que não é Oscar, e não estou nervosa além da conta nem muito mais esquisita do que o normal. Apesar de Erik ser uma montanha loura de músculos de aço, é surpreendentemente fácil estar perto dele.

– Qual é o seu time? Giants? Jets?

Ele balança a cabeça.

– Não é esse tipo de futebol.

Eu inclino a cabeça.

– É tipo uma liga menor?

– Não, é futebol europeu. Futebol mesmo, não futebol americano. Mas nós não precisamos falar sobre…

Eu quase cuspo a água.

– Você curte futebol?

– O bastante pra ser digno de uma intervenção, de acordo com a minha família e os meus amigos. Mas não se preocupe, eu converso sobre outros assuntos. Tipo produtos de confeitaria. Ou a implementação da tecnologia de fábricas inteligentes na prática. Ou… Acho que isso é tudo.

– Não! Não, eu… – Não sei nem por onde começar. – Eu *amo* futebol. Tipo, amo *mesmo*. Fico acordada até altas horas pra assistir aos jogos dos campeonatos europeus. Meus pais sempre me dão camisas de time no meu aniversário porque esse é literalmente meu único interesse. Fui pra faculdade com uma bolsa esportiva pelo time de futebol.

Ele franze a testa.

– Eu também.

– Mentira!

Nós nos encaramos por um longo instante, um milhão de palavras trocadas através do contato visual. *Impossível. Incrível. Sério? Sério mesmo?*

– Você jogava?

– Ainda jogo. Nas terças à noite e nos fins de semana, principalmente. Existem muitos clubes amadores aqui.

– Eu sei! Às quartas eu jogo numa quadra perto de casa, e… Ser jogadora de futebol era a minha primeira opção de carreira. O doutorado em engenharia era definitivamente meu plano B. Eu queria muito, muito ter jogado na liga profissional.

– Mas…?

– Eu não era boa o bastante.

Ele assente.

– Eu queria muito ter jogado na liga profissional também.

– O que te impediu?

Ele ri. O som me envolve como um abraço.

– Eu não era bom o bastante.

Dou risada também.

– Então, qual é o seu time e quem eles negociaram?

– F. C. Copenhague. E eles dispensaram o…

– Não me diz que foi o Halvorsen.

Ele fecha os olhos.

– Halvorsen.

Eu faço uma careta.

– É, vocês nunca mais vão ganhar nenhum jogo, nem com todas as cuecas roxas do mundo. Mas não iriam muito longe nem *com* ele, de qualquer maneira. Sinceramente, vocês precisam de um técnico melhor. Sem querer ofender.

– Já ofendendo.

Ele está irritado.

– Você também acompanha o futebol feminino? – pergunto.

Ele faz que sim com a cabeça.

– Sou um orgulhoso torcedor do OL Reign desde 2012.

– Eu também! – digo com um sorriso. – Então você não tem mau gosto pra tudo.

– Qual é o *seu* time masculino?

Um sulco charmoso aparece entre suas sobrancelhas.

Pouso o queixo nas mãos.

– Adivinha. Vou te dar três chances.

– Aceito qualquer clube menos o Real Madrid.

Continuo com as mãos no queixo, imperturbável.

– É o Real Madrid, né?

– É.

– Que absurdo.

– Você só está com inveja porque nós *conseguimos* comprar jogadores decentes.

– Claro. – Ele dá um suspiro e me entrega um dos cardápios que eu nem notei que o garçom havia deixado. – Vou precisar de comida pra ter essa conversa. E você também.

Passamos o resto da noite discutindo, e é... fantástico. Maravilhoso. Suspeito que a comida seja tão boa quanto ele prometeu, mas não presto muita atenção, porque Erik tem opiniões incrivelmente equivocadas sobre a forma como o Orlando Pride está usando Alex Morgan e sobre a trajetória do Liverpool na Premier League, e devo dedicar todos os meus esforços para fazê-lo mudar de ideia.

Não tenho sucesso. Ele mantém suas opiniões equivocadas e sistematicamente passa pelo pão do couvert, depois pela entrada e depois pelo prato principal como um homem acostumado a fazer sete grandes refeições por dia. No fim, quando nossos pratos estão limpos e eu estou cheia demais para discutir com ele sobre as regras de impedimento, nós dois nos recostamos na cadeira e ficamos em silêncio por um instante.

Estou sorrindo. Ele... não está sorrindo, mas quase, e isso me faz sorrir ainda mais.

Talvez esse tenha sido o momento mais divertido que tive em alguns anos. Tá, mentira: eu *sei* que foi.

– Aliás, como foi? – pergunta ele baixinho.

– O quê?

– Sua apresentação.

– Ah. Foi boa, eu acho.

– Graças ao croissant da Faye?

Abro um sorriso largo.

– Sem dúvida. E à minha calcinha lavanda.

Ele baixa os olhos e pigarreia.

– Quem é o cliente?

– Uma cooperativa. Eles estão construindo um centro de recreação em Nova Jersey e buscando consultores. Compraram uma antiga mercearia pra transformar em uma espécie de academia e querem alguém que ajude com o projeto.

– Você?

– E a minha chefe. Embora dois dos filhos dela estejam sofrendo com cólicas, então, por enquanto, principalmente eu.

– O que você disse pra eles?

– Mostrei meus planos de autossuficiência energética, padrões ecológicos de construção, gerenciamento inteligente de água, minimização de emissão de gases... Essas coisas. Eles disseram que querem uma abordagem sustentável.

– E quais são os seus planos?

Faço uma pausa antes de continuar. Não quero entediar Erik e... *todo mundo já me disse* que, quando começo a falar sobre engenharia, acabo me alongando demais. Mas Erik parece mais do que um pouco interessado, e, mesmo enquanto tagarelo sobre matérias-primas, leis federais e avaliação do ciclo de vida por mais de dez minutos, sua atenção nunca parece se perder. Ele apenas assente, pensativo, como se estivesse gravando as informações, e faz muitas perguntas inteligentes.

– Então você conseguiu o projeto?

Dou de ombros.

– Eles vão se reunir com outra pessoa amanhã, então ainda não sei. Mas disseram que somos a primeira opção até agora, por isso estou otimista.

Erik não fala nada. Em vez disso, apenas me analisa, sério, atento, como se eu fosse um projeto particularmente intrigante. Isso me deixa desconfortável? Não sei. Deveria. Estou saindo com um cara. Pela primeira vez em um milhão de anos. E ele está me encarando. Socorro, né? Mas... eu meio que não me importo.

Na verdade, estou me perguntando se ele gosta do que vê, o que é um pouco diferente. Às vezes sinto que perdi o hábito de me perguntar se estou bonita e passei a me preocupar em mostrar outras qualidades. Pareço profissional? Inteligente? Organizada? Alguém que deveria ser levada a sério, seja lá o que isso signifique? Geralmente acho repugnante a ideia de homens comentando sobre eu ser atraente ou não, sejam comentários positivos ou negativos. Mas, hoje à noite, neste momento... A possibilidade de Erik me achar bonita vai se desenrolando calorosamente na base do meu estômago.

E então congela quando penso que ele pode estar me encarando pelo motivo oposto. Será? Certo. Isto é... Não. Preciso parar de ficar ruminando essas coisas.

– Está pensando em quê? – pergunto.

Ele solta o ar pelo nariz e dá uma risada.

– Estava só me perguntando uma coisa.

– O quê?

Ele tamborila na mesa.

– Se você quer um emprego.

– Ah, eu ainda tenho um. Apesar dos meus esforços hoje de manhã, não fui demitida.

– Eu sei. E isso é muito inapropriado, estou ciente. Mas eu adoraria roubar você.

– Ah. Eu... – De repente, começo a sentir calor, além de uma dormência estranha. – Eu gosto do meu emprego. Paga bem. E minha chefe é ótima.

– Eu posso pagar mais. Me diz o valor.

– Eu... O quê?

– E, se houver alguma coisa de que você não goste no seu emprego atual, eu ficaria feliz em chegar a um acordo sobre as suas atribuições. Estou muito aberto a negociar.

– Peraí... *Você?*

– A ProBld – corrige ele.

Eu franzo a testa. Ele fala sobre a ProBld como se tivesse muita voz nas decisões administrativas da empresa, e eu me pergunto se ocupa algum cargo de gerência. Isso explicaria o terno. E o fato de que ele certamente veio jantar direto do trabalho, embora só tenhamos nos encontrado às oito. Ele está vestindo as mesmas roupas de hoje de manhã, embora sem a gravata e o paletó, e com as mangas da camisa dobradas até os antebraços – que parecem fortes e estranhamente *másculos*, e tenho me esforçado para não olhar para eles o tempo todo. Estou prestes a perguntar qual é o cargo dele, mas me distraio quando o garçom traz a conta e a estende para Erik, que prontamente a pega da mão dele.

Ele vai pagar? Acho que ele vai pagar. Devo educadamente insistir para que a gente divida? Devo rudemente insistir para que a gente divida? Devo me oferecer para pagar por nós dois? Ele comprou o croissant hoje de manhã. Como agir ao jantar fora com outra pessoa? Não faço ideia.

– Obrigado – diz o garçom antes de sair. – É sempre bom te ver, Erik.

– Você vem *bastante* aqui – comento.

Ele dá de ombros, deslizando o cartão de crédito dentro do porta-conta. Tudo bem. O navio pagador acaba de zarpar. *Merda.*

– Com clientes importantes, principalmente.

– Então aqui não é o lugar onde você costuma ter encontros?

A pergunta sai antes que eu possa revisar as palavras na minha cabeça. Logo, não percebo suas implicações até bem depois de elas estarem pairando entre nós. Erik está me encarando, *de novo*, e de repente fico nervosa.

– Eu não sei se… se você não… Eu não quis dizer que isto é um *encontro*.

Ele ergue uma sobrancelha.

– Tipo, talvez você só quisesse… Como amigos, e…

Ele ergue mais a sobrancelha.

Pigarreio.

– Eu… *Isto é* um encontro? – pergunto com a voz baixa, insegura de repente.

– Não sei – diz ele, cauteloso, depois de refletir por um segundo.

– Talvez não seja. Eu…

Eu não queria deixar as coisas estranhas. Talvez você só me ache uma garota legal e quisesse companhia para jantar e eu interpretei mal a situação e sinto muito por isso. É só que eu acho que gosto muito de você. Mais do que me lembro de gostar de alguém. É possível que eu tenha projetado e...

O garçom vem pegar a conta, interrompendo meu delírio e me dando a chance de respirar fundo. Está tudo bem. Então talvez não fosse um encontro. Tudo bem. Foi divertido, de qualquer maneira. Boa comida. Bom papo sobre futebol. Eu fiz um amigo.

– Posso fazer *uma* pergunta?

Tiro os olhos das mãos retorcidas no meu colo e olho para cima. *Quer saber se eu sou uma stalker carente e perigosa?*

– É... claro – respondo.

– Eu não sei se isto é um encontro – diz ele, sério –, mas, se não for, você sairia num encontro comigo?

Abro um sorriso tão largo que minhas bochechas quase doem.

Meu sorvete de pistache derrete pela casquinha enquanto explico por que Neuer é um goleiro muito melhor do que se pensa. Caminhamos por Tribeca lado a lado sem nos tocarmos uma única vez, quarteirão após quarteirão, em meio ao ar noturno ameno e às luzes difusas. Meus sapatos não são novos, mas posso sentir uma bolha desagradável se formando lentamente no meu calcanhar. Não importa, porque não quero parar.

Nem Erik, eu acho. A cada poucas palavras eu estico o pescoço para olhar para ele, e ele é tão bonito com suas mangas arregaçadas, tão bonito quando balança a cabeça para algo que eu disse, tão bonito quando gesticula com suas mãos enormes para descrever uma jogada, tão bonito quando quase sorri e pequenas rugas surgem nos cantos dos seus olhos, tão bonito que às vezes *sinto* isso fisicamente, visceralmente. Meu coração acelera e mal consigo respirar, e estou começando a pensar em coisas inquietantes. Coisas tipo *depois*. Ouço ele explicar por que Neuer é um goleiro incrivelmente superestimado e dou risada, amando cada minuto disso tudo.

Na sorveteria, ele não pediu nada. Porque, diz ele, "não gosto de comer coisas geladas".

– Uau. Talvez essa seja a coisa menos dinamarquesa que já ouvi.

Devo ter tocado em um ponto sensível, porque ele semicerra os olhos.

– Me lembra de nunca apresentar você aos meus irmãos.

– Por quê?

– Eu não ia gostar que vocês se aliassem contra mim.

– Rá! Então pelo visto todo mundo sabe que você é um péssimo dinamarquês. Também odeia o ABBA?

Ele parece confuso por um momento. Então sua expressão se ilumina.

– Eles são suecos.

– E tulipas...? Você odeia tulipas?

– Isso seria holandês.

– Merda.

– Mas chegou bem perto. Quer tentar de novo? Na terceira vez costuma dar certo.

Eu o fuzilo com o olhar, lambendo o que sobrou do pistache pegajoso dos meus dedos. Ele repara na minha boca e depois desvia os olhos para os próprios pés. Quero perguntar a ele o que houve, mas o dono da cafeteria da esquina sai para retirar a placa da calçada e eu percebo uma coisa.

Está tarde.

Muito tarde. Supertarde. Tarde tipo fim de noite. Estamos de frente um para o outro na calçada, mais de doze horas depois de nos encontrarmos pela primeira vez em... outra calçada. Erik provavelmente quer ir para casa. E eu provavelmente quero ficar com ele um pouco mais.

– Que metrô você pega? – pergunto.

– Na verdade, eu vim de carro.

Balanço a cabeça, reprovando-o.

– Quem anda de carro em Nova York?

– Pessoas que precisam visitar canteiros de obras em toda a área metropolitana. Eu te levo em casa – sugere ele, e eu sorrio.

– Gênios. Gênios gentis e que dão carona. Onde você estacionou?

Ele aponta para algum lugar atrás de mim e faço que sim com a cabeça, sabendo que deveria me virar e começar a andar ao seu lado novamente. Mas parece que estamos meio presos neste *aqui* e *agora*. De pé na frente um do outro. Enraizados no chão.

– Eu me diverti esta noite – digo.

Ele não responde.

– Mesmo que a gente tenha esquecido de comprar croissants no bistrô.

Ainda sem resposta.

– E estou seriamente tentada a comprar um Neuer de papelão em tamanho real e... Erik, você ainda está naquele lance de não falar porque eu não estou fazendo nenhuma pergunta?

Ele ri silenciosamente e minha respiração fica suspensa na altura do peito.

– Onde você mora? – pergunta ele baixinho.

– Nos confins mais distantes de Staten Island – minto.

Era para ser minha vingança, mas ele apenas diz:

– Tá bem.

– Tá bem?

– Tá bem.

Eu franzo a testa.

– O pedágio custa 17 dólares, amigo.

Ele dá de ombros.

– Só pra ir, Erik.

– Tá ótimo.

– Como assim "Tá ótimo"?

Ele dá de ombros de novo.

– Pelo menos vai demorar um pouco pra chegar lá.

Meu coração pula uma batida. E depois outra. E então todas elas se alcançam ao mesmo tempo, uma confusão de batidas sobrepostas, um pequeno animal selvagem enjaulado no meu peito tentando escapar.

Não faço ideia do que estou fazendo aqui. Absolutamente nenhuma. Mas Erik está bem na minha frente, a luz da rua brilhando suavemente atrás de sua cabeça, a brisa quente da primavera soprando suave entre nós, e algo estala dentro de mim.

Sim. Isso mesmo.

– Na verdade... – digo, e, mesmo que minhas bochechas estejam queimando, mesmo que eu não seja capaz de olhar nos olhos dele, mesmo que eu esteja na ponta dos pés e pensando em fugir, este é o momento mais corajoso da minha vida. Mais corajoso do que me mudar para cá sem Mara e Hannah. Mais corajoso do que quando driblei aquela meio-campista da UCLA. Simplesmente *corajoso*. – Na verdade, se você não se importa, prefiro pular Staten Island e ir pra sua casa.

Erik me analisa por um longo momento, e me pergunto se por acaso ele não consegue acreditar no que acabei de dizer, se seu cérebro também está lutando para entender, se talvez isso parece tão extraordinário para ele quanto para mim. Então ele assente uma vez, decidido.

– Muito bem – diz ele.

Antes de sairmos andando, eu o vejo engolir em seco.

Capítulo Sete

Em tese, eu deveria estar satisfeita.

Depois de semanas de raiva intensa, às vezes assassina, com frequência melancólica, eu finalmente disse a Erik que preferia correr o risco de cair em um poço de elevador – estilo imperador Palpatine em *O retorno de Jedi* – a passar mais um minuto com ele. E, pela forma como seus lábios se contraíram, ele realmente detestou ouvir isso.

Agora seus olhos estão fechados e ele está inclinando a cabeça para trás contra a parede. Considerando seus genes nórdicos retraídos, isso provavelmente equivale a uma pessoa normal se colocando de joelhos e urrando de dor.

Ótimo. Olho para a linha de sua mandíbula e para seu pescoço, me proíbo de lembrar como foi divertido morder sua pele áspera por conta da barba por fazer e penso, de um jeito um tanto cruel: *Ótimo.* É ótimo que ele se sinta péssimo com o que fez, porque o que ele fez *foi* péssimo.

Sério, eu deveria estar satisfeita. E estou, a não ser por essa sensação pesada e embrulhada no fundo do estômago, que não reconheço imediatamente, mas me faz lembrar de algo que Mara me disse depois da minha noite na casa de Erik. A conexão com Hannah tinha caído do nada, provavelmente quando um pedaço de gelo despencou e cortou seja lá qual for o cabo de internet que conecta a Noruega ao resto do mundo, então estávamos apenas nós duas na chamada de vídeo.

– Ele tentou me ligar – contei a ela. – E me mandou uma mensagem perguntando se poderíamos jantar hoje à noite. Como se nada tivesse acontecido. Como se eu fosse idiota demais para me dar conta do que ele fez.

– Mas que audácia! – Mara estava furiosa, suas bochechas num tom de vermelho quase tão intenso quanto o de seu cabelo. – Você quer falar com ele?

– Eu… – Enxuguei as lágrimas com as costas da mão. – Não. Não sei.

– Você poderia gritar com ele. Esculachar o cara. Ameaçar entrar com um processo, quem sabe. O que ele fez é ilegal? Se for, Liam é advogado. Ele vai te defender de graça.

– Ele não trabalha com umas coisas estranhas envolvendo tributação corporativa?

– Ah. Lei é tudo igual.

Eu ri em meio às lágrimas.

– Você não deveria perguntar pra ele primeiro?

– Não se preocupa, ele parece ser fisicamente incapaz de dizer não pra mim. Na semana passada ele me deixou pendurar um sino dos ventos na varanda. A questão é: você *quer* falar com Erik? Ou prefere esquecer o sujeito e fingir que ele nunca existiu?

– Eu… – Eu me lembrei de quando estava com ele na noite anterior. E, depois, quando descobri o que ele tinha feito. Eu conseguiria esquecer? Fingir? – Quero falar com o Erik com quem jantei. E tomei café da manhã. Antes de saber do que ele era capaz.

Mara assentiu, triste.

– Você pode atender na próxima vez que ele ligar. E confrontá-lo. Exigir uma explicação.

– E se ele fizer pouco caso, como se fosse algo que eu deveria ter esperado?

– É possível que ele esteja tentando ligar pra você pra admitir o que fez e pedir desculpa – disse ela, pensativa. – Mas talvez isso seja ainda pior. Porque aí você ficaria sabendo que ele tinha total noção do mal que estava causando e seguiu em frente assim mesmo.

Acho que é exatamente isso. Acho que foi por isso que odiei quando ele disse "Me desculpa" e porque odeio o fato de ele não me olhar há vários minutos. Isso faz com que eu me pergunte se ele está ciente de que arruinou algo que poderia ter sido maravilhoso por pura ganância. E, se for esse o caso, então eu não imaginei coisas: a noite que passamos juntos foi tão especial quanto eu me lembro, e ainda assim ele jogou tudo no lixo – estilo princesa Leia em *Uma nova esperança*.

– Vi a Dinamarca vencer a Alemanha – digo, porque é uma opção melhor do que o silêncio e meus pensamentos barulhentos.

Ele se vira para mim e solta uma risada.

– Sério, Sadie?

– Sim. Duas... Não, três noites atrás. – Olho para minha mão e raspo o pouco que sobrou do esmalte da semana passada. – Dois a um. Então, talvez você *tivesse mesmo razão* sobre o Neuer...

– Sério? – repete ele, mais duro desta vez.

Eu o ignoro.

– Mas, não sei se você se lembra, quando a gente tomou sorvete, eu admiti que o pé esquerdo dele é meio fraco.

– Eu me lembro – diz ele, um pouco impaciente.

Deus. Essas minhas unhas estão simplesmente vergonhosas.

– Mesmo assim, acho que a vitória aconteceu mais porque a Dinamarca jogou excepcionalmente bem...

– Sadie.

– E, se vocês conseguirem manter esse nível de atuação por um tempo, então...

Ouço algum farfalhar vindo do canto dele do elevador. Olho para cima bem a tempo de ver Erik agachado na minha frente, com os joelhos roçando minhas pernas, os olhos pálidos e sérios. Meu coração dá cambalhotas. Ele *parece mesmo* mais magro. E também que não anda dormindo bem nas últimas semanas. Seus cabelos brilham sob a luz de emergência, dourados, e uma breve memória ressurge, de puxá-los quando ele...

– Sadie.

O quê?, quero gritar. *O que mais você quer?* Em vez disso, apenas olho para ele, sentindo que o elevador encolheu de novo, desta vez para a breve distância entre os meus olhos e os dele.

– Já faz semanas, e... – Ele balança a cabeça. – Por favor, será que a gente pode conversar?

– A gente está conversando.

– Sadie.

– Eu estou dizendo coisas. E você está dizendo coisas.

– Sadie...

– Tá bem, então... Você estava certo sobre o Neuer. Satisfeito?

– Não. Na verdade, não. – Ele me olha em silêncio por vários segundos. Então diz, calmo e sério: – Me desculpa.

É a coisa errada a se dizer. Sinto uma onda de raiva percorrer minha espinha, ainda maior do que quando soube de sua traição. Há um sabor amargo e ácido na minha boca quando me inclino para a frente e digo entredentes:

– Eu te odeio.

Ele fecha os olhos brevemente, resignado.

– Eu sei.

– Como *pôde* fazer isso, Erik?

Ele engole em seco.

– Eu não fazia ideia.

Dou risada.

– Jura? Como... como se *atreve*?

– Eu assumo toda a responsabilidade pelo que aconteceu. Foi minha culpa. Eu... gostei muito, Sadie. Muito mesmo. Tanto que interpretei mal seus sinais e não percebi que você não tinha gostado.

– Bom, o que você fez foi... – Eu paro abruptamente. Meu cérebro freia e finalmente registra as palavras de Erik. Gostei? Interpretei mal? Do que ele está falando? – Que sinais?

– Naquela noite, eu... – Ele morde o interior da bochecha. – Foi bom. Eu acho... que perdi o controle.

Fico paralisada. Tem algum mal-entendido.

– Quando você me pediu desculpa um minuto atrás, estava se referindo a quê?

Ele pisca duas vezes.

– Às coisas que eu fiz com você. Na minha casa.

– Não. Não, não é disso que eu... – Minhas bochechas estão quentes e minha cabeça está girando. – Erik, por que você acha que eu parei de atender as suas ligações?

– Por causa do jeito que eu transei com você. Eu não te dei sossego a noite toda. Estava insaciável. Você não curtiu. – De repente, ele parece tão confuso quanto eu. Como se estivéssemos no meio de uma história cuja narrativa não faz muito sentido. – Sadie, não foi esse o motivo?

Seus olhos perfuram os meus. Eu pressiono a palma da mão contra a boca e balanço a cabeça lentamente.

Capítulo Oito

TRÊS SEMANAS ATRÁS

Não nos tocamos a noite toda.

Nem no restaurante. Nem no carro. Nem mesmo no elevador até o apartamento dele em Brooklyn Heights, que é maior que o meu mas nem parece, porque Erik está dentro dele. Estamos conversando como fizemos durante o jantar, o que é divertido, incrível e um tanto hilário, mas começo a me perguntar se, quando me convenci de que estava corajosamente dando em cima de Erik, ele no fundo achou que eu estivesse me convidando para jogar *FIFA* na casa dele. Ele dirá: "Vem cá que eu quero te mostrar uma coisa." Eu vou acompanhá-lo pelo corredor com as pernas bambas, e aí ele vai abrir a porta do quarto onde fica seu Xbox e eu vou morrer por dentro.

Fico na entrada enquanto Erik tranca a porta atrás de mim e mexo os pés um pouco inquieta, contemplando minha própria mortalidade e a possibilidade de fugir dali, quando noto o gato. Está empoleirado na imaculada mesa de centro na sala de estar de Erik (que parece *não* ser um depósito de pilhas de malas diretas e panfletos de entrega de comida; *que surpresa*). Ele é alaranjado, rechonchudo e nos lança um olhar fulminante.

– Olá. – Dou alguns passos, estendendo a mão com cautela. O gato olha com ainda mais intensidade. – Que gatinho bonzinho você é.

– Não é, não.

Erik está atrás de mim tirando os sapatos e pendurando o casaco.

– Qual o nome dele?

– Gato.

– Gato? Tipo…?

– Gato – diz ele, conclusivo.

Decido não insistir.

– Não sei por quê, mas imaginei que você fosse do tipo que gosta mais de cachorros.

– Eu sou.

Eu me viro e dirijo a ele um olhar confuso.

– Mas você tem um gato.

– Meu irmão tem um gato.

– Qual deles?

Ele tem quatro irmãos. Todos mais novos. E, pela maneira como fala sobre eles, com certa frequência e com um tom meio áspero, meio divertido, fica claro que são muito próximos. Meu lado filha única, acostumada a ouvir "Pegue este livro de colorir enquanto a mamãe e o papai assistem a *The West Wing*", morre de inveja.

– Anders – responde ele. – O mais novo. Ele terminou a faculdade e agora está… em algum lugar. No País de Gales, eu acho. Descobrindo a si mesmo. – Erik se aproxima e para ao meu lado. Ele e o Gato se encaram. – Enquanto temporariamente cuido do gato dele.

– Quanto tempo significa *temporariamente*?

Ele contrai os lábios.

– Até o momento, um ano e sete meses. – Tento manter uma cara séria, mas acabo escondendo um sorriso com a mão, e Erik olha para mim com os olhos semicerrados. – O início do nosso… relacionamento foi difícil, mas estamos lentamente começando a chegar a um acordo – diz ele, assim que o Gato pula da mesa e faz uma pausa para sibilar para Erik a caminho da cozinha. Erik responde com algo que soa muito áspero e cheio de consoantes, então olha para mim de novo. – Lentamente.

– *Muito* lentamente.

– É.

– Você tranca a porta do seu quarto à noite?

– Religiosamente.

– Que bom.

Eu sorrio, mas ele, não, e caímos em um silêncio nada confortável. Eu preencho o vazio olhando ao redor e fingindo que estou fascinada com o mapa de Copenhague pendurado na parede. Erik para ao meu lado e pergunta:

– Quer tomar alguma coisa? Acho que tenho cerveja. E... – Uma pausa. – Leite, provavelmente.

Dou uma risada baixinho.

– Desnatado?

– Integral. E achocolatado – admite, um pouco sem graça.

Isso me faz rir um pouco mais, Erik finalmente sorri e, então... Mais silêncio.

Estamos parados entre a entrada e a sala, de frente um para o outro, ele me analisando, eu analisando ele me analisando, e algo pesado forma um nó na minha garganta. Não tenho certeza do que está acontecendo. Não tenho certeza do que esperava. A noite inteira foi muito fácil, mas isto aqui não é.

– Eu... eu entendi errado? – indago.

Ele não finge que não entendeu.

– Não mesmo. – Ele parece... não inseguro, mas cauteloso. Como um cientista prestes a misturar duas substâncias muito voláteis. O resultado pode ser ótimo, mas é melhor estar certo disso. Usar equipamento de proteção. Levar o tempo necessário. – Não quero presumir nada.

O nó aperta. Eu continuo:

– Se você tiver mudado de...

– Não é isso.

Mordo o lábio.

– Eu ia dizer que, se você não quiser...

– Pelo contrário, Sadie – diz ele calmamente. – Muito pelo contrário. Eu preciso ir com calma.

Certo. Tá bem, então. Tomo uma decisão numa fração de segundo, meu segundo ato de bravura da noite: me aproximo dele, até nossos pés se tocarem através de nossas meias, e fico na ponta dos dedos.

A primeira coisa que noto é como ele é cheiroso. Tem um cheiro de limpeza, masculino, quente. Delicioso em todos os aspectos. A segunda: sua clavícula é o mais longe que consigo alcançar, o que seria até divertido se eu não tivesse perdido o fôlego de repente. Se eu quiser que esse beijo aconteça, vou precisar da cooperação dele. Ou de equipamento de escalada.

– Será que você pode... – Dou risada, impotente, contra a gola de sua camisa. – Por favor?

Não pode. Ou não quer. Pouco tempo depois, em vez disso, opta por envolver sua mão ao redor do meu queixo, segurar meu rosto e olhar para mim.

– Acho que é isso – murmura ele, o polegar deslizando pela minha bochecha, olhos pensativos, como se estivesse processando uma informação importante.

Meu coração acelera. Me sinto zonza.

– Eu... O quê?

– Isso. – Seus olhos estão nos meus lábios. – Acho que não vou passar disso.

– Não sei exatamente se...

Ele age tão rápido que mal consigo acompanhar. Suas mãos se fecham em volta da minha cintura, me levantam e, um segundo depois, estou sentada na prateleira da entrada. A diferença de altura entre nós é muito menos drástica e...

É o melhor beijo da minha vida. Não: é o melhor beijo *do mundo*. Por causa do jeito que ele pressiona a mão na minha escápula para me arquear contra ele. Por causa do jeito que sua barba arranha minhas bochechas. Porque começa devagar, só sua boca na minha, e fica assim por muito tempo. Mesmo quando coloco os braços em volta de seu pescoço, mesmo quando ele se inclina na minha direção e afasta minhas coxas para abrir espaço para ele, mesmo quando estamos colados um no outro, meu coração batendo que nem um tambor contra o peito dele, são apenas os lábios de Erik e os meus. Colados, se esfregando, compartilhando ar e calor. De um jeito dolorosamente cuidadoso.

E então eu abro a boca, e o beijo vira algo completamente diferente. A pressão suave de nossas línguas. Seu grunhido. Meu gemido. É novo, mas também é certo. O cheiro dele. A maneira como ele segura minha cabeça em sua mão. Um calor líquido delicioso se espalhando pela minha barriga, subindo pelas minhas terminações nervosas. Bom. É bom, e estou tremendo, e é muito, *muito* bom.

– Se... – começo a dizer quando ele pausa para respirar, mas desisto imediatamente quando ele enterra o rosto no meu pescoço.

– Está bom assim? – pergunta ele antes de inspirar profundamente contra a minha pele, como se meu sabonete líquido da Target fosse algum tipo de droga alucinógena.

Meu "Aham" é fraco, sem fôlego. Quando ele morde minha clavícula, eu passo meus braços em volta de seus ombros e o agarro pela cintura com minhas pernas, e o prazer de estar tão perto me corta como a lâmina mais afiada do mundo.

Ele está excitado. Consigo sentir exatamente *quão* excitado. Ele quer que eu sinta, eu acho, porque sua mão desliza até minha bunda e me puxa para ele. Eu me contorço, mexendo os quadris para experimentá-lo, e ele solta um gemido rouco na minha boca.

– Comporte-se – repreende ele, severo, um pouco bruto.

Ele me agarra com força, me mantém parada contra ele, e eu inesperadamente estremeço com o tom de comando em suas palavras.

As coisas se intensificam rapidamente. Para mim, pelo menos. Há um período de segundos, talvez de minutos, em que apenas nos beijamos e nos beijamos e nos *beijamos*, Erik se aproximando ainda mais e eu seguindo seu embalo, o calor líquido me inundando por dentro. E então começo a notar os gemidos suaves. O sibilo agudo quando seu pau se esfrega contra a parte interna da minha coxa. A maneira como seus dedos se cravam avidamente nos meus quadris, na minha nuca, na parte inferior das minhas costas. Ele alterna entre me prender ao seu corpo o mais forte que consegue e evitar me tocar, os nós dos dedos brancos enquanto segura a borda da prateleira e estabelece alguma distância entre nós. Acho que ele pode estar tentando ir mais devagar. Controlar-se, talvez.

Acho que não está conseguindo, não muito bem.

Eu me afasto, e ele pisca lentamente. Seus olhos estão desfocados, um azul quase preto fixo nos meus lábios. Quando ele tenta se inclinar para outro beijo, eu o detenho com uma mão em seu peito.

– Quarto? – pergunto, em um arquejo, porque ele tem toda a cara de quem poderia simplesmente me foder no corredor, e eu tenho medo de acabar deixando que ele o faça. – Ou, se você quiser... aqui está... tudo bem se você...

Ele coloca uma mão debaixo da minha bunda e me carrega pelo corredor, como se eu não fosse mais pesada que seu gato. Quando acende a luz, vejo a cama enorme e desfeita, e o quarto tem um cheiro tão intenso dele que preciso fechar os olhos por um segundo. Ele me põe de pé, e estou prestes a perguntar se isso é necessário, se podemos fazer isso na penumbra, mas ele já está desabotoando a camisa, os olhos fixos em mim. Minha boca fica seca. Pensando bem, tudo bem deixar a luz acesa. Eu acho.

Erik é uma montanha. Uma cúpula gigante de carne e músculos – não ridiculamente definidos desses que saem na capa da revista GQ, mas sólidos, grandes como carvalhos, e eu talvez tenha ficado hipnotizada olhando para ele e catastroficamente perdido a noção do tempo, porque...

– Tira a roupa – diz ele, não, *ordena*, e eu tremo outra vez. Esse cara tem uma coisa... Uma autoridade. Como se seu primeiro instinto fosse assumir o controle. – Sadie, tira tudo.

Eu faço que sim com a cabeça, tirando primeiro a calça jeans, depois o suéter. Estou desesperadamente procurando coragem para continuar quando ouço ele dizer em voz baixa e rouca:

– Não é roxa.

Olho para cima. Erik está na minha frente, nu, alto e grande, tipo... uma divindade menor de algum panteão nórdico, um sujeito reservado que gosta de ficar na dele, mas ainda assim teria um par de ilhas do mar Báltico batizadas com seu nome. Ele está magnificamente confortável com sua nudez. Eu, por outro lado, estou aparentemente muito constrangida para tirar minha camiseta branca *ou* olhar para baixo do seu umbigo.

Não que ele pareça notar. Seus olhos estão vidrados de novo, olhando para a forma que minha calcinha preta se estica ao redor dos meus quadris como se quisesse fazer com que ela entrasse em combustão. Me sinto tentada a colocar o jeans de volta.

– O quê?

– Não é roxa.

– Eu não... Ah. Fui pra casa e troquei. E... isso aqui pode ser considerada uma reunião de apresentação de projeto? – Mesmo assim eu deveria ter vestido algo mais bonito. Talvez um sutiã combinando. O problema é que, se cinco horas atrás alguém tivesse dito que eu acabaria no quarto de Erik Nowak no fim do dia, eu teria achado que a pessoa estava alucinando de febre e lhe dado ibuprofeno. – E não falei roxa, foi...

– Lavanda – diz ele com o mínimo esboço de um sorriso, e então eu não preciso pensar muito mais porque uma de suas coxas desliza entre as minhas e ele está me levando para trás, para sua cama.

Tem um edredom sob as minhas costas, uma ereção bastante intimidante – para a qual *ainda* não consigo olhar – contra a minha barriga e uma montanha de quilos dinamarqueses sobre mim. Erik é voraz, determinado e claramente experiente. Ele geme no meu pescoço, depois no meu esterno, murmurando algo que poderia ser *porra*, ou *perfeito*, ou o meu nome. Como se tivesse passado o dia inteiro pensando nisso. Suas mãos deslizam sob minha camiseta e viajam para cima, apertando suavemente, com mais gemidos e alguns "Caralho, Sadie, caralho", um beliscão leve no meu mamilo e uma mordida gananciosa por cima do tecido. E sinto que é perfeito, assustador, emocionante, novo, sujo, certo, bom, molhado, constrangedor, excitante, rápido – *todos* esses adjetivos, *tudo* ao mesmo tempo.

Então, no segundo seguinte, todos eles se dissolvem. Exceto um: *assustador*.

Erik enganchou os dedos no elástico da minha calcinha e a tirou. Ele está beijando os ossos do meu quadril, lábios carnudos pressionando meu abdômen, e eu sei exatamente o que ele está planejando fazer, mas não consigo parar de pensar que ele é...

Ele é realmente *muito* grande. E seu antebraço está apoiado na minha barriga, me prendendo na cama, e eu o conheci – merda, eu conheci esse cara *hoje de manhã*, e mesmo que eu o *tenha, sim,* pesquisado brevemente no Google para ter certeza de que seu nome verdadeiro não era Max Matador, eu não sei *nada* sobre ele, e ele é muito maior e mais forte do que eu, e *será que eu sou mesmo boa nisso?*, e ele poderia fazer o que quisesse comigo, ele poderia me obrigar, e eu sinto calor, eu sinto frio, eu *não consigo respirar e...*

– Para! Para para *para*...

Erik para. De imediato. E eu instantaneamente me contorço debaixo dele, me afastando para a cabeceira da cama, as pernas dobradas e os braços ao redor delas. Seus olhos estão em mim, agora novamente azul-claros, novamente *enxergando*. O que ele vai fazer? O que ele...

– Ei – diz Erik, ajoelhando-se, como se quisesse me dar ainda mais espaço.

Seu tom é gentil, como se ele estivesse se aproximando de animais selvagens feridos e assustados. Uma boa parte do meu pânico se esvai e... Ah, meu Deus. Qual é o meu problema? Estávamos nos divertindo, ele estava se saindo perfeitamente bem, e eu tinha que bancar a porra de uma esquisita.

– Desculpa. Eu só... Não sei por que estou pirando. Você é tão grande, e eu praticamente nunca... Eu não estou acostumada com isso. Desculpa.

– Ei – diz Erik novamente. Ele estende a mão para me tocar e ela paira acima do meu joelho. Então parece pensar melhor e a recolhe, o que me dá vontade de chorar. Eu estraguei as coisas. Estraguei tudo. – Está tudo bem, Sadie.

– Não. Não, não está. Eu... acho que o problema é que só fiz isso com o meu ex, e...

– Eu entendo. – Seu rosto se enrijece de uma maneira impessoal e apavorante. – Ele te machucou?

– Não! Não, o Oscar *nunca faria isso*. Era bom. É só que ele era... diferente. De você. – Eu rio de nervoso. Torço para não cair em prantos. – Não que seja ruim. Quer dizer, todo mundo é diferente. É só que...

Ele assente, e fico achando que compreende, porque sua expressão se suaviza, assim me sinto um pouco menos ansiosa. Não preciso me afastar como se ele fosse um bicho com alguma doença contagiosa. Respiro fundo e me aproximo mais, em direção ao meio da cama.

– Desculpa – digo.

– Por que você está pedindo desculpa?

Ele parece genuinamente intrigado.

– Eu só não achei que isso seria... assustador. Achei que eu ficaria mais à vontade. Mais relaxada, eu acho.

– Sadie, você... – Ele solta o ar e estende a mão para mim de novo. Desta vez ele afasta meu cabelo, colocando-o atrás da minha orelha, como se quisesse ver meu rosto por inteiro. Como se quisesse que eu o visse. – Você não precisa *ser* de um jeito ou de outro. Eu não te trouxe aqui pra você desempenhar um papel pra mim.

Sinto um nó na garganta e tento engolir.

– Certo. Você me trouxe aqui porque *eu* propus, e então...

– Eu te trouxe aqui porque eu queria *estar* com você. Eu teria continuado andando pela cidade até o dia amanhecer se você quisesse. A proposta é a seguinte: a gente pode passar a noite transando, e, não vou mentir, eu adoraria, mas também podemos jogar um jogo de tabuleiro, ou você pode me ajudar a dar o remédio de pulgas pro gato do meu irmão, já que esse é um trabalho pra duas, talvez três pessoas. Qualquer uma dessas opções serve.

Eu não quero de jeito nenhum começar a chorar. Em vez disso, me deixo cair de volta na cama, minha cabeça no único travesseiro dele.

– E se eu quisesse jogar *FIFA*?

– Eu falaria pra você ir embora.

– Por quê?

– Porque não tenho nenhum videogame.

Dou uma risada meio embargada.

– Eu sabia que você era bom demais pra ser verdade.

– Eu tinha um Game Boy nos anos 1990 – comenta ele. – Talvez meu pai tenha guardado.

– Parcialmente perdoado. – Nós dois estamos sorrindo agora, e meu medo se liquefaz, feito neve ao sol. Apenas para congelar tudo de novo, só que de outro jeito: medo de *não o ter*. – Eu estraguei tudo?

– Estragou o quê?

Aponto na direção dele, depois na minha. *A gente*, tenho vontade de dizer, mas parece prematuro.

– Esse... esse lance.

Ele se deita ao meu lado, de frente para mim. Deixou alguns centímetros entre nós, de propósito, mas, por vontade própria, como trepadeiras se enrolando em troncos de árvores, minhas pernas viajam pelos lençóis e se enroscam frouxamente nas dele. Desta vez o contato não é assustador, apenas correto e natural. Ele ainda é grande e diferente e um pouco impressionante, mas não está em cima de mim, e me sinto mais no controle. Como se pudesse me afastar sempre que quisesse. E sei agora que ele me deixaria fazer isso.

– Será que consigo desestragar? – pergunto, esperançosa.

Ele suspira.

– Sadie, quero te dizer uma coisa, mas acho que você não vai gostar.

Ah, não.

– O que foi?

Uma pausa.

– Você é uma engenheira brilhante que conhece as estatísticas da Premier League das últimas três décadas de cabeça. Fisicamente, você é a combinação extraordinária de todas as características que eu acho atraentes... Não, não vou me *aprofundar* nisso. E você salvou meu número no seu telefone como Thor Corporativo, mesmo depois de eu te dizer meu nome todo.

– Eu não sabia exatamente como escrevia e... Você *viu* isso?

– Vi. – Sua mão vem até minha bochecha. – É isso, Sadie. Eu não acho que você tenha estragado nada.

Um milhão de fogos de artifício de esperança explodem na minha cabeça. Meu coração aperta dentro do peito, pesado e feliz. *Tá bem, tá bem.*

– Então quer dizer que eu não te brochei pra sempre?

Ele solta uma risada.

– Não precisa se preocupar, é impossível eu não querer fazer sexo com você, Sadie.

– Mesmo se eu for ruim?

– Você não é.

– Não tenho certeza. Eu achava que era boa. Quer dizer, mediana. Mas talvez...

– Sadie. – Com uma mão na minha cintura, ele me puxa um pouco mais para perto. Apenas o suficiente para seus olhos encontrarem os meus e meu mundo inteiro se reduzir a ele. – Vamos devagar. A gente chega lá – diz ele, como se soubesse que esta é a primeira noite de muitas.

– Tem certeza?

– Absoluta. Você se sentiria melhor se eu me vestisse?

Balanço a cabeça e, então, num impulso, reduzo a distância entre nós. Ele conduziu os outros beijos, que eu amei, mas neste eu estou no comando, e é exatamente do que preciso. Ele não tenta aprofundar até que eu o faça. Não se aproxima até que eu vá na direção dele. Não tenta me tocar até que eu pego sua mão e a coloco no meu quadril, e mesmo assim ele é gentil, dedos deslizando para cima e para baixo na minha coxa, traçando minha caixa torácica costela por costela, minha coluna vértebra por vértebra.

Eu me sinto relaxar. Flutuar. Expandir, contrair e esquecer. Ficar molhada e flexível, um calor gostoso se espalhando pela minha barriga. Quando minha coxa acidentalmente roça a ereção de Erik, minha respiração falha e ele emite um ruído profundo e baixo no fundo da garganta.

– Desculpa – diz ele com a voz rouca, me ajeitando para que eu fique longe.

Eu o detenho com uma mão em seu bíceps.

– Eu gosto disso, na verdade.

– Gosta?

– Sim. E você?

Ele solta o ar com força.

– Você não faz ideia, né?

– Do quê?

Ele não entra em detalhes.

– Eu ficaria feliz de fazer isso até o sol nascer.

– Sério? – Eu solto uma risada. – Você ficaria feliz incorporando sua melhor versão do ensino médio e só dando uns amassos?

Ele dá de ombros.

– Eu provavelmente vou gozar em algum momento. Mas posso te avisar. Você não precisa participar, e tem um banheiro do outro lado do corredor.

– Não! Não, eu estou… – *Morrendo de vergonha.* – Eu adoraria. Participar, quero dizer. – Pigarreio. – Acho que devemos tentar de novo. Aquilo que estávamos fazendo antes de eu surtar.

Então eu vejo algo piscar no seu rosto: uma fração de segundo de ansiedade, depois a máscara da dúvida.

– Acho que deveríamos esperar. Ir devagar. Sair mais algumas vezes até você se acostumar com o fato de que eu sou… grande demais, aparentemente.

Fico corada.

– Mas eu estava pensando… E se eu for por cima? Pra eu não me sentir encurralada?

Erik fica em silêncio. Por um instante, ele para de respirar. Então pergunta:

– Tem certeza?

Suas pupilas estão dilatadas.

– Acho que sim. Quer tentar?

– Seria… – Ele engole em seco. Seus dedos estão segurando meus quadris como se ele simplesmente não fosse capaz de soltar. – Quero. Eu adoraria *tentar*. Se é que essa é a melhor palavra pra isso.

Não percebo imediatamente o mal-entendido. Talvez porque estou ocupada, primeiro me ajeitando em cima do colchão e subindo em seus quadris, depois aproveitando o fato de estar em cima dele. Eu me sinto muito melhor assim. *Aham*, penso. Sim. Eu consigo fazer isso, afinal. Adoro fazer isso, na verdade. Adoro montar em Erik, olhando para sua pele clara, tocando seus músculos. Adoro seus olhos apontando para onde meus mamilos marcam minha camiseta. Adoro a sensação de minhas coxas sendo abertas pelo seu torso, os pelos de seu caminho da felicidade contra minha vagina. Eu *posso* transar com ele, afinal. Eu *quero* transar com ele. Eu posso *morrer* se não transar com ele, porque agora quero que fiquemos o mais humanamente perto possível.

Mas então suas mãos se fecham em volta da minha cintura, e ele me desloca para perto do seu rosto. Mais. E mais. Até que meus joelhos estão pressionando o colchão um de cada lado de seu pescoço, e eu me lembro exatamente do que ele estava prestes a fazer quando paramos. Uma lâmpada gigante se acende na minha cabeça. Ah, meu Deus. Ele acha que eu quero que ele…

– Erik, eu…

Ele começa com um amplo movimento, abrindo meu sexo com a língua. Faço um som constrangedor e animalesco, metade suspiro, metade gemido, e caio para a frente, me apoiando na cabeceira da cama. Minha vagina vibra. Meu corpo inteiro estremece, eletrizado.

– Porra, Sadie – diz ele em um som gutural antes de me lamber de novo, com impaciência, de uma forma que redefine a palavra *entusiasmado*.

Sua língua brinca na entrada, pressionando os músculos em contração. O polegar da mão que não está agarrando minha bunda sobe para desenhar círculos ao redor do meu clitóris. Estou tremendo. Tendo espasmos. Contrações. De repente me sinto *agonizantemente* vazia.

– Ai, meu Deus – sussurro nas costas da minha mão. Então a mordo, porque, se não o fizer, vou gritar. Talvez eu grite mesmo assim, porque ele solta um grunhido e arqueia o pescoço para me lamber, pressionando minha pélvis contra sua boca, e os ruídos que ele faz, os ruídos que *fazemos*, são molhados, imundos e obscenos. – Ai, meu *Deus*. Eu...

Estou fora de controle. Minhas coxas estão começando a tremer. Não tenho ideia do que estou fazendo, mas não consigo parar de me balançar, me esfregar contra sua boca, seu nariz e seu rosto, contorcendo-me em busca de mais contato, mais pressão, mais fricção, querendo ser preenchida...

– Você está indo muito bem, Sadie – murmura ele contra minha vagina, e as palavras vibram por toda a minha coluna.

Seus dedos apertam minha bunda com força e ele é implacável, me mantendo no lugar, me inclinando melhor, me mostrando que sabe do que preciso, para que eu o deixe fazer seu trabalho. Então ele começa a usar os dentes em mim, e eu desmorono.

Dou um grito.

– Não consigo acreditar que você achava que era ruim nisso – diz ele, rindo, e eu sinto cada sílaba viajar através de mim como uma faca.

Eu me forço a respirar fundo, a endireitar as costas, a olhar para ele. E é quando seus olhos encontram os meus que ele começa a chupar meu clitóris com força.

Eu gozo tão intensamente que é quase doloroso. Eu sempre tinha sido quieta, silenciosa na cama, mas o prazer é como uma represa estourando, rompendo e queimando, e tão violento que meu corpo não tem condições de contê-lo. Eu soluço e solto um gemido nas costas das mãos, impotente, confusa. Durante todo o meu orgasmo Erik está lá, segurando meus quadris, murmurando elogios e gemidos contra os meus lábios inchados, me lambendo até ultrapassar todos os limites.

Então seus beijos se tornam mais leves. Gentis. Ele se vira para chupar a parte interna da minha coxa esquerda, e me pergunto se é o suficiente para deixar uma marca. *Erik Nowak esteve aqui.*

– Passei o dia inteiro pensando em te comer – diz ele contra a minha pele, que está pegajosa e encharcada e... eu não consigo acreditar que isso esteja acontecendo. Não consigo acreditar que isso é *sexo*. – A porra. Do dia. Inteiro.

De alguma maneira, ele parece saber que estou muito mole para me mexer. Então me desliza de volta mais para baixo, e talvez eu esteja imaginando coisas, mas acho que ele está respirando tão pesadamente quanto eu e que suas mãos estão tremendo. Quero investigar, mas ele envolve os braços ao redor do meu tronco e me segura contra seu peito até que estejamos o mais perto possível. A batida acelerada de seu coração reverbera pela minha pele, e este, *este*, este momento não poderia ser mais perfeito.

Até que ele me beija. E me beija. Ele beija minha boca com a mesma obstinação que usou na minha vagina, e, quando meu batimento cardíaco se acalma, enquanto meus membros lentamente param de se contorcer de prazer, eu começo a sorrir nos seus lábios.

– Erik?

– Oi.

Sua mão se curva ao redor da minha bunda.

– Por que você comprou?

– Comprei o quê?

– O croissant da Faye. Se você sabia que era tão ruim, por que comprou? Ele sorri na linha do meu ombro.

– Eu faço parte.

– Do quê?

– Do esquema de lavagem de dinheiro.

Dou uma risadinha e o abraço ainda mais apertado enquanto dentro de mim cresce uma onda de felicidade, adoração e algo nebuloso, algo esperançoso e novo que não consigo definir ainda. Seu pau lateja contra a parte interna da minha coxa. Ele me desloca para fingir que isso não aconteceu e me puxa para outro beijo preguiçoso. *Humm.*

Tento me mexer e diminuir a distância entre nós, mas ele segura minha mão entrelaçando seus dedos contra os meus.

– Você não…?

– Deixa isso pra lá – diz ele, esfregando seu rosto no meu pescoço.

Ele me morde, firme, brincalhão, quase como se quisesse desviar do assunto. Quase.

– Mas você…

– Shhh. Tá tudo bem, Sadie. É importante não mexer em time que está ganhando.

Eu franzo a testa, me endireitando para fitá-lo.

– *Seu time* não está ganhando. *Eu* estou ganhando. Está um a zero. Provavelmente está mais para uns doze a zero. Mas...

Ele ri baixinho.

– Pode acreditar: *pra mim passou bem longe de zero...*

Ele fecha a boca tão abruptamente que posso ouvir sua mandíbula estalar. Porque estou deslizando para trás, e sua ereção está aninhada contra mim. Primeiro, passa pela curva da minha bunda. Depois, logo abaixo da minha vagina. Ele inspira o ar, forte. Crava os dedos na minha cintura.

– Sadie...

– Achei que você tivesse dito que eu poderia ficar no controle – provoco, balançando-me em cima do pau dele como fiz em sua boca.

Os lábios da minha vagina o cercam, carnudos e inchados. Olhamos para a cena ao mesmo tempo. O som que ele solta é selvagem.

– A gente precisa parar – resmunga ele, mas sua mão se estende na parte inferior das minhas costas e ele faz força para ter mais fricção.

– Por quê?

– Porque... – A cabeça do pau dele atinge meu clitóris inchado, uma pontada de prazer pela minha espinha. Erik arqueia o corpo, me agarra com mais força e fecha os olhos. – Caralho. Ai, *caralho* – murmura ele, a voz arrastada. – Eu vou te comer, é isso?

Sua respiração fica presa, e estamos quase alinhados. Então estamos *alinhados*, ele duro contra a minha entrada, e eu desço porque quero, quero sentir essa pressão deliciosa e imensa que vai me partir ao meio, e é gostoso, tão gostoso, transbordante, entorpecente, absurdamente bom...

– Camisinha – diz ele com dificuldade contra a minha boca. – Se vamos... Precisamos de uma camisinha.

Fico imóvel. *Merda.*

– Eu... – Tento me livrar dele, mas Erik me mantém no lugar. Ele ainda está meio que dentro de mim. Só a cabeça. – Você... você tem? – pergunto.

– Acho que sim. Em algum lugar.

Em algum lugar é bem na gaveta de sua mesa de cabeceira, debaixo de um frasco de remédio para alergia, um carregador de celular e dois livros que presumo estarem em dinamarquês. Ele estende a camisinha para mim e eu a aceito sem pensar.

A embalagem é dourada. *Trojan*, diz. E embaixo: *Magnum*. O que talvez explique muita coisa.

– Quer que eu…?

Ele faz que sim com a cabeça. Estamos ambos corados, desajeitados e sem fôlego, *e* eu não faço ideia de como colocar uma camisinha. Mas não quero dizer: *Por favor, coloca você, porque a minha escola não deu a aula de educação sexual com a banana e minha mãe me fez tomar pílula a partir do meu terceiro encontro com Oscar.* Erik está olhando ansiosamente para a embalagem na minha mão, como se fosse uma oferenda de mirra para um rei recém-nascido, e acho que ele está gostando da ideia de eu fazer isso por ele.

Abro um sorriso. Eu tenho um doutorado em engenharia: se posso construir máquinas sofisticadas, posso descobrir como colocar uma maldita camisinha. E rolam algumas tentativas e erros, mas Erik não parece se importar, fascinado pela forma como meus dedinhos trabalham nele. Quando termino, sua respiração está mais curta, menos natural.

– Volta pra cá – diz ele, puxando-me em sua direção.

– Eu… Quer ficar por cima dessa vez?

– Não.

– Tem certeza? Acho que eu tô de boa com…

– Sadie. Eu quero comer você, e preciso que você goste. Então você fica por cima por enquanto.

Não tenho ideia de quais são os parâmetros para o tamanho Magnum, mas entendo por que é necessário. Estou relaxada e excitada como nunca, mas ainda leva um tempo para conseguir enfiá-lo em mim, com algumas tentativas e muitas manobras cuidadosas. Quando ele está todo dentro de mim, estou suando, e Erik está encharcado. Ele tem um cheiro delicioso, como sal e sabonete. Então eu passo a língua no ponto de sua mandíbula onde as gotas estão se acumulando.

– Você pode…? – começa ele, arqueando hesitante o corpo na minha direção.

Nós dois soltamos um gemido.

– O que você quer?

– Quero sentir os seus peitos.

– Ah.

Tinha me esquecido da camiseta. Eu me endireito para tirá-la, o que envolve algumas torções e movimentos que fazem Erik ofegar e tentar estabilizar meus quadris novamente. *Não são muito grandes,* eu quase aviso. Mas me lembro de algo que ele disse antes. *A combinação extraordinária de todas as características que eu acho atraentes.*

– É verdade mesmo? Que eu sou seu tipo, fisicamente?

Suas pupilas dilatadas acompanham o progresso das minhas mãos.

– Eu já tinha reparado em você.

– Reparado em mim?

Abro o fecho do sutiã. Ele se contorce dentro de mim. Sua mandíbula se contrai.

– No prédio. No saguão. – Ele fecha os olhos. Em seguida, os abre. – Uma vez no elevador.

Eu tiro o sutiã, sentindo-me idiota por estar preocupada. Erik está olhando para o meu corpo como se ele estivesse em algum lugar entre o sagrado e o deliciosamente pornográfico.

– No que você reparou?

– Sadie. – Ele engole em seco. – Em muita coisa.

– E...

Eu empurro meus joelhos para baixo e giro os quadris duas vezes, indo um pouco mais fundo. Um centímetro só, mas o atrito, a sensação de plenitude... E eu reviro os olhos. Não sabia que algo poderia estar tão dentro de mim e provocar uma sensação tão boa. Não poderia imaginar.

– E o que você achou?

– Ai, *caralho.* – Um som desesperado sai da garganta de Erik. – Isso. Isso e muito mais. – Ele engole. – Muitas outras coisas, e... Sadie, você precisa me dar um minuto pra me ajeitar ou eu vou... – Erik parece tão impressionado com isso tudo quanto eu. Seus olhos estão fechados, suas mãos me agarram com força e seus dentes afundam no meu ombro. – Sadie, eu estou quase...

– Relaxa. – Eu ofego em meio a um sorriso contra sua orelha, vibrando como se estivesse prestes a entrar em colapso. – Você está indo tão bem, Erik...

Meu orgasmo vem como uma avalanche, e então ele goza, e, quando aperto meus braços em volta do pescoço dele, não pretendo soltar nunca mais.

De manhã, eu o observo se barbear na frente do espelho só porque posso.

Ele usa um barbeador que se parece com os que compro para minhas pernas (ou seja, o mais barato do supermercado). Se ele se importa com a presença da garota de olhos turvos que dormiu menos de duas horas e está sentada enrolada em uma toalha na bancada da pia, disfarça bem. Mas tenho quase certeza de que não se importa. Principalmente porque foi ele que me colocou aqui.

– Você é tão alto – digo, um pouco cansada, um pouco boba, recostando-me no espelho.

Sua boca se contrai.

– Você não é.

– Eu sei. Por isso minha carreira no futebol chegou ao fim.

– Crystal Dunn não é baixinha? – pergunta ele, enxaguando o barbeador. Ele seca as mãos na calça do pijama, que tem um caimento deliciosamente baixo em seus quadris. – Meghan Klingenberg também. E…

– Cala a boca – digo com leveza, o que só o diverte ainda mais.

Ele guarda o barbeador e se aproxima, as mãos deslizando por baixo da minha toalha e descansando nas minhas costas, quentes, instintivas e incrivelmente familiares. Como se fosse algo que ele vem fazendo todos os dias ao longo da vida inteira. Como se fosse algo que ele planeja fazer todos os dias pelo que resta de sua vida.

Adoro isso. A maneira como ele me puxa para ele. A maneira como fica excitado, mas parece estar tranquilo com o fato de o lance não passar disso. A forma como seu rosto se aninha no meu pescoço. *Adoro* isso. Mas…

– Eu só acho que você é alto demais – digo contra sua clavícula. – Prevejo problemas de pescoço pra nós dois.

– Hum. Provavelmente vamos precisar de cirurgia daqui a alguns anos. – Seu sorriso viaja pela minha pele. – Tem um bom plano de saúde?

– Mais ou menos.

– O meu é bom. Você deveria aderir a ele quando… – Ele para de falar. Recomeça dizendo: – Almoça comigo hoje.

– Eu não costumo almoçar – respondo. – Sou mais do tipo que toma um café da manhã reforçado e depois faz uns quarenta lanchinhos ao longo do dia.

– Toma um café da manhã reforçado e faz quarenta lanchinhos comigo, então.

Dou risada. Sim. Sim. *Sim.*

– Qual é a estação de metrô mais próxima?

– Eu te levo pro trabalho.

– Preciso passar em casa primeiro. Dar comida pro Ozzy. Lembrá-lo do meu amor incondicional por ele.

– Eu te levo em casa e depois te levo pro trabalho. Você pode me apresentar ao seu hamster.

– Porquinho-da-índia.

– Tenho certeza de que são a mesma coisa.

Dou risada de novo, exausta, sonolenta e nas nuvens, e não posso deixar de imaginar como esta manhã seria diferente se Erik não tivesse sido a pessoa que comprou o croissant de Faye.

Não posso deixar de me perguntar se este é o primeiro dia do resto da minha vida.

Capítulo Nove

– Eu não… Não é isso… Não é nem… Se você…

Estou gaguejando feito uma tonta, que maravilha. Fantástico. Empoderador. Sou um modelo para todas as mulheres rejeitadas do mundo.

Erik ainda está agachado na minha frente, como se pretendesse levar a conversa até o fim. Eu me sento, esticando as costas contra a parede do elevador, e respiro fundo. Tento me recompor.

Vou falar o que penso. Vou dizer como ele é um babaca. Vou jogar em cima dele o acumulado de três semanas de lágrimas no chuveiro. Vou repreendê-lo por estragar sorvete de pistache e gatos alaranjados para mim. Vou *acabar com ele*.

Mas, aparentemente, só depois que eu fizer a pergunta mais idiota da história das perguntas idiotas:

– Você realmente achou que o sexo não foi bom?

Uau, Sadie. Um ótimo jeito de fazer com que o objetivo de toda essa conversa se perca totalmente.

Ele bufa.

– *Eu* obviamente não achei isso.

– Então por que você disse que…

– Sadie. – Ele me analisa por um instante. – Você está falando sério?
Sinto meu rosto enrubescer.

– Foi você que tocou no assunto.

– Como assim? Você sabe o que... Ok. Certo. Muito bem. – Ele engole em seco. Parece... não muito chateado, mas definitivamente o mais chateado que já vi. Chateado num nível dinamarquês, talvez. – Umas três semanas atrás, eu estou tomando meu café da manhã desagradável de sempre quando conheço essa mulher linda e incrível. Deixo de lado minhas reuniões matinais e ignoro meu celular... fazendo meus colegas de trabalho quase enviarem uma equipe de busca... porque tudo em que consigo pensar é como seria divertido me sentar com ela num banco de parque coberto de cocô de passarinho e falar sobre... sei lá. Não importa, na verdade. Estar com ela é bom nesse nível. E, como aparentemente é o meu dia de sorte, eu consigo convencê-la a sair pra jantar comigo, e ela não é apenas simpática, inteligente e engraçada, mas também parece que nós dois temos mais coisas em comum do que eu imaginava ser possível e... Bem, é a primeira vez que isso acontece comigo. Não sou um especialista em relacionamentos, mas reconheço como isso é raro. Como é absolutamente único. Eu quero ir devagar, porque a ideia de estragar tudo me apavora, mas ela pede pra ir pra minha casa.

Ele solta o ar com uma única risada amarga. Então continua:

– Eu deveria pisar no freio, mas não tenho nenhum autocontrole quando se trata dela, então digo que sim. Passamos uma noite juntos e transamos muito. E, *sim*, Sadie, foi realmente fenomenal pra caralho de um jeito que muda a vida de uma pessoa e que eu nunca imaginei que fosse precisar explicar. É óbvio que ela não faz isso com frequência, rolam alguns percalços, mas... sim. Você estava lá. Você sabe. – Ele contrai os lábios e desvia o olhar. – Ela pega no sono e eu a observo e penso: *Isso é diferente de tudo. Quase assustador.*

Eu me mantenho em silêncio, apenas escutando.

– Daí é de manhã e ela ainda está lá. E, quando me despeço dela, ela sai correndo atrás de mim e estamos no trabalho, tem gente por perto, não podemos nos beijar ou algo assim, mas ela estende a mão, pega a minha e aperta com força. E talvez eu não precise ter medo. Vai dar tudo certo. Ela não vai a lugar nenhum. – Ele se vira para mim. Seus olhos estão frios agora, escuros sob as luzes amarelas. – E então chega a noite. O dia seguinte. E o outro. E não tenho notícias dela. Nunca mais.

Encaro Erik por longos segundos, absorvendo cada palavra, cada pequena pausa, cada significado do que não foi dito. Então me inclino para a frente e, com os dentes cerrados, digo:

– Eu te desprezo.

– Por quê?

Ele está silenciosamente furioso, mas não tenho medo dele. Só quero magoá-lo. Magoá-lo tanto quanto ele me magoou.

– Porque você é *um mentiroso*.

– Eu?

– Do pior tipo.

– Certo. Claro.

Nossos rostos estão a cerca de dois centímetros de distância. Consigo sentir o cheiro dele e o odeio ainda mais.

– E sobre o que eu menti?

– Fala sério, Erik. Você sabe exatamente o que fez.

– Eu achava que sim, mas pelo jeito não. Por que não explica pra mim?

– Claro. – Eu me afasto abruptamente, recostando-me na parede e cruzando os braços. – Muito bem. Vamos falar sobre como você me usou pra roubar clientes da GreenFrame.

Capítulo Dez

– É isso mesmo que acabei de ver? Você com Erik Nowak?

A voz de Gianna me tira do estado semicomatoso em que estive nos últimos cinco minutos, simplesmente olhando para o Funko Pop da jogadora Megan Rapinoe em cima da minha mesa e… suspirando.

Eu me sinto drogada de uma maneira agradável e deliciosa. Por conta da falta de sono, suponho. E do waffle macio e coberto de calda que Erik comprou para mim na lanchonete perto da minha casa. E da história hilária que me contou enquanto tomava seu café, de como duas semanas atrás ele adormeceu no sofá e acordou com o Gato lambendo seu sovaco.

Quero mandar uma mensagem para ele. Quero ligar para ele. Quero pegar o elevador e ir lá embaixo para sentir o cheiro dele. Mas não vou fazer isso. Eu não sou tão *esquisita assim*. Não em público, pelo menos.

– Fico feliz em ver que você voltou. – Sorrio para Gianna, que está recostada na minha mesa. Ela deve ter entrado na minha sala enquanto eu estava sonhando acordada. – Como está o Presley?

– Melhor. Mas agora Evan e Riley estão com alguma virose que envolve um volume superdivertido de diarreia. Eu vi você no saguão com um cara alto… Era Erik Nowak?

– Ah. Hum…

Talvez eu esteja corando. Não tenho motivo para isso (Gianna é tranquila e não costuma julgar as pessoas), mas o que aconteceu ontem à noite parece tão… privado. E novo. Não contei sequer para Hannah e Mara (tirando os emojis de berinjela e coração que enviei em resposta às setenta mensagens de texto que encontrei hoje de manhã no meu celular perguntando "Como foi?"). É estranho falar sobre isso com a minha chefe. Se bem que mentir a respeito iria ser ainda mais estranho, certo?

– Sim. Você o conhece?

– *Aquele* Erik Nowak? O Erik Nowak da ProBld?

Eu inclino a cabeça. Existem outros?

– Aham.

– Vocês são amigos?

– Acabamos de nos conhecer.

– Então vocês não são tipo superamigos. – Ela parece aliviada. – Tá bem. Ótimo. Como vocês estavam rindo juntos, eu só queria ter certeza.

– Por quê…? Seria um problema se fôssemos?

– Não exatamente. Quer dizer, eu jamais sonharia em dizer com quem você deve ou não sair. Mas vocês dois pareciam um pouco… próximos, e eu só queria ter certeza… você sabe. – Ela dá um tapinha no ar com desdém. – Se vocês *fossem* amigos e se falassem regularmente, eu ia só pedir pra você tomar cuidado e ser muito, *muito* cautelosa ao falar de trabalho com ele. Mas, já que vocês são só conhecidos, então…

– Por que eu deveria… – Franzo a testa, girando minha cadeira para encará-la melhor. Essa conversa é muito estranha, e me pergunto se devo tomar outro café antes que ela continue. – O que você quer dizer com *tomar cuidado e ser cautelosa*?

Ela abre a boca. Em seguida, a fecha, olha em volta para ter certeza de que nenhum dos estagiários está por perto e a abre novamente.

– Um tempo atrás a ProBld me fez uma proposta. Basicamente, eles queriam comprar a GreenFrame e o nosso portfólio de clientes, e meio que incorporá-la como uma divisão da empresa deles.

– Ah – digo, sem qualquer expressão. Erik não mencionou isso ontem à noite. Mas Gianna também nunca tinha falado a respeito. – Eu não fazia ideia.

– Bom, isso foi antes de eu te contratar. Uns dois, três anos atrás, antes das crianças. E, pra ser sincera, não foi a primeira nem a última oferta que recebi.

– Claro. Soube que a Innovus te fez uma proposta.

– E a JKC. Pois é. Mas a ProBld foi meio... insistente. – Ela revira os olhos. – A razão pela qual eles queriam a gente a bordo é que estão se esforçando muito pra crescer no mercado ecologicamente sustentável, mas não têm tido muito sucesso em atrair pessoas realmente qualificadas como... Bem, como você. Já que a maioria dessas pessoas prefere ir pra firmas mais especializadas. Não me entenda mal, eles vêm contratando engenheiros promissores, mas não têm a expertise necessária ainda. Então me fizeram uma oferta muito boa, eu disse "Não, obrigada, prefiro ser minha própria chefe", e por alguns meses parecia que tudo continuaria como de costume. – Ela faz uma pausa. – Foi aí que começou.

Balanço a cabeça, confusa.

– Começou o quê?

– A dar várias merdas. A pior delas foi irem atrás de alguns dos nossos clientes pra fazer com que eles migrassem pra ProBld. Ouvi dizer que alguns funcionários deles também andaram xeretando nossas obras. Não é exatamente uma coisa legal de se fazer.

Minha expressão endurece. Isso parece... ruim. Muito ruim.

– Gianna, só pra deixar claro... – Respiro fundo. – Ontem à noite eu saí com Erik pra jantar. Então nós... Acho que *somos* próximos. Mas ele é incrível e não faria nada parecido com o que você descreveu – digo com uma certeza maior do que provavelmente deveria sentir, já que o conheço faz só 24 horas. Mas é o *Erik*. Eu confio nele. – Não sei o que os sócios e o pessoal do alto escalão andam fazendo na ProBld, mas tenho certeza de que ele jamais compactuaria com algo assim.

– Bem, ele *é* um dos sócios.

Eu só pisco.

– Ele... Como é que é?

– Erik é um dos sócios.

De repente sinto frio. E muita, muita náusea.

– Ele é um... Do que você está falando?

– Você falou que saiu pra jantar com ele. Quer dizer que ele não mencionou que é um dos sócios fundadores da empresa? – Ela deve estar lendo a resposta no meu rosto, porque sua expressão muda para algo que se parece muito com pena. – Ele abriu a ProBld com dois colegas assim que terminou a faculdade. O resto você já sabe.

"Eu adoraria roubar você... Eu posso pagar mais. Me diz o valor... Estou muito aberto a negociar."

"Peraí... *Você?*"

"A ProBld."

– Ele sabe que você é engenheira? – pergunta Gianna.

Dou um pigarro.

– Sim. Falei pra ele que trabalhava na GreenFrame.

– Antes ou depois de ele te convidar pra sair?

– Eu... – Esse não foi o motivo. Não foi. Não pode ter sido. – Antes.

– Ai, Sadie... – Mesmo tom de antes, agora com mais pena. – Mas você não contou pra ele nada específico sobre nossos projetos, estratégias e clientes, certo?

– Eu... – Massageio a testa, que de repente parece estar a um segundo de explodir. – Acho que não.

– Ele perguntou alguma coisa?

– Não, ele...

Sim. Sim, ele perguntou.

Posso vê-lo claramente, sentado à minha frente no restaurante. Seu quase sorriso. Seu jeito elegante e voraz de comer.

"Aliás, como foi?... Sua apresentação... Quem é o cliente?... Então você conseguiu o projeto?"

– Sadie? Você está bem?

Não. Não. Não.

– Eu... talvez tenha mencionado alguma coisa. Sobre o projeto Milton. O assunto surgiu no meio da conversa, e eu... eu sabia que ele era engenheiro, então entrei em mais detalhes do que deveria, e...

Gianna cobre os olhos com a mão, e desejo que o chão se abra e me engula inteira. A sensação de entorpecimento e felicidade desta manhã se dissolveu, substituída por pavor e um forte desejo de vomitar meu waffle por todo o chão.

– Gianna, sei que parece tendencioso, mas não acho que Erik faria algo como o que você mencionou. A gente realmente se deu bem ontem à noite, e...

Minha voz falha, o que é bom. Não suporto mais me ouvir falando.

Ele não disse que era sócio. Por que não me contou? Por que estou me sentindo tonta?

– Espero que você tenha razão – diz Gianna, com ainda mais daquela inquietante compaixão nos seus olhos.

Ela se afasta da minha mesa, os saltos altos ressoando, em direção à sua sala, e não olha para trás.

Sinto que posso começar a chorar. E também sinto que isso é um mal-entendido idiota e sem sentido do qual vou dar risada depois. Não tenho ideia de qual é a coisa certa a fazer, então tento me concentrar no trabalho, mas estou muito cansada, preocupada ou horrorizada.

Às duas da tarde, Erik me manda uma mensagem: *"Tenho reuniões até as 19h. Posso te levar pra sair depois?"* Penso em nosso jantar ontem à noite, em um restaurante ao qual ele costuma levar clientes. Será que para ele eu sou trabalho?

Dois minutos depois, ele acrescenta: *"Ou eu posso cozinhar pra você."*

E depois: *"Antes que você pergunte: não, nada de arenque."*

Encaro as mensagens por um longo tempo e então me levanto para dar uma olhada na copiadora, que está apitando por causa de atolamento de papel. Arranco a folha problemática e a jogo na lixeira, sem conseguir enxergar muito bem o que está na minha frente.

Respondo e-mails. Ligo para um arquiteto. Sorrio para os estagiários e peço que me ajudem com uma pesquisa. Espero por... Não sei pelo que estou esperando. Um sinal. Que essa confusão esquisita e apocalíptica se dissipe. Fala sério: Erik não saiu comigo como uma desculpa para algum tipo de... espionagem corporativa idiota ou coisa parecida. Não estamos em um livro do John Grisham, e mantenho o que disse a Gianna: meu instinto me diz que ele nunca, jamais faria algo desse tipo. Infelizmente, não tenho certeza se meu instinto não está mentindo para mim. Acho que meu instinto pode estar apenas a fim de dar uns amassos no homem mais atraente do mundo durante o intervalo dos jogos de futebol.

A copiadora emite três bipes e depois mais três. Ao que parece, não consertei nada.

Às cinco e meia, ouço o telefone de Gianna tocar, e, dez minutos depois, ela sai cautelosamente de sua sala, parando na frente da minha mesa. Os estagiários se foram. Somos só eu e ela no escritório.

Minhas entranhas estão geladas. Sinto um aperto no estômago.

– Adivinha qual projeto a gente não conseguiu – diz ela. Seu tom é delicado. Gentil. Verdade seja dita, não há nenhum indício de "Eu te avisei". – E adivinha qual empresa eles decidiram contratar.

Fecho os olhos. Não consigo acreditar nisso. Não quero acreditar nisso.

– O pessoal do Milton disse que compareceu a outra reunião de apresentação hoje. Sustentabilidade semelhante. Custos mais baixos, porém, pois é uma empresa maior. Perguntaram se eu poderia cobrir a oferta deles, e eu disse que não.

Meus olhos permanecem fechados. Eu não os abro por muito, muito tempo. Tudo está girando. Eu só estou tentando ficar parada.

– Eu… Eu estraguei tudo – digo, quase num sussurro.

Estou chorando. Claro que estou chorando. Sou uma idiota, meu coração está partido e é claro que eu estou chorando, merda.

– Você não tinha como saber, Sadie.

A copiadora apita novamente, seis vezes seguidas. Eu meneio a cabeça para Gianna, a observo ir embora e penso em coisas quebradas, coisas quebradas que às vezes não podem ser consertadas.

Capítulo Onze

PRESENTE

Quebro a cabeça tentando lembrar se durante nosso jantar Erik alguma vez mencionou ter feito aulas de teatro. Se eu não soubesse o que ele fez, talvez caísse naquela encenação. Pelo jeito que ele está piscando confuso para mim, quase poderia acreditar que ele não faz ideia do que estou falando.

Valeu a tentativa.

– Fala sério, Erik.

Ele franze a testa. Ainda está agachado na minha frente.

– Quais clientes?

– Para de fingir.

– Quais clientes?

– Nós dois sabemos que...

– *Quais. Clientes.*

Eu contraio os lábios.

– Milton.

Ele balança a cabeça, como se o nome não lhe dissesse nada. Se eu tivesse uma faca à mão, provavelmente enfiaria nele. Através dos músculos, direto no seu coração.

– O centro de recreação em Nova Jersey.

Leva um segundo, mas detecto um vislumbre de reconhecimento.

– Da apresentação? Aquela que você ia fazer no dia da Faye?

– É.

– Você fechou com esse cliente, não foi?

Eu cerro os dentes. Forte.

– Vai se foder, Erik.

Ele solta o ar pela boca, impaciente.

– Sadie, eu estou totalmente perdido, então, se você não me situar...

– Eu *quase* fechei com esse cliente. Só que, depois de passarem por uma apresentação praticamente idêntica à minha, eles decidiram optar pela ProBld. Isso te faz lembrar alguma coisa?

Não faz. Bem, tenho *certeza* que deve lembrar. Mas seu talento como ator parece ter voltado, e Erik de fato se mostra completamente confuso. Seus olhos se estreitam, e quase posso vê-lo tentar vasculhar as próprias memórias.

Dou um suspiro.

– Isso é... cansativo demais, Erik. Gianna me contou tudo. Eu sei que a ProBld tentou comprar a GreenFrame. Não sei se você saiu comigo planejando prejudicar a empresa, ou se aproveitou a oportunidade, mas o que *sei* é que você usou o que falei no jantar pra preparar uma apresentação bem parecida com a minha, porque o cliente... o *seu* cliente... admitiu isso pra gente.

– Eu não fiz isso.

– Aham. Com certeza.

– Eu *realmente* não fiz.

– É claro que não.

Eu reviro os olhos.

– Não, é sério. Você parou de falar comigo porque, coincidentemente, acabamos pegando um cliente seu?

– Duas apresentações tão semelhantes *não são* coincidência...

– Devem ser. Eu nem sabia que esse cliente era nosso.

– Como você pode não saber quais projetos estão acontecendo na sua empresa?

– Porque eu *não sou* um funcionário júnior. – Seu tom dá a entender que ele está começando a ficar frustrado comigo. Isso é bom, porque estou frustrada com ele há semanas. – Tenho um cargo de liderança e gerencio pessoas que gerenciam pessoas que gerenciam *mais* pessoas. Não somos a GreenFrame, Sadie. Eu supervisiono diversas equipes e passo meus dias em reuniões chatas com topógrafos, gestores de controle de qualidade e advogados especializados em patentes. A menos que seja um negócio de prioridade alta ou um projeto extremamente lucrativo, posso nem ser informado até que esteja bastante adiantado. Meu trabalho é tomar decisões globais e dar diretrizes pra que…

Ele para e recua. Em um segundo ele está se inclinando na minha direção; no outro, suas costas estão retas e ele está beliscando a ponta do nariz entre o polegar e o indicador. Fica assim por longos segundos, de olhos fechados, e então explode em uma voz baixa e sincera:

– *Merda.*

É a minha vez de ficar confusa.

– O que foi?

– Merda.

– O quê… Por que você está fazendo isso?

Ele olha para mim, nem um pingo da exasperação anterior em sua expressão.

– Você tem razão.

– Sobre…?

– Fui eu. Foi minha culpa você não ter conseguido o cliente. Mas não pelo motivo que você pensa.

– Como assim?

– No dia depois que a gente… – Ele esfrega a mão no rosto cansado. – Naquela manhã, tive uma reunião com um dos gestores de engenharia que supervisiono. Ele me disse que estava aprimorando uma proposta pra um projeto que pedia especificamente características de sustentabilidade. Ele não entrou em detalhes e eu não perguntei, mas, como não é nosso forte, ele queria saber se eu tinha algum material de pesquisa. Mandei pra ele um artigo acadêmico. – Ele engole em seco. – Aquele que você escreveu.

Fico zonza. Estou sentada, mas sinto como se fosse cair.

– O meu artigo? O meu artigo sobre modelos pra engenharia sustentável?

Ele assente devagar. Desamparado.

– Também enviei sua tese por e-mail pra toda a empresa e encorajei todos os líderes de equipe a lerem. Mas isso só alguns dias mais tarde, depois que eu mesmo terminei de ler.

– A minha tese? – Devo ter escutado mal. Certamente estou no meio de um AVC. – A minha *tese de doutorado*?

Ele faz que sim com a cabeça, parecendo querer se desculpar. Eu... acho que nem estou mais brava. Ou talvez esteja, mas a raiva se diluiu no choque completo e absoluto de ouvir que...

– Como você conseguiu a minha tese? E o meu artigo?

– O artigo estava no Google Acadêmico. A tese... – Ele contrai os lábios. – Eu pedi pra um bibliotecário da Caltech me enviar um link pra download.

– Você pediu pra um bibliotecário te enviar um link pra download – repito lentamente. Estou vivendo em uma dimensão paralela. Onde os átomos são feitos de caos. – Quando?

– Na manhã seguinte. Quando cheguei ao escritório.

– Por quê?

– Porque eu queria ler.

– Mas... por quê?

Ele olha para mim como se eu fosse um pouco lerda.

– Porque você escreveu.

Talvez eu seja um pouco lerda.

– Então você estava tentando... deduzir qual teria sido a apresentação da GreenFrame com base nas minhas publicações?

– Não. – Seu tom de voz deixa de lado um pouco da culpa e volta a ser três quartos firmeza, um quarto indignação. – Eu queria ler o que você escreveu porque me interesso pelo assunto, porque no jantar ficou muito óbvio que você é uma engenheira melhor do que a maioria das pessoas na ProBld, e me incluo nisso, e porque, cerca de cinco minutos depois que comecei meu dia de trabalho, percebi que, já que não ia mesmo parar de pensar em você, pelo menos poderia tornar isso produtivo de algum jeito.

Ele faz uma pausa antes de prosseguir:

– E, enquanto eu lia, fui percebendo que seu trabalho é excelente, e compartilhá-lo com todo mundo pareceu a coisa mais óbvia a fazer. Eu não imaginei que estivesse entregando sua apresentação pra toda a minha empresa, e... Merda. Eu simplesmente não pensei. – Ele esfrega as costas da mão contra a boca. – Foi culpa minha. Não foi de propósito, mas assumo total responsabilidade. Vou conversar com meu gestor de engenharia e com o cliente e... vou dar um jeito nisso. A gente vai encontrar uma maneira de garantir que você receba o crédito que merece.

Fico só olhando para ele, perplexa. Isto é... Ele não deveria estar dizendo nada daquilo. Ele deveria... Sei lá. Insistir. Defender suas próprias atitudes de merda. Me fazer odiá-lo ainda mais.

– Pro futuro, podemos elaborar um contrato. Algo sobre não ir atrás dos seus clientes em potencial. Não sei como, mas vou conversar com Gianna.

Como é que é?

– Duvido que os seus sócios concordem com isso.

– Eles vão concordar quando eu explicar a situação pra eles – diz ele, como se fosse um assunto decidido.

– Claro, porque você é um deles. – Minha raiva está de volta. Ótimo. Perfeito. – *Mais* uma mentira sua, a propósito.

Desta vez, ele... ele está *corando*?

– Eu não menti.

– Você simplesmente omitiu. Bela saída pela tangente.

– Não é isso. Eu... – Pela primeira vez desde que o conheci, este homem sério e seguro de si parece levemente constrangido, e eu... não consigo desviar o olhar. – Eu não tinha certeza se você sabia. A maioria das pessoas que conheço parece já saber... Sim, eu sei como isso soa. Aí, então, durante o jantar, você me contou como trabalhar pra uma empresa era diferente da vida acadêmica. Como você sentia falta das suas amigas. Achei que me gabar de como me formei e consegui fazer essa transição com os *meus* amigos poderia esperar alguns dias.

– Isso soa realmente... – Plausível, na verdade. Meio atencioso até, ainda que de um jeito estranhamente deslocado. – Suspeito.

Ele solta uma risada. Como se eu estivesse sendo ridícula.

– Suspeito.

– Eu só... – Ergo as mãos. – Por que a gente está fazendo isso, Erik?

É óbvio que você tinha algum motivo escuso pra me convidar pra sair. Tentou até me oferecer um emprego!

– Claro, Sadie. Eu ofereceria de novo. Vou fazer isso agora mesmo. Quer vir trabalhar pra mim? Porque essa oferta está de pé e...

– *Para.* – Levanto a palma da mão, coloco-a entre nós como a parede mais inútil do mundo. – Por favor, só... para com isso.

– Tá bem. – Erik respira fundo. Quando ele fala, sua voz é calma. – Olha, o que aconteceu foi o seguinte, e me corrija se eu estiver errado: você achou, com base no que alguém da sua confiança te contou, que eu dormi com você pra roubar um cliente e me vingar da Gianna por não querer vender a empresa, o que talvez soe um pouco inverossímil, mas... eu entendo. Era pra onde os indícios apontavam. Certo?

Faço que sim. Sinto uma pressão forte atrás dos olhos.

– Tá. – Ele continua pacientemente: – Essa é a sua versão do que aconteceu. Mas estou pedindo que você leve a minha em consideração. Embora eu tenha feito uma grande merda ao enviar o seu trabalho pra minha equipe, eu não sabia das consequências até cerca de cinco minutos atrás. Porque eu te liguei, mas você nunca atendeu. E, quando subi pra te procurar, Gianna disse que tinha certeza de que você não queria me ver. E gosto de pensar que não sou o tipo de babaca que fica ligando pra uma mulher que pede pra ele não ligar, então recuei. Mas eu também não conseguia parar de pensar em você, por isso tentei desesperadamente entender o motivo de você ter se afastado, a ponto de eu repetir na minha cabeça o que aconteceu entre nós naquela noite todos os dias... dia após dia... nas últimas três semanas.

– Erik...

– Eu não estou exagerando. – Isso seria muito mais fácil se seu tom fosse acusatório. Mas não era. Ele soa razoável, lógico, sério e sincero, e eu só quero gritar. – Eu destrinchei cada minuto, cada segundo de cada interação, e, depois de decompor tudo em partes, a única conclusão a que consegui chegar foi que tudo que eu fiz de errado deve ter acontecido depois que você pediu pra ir pra minha casa, e com isso sobrou apenas o que nós fizemos lá.

– Não foi isso que...

– E eu fiquei com medo, um medo que nunca senti antes, de ter te ma-

goado. – Ele estica a mão. Envolve o meu rosto. – De ter te causado dor...
de algum jeito. Que eu não pudesse reparar. E, preciso dizer, isso não tem
graça nenhuma quando você sabe em seu cérebro reptiliano que está a
cerca de cinco minutos de se apaixonar por alguém. – Ele fecha os olhos.
– Talvez cinco minutos atrasado. Não sei mesmo dizer.

As palavras de Erik fazem o chão se mexer e tremer. Elas me levam a
despencar forte e depressa, inundam meu cérebro com um flash ofuscante de luz, e elas... Peraí.

Peraí.

– A luz voltou – digo com um arquejo, percebendo que o elevador está
funcionando novamente.

Erik deve ter notado também, mas não parece surpreso nem faz qualquer movimento para se afastar de mim. Ele continua me olhando nos
olhos, como se esperasse uma resposta minha, por um retorno, mas eu
não posso, não *vou* dar isso a ele. Eu me desvencilho da mão no meu rosto
e pego a minha bolsa, saindo do canto onde me enfiei.

– Sadie. – Quando as portas se abrem no primeiro andar, eu desço do
elevador. Erik está bem atrás de mim. – Sadie, você pode...

– Erik! – alguém chama do outro lado do saguão, a voz ecoando pelo
mármore. Há um pequeno grupo de pessoas conversando com dois homens uniformizados da manutenção. – Você está bem?

Estou quase certa (a partir da pesquisa carregada de ódio que fiz sobre
a ProBld depois da nossa desavença) que é um dos sócios. Com outros
que trabalham até tarde, obviamente.

– Estou – responde Erik, sem se mover na direção deles.

– Você ficou preso no elevador?

– No menor. – Há um tom de impaciência na voz de Erik, que muda
para algo muito mais suave quando ele se vira para mim e diz: – Sadie,
vamos...

– Eram só vocês dois? – pergunta o homem. – Na verdade, o pessoal da
manutenção está tentando se certificar de que ninguém da ProBld ainda
esteja preso. Pode vir aqui rapidinho?

O "Claro, já vou aí" de Erik foi tão cortante que poderia quebrar dia-
mantes.

Eu me viro para ir embora, mas sua mão se fecha ao redor do meu bíceps, e sinto seu aperto viajar através de cada terminação nervosa do meu corpo.

– Fica aqui, tá bem? Eu só preciso de cinco minutos pra falar com você. Pode me dar cinco minutos? Por favor?

Ele mantém os olhos nos meus até eu concordar com a cabeça.

Uma vez, porém, que ele vira as costas para mim, não hesito nem por um segundo. Esfrego o local onde ele acabou de me tocar até não poder mais senti-lo e então saio de fininho para o ar quente da noite.

Capítulo Doze

– Peraí. Peraí peraí peraí peraí peraí. Peraí peraí peraí. Peraí.

No centro do monitor do meu Mac, Mara ergue os dois dedos indicadores para chamar a minha atenção e a de Hannah. Como se já não estivéssemos atentas.

– Peraí. Durante todo esse tempo a gente vem fazendo círculos de invocação semanais pra esse cara ter verrugas genitais, fungos nas unhas dos pés e aquelas espinhas internas gigantes que a gente vê as pessoas removendo cirurgicamente no YouTube... e, na verdade, ele não *merecia* nada disso?

Dou um gemido.

– Não. Não sei. Sim. Talvez?

– Saindo um pouco do assunto: quanto tempo vocês ficaram naquele elevador? – pergunta Hannah.

– Não tenho certeza. Uma hora? Menos? Por quê?

Ela dá de ombros.

– Só estou na dúvida se isso poderia ser síndrome de Estocolmo.

Dou outro gemido, me largando na cama. Ozzy se aproxima para me cheirar, só para ter certeza de que não me transformei em um pepino desde a última vez que ele verificou. Depois sai correndo, desapontado.

– Tá bem – diz Mara –, vamos voltar um pouco. O que ele disse é plausível?

– Não. Não sei. Sim. Talvez?

– Juro por Deus, Sadie, se você…

– Sim. – Eu me sento na cama. – Sim, faz sentido. Eu realmente detalhei o modelo das minhas propostas de sustentabilidade no artigo que publiquei, e o detalhei ainda mais na minha tese…

– Talvez você devesse ter restringido o acesso – interrompe Hannah, brincando com seu cabelo escuro.

– … cujo acesso eu *definitivamente* deveria ter restringido, então é possível que alguém que leu meu material pudesse usá-lo pra fazer uma apresentação igual à minha. É claro que, quando se trata de realmente *executar* o trabalho, eles não vão ter a experiência que Gianna ou eu temos, mas isso é um problema pra depois. Acho que o que Erik disse *é*… concebível.

– Então, nada de fungos genitais? – pergunta Mara. – Tipo, parece justo, levando em conta que você *publicou* o artigo *e* escreveu a tese pra incentivar as pessoas a adotarem sua abordagem.

– É. Sim. – Fecho os olhos, desejando desaparecer pela décima sétima vez nas últimas duas horas. Quem sabe um portal para outra dimensão tenha aparecido no meu armário desde a última vez que verifiquei. Talvez eu possa ir para o Mundo Onde Meus Atos Não Têm Consequências. – Eu realmente não imaginei que isso poderia ser usado pelos meus concorrentes diretos.

– Entendo – diz ela, com um tom que sugere um forte "mas". – *Mas* também não tenho certeza de que seja culpa do Erik.

– E ele pediu desculpa – acrescenta Hannah. – Além disso, o fato de ele ter lido sua tese é até fofo. Quantos dos caras com quem eu transei você acha que leram as minhas coisas?

– Nenhuma ideia. Quantos?

– Bom, como você sabe, eu acredito piamente que sexo e conversa não combinam, mas eu estimaria em… um baita de um zero?

– Faz sentido – diz Mara. – Você também disse que ele se ofereceu pra encontrar uma maneira de resolver a situação. E isso não parece algo que ele faria se não se importasse com você.

– Concordo. – Hannah assente. – Meu voto é "não" pra espinhas genitais.

– O meu também. Estou dissolvendo o círculo de invocação agora mesmo.

– Não, peraí, nada de dissolver o círculo, eu... – Esfrego os olhos com as palmas das mãos. – De que lado vocês estão mesmo?

– Do seu, Sadie.

– Ao contrário de você mesma – completa Hannah.

– Eu... E o que isso *significa*?

Elas se entreolham. Sei que estamos em uma chamada do Zoom e é tecnicamente impossível elas se entreolharem, mas eles *estão trocando um maldito olhar*. Eu consigo *sentir*.

– Bom – diz Hannah –, a questão é a seguinte. Você conhece esse cara. E transa com ele. E é uma transa muito da boa, uhul. No dia seguinte, você fica sabendo que ele é um babaca e seguem-se três semanas de lágrimas e sorvete, o que é cerca de doze vezes mais intenso do que quando você terminou com um cara com quem estava namorando havia *anos*. Mas então você descobre que foi tudo um mal-entendido, que as coisas podem ser corrigidas, e... você vai embora? Você disse que ele queria conversar mais, e é óbvio que está interessada em ouvir o que ele tem a dizer. Então, *por que* você foi embora, Sadie?

Olho para os olhos implacáveis, pragmáticos e gentis de Hannah, que combinam muito bem com sua voz implacável, pragmática e gentil, e murmuro:

– Eu gostava mais quando você estava na Lapônia.

Ela sorri.

– Eu também, e é por isso que estou tentando ir pra lá de novo... Mas vamos voltar a discutir suas *péssimas* habilidades de comunicação.

– Elas não são tão ruins assim.

– Ah. Meio que são, sim – diz Mara.

Agora é Mara quem eu fuzilo com o olhar.

– Quer saber de uma coisa? Eu aceito que minhas habilidades de comunicação sejam ruins, mas me recuso a ser constrangida por alguém que está prestes a ir comprar alianças com o cara que ela quase denunciou pra polícia por ter deixado um recibo da farmácia na secadora.

– Humpf, eles não vão sair pra comprar alianças. – Hannah dá um tapinha no ar com desdém. – Aposto que ela vai ganhar algum tipo de herança de família.

– Ele não tem irmãos mais velhos? – pergunto. – A herança já deve ter acabado há uns quatro casamentos.

– Ah, sim. Talvez ele compre alguma coisa, sim. Você acha que ele vai ligar pra gente de Washington, de dentro de alguma lojinha de bijuteria tipo a Claire's, perguntando qual anel a Mara iria preferir?

– Gente, sabe de uma coisa? Na semana passada, eu li em algum lugar que a Costco vende anéis de noivado... Ah, oi, Liam.

O namorado de Mara entra na tela e para bem atrás dela. Nas últimas semanas, ele se tornou uma espécie de quarto membro informal em nossas ligações – um ator convidado esporadicamente, se você preferir, que espera ouvir histórias constrangedoras da época em que Mara estava no doutorado e se oferece para matar nossos colegas babacas do sexo masculino quando reclamamos. Considerando que na primeira vez que fomos apresentadas a ele Mara estava armando uma pegadinha no banheiro dele, é surpreendentemente divertido tê-lo por perto.

– É sério isso, gente? – pergunta ele, de cara feia e braços cruzados. – Claire's? *Costco?*

Hannah e eu quase engasgamos.

– A Costco é *incrível*.

– É, Liam. O que você tem contra a Costco?

Ele balança a cabeça para nós, dá um beijo no topo da cabeça de Mara e sai do enquadramento. Sou fã do cara, devo confessar.

– Muito bem – diz Mara –, voltando às suas fracas habilidades de comunicação...

Eu reviro os olhos.

– Você ainda está chateada com Erik? – pergunta Hannah. – Porque você passou semanas triste, furiosa e tristemente furiosa. Mesmo que agora você saiba que os seus motivos pra isso não eram tão legítimos assim, acho que ainda assim pode ser difícil deixar isso de lado. Será que é esse o nosso problema aqui?

Penso na mão de Erik se fechando ao redor do meu braço no saguão. Na maneira como ele continuou olhando para mim quando o elevador voltou a funcionar: focado, atento, como se o mundo pudesse girar duas vezes mais rápido que o normal e ainda assim ele não se importaria, não se eu estivesse por perto. Não me permito lembrar as palavras que ele disse, mas uma memória ressurge, de nós dois rindo na cozinha dele comendo sobras de comida chinesa, e eu não a reprimo. Pela primeira vez em semanas, não é algo impregnado de ressentimento e traição. Apenas a doçura doída e pungente da noite que passamos juntos. De Erik ligando o termostato quando eu disse que estava com frio, depois envolvendo suas mãos grandes e quentes ao redor das solas dos meus pés. Aquela sensação de estar bem ali, na iminência de algo novo.

Acho que não estou com raiva, não mais.

– Não é isso – digo.

– Tá. Então o problema é que você não acredita nele?

– Eu... Não. Eu acredito. Não acho que Gianna quis mentir pra mim, mas acho que ela não tinha todas as informações.

– Então o que é?

Engulo em seco, tentando entender o motivo pelo qual meu estômago está pesado, o motivo pelo qual tenho me sentido nauseada de decepção e medo desde que descobri a verdade. E então a ficha cai. A única coisa que tenho tentado ativamente não verbalizar me atravessa quando digo:

– De qualquer jeito, não importa.

– Por que não importa?

Fecho os olhos. Sim. É isso. É por isso.

– Porque estraguei tudo.

– Estragou tudo como?

Agora que posso dar à coisa o nome que ela realmente tem, a sensação horrível cresce, ácida e amarga na minha garganta.

– Ele não vai mais se interessar por mim. Ele me conheceu e achou que eu era engraçada, que tinha muitas coisas em comum comigo, que realmente gostava de mim, e aí eu... agi feito uma pessoa completamente irracional, ridícula e perturbada, e bloqueei o número dele, depois o acusei de *espionagem corporativa*, e talvez ele queira esclarecer as coisas, talvez ele odeie a ideia de eu achar que ele é uma pessoa horrível, mas não tem como ele querer continuar de onde a gente parou e... aaaargh.

Enterro o rosto nas mãos.

Eu estraguei a porra toda. Eu simplesmente... estraguei tudo. E agora preciso viver com isso. Tenho que seguir em um mundo em que nenhum homem jamais irá se comparar a Erik Nowak. Nenhum homem jamais vai me fazer rir, nem fazer meu corpo cantar, nem deixar minha alma absolutamente indignada com suas opiniões ultrajantes sobre o time do Galatasaray – tudo ao mesmo tempo.

– Ah, amiga... – Mara inclina a cabeça. – Você não pode ter certeza disso.

– Eu tenho. É o mais provável.

– Essa não é a questão. – Hannah se aproxima da tela até que tudo que posso ver é o seu lindo rosto, com seus lindos olhos escuros. – Tá, então Erik agora sabe que você de vez em quando demonstra uma falta terrível de iniciativa em resolução de conflitos.

Dou um gemido.

– Eu queria muito ter a força emocional pra desligar na sua cara.

– Mas não tem. O que eu estou dizendo é que talvez Erik conclua que você vai ser uma péssima namorada, que exagera e causa mais problemas que o normal. Talvez ele conclua que quer reclamar de você no Reddit. Mas, se você limar esse cara agora como fez três semanas atrás, vai estar apenas tomando essa decisão *por* ele.

Eu só pisco, confusa, de repente me lembrando do motivo pelo qual entrei para a engenharia. Derivadas logarítmicas são muito mais fáceis do que essas tretas de relacionamento.

– O que você quer dizer?

– Sadie, eu sei que você gosta muito desse cara. Sei que, se ele decidir que não te quer mais na vida dele, isso vai te machucar, e que você se sente tentada a recuar preventivamente pra se proteger. Mas, se você não der a ele nem a chance de te escolher, aí, sim, com certeza você vai perdê-lo.

Assinto devagar, tentando esquecer o nó na garganta. Deixando a ideia – *vá em frente, apenas vá em frente, corra atrás do que quer, seja corajosa* – lentamente se infiltrar em mim. Lembrando-me de Erik. Lembrando-me da brisa pairando entre nós em um banco de parque, em uma calçada deserta. Do frio na barriga que senti com os sentimentos trazidos por ela. Das *possibilidades*. Do *talvez*.

Essa é a minha nova definição de felicidade, Erik murmurou no meu ouvido na segunda vez que fizemos sexo naquela noite. Depois ele afastou meu cabelo suado da minha testa, e eu olhei para ele e pensei: *Os olhos dele são exatamente da cor do céu quando o dia está ensolarado. E eu sempre, sempre amei o céu.*

– Vocês têm razão – digo. – Eu deveria ir falar com ele.

Hannah sorri.

– Bem, na verdade, é o quê, uma da manhã em Nova York? Eu estava imaginando algo tipo um telefonema amanhã de manhã. Por volta das dez.

– Sim. Eu deveria ir falar com ele *agora*.

– Isso é exatamente o oposto do...

– Preciso ir. Amo vocês.

Desligo e pulo para fora da cama, procurando um casaco e meu celular. Vou chamar um Uber, só que... Merda. Eu sei onde Erik mora, mas não o endereço dele. Corro para a porta, simultaneamente procurando minhas chaves e digitando o ponto de referência mais próximo ao apartamento dele de que consigo lembrar. Como diabos se soletra...

– Sadie?

Olho para cima. Erik está parado na minha porta aberta. Erik, em todo o seu esplendor alto e sério de Thor Corporativo. Vestindo as mesmas roupas de quando eu o deixei, mais um casaco leve, a mão no ar e claramente prestes a bater na porta.

– Você está saindo?

– Não. Sim. Não. Eu...

Dou um passo para trás. Outro. E outro. Erik fica exatamente onde está e minhas bochechas queimam. Estou tendo uma alucinação? Ele está realmente aqui em Astoria? No meu apartamento? Ouço um baque alto e minhas chaves estão no chão de linóleo. Preciso de um cochilo. Preciso de uma soneca de sete anos.

– Aqui. – Ele se abaixa para pegar as chaves, pausa por um segundo para analisar meu chaveiro de bola de futebol e o entrega para mim. – Posso entrar por cinco minutos? Só quero conversar. Se você se sentir desconfortável, pode ser no corredor...

– Não. Não, eu... – Pigarreio. – Pode entrar.

Uma breve hesitação. Em seguida, um aceno de cabeça enquanto ele entra e fecha a porta. Mas ele não avança, só fica parado na entrada e simplesmente diz:

– Obrigado.

Eu estava indo até você, abro a boca para dizer. *Estava a caminho para lhe dizer muitas, muitas coisas confusas*. Mas a surpresa de vê-lo aqui paralisou minha bravura e, em vez de inundá-lo com o discurso arrebatado que eu teria digitado no aplicativo de notas dentro do Uber, eu apenas o encaro. Em silêncio.

Pelo amor de Deus, qual é o meu problema?

– Aqui – diz ele, segurando um celular.

O celular dele.

Hein?

– Por que está me dando isso?

– Porque quero que você dê uma olhada. A senha é 1111.

Olho para o rosto dele.

– A senha é 1111? Tá de sacanagem?

– É, eu sei. Ignora isso.

Eu dou uma risada nasalada.

– Não tem como me pedir *isso*.

Ele suspira.

– Tá. Você tem permissão pra fazer *um único* comentário.

– Que tal um um um um comentário…

– Pronto. Já fez. Agora…

– Fala sério, eu tenho *muito* mais pra…

– … você pode, por favor, desbloquear o celular?

Faço beicinho, mas obedeço. Principalmente por pura perplexidade.

– Feito.

Ele assente.

– Se clicar no aplicativo de e-mail, vai encontrar minhas mensagens de trabalho. A maioria delas é altamente confidencial, então peço que não leia. Mas quero que procure pelo seu sobrenome.

– Por que eu faria isso?

– Porque está tudo aí. Os e-mails. Eu pedindo o link pra sua tese e depois encaminhando pra ProBld feito um idiota. Alguns momentos em que comento sobre o que você escreveu. A linha do tempo pode confirmar o que já contei. – Eu o encaro. Sem dizer nada. Então ele continua, e fica ainda pior: – Isso é tudo em que consegui pensar, mas, se houver mais alguma coisa que eu possa mostrar pra ajudar você a acreditar que Gianna interpretou mal as coisas, me fala. Posso deixar meu celular aqui. Leve o tempo que quiser pra ver tudo. Se alguém ligar ou mandar mensagens, é só ignorar.

É o jeito calmo e sério com que ele olha para mim que me desarma, que acaba com o que sobrou do meu pavor de ser rejeitada. E eu abruptamente bloqueio qualquer bobagem assustada que meu cérebro esteja tentando me falar.

Uma nova certeza se desenrola dentro de mim, e imediatamente eu *sei* o que fazer. *Sei* como fazer. E tudo começa comigo segurando o celular dele com força, me aproximando dele e enfiando o aparelho no bolso do seu casaco. Deixo minha mão se demorar um segundo, sentindo o calor do corpo de Erik. O algodão limpo. Sem fiapos, embalagens de doces nem tubos de protetor labial vazios.

Eu adoro isso. Eu amo isso. Minha mão quer deslizar para dentro deste bolso nas tardes chuvosas de outono e nas manhãs frias de primavera. Minha mão quer se mudar e *morar* aqui, bem ao lado da mão de Erik.

Mas, por enquanto, há outra coisa que preciso fazer. Que é estender o meu próprio telefone para ele. Ele olha para o celular um pouco desconfiado, até que eu digo:

– Minha senha é 1930.

Sua boca se contrai.

– Ano da primeira Copa do Mundo?

Dou risada porque… sim. Dentre todas as pessoas, *ele* saberia. E então percebo que estou começando a chorar, porque, é claro, de todas as pessoas no mundo inteiro, *ele* saberia.

– Desbloqueia, por favor – digo entre fungadas. Erik está com os olhos arregalados, preocupado com as lágrimas, tentando se aproximar e me puxar para ele, mas eu não deixo. – Desbloqueia meu celular, Erik. Por favor.

Ele rapidamente digita os números.

– Pronto. Sadie, você está…

– Vai nos meus contatos. Encontra o seu. É… Eu mudei. Pro seu nome de verdade.

É difícil sustentar níveis altos e prolongados de ódio por alguém que está salvo no seu celular com um apelido fofo, não acrescento, mas o pensamento me faz dar uma risada embargada, úmida.

– Pronto. – Ele parece impaciente. – Posso...

– Tá. – Eu respiro fundo. – Agora, por favor, desbloqueia o seu número.

Uma pausa e então:

– O quê?

– Eu bloqueei o seu número. Porque eu... – Enxugo a bochecha com as costas da mão, porém há mais lágrimas vindo. – Porque eu não conseguia suportar... Mas acho que você deveria desbloquear. – Eu fungo mais uma vez. Ruidosamente. – Então, se você concluir que não se importa com o fato de que às vezes eu posso ser uma doida varrida e, se quiser me ligar e dar a... a essa coisa que a gente tava tendo uma outra chance, eu ficaria feliz em atender e...

Eu me vejo sendo puxada em direção ao corpo dele, abraçada com firmeza contra seu peito, e eu provavelmente deveria insistir em me desculpar de maneira adequada e oferecer um relato profundo de tudo que aconteceu, mas apenas me deixei afundar nele. Sentir seu cheiro familiar. Quando ele alisa meu cabelo para trás, enterro meu rosto em sua camisa e me sinto derreter, absorvendo o silêncio e o alívio.

– Acho que eu sou mesmo péssima nesse lance de sexo sem compromisso – digo, abafada no tecido macio.

– A gente não fez sexo sem compromisso, Sadie.

– Tá bem. Tipo, sei lá. Eu nunca...

– Já tive o suficiente pra nós dois. – Ele se afasta para olhar para mim e repete: – A gente *não* fez sexo sem compromisso.

Não decido beijá-lo de forma consciente. Simplesmente acontece. Em um segundo estamos olhando um para o outro, no outro, não. Erik tem o gosto dele mesmo e de uma noite de fim de primavera em Nova York. Ele segura minha cabeça na palma da mão, me aperta contra ele; geme, se abaixa para me empurrar contra a parede e lambe o interior da minha boca.

– A gente está numa boa, então? – pergunta ele, afastando-se para tomar ar.

Quero assentir, mas esqueço assim que ele se inclina para outro beijo, tão profundo quanto o que veio antes. Então ele se lembra da pergunta e repete:

– Sadie? A gente está numa boa?

Fecho os olhos e mordo seu lábio inferior. É macio e carnudo, e me lembro da maneira paciente como ele trabalhou entre minhas pernas. Lembro-me de gozar várias vezes, um prazer tão forte que não conseguia compreender...

– Sadie. – Ele não está respirando normalmente. Dá um passo para trás, como se precisasse de um momento para se controlar. – A gente está numa boa? Porque, se você acha que *isso* é sexo sem compromisso, então...

– Não. Eu... – Estendo a mão para o rosto dele. Desta vez, quando trago sua boca até a minha, meu beijo é lento e delicado. – Não. A gente está numa boa.

– Jura? – pergunta ele contra os meus lábios.

Faço que sim com a cabeça. E, depois, porque parece importante, respondo:

– Juro.

É como ligar um interruptor. Em um momento ele está olhando para mim com uma expressão questionadora, no seguinte nossas mãos estão um no outro, eu abrindo o zíper de sua calça jeans, ele desabotoando minha blusa. Tem um calor crescendo entre nós, um calor que nos faz avançar freneticamente, desajeitados e ansiosos demais. Quando puxo sua calça jeans e a cueca para baixo, seu pau pula para fora, tão duro que deve doer. Eu o envolvo com a mão, bombeando para cima e para baixo algumas vezes, e ele geme, um som suave e gutural. Então ele me puxa, prende meu pulso na parede e arranca minha calça.

Seus dedos passam por baixo do elástico da minha calcinha e, quando os nós de seus dedos roçam o tecido úmido, tenho que me controlar para não abrir as pernas o máximo possível.

– Roxa – diz ele quando minha calça chega ao redor dos meus tornozelos. – Finalmente.

– Tive apresentação hoje. Ontem – emendo, ajudando-o a se livrar da minha camiseta.

– A propósito – diz ele, a voz áspera –, da última vez você deixou o sutiã na minha casa.

Ele corre os dedos pelo que estou usando, mas não o tira. Em vez disso, abaixa os bojos de renda, enfiando-os sob a curva dos meus seios. Quando meus mamilos expostos endurecem, nós dois fazemos ruídos sufocados e ofegantes.

– Pode ficar com ele.

– Ótimo.

– Ótimo?

Seu polegar se move para a frente e para trás em meu mamilo.

– Ele não está exatamente em um... estado imaculado.

Dou risada, sem fôlego.

– Por quê? Você tem usado?

Ele não responde. Em vez disso, me levanta até que minhas pernas estejam envoltas em seus quadris, me prendendo contra a parede ao lado da porta, embora haja uma cama, um sofá, uma dúzia de móveis a apenas alguns metros de distância – e então para abruptamente.

– Você... você está se sentindo encurralada? Isso...

– Não, tá bom. Perfeito. Por favor, apenas...

Ele engancha os dedos no forro da minha calcinha, empurra-a para o lado e experimenta um, dois ângulos que não têm como funcionarem, mas então ele me ajeita, me inclina como se eu não fosse maior que uma boneca, e na terceira tentativa ele apenas...

Desliza para dentro. A pressão é enorme, esticando e queimando, e é familiar e implacável e maravilhosa, e tudo em que consigo pensar é como senti falta disso, da sensação aguda de algo grande demais que de alguma forma é feito para caber dentro de mim, do jeito que ele murmura "Desculpa, por favor, mais um pouco, quase lá".

– Eu senti a sua falta – diz ele, respirando contra a minha têmpora quando atinge o encaixe completo, soando como se estivesse sob grande tensão. – Eu só tinha passado 24 horas com você, mas nunca senti tanta falta de alguém.

Solto um gemido. Um som constrangedor e choroso que não tem como ter saído da minha boca.

– Só pra você saber. – Me sinto tão preenchida que mal consigo falar. – Eu achei o sexo bom.

É um eufemismo. Mas é o máximo que sou fisicamente capaz de dizer agora.

– Ah, é?

Ele me morde na carne entre o pescoço e o ombro, não de um jeito que machuca minha pele, mas que sugere que ele não está totalmente no controle. Isso me lembra de nossa noite juntos, da maneira como ele me manteve imóvel para suas estocadas, da maneira como ele me fez sentir ao mesmo tempo poderosa e impotente.

– Isso é bom. Porque não consigo pensar em mais nada. – Ele se move dentro de mim. Uma vez, duas vezes. Mais uma vez, um pouco forte demais, mas perfeito. Minha testa se inclina contra a dele, e ele ofega na minha boca. – Três semanas, e eu só conseguia pensar em você.

Dura menos que uma dúzia de estocadas. Sua boca está na minha orelha enquanto ele me diz como eu sou bonita, como ele quer me sentir por completo, como ele poderia me foder a cada segundo de cada hora de cada dia. Os espasmos florescem dentro de mim, me deixam fora do ar, e eu me agarro em seus ombros enquanto meu orgasmo explode pelo meu corpo, esvaziando minha mente.

Erik, eu murmuro contra seu cabelo. *Erik, Erik, Erik.* Ele fica parado enquanto me mexo nele, um grunhido quase silencioso em sua garganta, a tensão em seus braços quase vibrando. Então, quando estou quase terminando, ele pergunta:

– É melhor... Caralho, é melhor eu tirar?

– Não – digo, soltando o ar. – Eu... Está tudo bem. Pílula.

Ele goza dentro de mim antes que eu termine de falar, enterrando os sons do seu prazer na pele do meu pescoço.

Ficamos assim por um tempo. Ele me segura, como se soubesse que minhas pernas vacilariam se me soltasse, e me beija por longos segundos. Dá beijinhos em todo lugar que consegue alcançar, longas lambidas no meu pescoço suado, chupões suaves que me fazem me contorcer e rir em seus braços. Eu não quero que este momento acabe jamais, jamais. Quero pintá-lo, emoldurá-lo, pendurá-lo na parede – *nesta* parede –, admirá-lo e fazer um milhão de cópias e...

– Sadie?

A voz de Erik está ainda mais grave que o normal. Estou feliz, mole e relaxada.

– Oi?

– Você ainda tem o hamster?

– Porquinho-da-índia.

– Mesma coisa. Você ainda tem?

– Tenho. – Eu paro. – Por quê?

– Só me certificando de que um rato gigante não está tentando comer minha calça jeans.

Olho por cima do ombro dele e caio na gargalhada pela primeira vez em semanas.

Epílogo

UM MÊS DEPOIS

– Pronto – digo, determinada. Olho primeiro para minha obra-prima e para os vestígios do meu trabalho pesado, e então repito, mais alto: – Pronto, acabei! Prepare-se pra ficar de queixo caído!

Erik aparece na entrada de sua cozinha cerca de cinco segundos depois, parecendo sonolento, relaxado e lindo de camiseta e calça de pijama xadrez.

– Você está com massa no nariz – diz ele, antes de se inclinar para removê-la com um beijo.

Em seguida, ele se senta na minha frente, do outro lado do balcão.

– Muito bem. Hora da verdade.

Deslizo um pequeno prato de porcelana para ele. Em cima há um croissant – fruto de minhas muitas, *muitas* tentativas.

Muitas. Tentativas. Mesmo.

– Parece bom.

– Obrigada. – Abro um grande sorriso. – Fiz do zero.

– Dá pra ver.

Com um sorrisinho, ele observa como três quartos de sua cozinha estão cobertos de farinha.

– Meu gênio culinário é aparentemente um pouco caótico. Vai, experimenta.

Ele pega o croissant em suas mãos enormes e dá uma mordida. Mastiga por um, dois, três, quatro, cinco segundos, e eu provavelmente deveria dar a ele um pouco mais de tempo, mas mal posso esperar para perguntar:

– Gostou? Ficou bom?

Ele mastiga um pouco mais.

– Incrível? Fantástico? Delicioso?

Ele mastiga mais.

– Dá pra comer?

Erik para de mastigar. Coloca o croissant de volta na mesa e engole uma vez. Com notável dificuldade. Em seguida, lava tudo com um gole de café.

– E aí? – indago.

– É...

– Não pode ser *ruim.*

Silêncio.

– Né?

Ele inclina a cabeça, pensativo.

– É possível que você tenha confundido sal e açúcar?

– Não! Eu... É pior que o da Faye? – Ele pensa um pouco, o que já é a resposta de que eu preciso. – Te odeio.

– Tem um... retrogosto de vinagre? Será que você usou vinagre no lugar de água?

– O quê? – Eu franzo a testa. – Acho que *você* é o problema. Acho que simplesmente não gosta de croissants.

Ele dá de ombros.

– É, talvez seja eu.

O Gato pula no balcão. Ele cuidadosamente desvia de nossas canecas e, com uma expressão curiosa, cheira o croissant de Erik.

– Ah, amigo, não – sussurra Erik. – Você não quer fazer isso.

O Gato dá uma lambida delicada. Então se vira para mim com uma expressão horrorizada e traída.

Erik nem *tenta* segurar o riso.

– Eu te odeio.

Fecho os olhos, silenciosamente planejando homicídio, caos e muitos cenários truculentos de vingança. Vou desfigurar as camisas dele. Vou jogar shoyu em seu leite achocolatado. Vou esconder o edredom pelas próximas dez noites.

– Te odeio – repito. – Te odeio tanto, tanto, tanto...

– Não. – Quando abro os olhos, o sorriso de Erik é caloroso e suave. – Acho que não odeia, não, Sadie.

Abaixo
de zero

Para Shep e Celia. Ainda sem ursos-polares,
mas com muito amor.

Prólogo

Arquipélago de Svalbard, Noruega

PRESENTE

Sonho com um oceano.

Mas não é o Ártico. Não é este aqui da Noruega, com suas ondas espumosas e compactas batendo constantemente contra a costa do arquipélago de Svalbard. Talvez seja um pouco injusto da minha parte: o mar de Barents é digno de um sonho. Assim como seus icebergs flutuantes e suas praias inóspitas permanentemente congeladas. Ao meu redor não há nada além de uma beleza austera e azul-celeste, e, se por acaso eu morrer aqui, sozinha, tremendo de frio, machucada e faminta… Bem, não tenho do que reclamar.

Afinal, azul sempre foi minha cor favorita.

E, ainda assim, meus sonhos parecem discordar disso. Estou deitada aqui, semiacordada, semiconsciente. Sinto meu corpo perder uma quantidade preciosa de calor. Vejo a luz ultravioleta da manhã alcançar o interior da crevasse, a fenda que se abriu na geleira e que me engoliu horas atrás, e o único oceano com que consigo sonhar é o de Marte.

– *Dra. Arroyo, está me ouvindo?*

A verdade é que isso chega a ser absurdo. Eu sou uma cientista da Nasa. Tenho doutorado em engenharia aeroespacial e vários artigos publicados na área de astrogeologia. Meu cérebro é um constante turbilhão caótico de pensamentos dispersos sobre vulcanismo, dinâmica de cristais líquidos e o tipo exato de equipamento antirradiação que seria necessário para dar início a uma colônia humana de tamanho médio em Kepler-452b. Juro que não estou sendo presunçosa ao afirmar que sei praticamente tudo que há para saber sobre Marte. Inclusive o fato de que não existem oceanos lá, e a ideia de que já houve um em algum momento é altamente controversa entre os cientistas.

Então, sim: além de os meus sonhos de quase morte serem ridículos, também são cientificamente imprecisos. Eu daria risada disso, mas estou com um tornozelo torcido e me encontro a uns três metros abaixo da superfície. Deve ser mais inteligente poupar energia para o que está por vir. Jamais acreditei em vida após a morte, mas vai saber? É melhor estar aberta às possibilidades.

– *Dra. Arroyo, na escuta?*

O problema é que esse oceano inexistente em Marte chama por mim. Sinto sua força de atração no fundo do estômago, e isso me aquece, mesmo aqui, na extremidade gelada do mundo. Suas águas azul-turquesa e suas costas tingidas de ferrugem estão a aproximadamente duzentos milhões de quilômetros do lugar onde vou morrer e apodrecer, mas não consigo evitar a sensação de que me desejam por perto. Há um oceano, uma rede de ravinas, um imenso planeta inteirinho repleto de óxido de ferro, e tudo isso está me chamando. Me pedindo para desistir. Aceitar. Me entregar.

– *Dra. Arroyo?*

E também existem as vozes. Vozes aleatórias e improváveis do meu passado. Tá, admito: *uma* voz. É sempre a mesma, grave e retumbante. Na verdade, não me importo com ela, preciso dizer. Não sei por que meu cérebro decidiu me impor isso neste momento, considerando que a voz pertence a alguém que não gosta muito de mim – alguém de quem talvez eu goste menos ainda –, mas é uma voz muito bonita. Nota 10. Uma voz que vale a pena ouvir quando se está à beira da morte. Ainda que Ian Floyd tenha sido a pessoa que jamais quis que eu viesse para Svalbard, para início de conversa. Ainda que ele tenha sido teimoso, indelicado e irracional da última vez que nos vimos e agora pareça soar...

– Hannah?

Tão perto. É mesmo Ian Floyd? Soando tão perto de mim?

Impossível. Meu cérebro congelou e eu fiquei burra. Acho que já era. Minha hora chegou, o fim está próximo e...

– Hannah. Estou indo aí.

Meus olhos se abrem. Não estou mais sonhando.

Capítulo Um

Centro Espacial Johnson, Houston, Texas

UM ANO ATRÁS

No meu primeiro dia na Nasa, em algum momento entre o processo de admissão no RH e um tour pelo prédio de Estudos de Compatibilidade Eletromagnética, um engenheiro recém-contratado meio fanático se volta para o resto de nós e pergunta:

– Vocês também sentem que cada segundo que vivemos trouxe cada um de nós pra este exato momento? Como se estar aqui fosse nosso destino?

Além do Animadinho, somos quatorze começando hoje. Quatorze profissionais recém-saídos dos cinco melhores programas de pós-graduação, de estágios prestigiados e de empregos que aceitamos anteriormente só para que nossos currículos parecessem mais atraentes durante a próxima rodada de recrutamento da Nasa. E os outros treze além de mim estão todos assentindo com entusiasmo.

– Sempre soube que viria pra Nasa, desde os 5 anos – diz uma garota de aparência tímida.

Ela passou a manhã inteira ao meu lado, imagino que por sermos as únicas mulheres do grupo. Preciso dizer que não me importo muito com isso. Talvez por ela ser engenheira de computação e eu, aeroespacial, o que significa que há uma boa chance de não nos vermos muito depois de hoje. O nome dela é Alexis, e está usando um colar com pingente da Nasa por cima de uma camiseta da Nasa que mal cobre a tatuagem da Nasa no braço.

– Aposto que você também, Hannah – acrescenta ela, e eu lhe dirijo um sorriso.

Faço isso só porque Sadie e Mara insistiram para que eu evitasse estar sempre com cara de bunda agora que vivemos em fusos horários diferentes. Elas estão convencidas de que preciso fazer novos amigos, e concordei, relutante, em me esforçar apenas para fazê-las calar a boca. Então, meneio a cabeça para Alexis como se soubesse exatamente o que ela quer dizer, enquanto penso comigo mesma: *Na verdade, não.*

Quando as pessoas descobrem que tenho doutorado, imaginam que sempre fui uma aluna dedicada aos estudos. Que toda a minha vida escolar foi marcada por um desejo constante de superação. Que, por ter me saído tão bem como estudante, decidi continuar nessa vida muito tempo depois de ter a oportunidade de meter o pé e me libertar dos grilhões dos deveres de casa e das noites em claro estudando para provas intermináveis. As pessoas presumem tudo isso e, na maioria das vezes, deixo que acreditem no que quiserem. Me importar com o que os outros pensam dá muito trabalho e – com pouquíssimas exceções – não sou muito fã do que dá trabalho.

A verdade, porém, é exatamente o oposto. Detestei a escola logo de cara – e, consequentemente, a escola detestava a criança mal-humorada e apática que eu era. No primeiro ano do fundamental, me recusei a aprender a escrever o meu nome, embora *Hannah* tenha apenas três letras, repetidas duas vezes cada. No segundo ciclo do fundamental, estabeleci um recorde para o maior número de dias consecutivos que alguém ficou de castigo depois da aula – o que acontece quando você decide se posicionar e não fazer o dever de casa de nenhuma de suas disciplinas porque são chatas demais, difíceis demais, inúteis demais ou todas as opções anteriores. Até o final do segundo ano do ensino médio, mal podia esperar para me formar e dar adeus à escola e a todas as coisas associadas a ela: os livros, os professores, as notas, as panelinhas. Tudo. Eu não tinha um plano de fato para *depois*, a não ser deixar o *agora* para trás.

A vida inteira tive a sensação de que nunca seria boa o bastante em *nada*.

Desde cedo, internalizei que jamais seria tão inteligente, tão simpática e tão querida quanto meu irmão mais velho perfeito e minha irmã mais velha impecável, e, depois de várias tentativas fracassadas de me equiparar a eles, decidi parar de tentar. E de me importar também. Na adolescência, eu só queria...

Bem, até hoje, não tenho certeza do que queria aos 15 anos. Que meus pais parassem de se preocupar com minha falta de adequação, talvez. Que meus colegas parassem de me perguntar como eu podia ser irmã de dois ex-alunos excelentes que, ainda por cima, tinham sido oradores da turma. Queria parar de sentir como se estivesse afundando na minha própria falta de objetivo e queria que minha cabeça parasse de girar o tempo inteiro. Eu me sentia confusa, contraditória e, olhando em retrospecto, deve ter sido insuportável conviver comigo na adolescência. Perdão, mamãe, papai e todo o resto do mundo.

Enfim, eu era uma garota muito perdida. Até que Brian McDonald, um calouro, achou que me chamar para o baile de formatura dizendo "Seus olhos são azuis como um pôr do sol em Marte" talvez me convencesse a aceitar o convite.

Só para constar, essa é uma péssima cantada. Não recomendo. Use com moderação. Aliás, não use de jeito nenhum, principalmente se a pessoa que você está tentando conquistar tiver olhos castanhos – como eu. Mas o que foi um inegável marco negativo na história do flerte acabou servindo, se me perdoam a metáfora, como uma espécie de meteorito: colidiu com a minha vida e mudou a trajetória dela.

Nos anos seguintes, eu iria descobrir que todos os meus colegas da Nasa têm a própria história de origem. A própria rocha espacial que alterou o curso de sua existência e os levou a se tornarem engenheiros, físicos, biólogos, astronautas. Geralmente é um passeio do ensino fundamental ao Centro Espacial Kennedy. Um livro de Carl Sagan debaixo da árvore de Natal. Um professor de ciências particularmente inspirador no acampamento de verão. Meu encontro com Brian McDonald entra nesse rol. O problema é que envolve um cara que (supostamente) passou a moderar fóruns de celibatários involuntários no Reddit, o que torna a história um tanto patética.

Pessoas obcecadas pelo espaço se dividem em dois grupos distintos. Existem as que querem *ir* ao espaço e anseiam pela gravidade zero, pelos trajes espaciais e por beber a própria urina reciclada. E existem aquelas como eu: o que queremos é *saber* sobre o espaço. No início, são questões simples: do que é feito? Onde termina? Por que as estrelas não despencam lá de cima e caem na nossa cabeça? Então, depois de ler o suficiente, vêm os tópicos mais importantes: matéria escura, multiverso, buracos negros. É aí que você percebe como entendemos pouco sobre essa coisa gigante da qual fazemos parte e começa a pensar se pode ajudar a produzir algum novo conhecimento.

E é assim que você vai parar na Nasa.

Então, de volta a Brian McDonald... Eu não fui ao baile de formatura com ele. (Nem sequer fui ao baile, porque não era mesmo a minha praia, e, mesmo que fosse, eu estava de castigo por ter tirado nota baixa em inglês, e, mesmo que não estivesse, danem-se Brian McDonald e suas cantadas mal pesquisadas.) No entanto, alguma coisa naquela história me pegou. Por que um pôr do sol seria azul? E em um planeta vermelho, ainda por cima? Parecia algo que valia a pena compreender melhor. Assim, passei a noite no meu quarto pesquisando no Google sobre partículas de poeira na atmosfera marciana. No final da semana, eu tinha feito a carteirinha na biblioteca e devorado três livros. No final do mês, estava estudando cálculo para entender conceitos como propulsão ao longo do tempo e séries harmônicas. No final daquele ano, tinha um objetivo. Nebuloso, confuso, ainda não totalmente definido, mas ainda assim era um objetivo.

Pela primeira vez na vida.

Vou poupar você da maior parte dos detalhes exaustivos, mas passei o resto do ensino médio ralando para compensar tudo que eu não tinha ralado nos dez anos anteriores. Imagine um daqueles filmes da década de 1980 em que o personagem principal treina pesado em prol de algum objetivo, mas, em vez de correr na neve e fazer barra fixa usando um cabo de vassoura reaproveitado, eu devorava livros e aulas no YouTube. E era dureza: o fato de querer entender conceitos como diagramas HR ou períodos sinódicos ou sizígia não fazia com que essas coisas fossem fáceis de assimilar.

Antes, eu nunca havia *tentado* realmente. Mas, na tenra idade de 16 anos, me deparei com a confusão insuportável que surge quando você dá o seu melhor e percebe que às vezes simplesmente não basta. Por mais que me doa dizer isso, eu não tenho um QI de 130. Para compreender de verdade os livros que queria ler, tinha que repassar os mesmos conceitos várias e várias vezes. No começo, eu curtia a onda de descobrir coisas novas, mas, depois de um tempo, minha motivação passou a diminuir, e comecei a me perguntar o que raios estava fazendo. Vinha estudando uma série de conceitos científicos bastante básicos, para poder me formar em assuntos científicos mais avançados, para que um dia eu realmente soubesse todas aquelas coisas científicas sobre Marte e... e aí? Iria participar de algum game show tipo *Jeopardy!* e escolher a categoria "Espaço"? Não parecia valer todo aquele esforço.

E então veio agosto de 2012.

No dia em que o rover espacial *Curiosity* se aproximou da atmosfera de Marte, fiquei acordada até uma da manhã. Bebi duas garrafas de Coca-Cola sem açúcar, comi amendoim para dar sorte e, quando a manobra de pouso começou, mordi tanto o lábio que até sangrou. No momento em que ele tocou o chão em segurança, eu gritei, ri, chorei e depois passei uma semana de castigo por acordar a casa inteira na noite que antecedeu a partida do meu irmão para sua viagem com o Corpo da Paz. Mas nem liguei.

Nos meses seguintes, devorei cada pequena notícia que a Nasa divulgou sobre a missão do *Curiosity*, e, enquanto me perguntava sobre quem estava por trás das imagens da cratera Gale, da interpretação dos dados brutos, dos relatórios sobre a composição molecular da Aeolis Palus, meu objetivo nebuloso e indefinido começou a se consolidar.

Nasa.

A Nasa era onde eu queria estar.

No verão entre os dois últimos anos do ensino médio, encontrei um ranking dos cem melhores programas de estudo em engenharia dos Estados Unidos e decidi me candidatar aos vinte mais bem classificados.

– Você devia expandir seus horizontes. Acrescentar algumas outras universidades só para garantir – disse meu orientador vocacional. – Olha... Suas notas nos exames finais foram muito boas e seu CR melhorou muito, mas você tem vários... – uma longa pausa para pigarrear – ... pontos negativos no seu histórico.

Pensei sobre isso por um minuto. Quem poderia imaginar que ser uma inútil na primeira década e meia da minha vida traria consequências duradouras? Eu, não.

– Tá bem. Vamos ampliar para as 35 melhores.

No final das contas, eu nem precisava ter feito isso. Fui aceita em uma das... – que rufem os tambores, por gentileza – ... VINTE melhores universidades! Uma verdadeira vitória, né? Não sei se houve algum equívoco na minha inscrição, se metade do meu histórico escolar foi extraviado ou se todo o gabinete responsável pelas admissões sofreu uma espécie de colapso e temporariamente esqueceu qual deveria ser o perfil de um estudante promissor. Fiz a matrícula e, uns 45 segundos depois de receber minha carta, informei ao Instituto de Tecnologia da Geórgia que estaria lá.

Com toda a certeza do mundo.

Então me mudei para Atlanta e dei tudo de mim. Cursei todas as disciplinas que sabia que a Nasa gostaria de ver em um currículo. Consegui entrar para estágios em instituições federais. Estudei o bastante para gabaritar as provas, fiz trabalho de campo, me inscrevi na pós-graduação, escrevi a tese. Quando olho para os últimos dez anos, a faculdade, o trabalho e os artigos acadêmicos são praticamente tudo que se destaca – com a notável exceção de ter conhecido Sadie e Mara e de, a contragosto, vê-las cavar um espaço no meu coração. Meu Deus, elas ocupam *muito espaço*.

– É como se a sua personalidade inteira fosse definida pelo espaço sideral – comentou a garota com quem fiquei durante a maior parte do segundo ano da graduação.

Isso foi depois de eu dizer a ela que não, obrigada, eu não estava interessada em sair para lanchar e encontrar os amigos dela porque queria assistir a uma palestra sobre Kalpana Chawla.

– Você tem algum outro interesse? – perguntou ela.

Respondi um rápido "Não", dei tchauzinho e não fiquei muito surpresa quando, na semana seguinte, ela não respondeu ao meu convite para nos encontrarmos. Afinal, eu nitidamente não poderia oferecer o que ela queria.

– Isso é realmente suficiente pra você? Transar comigo quando tá a fim e me ignorar o resto do tempo? – perguntou o cara com quem dormi durante o último semestre do doutorado. – Você parece só... sei lá. *Extremamente inacessível* emocionalmente.

Talvez ele tivesse razão, porque mal passou um ano e não consigo me lembrar do rosto dele.

Exatamente uma década depois de Brian McDonald ter confundido a cor dos meus olhos, me candidatei a um cargo na Nasa. Consegui uma entrevista, depois uma proposta de emprego e agora estou aqui. No entanto, ao contrário dos outros novos contratados, não sinto que Marte e eu fomos feitos um para o outro desde sempre. Não havia nenhuma garantia, nenhum fio invisível do destino me amarrando a este trabalho, e tenho certeza de que cheguei até aqui por meio de pura força bruta. Mas será que isso importa?

Não. Nem um pouco.

Então me viro para olhar para Alexis. Desta vez, seu colar da Nasa, sua camiseta, sua tatuagem – todas essas coisas arrancam um sorriso sincero de mim. Foi uma longa jornada até aqui. O destino nunca foi algo certo, mas cheguei e estou feliz de uma forma estranha, sincera e satisfatória.

– Me sinto em casa – digo, e o jeito entusiasmado com que ela assente com a cabeça reverbera no fundo do meu peito.

Em determinado ponto da história, todos os membros do Programa de Exploração de Marte também tiveram seu primeiro dia na Nasa. Eles estiveram no mesmo lugar onde estou agora. Deram seus dados bancários para receberem o salário, tiraram uma foto péssima para seus crachás, apertaram a mão dos funcionários do RH. Reclamaram do clima de Houston, compraram o café horroroso do refeitório, reviraram os olhos para os visitantes fazendo coisas de turista, perderam o fôlego diante do foguete *Saturno V*. Cada membro do Programa de Exploração de Marte passou por isso, assim como eu passarei.

Entro na sala de reuniões onde algum figurão da Nasa falará conosco, observo a vista da janela do Centro Espacial Johnson e os destroços de objetos que em algum momento foram lançados em direção às estrelas, e sinto que cada centímetro deste lugar é emocionante, fascinante, eletrizante, inebriante.

Perfeito.

Então me viro. E, claro, encontro a última pessoa que gostaria de ver.

Capítulo Dois

Campus do Instituto de Tecnologia da Califórnia, Pasadena

CINCO ANOS E SEIS MESES ATRÁS

Foi no final do primeiro semestre do doutorado que conheci Ian Floyd, e foi tudo culpa de Helena Harding.

A Dra. Harding é várias coisas: orientadora da minha amiga Mara no doutorado; uma das cientistas ambientais mais célebres do século XXI; um ser humano geralmente ranzinza; e, por último, mas não menos importante, minha professora de Engenharia de Recursos Hídricos.

Para ser sincera, essa disciplina é uma grande perda de tempo: obrigatória, irrelevante para meus interesses acadêmicos, profissionais ou pessoais e altamente focada na interseção do ciclo hidrológico e do projeto de sistemas urbanos de esgoto pluvial. Na maioria das vezes, passo a aula inteira desejando estar em outro lugar: na fila do banco, no mercado comprando feijões mágicos, estudando Análise de Aerodinâmicas Transônicas e Supersônicas. Faço o mínimo possível para tirar um oito – que, no injusto sistema da pós-graduação, é a nota mínima para aprovação – até a terceira ou quarta semana de aulas, quando a Dra. Harding exige uma nova e dolorosa tarefa que não tem nada a ver com água.

– Encontre alguém que tenha o emprego que você deseja conquistar no final do doutorado e faça uma entrevista informativa com essa pessoa – instrui ela. – Depois, escreva um relatório a respeito. O trabalho deve ser entregue até o final do semestre. Nem adianta vir encher meus ouvidos com isso no meio do expediente, porque *vou* chamar a segurança pra te escoltar até a saída.

Tenho a sensação de que ela está olhando para mim enquanto diz isso. Provavelmente é apenas minha consciência pesada.

– Vou perguntar pra Helena se ela pode ser minha entrevistada. Mas, se você quiser, acho que tenho um primo ou algo assim no Laboratório de Propulsão a Jato da Nasa – diz Mara casualmente mais tarde naquele dia, enquanto estamos sentadas nos degraus de uma escada do lado de fora do auditório Beckman almoçando rapidinho antes de voltarmos para nossos laboratórios.

Eu não diria que somos próximas, mas cheguei à conclusão de que gosto dela. Muito. A esta altura, minha postura no doutorado é uma leve variação de *Não vim aqui para fazer amigos*: não me sinto competindo com os demais participantes do programa, mas também não estou particularmente interessada em algo que não seja meu trabalho no laboratório de aeronáutica, o que inclui conhecer outros alunos, ou, tipo… aprender seus nomes. Tenho quase certeza de que minha falta de interesse é bastante explícita, mas ou Mara não entendeu a mensagem, ou a está ignorando. Ela e Sadie descobriram uma à outra logo nos primeiros dias, e então, por razões que não entendo direito, decidiram me descobrir.

É por isso que Mara está sentada ao meu lado, me contando sobre seus contatos no Laboratório de Propulsão a Jato.

– Um primo ou algo assim? – pergunto, curiosa. Parece um pouco suspeito. – Você *acha*?

– Aham, não tenho certeza. – Ela dá de ombros e continua a cutucar um pote contendo brócolis, uma maçã e umas duas toneladas de biscoitinhos de queijo. – Na verdade, não sei muita coisa sobre ele. Os pais se divorciaram, depois algumas pessoas da minha família brigaram e pararam de se falar. Rolava muito atrito entre os Floyds, então tem anos que não falo com ele. Mas um outro primo me contou que ele estava trabalhando naquela coisa que pousou em Marte quando a gente ainda estava no ensino médio. Um troço chamado... *Contingency, Carpentry, Crudity... alguma coisa assim...*

– O rover *Curiosity*?

– Sim! Talvez?

Eu abaixo meu sanduíche. Engulo o pedaço que tenho na boca. Pigarreio.

– O seu primo *ou algo assim* estava na equipe do rover *Curiosity*.

– Acho que sim. As datas batem? Talvez tenha sido um estágio que ele fez nas férias de verão, não sei. Mas, sinceramente, pode ser só um boato da família Floyd. Tenho uma tia que insiste que somos parentes da família real finlandesa, e, de acordo com a Wikipédia, não existe família real finlandesa. Então... – Ela dá de ombros e coloca outro punhado de biscoitinhos na boca. – Quer que eu veja isso pra você? Pra entrevista?

Faço que sim com a cabeça. E não penso muito a respeito até mais ou menos um mês depois. Até lá, por meios que ainda não consigo compreender, Mara e Sadie já conseguiram se infiltrar no meu coração, fazendo com que eu alterasse minha postura anterior de *Não vim aqui para fazer amigos* para uma versão um pouquinho diferente: *Não vim aqui para fazer amigos, mas ouse se meter com a minha amiga esquisita viciada em biscoitos de queijo ou com a minha outra amiga esquisita viciada em futebol que eu te espanco com uma barra de ferro até você mijar sangue pelo resto da vida.* Um pouco agressiva? Talvez. Poucas coisas me afetam, mas, quando isso acontece, é de uma forma surpreendentemente intensa.

– Falando nisso, te mandei o contato do meu primo ou algo assim um tempo atrás – diz Mara uma noite. Estamos no bar mais barato que conseguimos encontrar. Ela está em seu segundo drinque Midori Sour. – Você recebeu?

Ergo a sobrancelha.

– Por acaso foi a sequência aleatória de números que você me mandou por e-mail uns três dias atrás? Sem assunto, mensagem, nem qualquer explicação? Achei que você tinha sonhado com os números da loteria e quisesse só anotar em algum lugar.

– Aham, acho que foi isso, sim.

Sadie e eu trocamos um olhar demorado.

– Olha só, sua ingrata, eu tive que ligar pra umas quinze pessoas com quem jurei nunca mais falar pra conseguir o número do Ian. *Além disso*, tive que fazer a megera da minha tia-avó Delphina prometer obrigá-lo a aceitar o seu pedido pra se reunir com ele. Então é melhor usar esse número. E acho bom você jogar na loteria também.

– Se você ganhar – acrescenta Sadie –, dividimos por três.

– É claro. – Escondo meu sorriso com o copo. – Como ele é, afinal?

– Quem?

– O seu primo ou algo assim. Ian, é isso?

– Sim. Ian Floyd. – Mara reflete por um segundo. – Não sei dizer, porque estive com ele, tipo, duas vezes, em dias de Ação de Graças, uns quinze anos atrás, antes de os pais dele se separarem. Depois ele e a mãe se mudaram pro Canadá e... eu nem sei, na verdade. A única coisa que lembro é que ele era alto. Mas era alguns anos mais velho que eu, então talvez fosse só uma questão de perspectiva e ele tivesse só um metro de altura. Ah, o cabelo dele é mais pro castanho. O que é um pouco raro pra um Floyd. Sei que cientificamente não faz sentido, mas o nosso gene ruivo *não é* recessivo.

A manipulação emocional da tia-avó Delphina obviamente funcionou, porque, quando o prazo de entrega da tarefa se aproxima e eu mando uma mensagem para Ian Floyd em pânico, pedindo uma entrevista informativa – seja lá o que diabos isso for –, ele responde em poucas horas:

IAN: Claro.

HANNAH: Obrigada. Imagino que você esteja em Houston. Fazemos uma chamada de vídeo? Por Skype? Zoom? FaceTime?

IAN: Estou em Pasadena no LPJ pelos próximos três dias, mas pode ser por chamada de vídeo.

No Laboratório de Propulsão a Jato. Hum.

Bato os dedos no colchão, pensando. Por vídeo seria muito mais fácil. E mais rápido. No entanto, por mais que eu odeie a ideia de escrever o relatório para a disciplina de Helena, quero fazer milhões de perguntas para esse cara sobre o *Curiosity*. Além disso, ele é o parente misterioso de Mara e minha curiosidade está a mil.

Sem trocadilhos.

> **HANNAH:** Vamos nos encontrar pessoalmente. O mínimo que posso fazer é te pagar um café. Que tal?

Alguns minutos sem resposta. E então um muito sucinto "Pode ser". Por alguma razão, isso me faz sorrir.

Meu primeiro pensamento ao entrar na cafeteria é que Mara é a maior mentirosa.

O segundo é que eu deveria checar de novo a mensagem que Ian me enviou. E me certificar de que ele realmente disse que estaria vestindo calça jeans e camiseta cinza, como eu lembrava. Claro, seria um pouco óbvio, ainda mais porque na cafeteria onde ele sugeriu que nos encontrássemos há apenas três pessoas neste momento: um barista, ocupado fazendo sudoku usando papel e caneta como se estivéssemos em 2007; eu, parada na entrada, olhando em volta, confusa; e um homem, sentado à mesa mais próxima da entrada, olhando pensativo pelas janelas de vidro.

Ele está vestindo calça jeans e camiseta cinza, o que sugere: é Ian. O problema…

O cabelo dele é o problema. Porque, apesar do que Mara disse, aquele cabelo definitivamente *não é* castanho. Talvez um tom um tantinho mais escuro que o laranja-cenoura dela, mas… com certeza *não* é castanho. Estou quase digitando o número de Mara para exigir saber que escala ridícula de ruivo os Floyds usam quando o homem se levanta devagar e pergunta:

– Hannah?

Não faço ideia da altura de Ian, mas ele está muito mais perto de dois metros e meio do que de um metro. E acho muito interessante que Mara afirme mal conhecê-lo, considerando que eles parecem irmãos, não só pelo cabelo absurdamente ruivo, mas também pelos olhos azul-escuros e pelas sardas na pele pálida, e…

Eu pisco. Então pisco de novo. Se três segundos atrás alguém me perguntasse se eu sou do tipo que pisca várias vezes ao ver um cara, eu teria rido da pessoa. *Este* cara, porém...

Acho que preciso admitir que estava errada.

– Ian? – Sorrio, me recuperando da surpresa. – Primo da Mara?

Ele franze a testa, como se tivesse tido um branco ao ouvir o nome de Mara.

– Ah, sim. – Ele assente. Apenas uma vez. – Aparentemente, sim – acrescenta, o que me faz rir.

Ian espera que me sente em frente a ele antes de voltar para sua cadeira. Percebo que não estende a mão nem sorri. Interessante.

– Obrigada por aceitar se encontrar comigo.

– Sem problemas.

Sua voz é baixa porém clara. Um timbre profundo. Confiante. Educado mas não muito amigável. Em geral sou bastante boa em interpretar as pessoas, e meu palpite é que ele não está muito entusiasmado por estar aqui. Provavelmente preferia estar fazendo o que quer que tenha vindo fazer na Califórnia, mas ele é um cara bacana e pretende se esforçar para evitar que eu perceba isso.

Só que ele não parece ser muito bom em fingir, o que é... meio fofo.

– Espero não ter atrapalhado o seu dia.

Ele faz que não – uma mentira óbvia –, e aproveito a oportunidade para analisá-lo. Ele parece... tranquilo. O tipo caladão, distante, um pouco formal. Grande, com mais cara de lenhador que de engenheiro. Eu me pergunto se ele é militar, mas a barba de um dia por fazer me diz que é improvável.

Ele tem um rosto intrigante e bonito. Seu nariz parece ter sido quebrado em algum momento, talvez em uma briga ou uma competição esportiva, e nunca ter se recuperado perfeitamente. Seu cabelo – *ruivo* – é curto e um pouco despenteado, mais numa pegada *Estou trabalhando desde as seis da manhã* do que por estilo. Eu o observo coçar seu *imenso* pescoço, então cruzar os bíceps gigantescos sobre o peito *largo*. Ele me dirige um olhar paciente, com certa expectativa, como se estivesse totalmente empenhado em responder a todas as minhas perguntas.

Ele é fisicamente o oposto de mim. Dos meus ossos pequenos e da minha pele morena. Meu cabelo, meus olhos – talvez até a minha *alma* – são escuros feito buracos negros. E aqui está ele, vermelho-Marte e azul-oceano.

– Vai querer alguma coisa? – pergunta uma voz.

Eu me viro e dou de cara com o Garoto Sudoku parado ao lado da nossa mesa. Claro. É uma cafeteria. O lugar onde as pessoas consomem bebidas.

– Chá gelado, por favor.

Ele se afasta sem dizer uma palavra e olho para Ian mais uma vez. Estou louca para mandar uma mensagem para Mara. *Seu primo parece uma versão ligeiramente bombada do príncipe Harry. Talvez vocês devessem ter mantido contato.*

– Então... – Cruzo as mãos e apoio os cotovelos na mesa. – O que ela tem contra você?

Ele inclina a cabeça.

– Ela quem?

– A tia-avó Delphina. – Ele pisca duas vezes. Eu sorrio e continuo: – Tipo, é quinta-feira à tarde. Você está na Califórnia por alguns dias. Tenho certeza de que tem coisa melhor pra fazer do que se encontrar com a amiga de uma prima que não vê há séculos.

Seus olhos se arregalam por uma fração de segundo. Então sua expressão fica neutra outra vez.

– Não é um problema.

– É uma foto constrangedora de quando você era bebê?

Ele balança a cabeça.

– Eu não me importo de ajudar.

– Entendi. Um vídeo de quando você era bebê, então?

Ele fica em silêncio por um momento antes de falar:

– Como eu disse, não é um problema.

Ele parece não estar acostumado com as pessoas pressionando-o, o que não é de surpreender. Existe algo levemente arredio e intimidante nele. Como se não fosse *totalmente* acessível. Isso me faz querer chegar mais perto e cutucá-lo.

– Um vídeo de quando era bebê... correndo ao redor de uma piscininha infantil? Enfiando o dedo no nariz? Metendo a mão dentro da fralda?

– Eu...

O Garoto Sudoku traz meu chá gelado em um copo de plástico. Os olhos de Ian o acompanham por alguns segundos, depois voltam a encontrar os meus, com uma mistura interessante de resignação estoica.

– Eu era um pouco mais velho – diz ele cautelosamente, como se estivesse surpreendendo até a si mesmo.

– Ah. – Eu sorrio enquanto provo o chá. É muito doce e muito azedo. Com um sutil retrogosto de eca. – Conta tudo.

– Você não quer saber.

– Ah, com certeza quero.

– É péssimo.

– Você está me atiçando cada vez mais.

O canto esquerdo de sua boca se curva para cima, uma pequena pitada de diversão se esboçando. Tenho um estranho pensamento aleatório: *Aposto que o sorriso dele é torto. E bonito também.*

– O vídeo foi gravado numa Lowe's, aquela loja de casa e construção. Com a câmera novinha do meu irmão mais velho, em algum momento do final dos anos noventa – diz ele.

– Numa Lowe's? Não pode ser *tão* ruim, então.

Ele suspira, impassível.

– Eu tinha uns 3 ou 4 anos. E havia um daqueles mostruários de banheiro. Aqueles com pia, armário e chuveiro. E privadas, naturalmente.

Comprimo os lábios. Isso vai ser divertido.

– Naturalmente.

– Não me lembro exatamente do que aconteceu, mas parece que precisei usar o banheiro. E, quando vi o mostruário, fiquei… inspirado.

– Mentira.

– Em minha defesa, eu era muito novinho.

Ele coça o nariz, e eu dou risada.

– Meu Deus do céu.

– E não fazia ideia do que eram sistemas de esgoto.

– Sim. Claro. Normal. – Não consigo parar de rir. – Como a tia-avó Delphina conseguiu esse vídeo?

– Oficialmente não se sabe. Mas tenho quase certeza de que meu irmão gravou cópias em CDs. Mandou pra estações de TV locais e sei lá mais pra onde. – Ele faz um gesto vago com a mão, e vejo que seu antebraço é coberto de sardas e pelos ruivos. Quero agarrar seu pulso, segurá-lo na frente dos meus olhos, estudá-lo com calma. Observar, cheirar, tocar. – Faz uns vinte anos que não passo as datas festivas com o lado Floyd da família, mas me disseram que o vídeo é uma grande fonte de entretenimento pra todas as faixas etárias no Dia de Ação de Graças.

– Aposto que é a *pièce de résistance.* Que eles apertam o play logo depois de servirem o peru.

– É. Deve ser algo assim.

Ele parece calmamente resignado. Um homem adulto com um ar de quem sofreu com o abuso mas sobreviveu. De uma forma encantadora.

– Mas como dá pra chantagear alguém com isso? Como a situação pode piorar?

Ele suspira de novo. Seus ombros largos se levantam e depois caem.

– Quando minha tia ligou, ela mencionou um possível post no Facebook. Marcando a página oficial da Nasa.

Quase engasgo e cubro a boca com a mão. Eu não deveria rir. Isso é horrível. Mas...

– Está falando sério?

– Não é uma família saudável.

– Não mesmo.

Ele dá de ombros, como se não se importasse.

– Pelo menos ainda não estão tentando me extorquir dinheiro.

– Que bom. – Assinto com seriedade e tento fazer uma expressão compassiva e respeitosa. – O relatório de que te falei é pra minha aula de Recursos Hídricos, então isso é surpreendentemente pertinente. E sinto muito mesmo que você tenha sido obrigado a se encontrar com a amiga da sua prima porque fez xixi em público dentro de uma Lowe's quando mal sabia falar.

Os olhos de Ian se fixam em mim, como se me avaliassem. Achei que estivesse recebendo toda a atenção dele desde o momento em que me sentei, mas percebo que estava errada. Pela primeira vez ele está olhando para mim como se estivesse interessado em realmente me *ver.* Ele me observa, me avalia, e minha primeira impressão dele – arredio, *distante* – evapora de imediato. Existe algo quase palpável em sua presença: uma sensação quente e formigante subindo pela minha coluna.

– Não me importo – diz ele de novo.

Sorrio, porque sei que desta vez ele fala sério.

– Ótimo. – Empurro meu chá para o lado. – Então, o que você estaria fazendo agora se aos 3 anos de idade soubesse o que são esgotos sanitários?

Desta vez, seu sorriso é um pouco mais definido. Estou conseguindo desarmá-lo, o que é bom, muito bom, porque estou desenvolvendo rapidamente um sentimento pelo contraste entre seus cílios (*ruivos!*) e seus olhos fundos (*azuis!*).

– Provavelmente estaria fazendo um monte de testes.

– No Laboratório de Propulsão a Jato?

Ele assente.

– Testes em…?

– Um rover.

– Ah. – Meu coração pula três batidas. – Exploração espacial?

– Marte.

Eu me inclino para mais perto, sem nem me dar ao trabalho de fingir que não estou loucamente interessada.

– Este é o seu projeto atual?

– Um deles, sim.

– E pra que servem os testes?

– Principalmente pra controle de atitude, descobrir onde a nave está posicionada no espaço tridimensional. Direcionamento também.

– Vocês mexem com giroscópio?

– Sim. Minha equipe está aperfeiçoando o giroscópio pra que, assim que estiver em Marte, o rover saiba onde está, pra onde está olhando. E pra informar os outros sistemas sobre suas coordenadas e seus movimentos também.

Meu coração agora está descompassado. Isso soa… Uau. Quase pornográfico. Exatamente o meu lance.

– E você faz isso em Houston? No Centro Espacial?

– Geralmente, sim. Mas venho aqui quando acontece algum problema. Tenho tido dificuldade com as imagens, e a atualização do feed continua atrasada, embora não devesse, e…

Ele balança a cabeça, como se estivesse se pegando no meio de um discurso que vem repetindo sem parar para si mesmo. Mas finalmente sei o que ele preferia estar fazendo.

E com certeza não o julgo por isso.

– Eles mandaram toda a sua equipe pra cá? – pergunto.

Ele inclina a cabeça, como se não fizesse ideia de aonde quero chegar com isso.

– Só eu.

– Então o chefe da sua equipe não está aqui.

– O chefe da minha equipe?

– Sim. Seu chefe está aqui?

Ele fica em silêncio por um segundo. Dois. Três. Quatro? O que... Ah.

– *Você* é o chefe da equipe – digo.

Ele assente uma vez. Um pouco rígido. Quase constrangido.

– Quantos anos você tem? – indago.

– Tenho 25. – Uma pausa. – Quer dizer, faço 25 no mês que vem.

Uau. Eu tenho 22.

– Não é cedo pra ser chefe de uma equipe?

– Eu... sei lá – responde ele, embora eu possa dizer que ele *sabe, sim,* e que ele *é* excepcional, e que, mesmo sabendo disso, a ideia o deixa meio desconfortável.

Eu me imagino flertando e fazendo um comentário inapropriado, tipo "Uau, bonito e ainda por cima inteligente", e me pergunto como ele reagiria. Provavelmente não muito bem.

Não que eu vá dar em cima do meu entrevistado. Até *eu* sei que não é uma boa ideia. Além disso, ele não faz o meu tipo.

– Bem, como é a segurança no LPJ? – questiono.

Nunca estive lá. Só sei que está vagamente vinculado ao Instituto de Tecnologia da Califórnia, mais nada.

– Depende – diz ele com cautela, como se ainda não conseguisse acompanhar minha linha de raciocínio.

– E a sua sala? Fica em uma área restrita?

– Não. Por que...

– Perfeito, então.

Eu fico de pé, procuro alguns dólares no bolso para deixar ao lado do meu chá inacabado e então fecho os dedos ao redor do pulso de Ian. Sua pele é quente e seus músculos estão tensos quando eu o puxo para se levantar, e, mesmo provavelmente sendo duas vezes maior e dez vezes mais forte do que eu, ele deixa que eu o leve para longe da mesa.

Eu o solto no segundo em que saímos da cafeteria, mas ele continua me seguindo.

– Hannah? O que... Onde...?

– Não vejo por que não podemos fazer essa entrevista informativa esquisita, trabalhar um pouco *e* nos divertir.

– O quê?

Com um sorriso, olho para ele por cima dos ombros.

– Pense nisso como uma retaliação à sua tia-avó Delphina.

Duvido que ele entenda completamente, mas o canto de sua boca se curva outra vez, e isso é bom o suficiente para mim.

– Está vendo isso aqui? Tem a ver principalmente com o comportamento de um dos sensores do rover, o LN200. A gente combina as informações dele com as fornecidas pelos codificadores nas rodas pra entender o posicionamento.

– Ah. Então o sensor *não* funciona o tempo todo?

Ian se vira para mim, tirando os olhos do trecho do código de programação que está me mostrando. Estamos na frente do computador de três monitores, sentados lado a lado à sua mesa, uma bancada gigante e imaculada, com uma vista deslumbrante da planície aluvial em que o LPJ foi construído. Quando mencionei como seu espaço de trabalho era limpo, ele apontou que é apenas porque é uma estação para convidados. Mas, quando lhe perguntei se sua mesa em Houston é mais bagunçada do que aquilo, ele desviou o olhar antes que o canto dos lábios se contraísse.

Tenho quase certeza de que ele está começando a achar que não sou uma absoluta perda de tempo.

– Não, não funciona o tempo todo. Como você sabe?

Aponto na direção das linhas de código, e as costas da minha mão roçam algo duro e quente: o ombro de Ian. Estamos sentados mais perto do que estávamos na cafeteria, mas não mais perto do que eu me sentiria confortável em estar com um dos – sempre desagradáveis, muitas vezes ofensivos – caras que estudam comigo. Acho que meus joelhos cruzados meio que esbarraram em sua perna mais cedo, mas foi só isso. Nada de mais.

– Está aqui, não?

A seção está em C++. Por acaso, foi a primeira linguagem que aprendi sozinha no ensino médio, quando cada busca no Google por "habilidades + necessárias + Nasa" levava ao triste resultado "programação". Python veio em seguida. Depois SQL. E HAL/S. A cada linguagem que tentava estudar, eu começava convencida de que mastigar vidro seria melhor do que aquilo. Então, em algum ponto ao longo do caminho, passava a pensar em termos de funções, variáveis, laços condicionais. Um pouco depois, ler códigos se tornava um pouco como inspecionar o rótulo na parte de trás do frasco do condicionador durante o banho: não é particularmente divertido, mas no geral é fácil. Eu tenho mesmo *alguns* talentos, ao que parece.

– Sim. – Ele ainda está olhando para mim. Não exatamente surpreso. Não impressionado, tampouco. Intrigado, talvez? – Está, sim.

Apoio o queixo na palma da mão e mordo o lábio inferior, analisando o código.

– É por causa da quantidade limitada de energia solar?

– É.

– E aposto que evita erros de desvio do giroscópio durante o período estacionário.

– Correto.

Ele assente, e fico momentaneamente distraída pelo seu maxilar. Ou talvez seja pelas maçãs do rosto. São proeminentes, angulosas de um jeito que me faz desejar ter um transferidor no bolso.

– Não é tudo automatizado, certo? O pessoal que trabalha na base consegue direcionar as ferramentas?

– Sim, dependendo da atitude.

– O software de voo a bordo tem requisitos específicos?

– O direcionamento da antena em relação à Terra, e... – Ele para. Seus olhos recaem no meu lábio mordido, então se afastam rapidamente. – Você faz muitas perguntas.

Eu inclino a cabeça.

– Perguntas *ruins*?

Silêncio.

– Não. – Mais silêncio enquanto ele me observa. – Perguntas extremamente boas.

– Posso fazer mais algumas, então? – indago e sorrio para ele, quase atrevida, curiosa para ver aonde isso vai nos levar.

Ele hesita antes de assentir.

– Posso fazer algumas também?

Dou risada.

– Tipo o quê? Quer que eu liste as especificações do robô de resolução de labirintos que construí pra minha aula de Introdução à Robótica na faculdade?

– Você construiu um robô que resolve labirintos?

– Aham. Quatro rodas, apto pra qualquer terreno, bluetooth. Energia solar. O nome dela era Ruthie, e, quando eu a soltei em um milharal em algum lugar perto de Atlanta, ela saiu em cerca de três minutos. E ainda assustava as criancinhas.

O sorriso dele é completo agora. Ele tem uma covinha de parar o trânsito na bochecha esquerda, e... Tá, tudo bem: ele é *bizarramente* gato. Apesar do cabelo ruivo, ou por causa dele.

– Você ainda tem a robô?

– Não. Pra comemorar, enchi a cara num bar que não verificava a identidade e acabei esquecendo a robô em alguma casa de fraternidade da Universidade da Geórgia. Eu não queria voltar lá, porque aqueles lugares são *assustadores*, então desisti da Ruthie e acabei construindo um braço eletrônico pra avaliação final da disciplina. – Suspiro e olho para o nada. – Vou precisar de muita terapia antes de ser mãe.

Ele ri. O ruído é baixo, quente, quase me deixa arrepiada. Levo um segundo para me recompor.

Entendi – em algum ponto da nossa caminhada de cinco minutos até aqui, provavelmente quando ele não hesitou em fazer cara feia para intimidar o segurança a me deixar entrar apesar de eu não ter crachá – o motivo pelo qual não consigo ter uma opinião formada sobre Ian. Ele é, em síntese, uma mistura nunca antes experimentada de fofo e esmagadoramente masculino. Tem um aspecto complexo, cheio de camadas, que ao mesmo tempo exala *Não enche o meu saco porque não estou para brincadeiras* e *Senhora, deixa que eu carrego essas sacolas para você*.

Ele não faz o meu tipo, não mesmo. Gosto de flertar, gosto de dar uns pegas, gosto de sexo, mas sou muito, *muito* exigente com meus parceiros.

Não é preciso muita coisa para que eu perca o tesão em alguém, e me sinto atraída quase exclusivamente por pessoas alegres, espontâneas e que curtem se divertir. Gosto das extrovertidas que adoram bater papo e fazer graça. Ian parece ser o extremo oposto disso, e ainda assim... E ainda assim até *eu* consigo enxergar que tem algo fundamentalmente atraente nele. Será que eu tentaria ficar com ele em um bar? Hum. Não tenho certeza.

Será que vou tentar ficar com ele depois da entrevista? Hum. *Também* não tenho certeza. Sei que posso dizer que não, mas... as coisas mudam.

– Tá bem – digo. – Minha vez agora. Mara... Mara Floyd, sua prima ou algo assim... disse que você fez parte da equipe do *Curiosity*. É isso mesmo? – Ele assente. – Mas você tinha, o quê, 18 anos? – pergunto.

– Aham, por aí.

– Era estagiário?

Ele faz uma pausa antes de concordar com a cabeça, mas não diz mais nada.

– Então quer dizer que você... sei lá, por acaso conhecia o pessoal que comandava a missão? Ficava lá de boa com seus amigos do espaço enquanto eles pousavam um rover em Marte controlado remotamente?

Seus lábios se contraem.

– Eu era membro da equipe.

– Membro da equipe aos 18 anos?

Ergo uma sobrancelha e ele desvia o olhar.

– Eu... me formei cedo.

– Na escola? Ou na faculdade?

Silêncio.

– Nas duas.

– Sei.

Ian dá uma coçadinha na lateral do pescoço, e mais uma vez tenho a impressão de que ele não está muito acostumado a responder perguntas sobre si mesmo. Que a maioria das pessoas olha para ele, chega à conclusão de que é um cara pouco distante e inacessível demais e desiste de tentar entendê-lo.

Eu o observo, mais curiosa do que nunca.

– Então... você era uma daquelas crianças precoces que estavam sempre adiantadas vários anos na escola? E que acabou iniciando a vida profissional absurdamente jovem?

E talvez seu desenvolvimento psicossocial ainda estivesse em formação, mas você nunca compartilhava ambientes profissionais ou acadêmicos com gente da sua faixa etária, apenas com pessoas muito mais velhas que provavelmente te evitavam e se viam um pouco intimidadas pela sua inteligência e pelo seu sucesso, logo você se sentiu isolado ao longo de todos os seus anos de formação e abriu uma previdência privada antes de beijar na boca pela primeira vez?

Ele arregala os olhos.

– Eu... Isso. Você também era assim?

Dou risada.

– Ah, não, não. Eu era bem tapada. Ainda sou, na maior parte do tempo. Só desconfiei mesmo.

A personalidade bate também. Ele não parece inseguro, não exatamente, mas é cauteloso. Contido.

Eu me inclino para trás na cadeira, sentindo a emoção de tê-lo compreendido um pouco melhor. Geralmente não sou tão dedicada a desvendar a história das pessoas que conheço, mas Ian é interessante a esse ponto.

Não. Ele é *fascinante.*

– Então, como foi?

Ele apenas pisca.

– Como foi o quê?

– Estar lá na sala de comando quando o *Curiosity* pousou. Como foi?

Sua expressão se transforma instantaneamente.

– Foi...

Ele olha para os pés, como se estivesse se lembrando. Seu rosto expressa estupefação.

– Bom nesse nível?

– Sim. Foi... por aí.

Ele ri outra vez. Caramba, é muito bom ouvir a risada dele.

– Pareceu mesmo. Da TV, quero dizer.

– Você assistiu?

– Aham. Eu estava na Costa Leste, então fiquei acordada até tarde e tal. Olhei pro céu da janela do meu quarto e chorei um pouquinho.

Ian assente e fica me observando.

– Por isso que você foi fazer doutorado? Quer trabalhar em futuros rovers?

– Seria incrível – respondo. – Mas qualquer coisa que envolva exploração espacial já serve.

– A Nasa pode tirar proveito das suas habilidades de resolução de labirintos.

Sua covinha está de volta, e eu dou risada.

– Ei, eu sei fazer outras coisas. Tipo… – Aponto para o terceiro monitor sobre a mesa, o mais distante de mim. Ele exibe um trecho de código que Ian ainda não me mostrou. – Quer que eu te ajude a depurar isso? – Ele me lança um olhar confuso. – O que foi? É código. É sempre bom ter um segundo par de olhos.

– Você não precisa…

– Tem um erro na quinta linha.

Ele franze a testa. Depois passa os olhos pelo código por um segundo. Então se vira para mim, depois para o monitor e para mim de novo com a testa ainda mais franzida. Eu me preparo, meio que esperando que ele assuma uma postura defensiva e negue o erro. Estou familiarizada com os egos frágeis dos homens e tenho certeza de que qualquer cara da minha turma de doutorado faria isso. Mas Ian me surpreende: ele assente, corrige o erro que apontei e parece apenas grato.

Uau. Um engenheiro homem que *não é* um babaca. Não deveria ser um atributo tão raro, mas, mesmo assim, estou impressionada.

– Está mesmo a fim de analisar o resto do código comigo? – pergunta ele desconfiado, me surpreendendo ainda mais. O contraste entre seu tom gentil e o fato de ele ser… *grande* e *reservado* quase me faz sorrir. – É o artifício pra corrigir o atraso de dois segundos na questão do direcionamento. Eu ia pedir pra um dos meus engenheiros em Houston depurar, mas…

– Deixa comigo.

Arrasto a cadeira para mais perto de Ian. Meu joelho encosta no dele, e eu quase o afasto automaticamente, mas, em uma decisão de fração de segundo, decido não movê-lo.

Uma espécie de experimento. Avaliando o terreno. Medindo a temperatura.

Fico esperando que Ian se afaste, mas, em vez disso, ele me analisa e diz:

– São algumas centenas de linhas. Eu que deveria estar ajudando *você*. Tem certeza...

– Tudo bem. Quando eu escrever meu relatório, vou fingir que fiz um monte de perguntas sobre a sua trajetória profissional e inventar as respostas. – Só para implicar com ele, acrescento: – Não se preocupa, vou mencionar que o fato de você ter gonorreia não atrapalhou seu caminho rumo à Nasa.

Ele fecha a cara, o que me faz rir, e então começamos a repassar o código juntos. Por cinco, dez minutos. Quinze. A luz suaviza para tons de fim de tarde, e mais de uma hora se passa enquanto estamos lado a lado, diante dos monitores.

O que acontece é basicamente uma "depuração com pato de borracha": ele explica em voz alta o que está tentando fazer, algo que o ajuda a desvendar as partes mais críticas e também descobrir maneiras melhores de fazer isso. Mas eu sou um pato de borracha muito feliz. Gosto de ouvir sua voz baixa e equilibrada. Gosto do fato de ele parecer levar em consideração cada coisa que eu digo e de nunca descartar nada de cara. Gosto de vê-lo fechar os olhos quando está concentrado, seus cílios formando meias-luas vermelhas contra sua pele. Gosto que ele construa códigos meticulosamente puros sem vazamento de memória e gosto que, quando seus bíceps roçam no meu ombro, tudo que eu sinta seja um calor intenso. Gosto das funções curtas e concisas e de seu cheiro de limpeza, masculino e um pouco misterioso.

Tá bem. Ele *não faz* o meu tipo.

Mas eu gosto dele.

Será que Mara se importaria se eu desse em cima do parente dela na entrevista informativa que ela descolou para mim com tanta boa vontade? Geralmente eu nem pensaria duas vezes, mas essa coisa de amizade pode ser um fardo. Dito isso, talvez possa presumir que ela não vai se importar, considerando que parece nem saber direito o grau de parentesco com Ian.

Além do mais, ela é uma pessoa generosa. Iria gostar que sua amiga e seu primo ou algo assim transassem.

– Você foi designado aleatoriamente pra equipe de Estimativa de Atitude e Posicionamento? – pergunto a ele quando chegamos às últimas linhas de código.

– Não. – Ele solta uma risada breve. Seu perfil é quase uma obra de arte, mesmo com o nariz quebrado. – Na verdade eu ralei pra entrar lá.

– Ah, é?

Ele salva e fecha nosso trabalho com alguns cliques rápidos no teclado.

– No caso do *Curiosity*, entrei pra equipe quando o estágio de desenvolvimento já estava bem avançado e me concentrei principalmente no lançamento.

– Você gostou?

– Muito. – Ele ajeita a cadeira para me encarar. Nossos joelhos, cotovelos e ombros já se roçaram tanto que a proximidade me parece natural a essa altura. Assim como o nervosismo na barriga. – Mas depois disso comecei a trabalhar no *Perseverance* e pedi pra mudar um pouco. Pra algo que se relacionasse de verdade com o rover em Marte, em vez de simplesmente passar três horas em cabo Canaveral.

– Foi aí que eles te colocaram na EAP?

– Primeiro, eu me juntei à expedição análoga da Nasa que estava acontecendo na Noruega.

Respiro fundo, fazendo um ruído, e indago:

– A Amase?

A Expedição Análoga Ártico-Marciana em Svalbard (ou Amase, para os íntimos) é o que acontece quando um bando de nerds viaja para a Noruega, na região de Bockfjorden, no arquipélago de Svalbard. Alguém pode achar que o polo Norte não tem nada a ver com o espaço, mas, por causa de toda a atividade vulcânica e das geleiras, ele é, na verdade, o lugar da Terra mais semelhante a Marte. Tem até esférulas de carbonato únicas quase idênticas às que encontramos em meteoritos de origem marciana. Os pesquisadores da Nasa gostam de usá-lo como local para testar a funcionalidade do equipamento que planejam enviar em missões de exploração espacial, coletar amostras, examinar questões científicas que podem preparar os astronautas para futuras expedições espaciais.

Eu quero tanto fazer parte disso que me sinto arrepiar.

– Sim. Quando voltei, pedi uma vaga na EAP, que aparentemente era muito disputada. A ponto de o líder da missão mandar um e-mail pra Nasa inteira perguntando se a gente estava achando que receberia salário dobrado e cerveja grátis.

– Vocês recebiam?

O olhar que ele me dirige me faz rir. Ele é absurdamente hilário, sempre cai na pilha.

– Por que todo mundo queria fazer parte dessa equipe, afinal? – questiono.

Ele dá de ombros.

– Não sei. Imagino que por ser desafiador. Muitos projetos de alto risco e alta recompensa. Mas pra mim era... – Ele olha pela janela, para uma árvore de bordo no campus do LPJ. Na verdade, não: talvez esteja olhando para cima. Para o céu. – Parecia só...

Ele se detém, como se não tivesse certeza de como continuar.

– O mais próximo possível de estar em Marte de verdade? Com o rover? – completo.

Seus olhos voltam para mim.

– Sim. – Ele parece surpreso. Como se eu conseguisse colocar algo indescritível em palavras. – Sim, exatamente isso.

Eu assinto, porque entendo. A ideia de ajudar a construir algo que explore Marte, a ideia de poder controlar para onde isso vai e o que faz... me provoca essa sensação também.

Ian e eu nos olhamos por alguns segundos em silêncio, ambos sorrindo levemente. É tempo suficiente para a ideia que estava quicando na minha cabeça se solidificar de uma vez por todas.

É, vou arriscar. *Desculpa, Mara. Eu gosto um pouco demais do seu primo ou algo assim para perder essa chance.*

– Tá, eu tenho uma pergunta pra você sobre a sua carreira. Pra recuperar a utilidade da nossa entrevista informativa.

– Manda.

– Então, eu termino o doutorado. O que deve me exigir mais uns quatro anos.

– É um bom tempo – diz ele, em um tom indecifrável.

Sim, parece uma eternidade.

– Não é *tanto* tempo. Então, eu termino o doutorado e decido que quero trabalhar na Nasa, e não pra algum bilionário excêntrico que trata a exploração espacial como uma maneira de compensar o tamanho do pênis.

Ian assente.

– Uma atitude sensata.

– O que me faria parecer uma candidata forte? O que um bom portfólio precisa conter?

Ele reflete um pouco.

– Não tenho certeza. Na minha equipe, eu contrataria internamente. Mas acho que ainda tenho o meu portfólio no meu notebook antigo. Posso te mandar.

Ótimo. Perfeito. Excelente.

A abertura pela qual eu estava esperando.

Minha frequência cardíaca acelera. Sinto um calorzinho no baixo-ventre. Eu me inclino para a frente com um sorriso, sentindo que finalmente estou chegando aonde quero. Isso aqui é o que eu faço melhor. Dependendo de como estou ocupada com os estudos, o trabalho ou as séries de drama coreanas, faço isso uma vez por semana, o que garante certa prática.

– De repente eu posso ir pra sua casa – digo, encontrando o ponto ideal entre comicamente sugestivo e *Vamos ficar juntos pra jogar* Cartas Contra a Humanidade. – E aí você me mostra.

– Eu quis dizer… em Houston. O meu notebook está em Houston.

– Como assim você *não* trouxe o seu notebook de 2010 pra Pasadena?

Ele sorri.

– Sabia que tinha esquecido alguma coisa.

– Parece que sim. – Olho nos olhos dele. Chego um centímetro mais perto. – Então talvez eu possa ir pra sua casa mesmo assim, pra gente fazer outra coisa.

Ele me dirige um olhar meio confuso.

– Fazer o quê?

Eu comprimo os lábios. *Tá. Talvez eu tenha superestimado minhas habilidades de sedução. Será? Acho que não.*

– Jura? – pergunto, achando graça. – Sou *tão* ruim assim?

– Desculpa, não estou entendendo. – A expressão de Ian mostra que ele está completamente atordoado, como se eu de repente tivesse começado a falar com sotaque australiano. – Ruim em quê?

– Em dar em cima de você, Ian.

Consigo identificar o momento preciso e exato em que o significado das minhas palavras é assimilado pela área de seu cérebro responsável pela linguagem. Ele pisca algumas vezes. Em seguida, seu imenso corpo fica retesado e vibrante, como se seu software interno estivesse passando por um conjunto imprevisível de atualizações.

Ele parece *encantadoramente* confuso, e algo me ocorre: eu já puxei esse tipo de conversa cheia de segundas intenções com dezenas de homens e mulheres em festas, bares, lavanderias, academias, livrarias, seminários, corridas de obstáculos na lama, estufas... e *ninguém* nunca ficou tão perdido. Ninguém. Então, talvez ele esteja apenas *fingindo* não entender. Talvez esteja esperando que eu recue.

Merda.

– Desculpa. – Eu me endireito e movo a cadeira para trás, dando-lhe alguns centímetros de espaço. – Estou te deixando desconfortável.

– Não. Não, eu... – Ele finalmente está reiniciando. Balançando a cabeça. – Não, você não está, eu só fiquei...

– Meio assustado? – Sorrio de forma tranquilizadora, tentando sinalizar que está tudo bem. Eu consigo lidar com um não. Sou bem grandinha. – Tranquilo. Vamos esquecer que eu disse qualquer coisa. Mas me manda seu portfólio por e-mail quando voltar pra casa, por favor. Prometo não responder com nudes não solicitados.

– Não, não é isso... – Ele fecha os olhos e pressiona a ponte do nariz. Suas maçãs do rosto parecem mais rosadas do que antes. Seus lábios se movem, tentando por alguns segundos formar palavras, até que ele conclui: – Foi só... inesperado.

Ah. Inclino a cabeça para o lado.

– Por quê?

– Porque sim. – Ele engole em seco e aponta para mim com sua mão imensa. – Tipo... olha pra você.

Eu olho de fato. Olho para mim mesma, observando minhas pernas cruzadas, meu short cáqui, minha camiseta preta lisa. Meu corpo está em sua condição habitual: alto, um pouco magricela, pele morena. Até raspei as pernas hoje de manhã. Talvez. Não consigo me lembrar. A questão é: parece tudo bem comigo.

– Acho que sou bem razoável – digo, o que deveria soar confiante, mas parece um pouco petulante.

Não é que eu me ache supergata, mas me recuso a me sentir insegura em relação à minha aparência. Gosto de mim mesma. Historicamente, as pessoas com quem eu quis transar também gostavam de mim. Meu corpo exerce sua função de meio para atingir um fim. Ele me permite passear de caiaque pelos lagos da Califórnia sem sentir dores musculares no dia seguinte e digere lactose como se fosse uma modalidade olímpica. É só o que importa.

Mas a resposta dele é:

– Não é razoável…

Ai, não.

– Sério? – Meu tom é gélido. Por acaso Ian Floyd está tentando insinuar que ele é areia demais pro meu caminhãozinho? Porque, se for isso, eu *vou* dar um tapa na cara dele. – Sou o quê, então?

– É só que… – Ele engole em seco outra vez. – Eu… Mulheres como você geralmente não…

– Mulheres *como eu.* – Uau. Parece que vou ter mesmo que dar um tapa nele. – O que isso quer dizer? Porque…

– Linda. Você é muito, *muito* linda. Provavelmente a mais… E é obviamente inteligente e engraçada, então… – Ele me lança um olhar impotente, de repente parecendo menos um gênio chefe de equipe da Nasa forte feito um cedro e mais… infantil. Jovem. – Isso é uma pegadinha?

Eu o observo com os olhos semicerrados, revisando minha avaliação anterior. Talvez minhas conclusões tenham sido precipitadas e é, sim, possível que alguém seja tão ingênuo assim.

Ian, por exemplo. Ian, que provavelmente poderia ganhar um bom dinheiro como modelo fotográfico, com as hashtags "gostoso", "ruivo" e "forte". Eu vi cerca de quatro pessoas dando uma conferida nele no caminho para cá, mas ele parece não fazer ideia de que poderia ser cotado pelos fãs de Harry Potter para interpretar um dos irmãos Weasley – o bonitão, é claro. Absolutamente zero consciência de quão espetacular é.

Sorrio, de repente encantada.

– Posso te fazer uma pergunta? – Eu me aproximo e não tenho certeza de quando isso aconteceu, mas ele ajustou a cadeira de modo que meus joelhos acabassem encaixados entre os dele. Curti. – É um pouco ousada.

Ele olha para nossas pernas se tocando e assente. Como de costume, apenas uma vez.

– Posso te dar um beijo? Tipo, agora?

– Eu...

Ele me encara. Em seguida, pisca. Depois murmura algo que não é uma palavra.

Meu sorriso se alarga.

– Isso não é um não, é?

– Não. – Ele balança a cabeça. Seus olhos estão fixos nos meus lábios, o preto de suas pupilas engolindo o azul. – Não é.

– Então tá bem.

É bem simples: eu me levanto e me inclino na direção dele. Minhas palmas encontram os braços da cadeira dele e eu me apoio nelas, e por um longo instante fico ali, encurralando aquele homem do tamanho de um urso que poderia me afastar com o dedo mindinho, mas não o faz. Em vez disso, ele olha para mim como se eu fosse linda, maravilhosa e inspiradora, como se eu fosse um presente, como se ele estivesse um pouco perplexo.

Como se ele *realmente* quisesse que eu o beijasse. Então me aproximo um último centímetro e lhe dou um beijo. E é...

Meio estranho, para ser sincera. Não é ruim. Só um pouco inseguro. Seus lábios se abrem em um suspiro quando tocam os meus, e, por uma fração de segundo, um pensamento aterrorizante me atravessa.

É o primeiro beijo dele. Será? Ah, meu Deus, é o primeiro beijo dele. Estou realmente participando do primeiro beijo de...

Ian inclina a cabeça, pressiona a boca contra a minha, e isso destrói minha linha de raciocínio. Não tenho certeza de como ele consegue, mas o que quer que esteja fazendo com seus lábios e dentes parece intensa e violentamente certo. Dou um gemido quando sua língua encontra a minha. Ele grunhe em resposta, um ruído estrondoso e profundo vindo de sua garganta.

Tá. Isso não é um primeiro beijo. Isso é uma baita de uma obra-prima.

Ele provavelmente tem noventa quilos de músculos e eu não faço ideia se a cadeira aguenta nós dois, mas decido viver perigosamente: monto no colo de Ian, sentindo sua inspiração profunda vibrar pelo meu corpo. Por um segundo, nossos lábios se separam e seus olhos grudam nos meus, como se estivéssemos esperando que cada peça de mobília da sala desintegrasse. Mas pelo jeito o LPJ investe em móveis robustos.

– *É isso* que eu chamo de alto risco e alta recompensa – digo, e estou surpresa com minha súbita falta de fôlego.

A sala está silenciosa, banhada numa luz quente. Solto uma única risada trêmula e percebo onde está a mão de Ian: pairando um centímetro acima da minha cintura. Quente. Ansiosa. Pronta para atacar.

– Posso...? – pergunta ele.

– Aham. – Dou risada sem tirar os lábios dos dele. – Você *pode* me tocar. É exatamente esse o objetivo de...

Não consigo concluir, porque, no segundo em que ele recebe minha permissão, suas mãos estão por toda parte: uma na minha nuca, aproximando meus lábios dos dele; a outra na parte inferior das minhas costas. No momento em que o meu peito pressiona o dele, Ian emite outro daqueles ruídos baixos e ásperos, mas dez vezes mais profundo, como se viesse do âmago. Sinto sua barba por fazer, seu corpo quente e pesado, e pelo canto dos meus olhos vejo apenas vermelho, vermelho, *muito vermelho.*

– Estou *apaixonada* pelas suas sardas – murmuro, pouco antes de beliscar uma no queixo dele. – Senti vontade de lamber todas elas no momento em que te vi.

Sigo com a boca até sua orelha. Ele solta o ar com força.

– Quando eu te vi, eu... – gagueja ele enquanto dou um chupão no seu pescoço. – Achei que você era bonita demais – conclui, ofegante.

Suas mãos estão viajando por baixo da minha blusa, subindo pelas minhas costas, traçando cautelosamente as linhas do meu sutiã. Ele tem um cheiro magnífico: limpo, sério e quente.

– Bonita demais pra quê?

– Pra tudo. Bonita demais até pra se olhar. – Ele aperta minha cintura com mais força. – Hannah, você...

Estou roçando minha virilha contra a dele. O que provavelmente é a razão pela qual nós dois ofegamos como se estivéssemos correndo uma maratona. E, em minha defesa, eu realmente esperava que rolasse só um beijo, mas aí... Não. Eu não vou parar, e, a julgar pela forma como seus dedos mergulham na parte de trás do meu short para agarrar a minha bunda e me apertar mais ainda contra o seu pau duro, ele também não está pretendendo parar.

– Alguém mais usa esta sala? – pergunto.

Eu não sou tímida, mas isso é… bom. Bom num nível "sem interrupções, por favor", "não quero esperar até chegarmos em casa" e "vou gozar em dois minutos".

Ele faz que não com a cabeça, e eu poderia chorar de felicidade, mas não tenho tempo. É como se antes estivéssemos só brincando e agora o negócio tivesse ficado sério. Mal estamos nos beijando, descoordenados, sem foco, apenas nos esfregando um contra o outro, e eu me concentro na sensação do corpo dele contra o meu, no prazer de estar tão perto, de ter sua ereção entre as minhas pernas enquanto fazemos barulhos obscenos e sussurrantes, enquanto nós dois tentamos nos grudar mais, ter mais contato, pele, calor, atrito, atrito, atrito, eu preciso de *mais atrito…*

– *Merda.*

Não estou conseguindo *o suficiente*. Não é uma boa posição, eu odeio essa cadeira idiota, e isso está me deixando *louca*. Solto um gemido alto e enfurecido e afundo meus dentes no pescoço dele, como se eu fosse feita de calor e frustração, e…

De alguma forma, Ian sabe exatamente do que eu preciso. Porque se levanta da maldita cadeira com um abafado "Tudo bem, tudo bem, deixa comigo". Ele me carrega colada ao seu corpo e faz algo que tecnicamente poderia ser qualificado como dano à propriedade da Nasa para abrir espaço suficiente para nós dois. Um segundo depois estou sentada na mesa, e de repente nós dois podemos nos mexer como queremos. Ele abre minhas pernas com a palma das mãos e coloca a própria perna entre elas, e…

Finalmente. O atrito é… Isso é exatamente o que eu queria, exatamente do que eu *precisava…*

– Isso – solto com um suspiro.

– Assim?

Nem preciso mover os quadris. Sua mão desliza para baixo para agarrar a minha bunda, e de alguma forma ele sabe exatamente como me posicionar, como a costura do meu short pode roçar meu clitóris.

– Tá bom assim? – pergunta ele de novo.

Sinto seu pau duro feito pedra e emito grunhidos constrangedores e suplicantes contra o pescoço dele, murmurando como isso é bom, como vou fazer o mesmo por ele quando finalmente transarmos, como vou fazer *o que ele quiser...*

– Para – diz ele ofegante contra a minha boca, urgente, um pouco desesperado. – Você precisa ficar quieta, ou eu vou... Eu quero só...

Dou uma risada esganiçada e abafada contra sua bochecha. Minhas coxas estão começando a tremer. Sinto como se um líquido quente estivesse inchando meu abdômen.

– Quer... *ah...* quer o quê?

– Eu só quero fazer você gozar.

Isso me leva ao limite. A algo que não é nada parecido com o meu orgasmo habitual. Costumam começar como pequenas fraturas e, lenta e gradualmente, se aprofundam em algo gostoso e relaxante. São divertidos, bem divertidos, mas esse... esse prazer aqui é repentino e violento. Ele se estilhaça em mim como uma explosão maravilhosa e terrível, nova, assustadora e fantástica, e continua, como se cada um daqueles segundos deliciosos e de parar o coração estivessem sendo espremidos para fora de mim. Fecho os olhos com força, agarro os ombros de Ian e solto um gemido no pescoço dele, ouvindo o abafado "Caralho, *caralho*" que ele murmura na minha clavícula. Eu tinha certeza de que sabia do que meu corpo era capaz, mas isso parece ter alcançado um novo patamar.

E, de alguma forma, além de saber exatamente como me levar até lá, Ian também sabe quando parar. No exato momento em que aquilo tudo se torna insuportável, seus braços se apertam ao meu redor e sua coxa se torna um peso sólido e imóvel entre as minhas. Eu envolvo o pescoço dele com meus braços, escondo o rosto e espero meu corpo se recuperar.

– Nossa – digo. Não me lembro de ter ouvido minha voz tão rouca assim antes. Há um teclado sem fio no chão, cabos pendurados ao lado da minha coxa, e, se eu me mover um centímetro para trás, vou destruir um monitor, talvez dois. – Nossa – repito.

Deixo escapar uma risada sem fôlego contra a pele dele.

– Tá tudo bem? – pergunta ele, afastando-se para fitar os meus olhos.

Suas mãos estão levemente trêmulas nas minhas costas. Porque, suponho, eu gozei. E ele, não. O que é muito injusto. Acabei de ter um orgasmo que mudou a minha vida e não consigo me lembrar sequer do meu próprio nome, mas mesmo nesse estado consigo entender a injustiça de tudo isso.

– Eu estou... ótima. – Rio de novo. – E você?

Ele sorri.

– Eu estou muito bem, pra ser...

Deslizo minha mão entre nós dois, a palma contra a frente da calça jeans dele, e sua boca se fecha.

Tá. Então ele tem um pau grande. O que não é surpresa para ninguém. Este homem vai ser incrível na cama. Fenomenal. O melhor sexo que já fiz com um cara. E eu transei *um bocado.*

– O que você quer? – pergunto. Seus olhos estão escuros, perdidos. Cubro o pau duro com a mão, esfrego a palma ao longo de toda a sua extensão, arqueio as costas para sussurrar na sua orelha: – Posso te chupar?

O som que Ian emite é áspero e gutural, e levo cerca de três segundos para perceber que ele já está gozando, gemendo contra a minha pele, prendendo minha mão entre nossos corpos. Eu o sinto estremecer, e ter este homem enorme se desintegrando contra mim, totalmente perdido e indefeso diante do próprio prazer, é de longe a experiência mais erótica de toda a minha vida.

Quero levá-lo para a cama. Quero horas, *dias* com ele. Quero fazê-lo se sentir do jeito que ele está se sentindo agora, porém cem vezes mais intenso, cem milhões de vezes mais.

– Desculpa – diz ele.

– O quê? – Eu me inclino para trás para encará-lo. – Por quê?

– Isso foi... lamentável.

Ele me puxa de volta para enterrar o rosto no meu pescoço. Depois me dá uma lambida e uma mordida, e, ai, meu Deus, o sexo vai ser fora do comum. De abalar as estruturas.

– Foi incrível – afirmo. – Temos que fazer isso de novo. Vamos pra minha casa. Ou vamos só trancar a porta.

Ele ri e me beija, diferente de antes, de forma profunda mas gentil e carinhosa, e... não é de fato, pela minha experiência, o tipo de beijo que as pessoas compartilham *depois* do sexo. Pela minha experiência, depois de transar as pessoas se limpam, se vestem, dão um tchauzinho e vão à Starbucks mais próxima comer uma fatia de bolo. Mas isso aqui é ótimo, porque o beijo de Ian é excelente, e ele tem um *cheiro* bom, ele tem um *gosto* bom e...

– Posso te levar pra jantar? – pergunta ele contra os meus lábios. – Antes de nós...

Faço que não com a cabeça. As pontas de nossos narizes roçam uma na outra.

– Não precisa.

– Eu... eu gostaria, Hannah.

– Não. – Eu o beijo novamente. Uma vez. Um beijo profundo. Glorioso. – Eu não faço isso.

– Você não faz – outro beijo – o quê?

– Sair pra jantar. – Beijo. Mais um. – Bem – prossigo –, eu como. Mas não saio pra jantar.

Ian se afasta com uma expressão curiosa.

– Por que você não sai pra jantar?

– Eu só... – Dou de ombros, desejando que ainda estivéssemos nos beijando. – Eu não gosto de encontros.

– Tipo, em hipótese nenhuma?

– Não. – De repente ele se retrai de novo, então sorrio e acrescento: – Mas eu vou adorar ir pra sua casa mesmo assim. A gente não precisa estar saindo pra fazer isso, certo?

Ele dá um passo para trás – um passo grande, como se quisesse colocar algum espaço físico entre nós. A parte da frente de sua calça jeans está... uma bagunça. Eu quero limpá-lo.

– Por que... por que você não gosta de encontros?

– Sério? – Dou risada. – Você quer ouvir sobre meus traumas socioemocionais depois de a gente fazer – aponto de mim para ele – *isso*?

Ele faz que sim com a cabeça, sério e um pouco retraído, e eu volto a mim.

Oi? Ele quer mesmo isso? Quer que eu explique que realmente não tenho tempo nem disponibilidade emocional para qualquer tipo de envolvimento romântico? Que não consigo imaginar uma pessoa querendo ficar comigo por algum motivo que não seja sexo depois que ela me conhece a fundo? Que há muito percebi que quanto mais tempo as pessoas passam comigo, mais provável é que descubram que não sou tão inteligente quanto elas acham, tão bonita, tão engraçada? Sinceramente, *sei* que a melhor coisa a fazer é manter as pessoas longe, para que nunca descubram como eu sou de verdade. Isso, no final das contas, me torna um pouco escrota. Não sou boa nesse lance de me *importar com*... qualquer coisa, na realidade. Levei cerca de uma década e meia para encontrar algo pelo que de fato me apaixonasse. Esse experimento de amizade que estou fazendo com Mara e Sadie ainda não passa disso, de um experimento, e...

Ah, meu Deus. O Ian quer *namorar*? Ele nem *mora* aqui.

– Então você está dizendo... – Coço as têmporas, meu prazer pós--orgasmo se esvaindo rapidamente. – Está dizendo que não está interessado em transar?

Ele fecha os olhos de um modo que *realmente* não parece um não. *Definitivamente* não parece falta de interesse. Mas o que ele diz é:

– Eu gosto de você.

Dou risada.

– Percebi.

– É... incomum. Pra mim. Gostar tanto de alguém.

– Eu também gosto de você. – Dou de ombros. – A gente devia passar um tempo juntos, então. Isso não é bom o suficiente?

Ele desvia o olhar. Para baixo, para os sapatos.

– Se eu passar mais tempo com você, só vou gostar de você ainda mais.

– Que nada. – Solto uma risada nasalada. – Não é assim que funciona normalmente.

– É, sim. Pra mim é.

Ele soa tão convicto que não posso fazer nada além de encará-lo. Seus lábios estão vermelhos, e tudo nele é lindo, e ele parece tão quieto, tão arrasado com a ideia de fazer sexo sem compromisso comigo que eu deveria achar isso cômico, mas a verdade é que não consigo me lembrar de me sentir tão atraída assim por alguém, e meu corpo está *vibrando* pelo dele, e...

Talvez você possa sair com ele. Só desta vez. Uma exceção. Talvez você possa experimentar. Talvez possa funcionar. Talvez vocês dois...

O quê? Não. *Não.* Como assim? Só o fato de estar pensando nisso me assusta absurdamente. Não. Eu não... eu não sou assim. Essas coisas são um desperdício de tempo e energia. Sou muito ocupada. Não combina comigo.

– Desculpa – me forço a dizer. Não é sequer mentira. Estou realmente lamentando isso tudo agora. – Não acho uma boa ideia.

– Tá bem – diz ele depois de um longo instante. Rendendo-se. Um pouco triste. – Tá bem. Se... se você mudar de ideia... sobre o jantar... me fala.

– Tá. – Assinto. – Quando você vai embora? Qual é o meu prazo? – acrescento, tentando trazer alguma leveza à conversa.

– Não importa. Eu posso… Eu venho muito pra cá, e… – Ele balança a cabeça. – Você pode mudar de ideia quando quiser. Não tem prazo.

Ah.

– Bom, se *você* mudar de ideia sobre transar…

Ele solta uma risada, que soa um pouco como um gemido de dor, e por um momento sinto uma vontade súbita de me explicar. Quero dizer a ele: "Não é você, sou eu." Mas sei como isso soaria e que pareceria só da boca para fora. Então nos olhamos por alguns segundos, e então… então não há mais nada a dizer, certo? Meu corpo age automaticamente. Desço da mesa, paro um momento para endireitar os monitores atrás de mim, o mouse, os teclados, o cabo, e, quando passo por Ian em direção à porta, ele me segue com o olhar sério e triste, passando a palma da mão no queixo.

As últimas palavras que ouço dele são:

– Foi muito bom te conhecer, Hannah.

Acho que devo dizer que sinto o mesmo, mas tem um peso desconhecido no meu peito, logo não consigo. Então me contento com um pequeno sorriso e um aceno sem entusiasmo. Enfio as mãos nos bolsos enquanto meu corpo ainda está pulsando com o que deixei para trás e caminho lentamente de volta ao campus do instituto, pensando em cabelos ruivos e oportunidades perdidas.

Naquela noite, quando recebo um e-mail de ianfloyd@nasa.gov, meu coração dispara. Mas é apenas um e-mail vazio, sem texto, nem mesmo uma assinatura automática. Apenas um anexo com o portfólio que ele mandou para a Nasa alguns anos atrás, junto com os de algumas outras pessoas. Esses são mais recentes, e ele deve ter recebido de amigos e colegas.

É isso.

Ele vai ser um ótimo namorado, digo a mim mesma, recostando-me na cama e olhando para o teto. Tem uma coisa verde estranha em um canto que suspeito ser mofo. Mara está sempre dizendo que eu deveria sair desta espelunca e alugar uma casa com ela e Sadie, mas sei lá, tenho a impressão de que ficaríamos próximas *demais*. Um grande compromisso. Pode ser confuso. *Ele vai ser um ótimo namorado. Para alguém que merece ter um.*

No dia seguinte, quando Mara me pergunta sobre a reunião com seu primo ou algo assim, digo apenas "Foi tranquila", nem sei por quê. Não gosto de mentir, muito menos para alguém que está rapidamente se tornando uma amiga, mas não consigo dizer mais que isso. Duas semanas depois, entrego o relatório para a disciplina de Recursos Hídricos com uma reflexão.

Devo admitir, Dra. Harding, que a princípio pensei que esta tarefa seria uma completa perda de tempo. Há anos sei que gostaria de ir para a Nasa e que queria trabalhar com robótica e exploração espacial. No entanto, depois de conhecer Ian Floyd, percebi que adoraria trabalhar, especificamente, na equipe de Estimativa de Atitude e Posicionamento dos rovers em Marte. Em suma: não foi perda de tempo, ou pelo menos não em sua totalidade.

Fico com 9 na matéria. E, nos anos seguintes, não me permito pensar muito em Ian. Mas, sempre que assisto às gravações de vídeo da sala de controle comemorando o pouso do *Curiosity*, não consigo deixar de procurar pelo homem alto e ruivo no fundo da sala. E, sempre que o encontro, sinto o fantasma de algo se apertar dentro do meu peito.

Capítulo Três

PRESENTE

– Eles disseram que não havia como enviar socorristas!

O ar que sai de minha boca, seco e branco, embaça o exterior preto do meu telefone via satélite. Porque em fevereiro a temperatura em Svalbard fica bem abaixo de zero grau Celsius. Assustadoramente perto de zero grau Fahrenheit também, e esta manhã não é exceção.

– Disseram que era muito perigoso – prossigo –, que os ventos são muito fortes.

Como que para provar o que digo, um ruído entre um assobio e um uivo atravessa o que comecei a considerar a *minha crevasse*.

E no que diz respeito a ficar presa em uma crevasse, essa até que não parece das piores. É relativamente pouco profunda. A parede oeste é bem inclinada, apenas o suficiente para permitir que a luz do sol entre, o que deve ser a única razão pela qual ainda não morri congelada nem tive nenhuma queimadura de frio horrorosa. A desvantagem, porém, é que nesta época do ano temos apenas cerca de cinco horas de luz por dia. E elas estão prestes a chegar ao fim.

– O risco de avalanche está no nível mais alto, e não é seguro pra ninguém vir aqui me resgatar – acrescento, falando bem perto do microfone do aparelho.

Estou repetindo o que o Dr. Merel, líder da minha equipe, me disse algumas horas atrás, durante minha última comunicação com a Amase, a base da Nasa aqui na Noruega. Foi logo antes de ele lembrar que fui eu que escolhi isso. Que eu sabia os riscos da minha missão e mesmo assim decidi seguir com ela. Que o caminho para a exploração espacial é cheio de dor e autossacrifício. Que foi minha culpa cair em um buraco de gelo e torcer a porra do tornozelo.

Bem, ele não disse isso. Nem *porra,* nem *culpa.* O que ele fez foi se certificar de que eu estivesse ciente de que ninguém poderia vir me ajudar até amanhã e que eu precisava ser forte. Embora, é claro, nós dois soubéssemos quais seriam os resultados de uma batalha entre mim e uma tempestade de neve durante a noite.

Tempestade: 100. Hannah Arroyo: morta.

– O tempo não está tão ruim assim.

Uma onda de estática quase apaga a voz do outro lado da linha.

A voz de Ian Floyd.

Porque, por alguma razão, ele está aqui. Vindo. Atrás de mim.

– É uma… é uma tempestade, Ian. Você está… Por favor, me diga que você não está se arrastando pela neve no momento em que a pior tempestade do ano está a poucas horas de começar.

– Não estou. – Uma pausa. – É só uma caminhadinha.

Eu fecho os olhos.

– No meio de uma *tempestade.* Uma nevasca. Com ventos de quase sessenta quilômetros por hora. Neve caindo com força e nenhuma visibilidade.

– Acho que você está sendo desperdiçada na engenharia.

– Quê?

– Você é muito boa nesse lance de meteorologia.

Não sinto minhas pernas; meus dentes estão batendo; toda vez que respiro, parece que minha pele foi mastigada por um cardume de piranhas. No entanto, encontro forças para revirar os olhos. Pelo menos a escrota mal-humorada que vive no meu coração se mantém firme e forte.

– Você ia adorar, né? Que eu estivesse ocupada dando a previsão do tempo no noticiário local em vez de estar na Nasa com você.

Os ventos estão abrindo buracos nos meus tímpanos. Sinceramente, não faço ideia de como sou capaz de ouvir uma risada quando ele diz:

– Que nada.

Ele é maluco. Não é possível que esteja aqui na Noruega. Não deveria sequer estar na Europa.

– A Amase mudou de ideia sobre mandar ajuda? – pergunto. – As previsões de tempestade mudaram?

– Não. – Sempre que a estática diminui, ouço um ruído baixo e estranhamente familiar através do telefone via satélite. A respiração de Ian, suponho, pesada, alta e mais acelerada que o normal. Como se ele estivesse abrindo caminho em um terreno perigoso. – Você está a aproximadamente trinta minutos da minha localização atual. Assim que eu chegar até você, vamos fazer uma caminhada de uma hora até estarmos em segurança. Isso significa que provavelmente vamos conseguir evitar a tempestade por pouco.

No segundo em que ele diz a palavra *caminhada*, meu cérebro idiota decide tentar girar meu tornozelo. Mordo meus lábios rachados e congelados para engolir um gemido. Uma péssima ideia, *como se pode imaginar*.

– Ian, nada do que você acabou de dizer faz sentido.

– Sério? – Ele parece achar graça. Como? *Por quê?* – Nada?

– Como sabe onde estou?

– Por causa do rastreador via GPS. No seu telefone.

– É impossível. A Amase disse que não conseguia ativar o rastreador. Os sensores não estão funcionando.

– A Amase está fora do alcance, e a tempestade que se aproxima provavelmente estava causando interferência.

Uma forte rajada de vento sopra e, por um momento dolorosamente gélido, se espalha por toda parte: zunindo ao meu redor, perfurando meus pulmões, entrando nos meus ouvidos. Tento encolher o meu corpo para me proteger, mas isso não ajuda em nada a deter o ar congelante. Eu me afundo ainda mais na neve e forço meu tornozelo idiota.

Porra.

– A Amase está a mais de três horas da minha creva… localização. Se você de fato *chegar* aqui em meia hora, não vamos voltar a tempo de evitar a tempestade. *Você* não vai conseguir voltar a tempo, e não vou deixar que alguma coisa de ruim aconteça com você só porque eu...

– Eu não estou vindo da Amase – diz ele. – E não é pra lá que nós vamos.

– Mas como você acessou meu rastreador se não está na Amase?

Uma pausa.

– Sou bom com computadores.

– Você está... está dizendo que *hackeou*...

– Disseram que você se machucou. Foi muito feio?

Olho para minhas botas. Cristais de gelo começaram a formar crostas ao redor das solas.

– Foram só uns arranhões. E uma entorse. Talvez eu consiga andar, mas... não sei se por uma hora. – Não sei nem se por um minuto. – E nesse terreno...

– Você não vai precisar andar.

Franzo a testa, embora ela esteja quase congelada.

– Como vou chegar aonde quer que a gente vá se...

– Você tem ascensores?

– Tenho. Mas, de novo, não sei se consigo escalar...

– Sem problemas. Eu vou só te puxar pra fora.

– Você... É perigoso demais. O terreno ao redor da fenda pode desmoronar e fazer você cair também. – Solto uma expiração entrecortada. – Ian, *não posso* deixar você fazer isso.

– Não se preocupa, eu não tenho o hábito de cair dentro de crevasses.

– Nem eu.

– Tem certeza?

Tá bem. Eu caí bonito dentro desta.

– Ian, não posso deixar você fazer isso. Se for... – Inspiro, tremendo, o ar gelado. – Se for porque se sente responsável... Se está arriscando a própria vida porque acha que de alguma forma é culpa sua eu ter acabado aqui, então aí é que não deveria mesmo fazer isso. Você sabe que eu sou a única responsável por isso, e...

– Vou começar a escalar agora – interrompe ele distraidamente, como se eu não estivesse no meio de um discurso fervoroso.

– Escalar? Escalar o quê?

– Vou guardar o telefone, mas pode chamar se acontecer alguma coisa.

– Ian, eu *realmente* acho que você não deveria...

– Hannah.

O choque de ouvir o meu nome – na voz de Ian, envolta pelo assobio do vento e através do ruído metálico do telefone via satélite – me faz calar a boca na hora. Até que ele continua:

– Só relaxa e pensa em Marte, tá bem? Já, já eu chego aí.

Capítulo Quatro

Centro Espacial Johnson, Houston, Texas

UM ANO ATRÁS

Não é que eu esteja surpresa em vê-lo.

Isso seria, francamente, muita idiotice. Idiotice demais até para mim, que todo mundo sabe ser uma idiota de vez em quando. Posso não ter visto Ian Floyd em mais de quatro anos – sim, desde o dia em que tive a melhor experiência sexual (que nem foi totalmente completa) da vida e depois mal consegui dar um tchauzinho para ele enquanto o mogno da porta da sala se fechava na minha cara. Faz bastante tempo, mas tenho acompanhado a vida dele com ajuda do uso de tecnologia altamente sofisticada e ferramentas de pesquisa de ponta.

Ou seja, do Google.

Acontece que, quando você é um dos melhores engenheiros da Nasa, as pessoas escrevem coisas sobre você. Juro que não procuro "Ian+Floyd" duas vezes por semana ou algo assim, mas de vez em quando fico curiosa, e a internet oferece bastante informação em troca de muito pouco esforço. Foi assim que descobri que, quando o chefe anterior pediu demissão por questões de saúde, Ian foi escolhido como chefe de engenharia do *Tenacity*, o rover que pousou em segurança na cratera de Vaucouleurs no ano passado. Ele até deu uma entrevista ao programa *60 Minutes*, na qual se mostrou um homem sério, competente, bonito, humilde e reservado.

Por algum motivo, isso me fez pensar no jeito como ele gemeu contra a minha pele. Nas mãos dele apertando meus quadris, na coxa se movendo entre as minhas pernas. E me fez lembrar que ele quis me levar para jantar e que eu – de uma forma espantosa e incompreensível – fiquei tentada a aceitar.

Assisti ao programa inteiro no YouTube. Então rolei para baixo para ler os comentários e percebi que uns bons dois terços eram de usuários que haviam notado exatamente como Ian era sério, competente, bonito, humilde, reservado e provavelmente talentoso. Fechei a página na hora, como se tivesse sido flagrada fazendo algo de errado.

Acho que esperava que minha pesquisa no Google levasse a coisas mais pessoais também. Talvez um perfil no Facebook com fotos de lindos bebês ruivos. Ou um daqueles sites de casamento com fotos superproduzidas e a história de como o casal se conheceu. Mas não. O mais próximo disso foi uma prova de triatlo da qual ele participou cerca de dois anos atrás, perto de Houston. Ele não se saiu lá muito bem, mas chegou até o final. De acordo com o Google, essa é a única atividade não relacionada a trabalho de que Ian participou nos últimos quatro anos.

Mas estou fugindo do ponto principal, que é: eu sei bastante coisa sobre as conquistas profissionais de Ian Floyd e sei muito bem que ele ainda está na Nasa. Portanto, não faz sentido para mim ficar surpresa ao vê-lo. E não estou. Realmente não estou.

É só que, com mais de três mil pessoas trabalhando no Centro Espacial Johnson, achei que só esbarraria com ele por volta da minha terceira semana de trabalho. Quem sabe até do terceiro mês. Eu definitivamente *não* esperava vê-lo no meu primeiro dia, no meio da maldita apresentação para os novos funcionários. E eu definitivamente não esperava que ele me visse no mesmo instante e me encarasse por um longo, longo tempo, como se lembrasse exatamente de quem sou.

Ian aparece na entrada da sala de conferências onde os novos contratados estão parados aguardando a próxima pessoa a falar; com uma expressão um pouco irritada, ele olha ao redor procurando por alguém e me nota, conversando com Alexis, cerca de um milissegundo depois que eu o noto.

Ele para por um instante, de olhos arregalados. Em seguida, abre caminho em meio aos grupos de pessoas conversando ao redor da mesa e marcha em minha direção com passos largos. Seus olhos ficam fixos nos meus e ele parece confiante e agradavelmente surpreso, como um cara buscando a namorada no aeroporto depois de ela passar quatro meses no exterior estudando o acasalamento das jubartes. Mas não tem nada a ver comigo. Não é por minha causa.

Não pode ser por minha causa, certo?

Mas Ian se detém a apenas alguns metros de Alexis, me analisa com um pequeno sorriso por alguns segundos a mais do que é de se esperar e então diz:

– Hannah.

É isso. Isso é tudo que ele diz. O meu nome. E eu *realmente* não queria vê-lo. Eu *realmente* achei que seria estranho estar com ele de novo, depois do nosso primeiro, único e orgástico encontro. Mas...

Não é. Não mesmo. Parece natural, quase irresistível sorrir para ele, afastar-me da mesa e ficar na ponta dos pés para um abraço, encher minhas narinas com seu cheiro limpo e dizer contra o seu ombro:

– E aí?

Suas mãos pressionam brevemente as minhas costas, e nos encaixamos como há quatro anos. Então, um segundo depois, recuamos. Nunca fico vermelha, nunquinha, mas meu coração está batendo rápido e há um calor curioso subindo pelo meu peito.

Talvez porque isso *deveria* ser estranho. Certo? Quatro anos atrás, eu o procurei. Então *dei em cima* dele. Depois recusei quando ele me convidou para passar um tempo com ele sem orgasmos, sem exploração espacial. Era isto que eu queria evitar: a reação masculina e constrangida decorrente do ego ferido que eu tinha certeza que Ian teria.

Mas agora ele está aqui, agradavelmente satisfeito em me ver, e eu me sinto feliz por estar na sua presença, como aconteceu quando passamos uma tarde programando. Ele parece um pouco mais velho; a barba de um dia por fazer tem cerca de uma semana agora, e talvez ele esteja ainda maior. De resto, porém, é apenas *ele mesmo*. O cabelo é vermelho, os olhos são azuis, as sardas estão por toda parte. Sou forçada a me lembrar de sua inicialização uniforme em C++ – e dos seus dentes na minha pele.

– Você conseguiu – diz ele, como se eu realmente tivesse acabado de desembarcar de um avião. – Você está aqui.

Ele está sorrindo. Eu sorrio também e franzo a testa.

– Como assim? Achou que eu não fosse terminar o doutorado?

– Não sabia se você ia passar em Recursos Hídricos.

Desato a rir.

– O quê? Só porque você viu, com os próprios olhos, que eu não me esforcei nadinha pra fazer o trabalho?

– Em parte, sim.

– Devia ter visto as merdas que escrevi sobre você naquele relatório.

– Ah, imagino. Contra quais ISTs eu tive que lutar pra chegar aonde estou hoje?

– Contra quais ISTs você *não teve* que lutar?

Ele suspira. Depois pigarreia e nós dois… Ah, sim. Alexis *também está* aqui. Olhando de mim para ele, por algum motivo com os olhos esbugalhados.

– Ah, Ian, esta aqui é Alexis. Ela está começando hoje também. Alexis, este é…

– Ian Floyd – completa ela, soando vagamente sem fôlego. – Sou sua fã.

Ian se mostra um tanto espantado, como se a ideia de ter "fãs" o deixasse confuso. Alexis não parece notar e pergunta:

– Vocês dois se conhecem?

– Ah… sim. Nós tivemos um… – Faço um gesto vago com as mãos. – Um lance. Anos atrás.

– Um *lance*?

Os olhos de Alexis se esbugalham ainda mais.

– Ah, não, eu não quis dizer *esse* tipo de lance. Fizemos uma espécie de… Uma dessas… Como chama mesmo?

– Entrevista informativa – complementa Ian pacientemente.

– Entrevista informativa? – repete Alexis, parecendo incrédula.

Ela olha para Ian, que ainda está olhando fixamente para mim.

– Sim. Tipo isso. E ela acabou se transformando em…

Em quê? Na gente quase transando em um estabelecimento de propriedade da Nasa? Quem dera, Hannah.

– Uma sessão de depuração – diz Ian, e em seguida pigarreia.

Dou uma risada.

– Claro. Foi isso.

– Sessão de depuração? – Alexis parece ainda *mais* incrédula. – Isso não parece divertido.

– Ah, mas foi – afirma Ian.

Ele ainda está me encarando. Como se tivesse encontrado as chaves de casa perdidas há muito tempo e estivesse com medo de perdê-las novamente caso desviasse o olhar.

– Aham. – Eu não consigo não tornar meu sorriso um pouco sugestivo. Um experimento. Aparentemente faço muitos experimentos quando ele está por perto. – Muito divertido.

– Sim. – Ian finalmente desvia o olhar e o sorriso. – Muito.

– Como vocês se conheceram? – pergunta Alexis, mais desconfiada a cada segundo.

– Ah, minha melhor amiga é prima ou algo assim do Ian.

Ian assente.

– Como é o nome…? – Ele tenta se lembrar. – Melissa?

– Mara. O nome da sua prima é *Mara*. Vê se não esquece, hein? – Não consigo soar séria. – Não falou com ela desde que ela colocou a gente em contato?

– Acho que também não nos falamos naquela época. Foi tudo através…

– Da tia-avó Delphina, isso mesmo. E o vídeo na Home Depot?

– Na Lowe's. Ouvi dizer que ressurgiu desde que o tio Mitch começou a fazer o Dia de Ação de Graças na casa dele.

Dou outra risada.

– Bem, Mara está ótima. Ela também terminou o doutorado e recentemente se mudou pra Washington pra trabalhar na Agência de Proteção Ambiental. Não tem nenhum interesse em coisas espaciais. Só em… tipo… salvar a Terra.

– Ah. – Ele não parece muito impressionado. – É uma boa luta.

– É bom ter outra pessoa cuidando disso enquanto você e eu passamos nossos dias lançando engenhocas maneiríssimas no espaço, certo?

Ele ri.

– Tipo isso.

– Tá bem, isso é muito… – diz Alexis. Nós dois nos voltamos para ela, que está semicerrando os olhos e soando meio esganiçada. Para ser sincera, continuo esquecendo que ela está aqui. – Nunca vi duas pessoas… – Ela gesticula para nós. – Vocês *claramente*… – Ian e eu trocamos um olhar perplexo. – Vou deixar vocês à vontade – conclui, enigmática.

Então nos dá as costas, e Ian e eu ficamos sozinhos.

Mais ou menos. Estamos em uma sala cheia de pessoas, mas… sozinhos.

– Bom... oi – digo.

– Oi.

Seu tom é mais baixo. Mais íntimo.

– Eu meio que esperava que isso fosse ser desconfortável.

– Isso?

– Isso. – Aponto de mim para ele e para mim de novo. – Te ver de novo. Depois do jeito que as coisas ficaram.

Ele inclina a cabeça.

– Por quê?

– Eu só...

Não sei bem como explicar isso: que, de acordo com a minha experiência, homens que foram rejeitados por mulheres muitas vezes podem ser assustadores de um milhão de maneiras diferentes. De todo jeito, não importa. Aparentemente, ele deixou o que aconteceu entre nós para trás no segundo em que saí de seu escritório.

– Não importa – continuo. – Já que não é. Desconfortável, quero dizer.

Ian assente uma vez. Exatamente como me lembro de fazer anos atrás.

– Pra qual equipe você foi designada?

– Pra EAP.

– Mentira.

Ele parece satisfeito. O que é... uma reação nova para mim. Meus pais reagiram à notícia de que fui contratada pela Nasa da mesma maneira de sempre: mostrando decepção por eu não ter feito medicina como meus irmãos. Sadie e Mara sempre me apoiaram e ficaram felizes por mim quando consegui o emprego dos meus sonhos, mas elas não se importam o suficiente com exploração espacial para entender completamente o significado dessa conquista. Ian, no entanto, entende. E, mesmo que ele agora seja um figurão e que não faça mais parte da EAP, isso ainda faz meu corpo formigar e se aquecer.

– Verdade... Um cara aleatório que conheci uma vez me disse que era a melhor equipe.

– Um cara muito sábio.

– Mas não vou começar a trabalhar logo com a equipe, porque... consegui que eles me escolhessem pra Amase.

Seu sorriso mostra que ele está tão descaradamente, genuinamente feliz por mim que meu coração vai parar na boca.

– Amase.

– Aham.

– Hannah, isso é incrível.

É mesmo. A Amase é incrível, e o processo seletivo para participar de uma expedição foi duríssimo, a ponto de eu nem sequer saber como consegui passar. Provavelmente foi pura sorte: o Dr. Merel, um dos líderes da expedição, estava em busca de alguém com experiência em cromatografia gasosa acoplada a espectrometria de massa. Por acaso eu tenho essa experiência, por conta de alguns projetos paralelos dos quais meu orientador do doutorado me obrigou a participar. Na época, me opus ferozmente e reclamei o tempo todo. Olhando em retrospecto, me sinto um pouco culpada.

– Você já foi lá? – pergunto a Ian.

Na verdade já sei a resposta, porque ele mencionou a Amase quando nos conhecemos. Além disso, vi o currículo dele e algumas fotos de expedições anteriores. Em uma, tirada no verão de 2019, ele está vestindo uma camisa térmica escura e ajoelhado na frente de um rover, os olhos semicerrados para seu braço robótico. Há uma mulher jovem e bonita logo atrás dele, cotovelos apoiados em seus ombros, sorrindo na direção da câmera.

Pensei sobre essa imagem mais do que apenas algumas vezes. Imaginei Ian convidando a mulher para jantar. Queria saber se, ao contrário de mim, ela foi capaz de dizer sim.

– Estive lá duas vezes, uma no inverno e outra no verão. Ambas foram ótimas. O inverno foi significativamente mais difícil, mas… – Ele para. – Peraí, a próxima expedição não está partindo…

– Em três dias. Por cinco meses. – Eu o vejo assentir e digerir a informação. Ainda parece feliz por mim, mas está um pouco… frustrado, talvez? – O que foi? – pergunto.

– Nada. – Ele balança a cabeça. – Teria sido bom colocar o papo em dia.

– A gente ainda pode fazer isso – digo, talvez um pouco rápido demais. – Só vou embora na quinta-feira. Quer sair e…

– Nada de jantar, certo? – Seu sorriso é provocador. – Eu lembro que você não… come com outras pessoas.

– É.

A verdade é que as coisas mudaram. Não que agora eu saia para encontros (isso ainda não acontece). E não que eu tenha me tornado uma pessoa emocionalmente acessível (*não mesmo*). Mas, de alguma maneira, nos últimos dois anos, todo esse joguinho de Tinder ficou… primeiro, um pouco ultrapassado; depois, um pouco cansativo; e, por fim, um pouco solitário. Hoje em dia, ou dedico meu tempo ao trabalho ou a Mara e Sadie.

– Mas eu tomo café – completo num impulso, mesmo detestando café.

– Chá gelado – diz Ian, de alguma forma se lembrando do meu pedido de quatro anos atrás. – Mas eu não posso.

Meu coração murcha no peito.

– Não pode? – Será que ele está saindo com alguém? Não está interessado? – Não precisa ser…

Um encontro, eu ia dizer, mas somos interrompidos.

– Ian, você está aqui. – A representante do RH que está acompanhando os novos contratados aparece ao lado dele. – Obrigada por conseguir um tempinho… Sei que precisa estar no LPJ hoje à noite. Pessoal! – Ela bate palmas. – Vamos nos sentar, por favor. Ian Floyd, o atual chefe do setor de engenharia do Programa de Exploração de Marte, vai falar sobre alguns dos projetos da Nasa em andamento.

Ah. *Ah.*

Ian e eu trocamos um olhar demorado. Por apenas um instante, ele parece querer me dizer uma última coisa. Mas a representante do RH o leva para a cabeceira da mesa de conferências, e ou não dá tempo, ou não é algo importante o bastante para ser dito.

Meio minuto depois, eu me sento e escuto sua voz clara e calma enquanto ele fala sobre os muitos projetos que supervisiona, e sinto o coração apertado e pesado no peito por razões que não consigo desvendar.

Vinte minutos depois, olho para ele pela última vez quando alguém bate na porta para lembrá-lo de que seu avião vai partir em menos de duas horas.

E, pouco mais de seis meses depois, quando finalmente nos reencontramos, eu o odeio.

Odeio, odeio, odeio e não hesito em deixar que ele saiba disso.

Capítulo Cinco

Arquipélago de Svalbard, Noruega

PRESENTE

Quando meu telefone por satélite vibra novamente, os ventos aumentaram ainda mais. Também está nevando. De alguma forma, consegui me aninhar em um cantinho na parede da minha crevasse, mas a neve que chega em grandes rajadas começa a grudar no minirrover que eu trouxe comigo.

Isso, devo admitir, é irônico de uma maneira cósmica. O motivo de ter me aventurado aqui foi testar de que modo o minirrover que projetei funcionaria em situações altamente estressantes, com baixa incidência de luz solar e pouca entrada de comandos. É claro que eu não estava contando com uma tempestade. Eu ia deixar o equipamento no local e depois voltar imediatamente para a base, o que… Bem, obviamente, as coisas não saíram conforme o planejado.

Mas o equipamento *está* sendo coberto por uma camada de neve. E o sol vai se pôr em breve. O minirrover *está* em uma situação altamente estressante, com baixa incidência de luz solar e pouca entrada de comandos e, do ponto de vista científico, essa missão não foi um desastre absoluto. Em algum momento nos próximos dias, alguém da Amase (provavelmente o Dr. Merel, aquele *babaca*) tentará ativá-lo, e então saberemos se o meu trabalho foi mesmo bem-sucedido. Bem, *eles* vão saber. Até lá, serei apenas um picolé com uma expressão muito irritada, como Jack Torrance no final de *O iluminado*.

– Tá tudo bem aí ainda?

A voz de Ian me arranca do meu choramingo pré-apocalíptico. Meu coração se agita feito um beija-flor – um beija-flor adoecido e congelado que se esqueceu de migrar para o sul com seus companheiros. Não me dou ao trabalho de responder e, em vez disso, pergunto de imediato:

– Por que você está aqui?

Sei que pareço uma escrota ingrata e, embora nunca tenha me importado em ser uma escrota, não é minha intenção ser ingrata. O problema é que a presença dele não faz nenhum sentido. Tive vinte minutos para pensar nisso, e simplesmente *não faz*. E, se é aqui e agora que eu vou bater as botas… bem, não quero morrer confusa.

– Vim dar um passeio. – Ele parece um pouco sem fôlego, portanto a escalada deve ter sido difícil. Ian é muitas coisas, mas sedentário não é uma delas. – Contemplar a paisagem. E você? O que te traz aqui?

– Estou falando sério. Por que você está na Noruega?

– Sabe como é… – O som é cortado brevemente, então volta com uma generosa porção de ruído branco. – Nem todo mundo tira férias na praia. Alguns de nós gostam de destinos mais frios.

A respiração ofegante através da frágil linha via satélite é quase… íntima. Estamos expostos às mesmas intempéries, no mesmo terreno fortemente glacial, enquanto o resto do mundo está abrigado. Estamos aqui ao léu, sozinhos.

E não faz nenhum sentido.

– Quando você chegou a Svalbard? – indago.

Não pode ter sido em nenhum momento nos últimos três dias, porque nenhum voo pousou aqui. O fluxo é intenso entre o arquipélago e as cidades de Oslo e Tromsø na alta temporada, mas ela só começa em meados de março.

Então… Ian deve estar aqui há mais dias. Mas por quê? Ele é chefe do setor de engenharia em vários projetos envolvendo rovers, e a equipe do *Serendipity* está se aproximando do momento decisivo. Não faz sentido que um de seus colaboradores-chave esteja em outro país agora. Além disso, a porcentagem de engenheiros nesta Amase é minúscula. Somos só o Dr. Merel e eu, na verdade. Todos os outros membros são geólogos e astrobiólogos, e…

Por que diabos Ian está aqui? Por que diabos a Nasa enviaria um engenheiro sênior em uma missão de resgate que nem deveria acontecer?

– Tudo bem por aí ainda? – pergunta ele de novo. Quando não respondo, ele continua: – Estou bem perto. A poucos minutos.

Removo flocos de neve dos meus cílios.

– Quando foi que a Amase mudou de ideia em relação ao resgate?

Uma breve hesitação.

– Na verdade, pode ser que leve mais do que alguns minutos. A tempestade está piorando e não consigo enxergar muito bem...

– Ian, por que eles mandaram *você*?

Uma respiração profunda. Ou um suspiro. Ou uma baforada, mais alta que as outras.

– Você faz muitas perguntas – diz ele, não pela primeira vez.

– Sim. Mas são perguntas muito boas, então vou continuar fazendo. Por exemplo, como o...

– Contanto que eu possa fazer algumas também.

Dou um leve gemido.

– O que quer saber? Meu passatempo favorito aqui? Uma visão geral das comodidades da crevasse? Não tem muito a oferecer em termos de vida noturna...

– Eu preciso saber se você está bem, Hannah.

Fecho os olhos. A sensação desse frio extremo é como ter um milhão de agulhas cravadas na pele.

– Sim. Eu... eu estou bem.

De repente, a ligação cai. A estática, o barulho, tudo desaparece, e não consigo mais ouvir Ian. Olho para o aparelho e percebo que ainda está ligado. *Merda.* O problema é com ele. A neve está mais pesada, isso aqui ficará um breu em minutos e ainda por cima tenho quase certeza de que Ian foi atacado por um urso-polar. Se algo acontecer com ele, nunca serei capaz de me perdoar...

Ouço passos quebrando a neve e olho para a borda da crevasse. A luz diminui a cada segundo, mas consigo distinguir a silhueta alta e larga de um homem com uma máscara de esqui. Ele está olhando para mim.

Meu Deus. Ele realmente...?

– Viu? – diz a voz profunda de Ian, apenas um pouco sem fôlego. Ele abaixa o protetor térmico de pescoço antes de acrescentar: – Não foi tão difícil, foi?

Capítulo Seis

SEIS MESES ATRÁS

Fico surpresa em perceber como o e-mail machuca, porque machuca *demais*.

Não que eu esperasse ficar feliz com isso. É fato comprovado que ouvir que um projeto seu teve o financiamento negado é tão agradável quanto enfiar a cabeça no vaso sanitário. Mas rejeições fazem parte da trajetória acadêmica, e, desde que comecei o doutorado, sofri milhões delas. Nos últimos cinco anos, me foram negadas publicações, apresentações em conferências, bolsas de pesquisa, bolsas de estudo, filiações. Fracassei até mesmo em entrar no programa de bebidas ilimitadas da Bruegger's Bagels – um revés devastador, considerando meu amor por chás gelados.

A parte boa é que, quanto mais rejeições você experimenta, mais fácil fica suportá-las. O que me fez socar travesseiros e planejar assassinatos no primeiro ano do doutorado mal me incomodou no último. A revista *Progresso em Ciências Aeroespaciais* dizendo que minha dissertação não era digna de enfeitar suas páginas? Tranquilo. A Fundação Nacional de Ciência recusando-se a patrocinar meus estudos de pós-doutorado? De boa. Mara insistindo que os biscoitos de arroz que fiz para o aniversário dela tinham gosto de papel higiênico? Beleza. Vou sobreviver.

Esta rejeição específica, porém, mexe profundamente comigo. Isso porque eu preciso muito do dinheiro do subsídio para o que planejo fazer.

A maior parte do financiamento da Nasa está vinculada a projetos específicos, mas todos os anos há um montante discricionário disponível, geralmente para cientistas iniciantes que apresentam projetos de pesquisa que parecem merecer ser explorados. E o meu, acho, merece muito. Estou na Nasa há mais de seis meses. Passei quase todos eles na Noruega, na melhor expedição na Terra análoga a Marte, mergulhada em intenso trabalho de campo, testes de equipamentos, exercícios de amostragem. Nas últimas semanas, desde que voltei para Houston, assumi meu cargo junto à equipe da EAP e tem sido muito, muito legal. Ian tinha razão: a melhor equipe de todas.

Mas... Cada pausa, cada segundo livre, cada fim de semana, cada fração de tempo disponível, eu usava para me concentrar em elaborar a proposta para o meu projeto, acreditando ser uma ideia fenomenal. E agora ela foi rejeitada. O que me dá a sensação de ter sido atravessada por uma faca Santoku.

– Aconteceu alguma coisa? – pergunta Karl, meu colega de trabalho, do outro lado da mesa. – Parece que você está prestes a cair no choro. Ou a jogar alguma coisa pela janela, talvez, não sei dizer.

Eu nem sequer me dou ao trabalho de olhar para ele quando respondo:

– Ainda não decidi, mas te mantenho atualizado.

Volto para o monitor, passando os olhos nas cartas de feedback dos revisores internos.

Como todos sabemos, no início de 2010, o rover *Spirit* ficou preso em um banco de areia, não conseguiu reorientar seus painéis solares em direção ao sol e congelou até a morte como consequência da falta de energia. Algo muito semelhante aconteceu oito anos depois com o *Opportunity*, que entrou em hibernação quando um redemoinho bloqueou a luz do sol e o impediu de recarregar as baterias. Obviamente, o risco de perder o controle dos rovers por conta de eventos climáticos extremos é alto. Para resolver isso, a Dra. Arroyo projetou um sistema interno promissor que tem uma probabilidade menor de falhar no caso de situações meteorológicas imprevisíveis. Ela propõe construir um modelo e testar sua eficácia na próxima Expedição Análoga Ártico-Marciana em Svalbard (Amase) [...]

O projeto da Dra. Arroyo é um acréscimo brilhante à atual lista de projetos da Nasa e deve ser aprovado para estudos adicionais. O currículo da Dra. Arroyo é impressionante, e ela acumulou experiência suficiente para dar conta de realizar o trabalho proposto [...]

Se for bem-sucedida, essa proposta trará uma mudança radical para o programa de exploração espacial da Nasa: diminuirá o número de fracassos por falta de energia, de falhas nos relógios e nos temporizadores em futuras missões de exploração de Marte [...]

A questão é a seguinte: os comentários são... positivos. Extremamente positivos. Mesmo vindos de um bando de cientistas que, sei muito bem, adoram ser mesquinhos e mordazes. O embasamento científico não parece ser um problema, a relevância para a missão da Nasa está lá, meu currículo é bom o suficiente e... algo não está batendo. É por isso que não vou ficar aqui sentada e aceitar essa merda.

Fecho meu notebook com força, me levanto da minha mesa bruscamente e saio da minha sala.

– Hannah? Aonde você...

Ignoro Karl e caminho pelos corredores até encontrar a sala que estou procurando.

– Entra – diz uma voz depois da minha batida.

Conheci o Dr. Merel porque ele foi meu chefe direto durante a Amase, e ele é... uma figura bem estranha, para ser sincera. Muito certinho. Muito dedicado. A Nasa está cheia de pessoas ambiciosas, mas ele parece quase obcecado por resultados, publicações, o tipo de descoberta científica que sai nos jornais. Inicialmente eu não era muito sua fã, mas devo admitir que como supervisor ele tem me dado muito apoio. Foi ele quem me selecionou para a expedição e me encorajou a me candidatar ao financiamento assim que lhe expus a ideia do projeto.

– Hannah. Que bom te ver.

– Tem um minutinho?

Ele provavelmente está na casa dos 40, mas tem um quê de antiquado. Talvez sejam os coletes de lã, ou o fato de ser literalmente a única pessoa que conheci na Nasa que não atende pelo primeiro nome. Ele tira os óculos de armação de metal, coloca-os na mesa, depois junta as mãos tocando apenas as pontas dos dedos e me dá uma olhada demorada.

– É sobre a sua proposta, não é?

Ele não me convida para sentar, e eu não o faço. Mas fecho a porta. Encosto o ombro no batente e cruzo os braços sobre o peito, esperando não soar como me sinto – ou seja, uma homicida.

– Acabei de receber o e-mail com a recusa e queria saber se você tem algum… insight. Os comentários não destacaram as áreas que precisam de melhorias, então…

– Eu não me preocuparia com isso – diz ele, sem dar importância.

Eu franzo a testa.

– O que quer dizer?

– É irrelevante.

– Eu… É mesmo?

– Sim. Claro que teria sido bastante conveniente se você tivesse esses fundos à sua disposição, mas já discuti o assunto com dois dos meus colegas que concordam que seu trabalho é valioso. Eles estão no controle de outros fundos que Floyd não poderá vetar, então…

– Floyd? – digo, levantando um dedo. Devo ter ouvido errado. – Peraí, você disse Floyd? Ian Floyd?

Tento me lembrar se ouvi falar de algum outro Floyd que trabalhe aqui. É um sobrenome comum, mas…

O rosto de Merel não esconde muito. É óbvio que estava se referindo a Ian e é óbvio que não deveria trazê-lo à tona, fez uma grande besteira ao mencioná-lo e agora não tem escolha a não ser me explicar o que deixou escapar.

Eu não tenho intenção alguma de poupá-lo disso.

– Isso, claro, é confidencial – diz ele após uma breve hesitação.

– Tá bem – concordo apressadamente.

– O processo de revisão deve permanecer anônimo. Floyd não pode saber.

– Ele não vai saber.

Não tenho um plano exato neste momento, mas parte de mim já sabe que estou mentindo. Não sou bem do tipo que evita conflitos.

– Muito bem. – Merel assente. – Floyd fazia parte do comitê que examinou a sua proposta e foi ele quem decidiu vetar seu projeto.

Ele... o quê?

Ele o quê?

Não é possível.

– Isso não faz sentido – retruco. – Ian nem sequer está aqui em Houston.

Sei disso porque, alguns dias depois de voltar da Noruega, fui procurá-lo. Pesquisei qual era a sala dele, comprei uma xícara de café e uma de chá no refeitório, depois fui até lá com apenas vagas ideias do que eu ia dizer, sentindo-me *quase* nervosa, e...

A porta estava trancada.

– Ele está no LPJ – alguém com sotaque sul-africano me informou quando me notou parada no corredor.

– Ah. Tá bem. – Eu me virei. Dei dois passos para longe. Em seguida, voltei para perguntar: – Quando ele volta?

– Difícil dizer. Ele já está lá faz mais ou menos um mês para trabalhar na ferramenta de coleta de amostras do *Serendipity*.

– Entendi.

Agradeci à mulher e então fui embora.

Faz pouco mais de uma semana desde então, e eu estive na sala dele... em vários outros momentos. Nem tenho certeza do motivo. E no fundo não importa, porque a porta estava fechada todas as vezes. E é por isso que sei disso.

– Ian está no LPJ. Ele não está aqui – afirmo.

– Você deve ter se enganado – diz Merel. – Ele já voltou.

Meu corpo se retrai.

– Quando?

– Isso eu não sei dizer, mas ele estava presente quando a comissão se reuniu pra discutir a sua proposta. E, como eu disse, foi ele que vetou.

Isso é impossível. Totalmente sem nexo.

– Tem certeza de que foi ele?

Merel me dirige um olhar irritado e eu engulo em seco, sentindo-me estranhamente... exposta, de pé nesta sala enquanto fico sabendo que Ian...

– Ian? *Sério?* – é a razão pela qual não consegui meu financiamento. Parece mentira. Mas Merel mentiria? Ele é certinho demais. Duvido que tenha criatividade suficiente.

– Ele pode fazer isso? Vetar um projeto que foi bem recebido pelos demais?

– Levando em consideração o posto e a antiguidade dele, sim.

– Mas por que ele vetou?

Ele suspira.

– Pode ser qualquer coisa. Talvez ele esteja com inveja de uma proposta brilhante ou prefira que o financiamento vá para outra pessoa. Ouvi dizer que alguns dos colaboradores próximos dele se candidataram. – Uma pausa. – Teve uma coisa que ele disse que me fez suspeitar que...

– O quê?

– Que ele não acreditava que você fosse capaz de fazer o trabalho.

Minha expressão endurece.

– Como é que é?

– Ele não pareceu encontrar falhas na proposta. Mas falou sobre o *seu* papel na missão em um tom pouco lisonjeiro. É óbvio que tentei rebater.

Fecho os olhos, sentindo-me enjoada de repente. Não posso acreditar que Ian faria isso. Não posso acreditar que ele seria um desgraçado tão traiçoeiro e desprezível. Talvez não sejamos amigos próximos, mas, depois do nosso último encontro, eu achei que ele... sei lá. Não faço ideia. Talvez eu tivesse expectativas de que fosse rolar *alguma coisa*, mas isso aqui acaba com elas na hora.

– Vou recorrer.

– Não há razão pra fazer isso, Hannah.

– Há muitas razões. Se Ian acha que não sou boa o suficiente *apesar* do meu currículo, eu...

– Você o conhece? – Merel me interrompe.

– O quê?

– Eu estava me perguntando se vocês dois se conheciam.

– Não. Não, eu… – *Uma vez eu me esfreguei na perna dele. Foi sensacional.* – Muito pouco. Superficialmente.

– Entendi. Só fiquei curioso. Isso explicaria por que ele estava tão determinado a rejeitar o seu projeto. Eu nunca o tinha visto tão… inflexível quanto à aceitação de uma proposta. – Ele acena com a mão, como se isso não fosse importante. – Mas você não precisa se preocupar, porque já garanti um financiamento alternativo pro seu projeto.

Ah. Por essa eu não esperava.

– Financiamento alternativo?

– Entrei em contato com alguns chefes de equipe que me deviam uns favores. Perguntei a eles se tinham algum superávit orçamentário que pudessem dedicar ao seu projeto e consegui juntar o suficiente pra te mandar de volta à Noruega.

Dou uma risada meio engasgada.

– Jura?

– Sim.

– Na próxima Amase?

– A que sai em fevereiro do ano que vem, sim.

– E o assistente que pedi? Vou precisar de outra pessoa pra me ajudar a construir o minirrover e ir comigo testá-lo em campo. E vou ter que me afastar bastante da base, o que pode ser perigoso sozinha.

– Acho que não vamos conseguir financiar a inclusão de outro membro para a expedição.

Comprimo os lábios e reflito. Provavelmente posso fazer a maior parte do trabalho de preparação sozinha. Se não dormir nos próximos meses, já fiz isso antes. Vou ficar bem. O problema viria depois de chegar a Svalbard. É muito arriscado…

– Eu estarei lá em campo com você, é claro – diz o Dr. Merel.

Estou um pouco surpresa. Nos meses em que estivemos na Noruega, quase não o vi fazer coletas de amostras nem participar das penosas caminhadas na neve. Sempre pensei nele mais como um coordenador. Mas, se ele se ofereceu, deve estar falando sério, e… Sorrio.

– Perfeito, então. Obrigada.

Saio da sala e, por cerca de duas semanas, estou tão entorpecida pela ideia de que meu projeto vai acontecer que não deixo que ninguém saiba.

Não conto sequer para Mara e Sadie quando estamos no FaceTime, porque... porque, para explicar o nível de traição de Ian, eu teria que admitir que menti anos antes. Porque me sinto uma completa idiota por confiar em alguém que não merece nada de mim. Porque ser sincera com elas primeiro exigiria que eu fosse sincera comigo mesma, e estou muito irritada, cansada e decepcionada para isso. Em meus desabafos reclamões, Ian se torna uma figura anônima e sem rosto, e há algo de libertador nisso. Em não me permitir lembrar que eu costumava pensar nele com carinho.

Então, exatamente dezessete dias depois, encontro Ian Floyd na escada. E é aí que tudo vai por água abaixo.

Eu o vejo antes que ele me veja – por causa do cabelo ruivo, do seu tamanho e do fato de que ele está subindo enquanto eu desço. Existem cerca de cinco elevadores aqui, e não sei por que alguém escolheria, voluntariamente, submeter seu corpo ao estresse de subir escadas, mas não estou muito surpresa com o fato de Ian fazer isso. É o tipo de superação sem glória que passei a esperar dele.

Meu primeiro instinto é empurrá-lo e vê-lo cair em direção à morte. Só não o faço por ter quase certeza de que seria um crime. Além disso, Ian é consideravelmente mais forte do que eu, logo pode não ser algo viável. *Abortar missão,* digo a mim mesma. *É só passar por ele. Ignorá-lo. Não vale o seu tempo.*

O problema começa quando ele olha para cima e me nota. Ele para dois degraus abaixo, o que deveria colocá-lo em desvantagem, mas, de modo deprimente, injusto e trágico isso não acontece. Nossos olhos estão no mesmo nível quando os dele se arregalam e seus lábios se curvam em um sorriso satisfeito. Ele diz "Hannah", e há um toque de algo em sua voz que reconheço, mas rejeito de imediato, e não tenho escolha a não ser acusar sua presença.

A escada está deserta e o som chega longe.

– Estive procurando por você – diz ele, em um tom profundo e grave que faz o meu corpo vibrar. – Na semana passada. Um cara do seu departamento disse que você não fica muito lá, mas...

– Vai à merda.

As palavras escapam da minha boca. Sempre tive um temperamento imprudente, inconsequente e… bem, ainda tenho, acho.

A reação de Ian é desconcertada demais para ser confusa. Ele me encara como se não tivesse certeza do que acabou de ouvir, e é a oportunidade perfeita para eu ir embora antes que diga algo de que irei me arrepender. Mas ver seu rosto me faz lembrar das palavras de Merel, e isso… isso é péssimo.

Ele não acreditava que você fosse capaz de fazer o trabalho.

A pior parte, a que realmente *machuca*, é como julguei mal Ian. Achei de verdade que ele fosse um cara legal. Eu gostava muito dele, sendo que nunca me permiti gostar de ninguém, e… como ele *ousa*? Como ousa me apunhalar pelas costas e depois se dirigir a mim como se fosse meu amigo?

– Qual é exatamente o seu problema comigo, Ian? – Endireito os ombros para ficar maior. Quero que ele olhe para mim e pense em um tanque de guerra. Quero que fique com medo de que eu passe por cima dele. – Você não gosta de ciência de qualidade? Ou é puramente pessoal?

Ele franze a testa. Ele tem a audácia de *franzir a testa*.

– Não faço ideia do que você está falando.

– Pode parar. Eu sei sobre o projeto.

Por um segundo, ele fica absolutamente imóvel. Então seu olhar endurece e ele pergunta:

– Quem te contou?

Pelo menos ele não finge não saber a que estou me referindo.

– Sério? – Eu bufo. – Quem me contou? É o mais relevante pra você?

Sua expressão é impassível.

– Os processos relativos ao desembolso de financiamento interno não são públicos. Uma revisão interna anônima por pares é necessária pra garantir…

– … pra garantir a sua capacidade de destinar fundos pros colaboradores mais chegados e ferrar com a carreira daqueles que não têm utilidade pra você. Certo? – Ele recua. Não é a reação que eu esperava, mas me enche de satisfação mesmo assim. – A menos que o motivo *fosse* pessoal. E você tenha vetado minha proposta porque não dormi com você cinco anos atrás.

Ele não nega, não se defende, não grita que eu sou louca. Seus olhos se estreitam em fendas azuis e ele pergunta:

– Foi o Merel, não foi?

– Que diferença faz? Você vetou o meu projeto...

– Ele por acaso te disse *por que* eu vetei?

– Eu nunca disse que foi o Merel que...

– Porque ele estava lá quando expliquei as minhas objeções detalhadamente. Ele omitiu isso? – Comprimo os lábios diante da pergunta de Ian, o que ele parece interpretar como uma abertura. – Hannah. – Ele chega mais perto. Estamos cara a cara; sinto o cheiro de sua pele e sua loção pós-barba e odeio cada segundo disso. – O seu projeto é muito perigoso. Ele exige especificamente que você viaje até um local remoto pra deixar o equipamento em uma época do ano em que o clima é volátil e muitas vezes imprevisível. Já estive em Longyearbyen em fevereiro, e avalanches surgem do nada. Isso só piorou nos últimos...

– Quantas vezes?

Ele só pisca, sem ação.

– O quê?

– Quantas vezes esteve em Longyearbyen?

– Participei de duas expedições...

– Então você vai entender por que prefiro levar em consideração a opinião de alguém que esteve em uma dúzia de missões. Além disso, ambos sabemos qual foi o *verdadeiro* motivo do veto.

Ian abre a boca mas a fecha logo em seguida. Ele trava o maxilar, e finalmente tenho certeza: ele está irritado. Puto da vida. Vejo isso na maneira como ele cerra o punho. Na dilatação de suas narinas. Em seu corpo imenso a apenas alguns centímetros do meu, ardendo de raiva.

– Hannah, Merel nem sempre é confiável. Houve incidentes sob a supervisão dele que...

– Que incidentes?

Uma pausa.

– Não cabe a mim divulgar essa informação. Mas você não deveria confiar nele com...

– Claro. É óbvio que eu deveria confiar no cara que agiu pelas minhas costas e não no cara que me defendeu e garantiu que meu projeto fosse financiado de qualquer maneira. Uma escolha *muito* difícil.

Ele segura meu braço de um jeito ao mesmo tempo gentil e urgente. Eu me recuso a me importar o suficiente para me afastar de seu toque.

– O que você está dizendo?

Reviro os olhos.

– Eu disse um monte de coisas, Ian, mas o essencial é "vai à merda". Agora, se me der licença...

– O que quer dizer com Merel garantir que o seu projeto fosse financiado de qualquer maneira?

Ele aperta mais forte.

– Quero dizer exatamente o que eu disse.

Eu me inclino para a frente, olhos fixos nos dele, e por uma fração de segundo a sensação familiar de estar *próximo, aqui, perto* dele me atinge como uma onda. Mas desaparece com a mesma rapidez, e tudo que resta é uma estranha mistura de tristeza e vingança. Vou seguir com o meu projeto, o que significa que venci. Mas também... sim. Eu *gostava* dele. E, embora ele estivesse sempre apenas à margem da minha vida, talvez eu tenha esperado que...

Bem, agora não importa.

– Ele encontrou uma alternativa, Ian – digo a ele. – Eu e minha *incapacidade de realizar o trabalho* vamos pra Noruega, e não há nada que você possa fazer a respeito.

Ele fecha os olhos. Então os abre e murmura algo baixinho que soa muito como "*merda*", seguido pelo meu nome e outras explicações apressadas que não faço questão de ouvir. Liberto meu braço de seus dedos, encaro seus olhos uma última vez e me afasto jurando para mim mesma que acabou.

Nunca mais vou pensar em Ian Floyd de novo.

Capítulo Sete

PRESENTE

Ele não está usando equipamento da Nasa.

Já está quase escuro, a neve cai sem parar, e, sempre que olho para a borda da crevasse, enormes flocos de neve são arremessados direto nos meus olhos. Mas, mesmo assim, consigo enxergar que Ian *não está* usando o equipamento que a Nasa geralmente fornece aos cientistas da Amase.

Seu gorro e seu casaco são da North Face, um preto fosco polvilhado com branco, quebrado apenas pelo vermelho de seus óculos e sua máscara de esqui. Quando ele pega o telefone para se comunicar comigo da beirada da crevasse, vejo que não se trata de um Iridium, o padrão da Nasa, mas um modelo que não reconheço. Ele olha para baixo por um bom tempo, como se avaliasse o tamanho da merda em que consegui me meter. Flocos de neve circulam ao redor dele, sem tocá-lo. Seus ombros sobem e descem. Uma, duas, várias vezes. Então, finalmente, ele levanta os óculos e leva o telefone à boca.

– Vou jogar uma corda pra você – diz ele, em vez de me cumprimentar.

Falar que estou em uma situação difícil no momento, ou que tenho alguns problemas, seria um *imenso* eufemismo. No entanto, olhando para cima do lugar onde eu tinha certeza de que iria morrer até cerca de cinco minutos atrás, tudo que consigo pensar é que na última vez que falei com este homem eu...

Eu mandei ele ir à merda.

Várias vezes.

E ele mereceu, pelo menos por dizer que eu não era boa o suficiente para realizar o projeto. Mas na época ele também mencionou que minha missão seria perigosa demais. E agora ele acaba de aparecer no círculo polar ártico, com seus profundos olhos azuis e sua voz ainda mais profunda, para me livrar da morte certa.

Sempre soube que eu era babaca, mas nunca tinha me dado conta do grau da babaquice.

– Esse é o maior "Eu te avisei" da história? – pergunto, tentando forçar uma piada.

Ian me ignora.

– Assim que você pegar a corda, vou fazer uma âncora – explica ele, em tom calmo e prático, sem nenhum traço de pânico. É como se estivesse ensinando uma criança a amarrar os cadarços. Não há nenhuma urgência aqui, nenhuma dúvida de que tudo acontecerá conforme o planejado e nós dois ficaremos bem. – Vou ficar aqui na borda e te puxar. Se certifica de que tudo esteja clipado ao seu loop. Consegue puxar pelo lado fixo?

Apenas olho para cima na direção dele. Eu me sinto... Não sei exatamente. Confusa. Assustada. Faminta. Culpada. Gelada. Depois de provavelmente bastante tempo, consigo fazer que sim com a cabeça.

Ele dá um leve sorriso antes de atirar a corda. Eu a vejo se desenrolar, deslizar na minha direção e parar a alguns centímetros de onde estou encolhida. Então estendo o braço e fecho minha mão enluvada ao redor de sua extremidade.

Ainda estou confusa, assustada, faminta e culpada. Mas, quando olho para Ian, talvez me sinta um pouco menos gelada.

É só uma entorse, tenho certeza. Mas, no que se refere a entorses, essa é das brabas.

Ian é fiel às suas promessas e consegue me tirar da crevasse em apenas alguns minutos, mas, no momento em que chego à superfície, tento andar e... a coisa parece feia. Meu pé toca o chão e a dor atravessa todo o meu corpo como um raio.

– Mer...

Tampo a boca com a mão, tentando esconder meu arfar no tecido das luvas, lutando para me manter em pé. Tenho certeza de que o ruído alto do vento engole o meu gemido, mas não há muito que eu possa fazer para evitar as lágrimas que inundam meus olhos.

Felizmente, Ian está muito ocupado recolhendo a corda para notar.

– Só um segundo – diz ele, e fico feliz com o atraso.

Ian me livrou de virar a sobremesa de um urso-polar, mas por alguma razão odeio a ideia de ele me ver toda chorosa e fraca. Tá, tudo bem: eu precisava que alguém me salvasse, e talvez neste momento não pareça muito durona. Porém, minha resistência para dor geralmente é bem alta, e nunca fui molenga. Não quero dar a Ian nenhum motivo para acreditar no contrário.

No entanto...

No entanto, essas duas lágrimas solitárias abriram as comportas. Atrás de mim, Ian guarda seu equipamento de escalada na mochila, com movimentos mínimos e experientes, e eu... eu não posso ajudar em nada. Apenas fico de pé, desajeitada, tentando poupar meu tornozelo latejante, em um pé só, como um flamingo. Minhas bochechas estão quentes e molhadas sob a neve que cai, e olho para aquela crevasse idiota pensando que até um minuto atrás – até o maldito Ian Floyd chegar – aquele seria o último lugar que eu veria. A última fatia do céu.

E, de repente, um terror me atravessa. Ele acaba com o silêncio fabricado do meu oceano marciano, e a magnitude do que quase aconteceu, de todas as coisas que eu amo e que teria perdido se Ian não tivesse vindo atrás de mim, vai atravessando meu cérebro como um rolo compressor.

Cachorros. Um dia de verão às três da madrugada. Sadie e Mara sendo ridiculamente bobas e eu rindo delas. Trilhas, chá gelado de kiwi, aquele restaurante grego que nunca cheguei a experimentar, códigos elegantes, a próxima temporada de *Stranger Things*, sexo bom de verdade, uma publicação da *Nature*, ver humanos em Marte, o final de As Crônicas de Gelo e Fogo...

– Precisamos partir antes que a tempestade piore – diz Ian. – Você...

Ian olha para mim, e eu nem tento esconder o rosto. Já desisti disso. Quando ele se aproxima, franzindo a testa, deixo que me olhe nos olhos, levante meu queixo com os dedos, inspecione minhas bochechas. Sua expressão passa da urgência para a preocupação, compreensão. Respiro fundo e sinto como se fosse engasgar. Para o meu horror, isso se transforma em um soluço. Em dois. Três. Cinco. E de repente...

De repente estou aos prantos. Chorando desesperada, feito uma criança, e, quando um corpo quente e pesado me envolve e me aperta com força, não ofereço resistência.

– Me desculpa – murmuro no nylon do casaco de Ian. – Me desculpa, me desculpa, me desculpa. Eu... eu não faço a menor ideia de qual é o meu problema, eu...

Eu só não sabia. Lá embaixo, na crevasse, eu conseguia fingir que aquilo não estava acontecendo. Mas, agora que estou do lado de fora e não me sinto mais entorpecida, não consigo parar de vê-las, todas as coisas, *todas as coisas* que eu quase...

– Shh.

As mãos de Ian parecem absurdamente grandes enquanto afagam minhas costas, seguram minha cabeça, acariciam a mecha do meu cabelo molhado de neve que escapa por baixo do gorro. Estamos no meio de uma tempestade de neve, mas, assim tão perto dele, me sinto quase em paz.

– Shh. Tá tudo bem.

Eu me agarro a ele. Ele me permite soluçar por longos segundos que não podemos nos dar ao luxo de desperdiçar, me apertando contra o seu corpo sem deixar que nem uma brisa passe entre nós, até o ponto de eu sentir seu batimento cardíaco através das grossas camadas de nossas roupas. Então ele murmura "Merel desgraçado" com uma fúria bem pouco contida, e acho que seria bem fácil culpar Merel pelas coisas, mas a verdade é que é tudo culpa minha.

Quando me inclino para trás para lhe dizer isso, ele segura meu rosto.

– A gente realmente precisa ir. Vou carregar você até a costa. Tenho um suporte leve pra calçar no seu tornozelo, só pra não piorar ainda mais.

– Até a costa?

– Meu barco está a menos de uma hora de distância.

– *Seu* barco?

– Vamos. Temos que partir antes que caia ainda mais neve.

– Eu… Talvez eu consiga andar. Posso pelo menos tentar…

Ele sorri, e o pensamento de que eu podia ter morrido – eu podia ter *morrido* – sem receber este sorriso *deste homem* faz meus lábios tremerem.

– Não me importo de te carregar. – Uma covinha aparece. – Tenta conter o seu amor por crevasses, por favor.

Olho feio para ele em meio às lágrimas. No final das contas, é exatamente o que ele quer de mim.

Ian me carrega por quase todo o caminho.

Dizer que ele faz isso sem derramar uma gota de suor, em meio à brancura de uma tempestade de neve pesada, em uma temperatura de dez graus negativos, provavelmente seria um pouco exagerado. O cheiro dele é salgado e quente no momento em que me deposita em um dos beliches no convés inferior do barco, um pequeno navio de expedição chamado *Sjøveien*. Vejo gotículas de suor aqui e ali, brilhando na testa e no lábio superior, antes de ele as enxugar com as mangas do casaco.

Ainda assim, não consigo acreditar na relativa facilidade com que ele atravessou platôs glaciais por mais de uma hora, caminhando por neve antiga e fresca, evitando formações rochosas e algas, nunca se queixando dos meus braços apertados ao redor do seu pescoço.

Ele quase escorregou duas vezes. Em ambas, senti a força de seus músculos enquanto se retesavam para evitar a queda, seu corpo imenso, sólido e firme enquanto se equilibrava e se reorientava antes de retomar o passo de novo. Nas duas vezes, me senti estranhamente, incompreensivelmente segura.

– Preciso que você avise à Amase que está em segurança – diz ele no segundo em que chegamos ao barco. Olho em volta, notando pela primeira vez que não há outros passageiros a bordo. – E que você não precisa que os socorristas venham assim que a tempestade passar.

Franzo a testa.

– Eles não saberiam que você já…

– Agora. Por favor. – Ele fica olhando fixamente até eu digitar e enviar uma mensagem para todo o grupo da Amase, de uma forma que me lembra que ele é um líder, acostumado a ter as pessoas fazendo o que ele diz. – Temos um aquecedor, mas não vai adiantar muita coisa nesta temperatura.

Ele tira o casaco, revelando uma camisa térmica preta por baixo. Seu cabelo está bagunçado, brilhante e lindo – não bizarramente esmagado pelo gorro como o meu –, um fenômeno inexplicável que deveria ser objeto de várias pesquisas. Talvez eu peça uma bolsa para investigá-lo. Então Ian me vetará, e voltaremos à estaca zero do ódio mútuo.

– Os ventos estão mais fortes do que eu gostaria, mas estar a bordo ainda é uma opção mais segura do que estar em terra. Estamos ancorados, mas as ondas podem ficar feias. Tem remédio para enjoo perto do seu beliche e…

– Ian.

Ele fica quieto.

– Por que você não está vestindo um uniforme da Nasa?

Ele não olha para mim. Em vez disso, ajoelha-se na minha frente e começa a trabalhar no meu tornozelo. Suas mãos grandes são firmes porém delicadas na minha panturrilha.

– Tem certeza de que não quebrou? Está doendo?

– Sim. E sim, mas está melhorando. – O calor, ou pelo menos a ausência de ventos congelantes, está ajudando. O aperto das mãos de Ian, reconfortante e quente ao redor do meu tornozelo inchado, também não causa dor. – Este barco também não é da Nasa.

Não que eu esperasse que fosse. Acho que sei o que está acontecendo aqui.

– É o que a gente tinha à disposição.

– A gente?

Ele ainda não me olha nos olhos. Em vez disso, aperta as faixas do suporte no meu tornozelo e veste uma meia grossa de lã no meu pé. Acho que sinto dedos percorrendo brevemente o meu dedão, mas talvez seja só impressão. Deve ser.

– Você devia beber alguma coisa. E comer. – Ele se endireita. – Eu vou pegar…

– Ian – interrompo com delicadeza.

Ele para, e nós dois parecemos simultaneamente surpresos com o meu tom. É... suplicante. Cansado. Não é normal para mim demonstrar vulnerabilidade, mas... Ian veio me buscar, em um pequeno barco, atravessando os fiordes. Estamos sozinhos na bacia Oceânica do Ártico, cercados por geleiras de vinte mil anos e ventos estridentes. Não há *nada* de normal nisso.

– Por que você está aqui?

Ele levanta uma sobrancelha.

– Como assim? Está com saudade da sua crevasse? Posso te levar de volta se...

– Não, sério... Por que você está aqui? Neste barco? Você não está participando da Amase deste ano. Não deveria nem estar na Noruega. Não precisam de você no LPJ?

– Eles vão ficar bem. Além disso, velejar é uma das minhas paixões.

Ele obviamente está sendo evasivo, mas o frio deve ter congelado os meus neurônios, porque tudo que eu quero agora é descobrir mais sobre as paixões de Ian Floyd. Verdadeiras ou não.

– É mesmo?

Ele dá de ombros.

– A gente costumava velejar muito quando eu era criança.

– A gente?

– Meu pai e eu. – Ele se levanta e se afasta de mim, passa a vasculhar os pequenos compartimentos do casco. – Ele me levava junto quando tinha que trabalhar.

– Ah. Ele era pescador?

Ouço ele bufar.

– Traficante de drogas.

– Ele *o quê*?

– Traficante de drogas. Maconha, na maior parte das...

– Não, eu ouvi você da primeira vez, mas... isso é sério?

– Aham.

Eu franzo a testa.

– Você é... você está bem? Isso... isso acontece mesmo? Digo, traficar maconha de barco?

Ele está mexendo em alguma coisa, de costas para mim, mas se vira apenas o suficiente para eu vislumbrar a curva de seu sorriso.

– Sim. É ilegal, mas acontece.

– E seu pai levava você?

– Às vezes. – Ele se posiciona de frente para mim, segurando uma pequena bandeja. Ele sempre parece grande, mas, todo curvado no convés muito baixo, lembra a Grande Barreira de Corais. – Minha mãe ficava maluca.

Dou risada.

– Ela não gostava que o filho participasse dos empreendimentos criminosos da família?

– Vai entender. – Sua covinha desaparece. – Eles passavam horas brigando, aos gritos. Não foi à toa que Marte começou a soar tão atraente.

Inclino a cabeça e analiso sua expressão.

– É por isso que você cresceu sem ter contato com Mara?

– Quem é Ma…? Ah. Sim. De modo geral, sim. Minha mãe não gosta muito do lado Floyd da família. Embora eu tenha certeza de que meu pai seja considerado má influência entre eles também. Eu não tinha permissão pra passar muito tempo com ele, então… – Ele balança a cabeça, como se para afugentar aqueles pensamentos e mudar de assunto. – Aqui. Não é muito, mas você devia comer.

Tenho que me forçar a desviar o olhar do seu rosto, mas, quando noto os sanduíches de manteiga de amendoim e geleia que ele fez, meu estômago se contrai de felicidade. Eu me remexo no beliche até ficar sentada mais ereta, tiro o casaco e ataco imediatamente a comida. Afinal, minha relação com comida é muito menos complicada do que com Ian Floyd, e me perco no ato reconfortante de mastigar… por muito tempo, provavelmente.

Quando engulo o último pedaço, lembro que não estou sozinha e noto que ele me encara com uma expressão divertida.

– Desculpa. – Minhas bochechas estão quentes. Sacudo as migalhas da minha camisa térmica e lambo um pouco de geleia do canto da boca. – Sou fã de manteiga de amendoim.

– Eu sei.

Ele sabe?

– Sabe?

– Seu bolo de formatura não foi um Reese's gigante?

Mordo a parte de dentro da bochecha, surpresa. Foi o que Mara e Sadie me deram depois que defendi a tese. Elas se cansaram de me ver lamber a cobertura e a manteiga de amendoim que recheava os bolos da Costco que as duas costumavam comprar e apenas encomendaram uma torta imitando um Reese's gigante, com chocolate por fora e manteiga de amendoim por dentro. Mas não me lembro de ter contado isso a Ian. Eu mal penso nisso, para ser sincera. Só me lembro quando entro no meu Instagram que mal uso, porque a foto de nós três devorando o "bolo" é a última coisa que eu postei...

– Devia descansar enquanto pode – diz ele. – A tempestade deve diminuir até amanhã de manhã, e aí a gente parte. Vou precisar da sua ajuda com essa visibilidade de merda.

– Tá – concordo. – Mas ainda não entendo como você pode estar aqui sozinho se...

– Vou verificar se está tudo bem. Volto num minuto.

Ele desaparece antes que eu possa perguntar exatamente o que ele precisa verificar. E não volta em um minuto – nem mesmo antes de eu me recostar no beliche, decidir descansar os olhos por apenas alguns instantes e adormecer, morta para o mundo.

O ruído do vento e o balanço rítmico do barco me despertam, mas o que me mantém acordada é o frio.

Olho ao redor sob o brilho azul da lâmpada de emergência e encontro Ian a poucos metros de mim, dormindo no outro beliche. É muito curto para suas pernas e não é largo o suficiente para acomodá-lo, mas ele parece dar seu jeito. Suas mãos estão perfeitamente apoiadas na barriga, e as cobertas foram chutadas até a altura de seus pés, o que me diz que a cabine provavelmente não está tão fria quanto estou sentindo agora.

Não que isso importe: é como se as horas passadas ao ar livre tivessem penetrado nos meus ossos para continuarem me congelando por dentro. Tento me esconder debaixo das cobertas por alguns minutos, mas o tremor só piora. Talvez fique forte o suficiente para desalojar algum tipo de via cerebral importante, pois, sem realmente saber por quê, saio do meu beliche, enrolo o cobertor ao redor do corpo e manco pelo chão, cambaleante, na direção de Ian.

Quando me deito ao lado dele, ele pisca, grogue e levemente assustado.

No entanto, sua primeira reação não é me atirar no mar, mas chegar mais perto da parede de modo a abrir espaço para mim.

Ele é uma pessoa muito melhor do que jamais serei.

– Hannah?

– Eu só... – Meus dentes estão batendo. De novo. – Não consigo me aquecer.

Ian não hesita. Ou talvez hesite, só que apenas por uma fração de segundo. Ele abre os braços e me puxa para seu peito, e... eu me encaixo tão perfeitamente nele que é como se aquele cantinho estivesse ali me esperando o tempo todo. Um cantinho com cinco anos de idade, familiar e acolhedor. Um recanto delicioso e quente que cheira a sabonete e sono, sardas e pele pálida e suada.

Isso me faz querer chorar de novo. Ou rir. Não consigo me lembrar da última vez que me senti tão frágil e confusa.

– Ian?

– Hum?

Sua voz é áspera, vem do peito. É assim que ele soa quando acorda. Como teria soado na manhã seguinte se eu tivesse concordado em jantar com ele.

– Há quanto tempo você está em Svalbard?

Ele suspira, um sopro quente no topo da minha cabeça. Devo tê-lo pegado desprevenido, porque desta vez ele responde à pergunta:

– Seis dias.

Seis dias. Ou seja, um dia antes de *eu* chegar.

– Por quê?

– Férias.

Ele acaricia minha cabeça com o queixo.

– Férias – repito.

Sua camisa térmica é suave sob os meus lábios.

– Sim. Eu tinha... – ele boceja contra o meu couro cabeludo – ... muitos dias pra tirar.

– E decidiu gastar todos eles na Noruega?

– Por que não acredita em mim? A Noruega é um lugar legal. Tem fiordes, estações de esqui e museus.

Só que ele não está em nenhum desses lugares. Isso aqui não é uma estação de esqui, muito menos um museu.

– Ian. – Soa muito íntimo dizer seu nome tão perto dele. Falar contra o seu peito enquanto meus dedos se curvam em sua camisa. – Como você sabia?

– Sabia o quê?

– Que o meu projeto ia ser essa tragédia. Que eu… que eu não ia conseguir concluir a missão. – Estou prestes a começar a chorar de novo. Possivelmente. Provavelmente. – Era… era tão óbvio assim? Que eu sou esse tipo de pessoa idiota e incompetente que decide fazer só o que dá na telha, apesar de todo mundo dizer que eu ia…

– Não, não, shh. – Os braços dele se apertam ao meu redor, e percebo que estou, de fato, chorando. – Você não é idiota, Hannah. E você é *o oposto* de incompetente.

– Mas você vetou o projeto porque eu…

– Por causa do perigo intrínseco a um projeto como o seu. Nos últimos meses, tentei interromper esse projeto de umas dez maneiras diferentes. Reuniões, e-mails, recursos… Tentei de tudo. E mesmo as pessoas que concordavam comigo que era muito perigoso não se dispuseram a intervir pra evitar que ele fosse adiante. Então não, você não é a idiota aqui, Hannah. Eles que são.

– O quê? – Eu me apoio nos cotovelos para olhar nos olhos dele. O azul é escuro como a noite. – Por quê?

– Porque é um projeto excelente. É absolutamente brilhante e tem o potencial de revolucionar futuras missões de exploração espacial. Alto risco, alta recompensa. – Seus dedos empurram uma mecha para trás da minha orelha, então correm pelo meu cabelo. – Altíssimo risco.

– Mas Merel disse que…

– Merel é um babaca do caralho.

Meus olhos se arregalam. O tom de Ian é exasperado e furioso, nada do que eu esperaria de seu jeito normalmente calmo e distante.

– Bom, o Dr. Merel tem doutorado em Oxford e acredito que seja membro da Mensa, então…

– Ele é um imbecil – diz. Eu não deveria rir nem me aproximar ainda mais de Ian, mas não consigo evitar. – Ele estava na Amase na mesma época que eu. Duas pessoas se feriram gravemente durante a minha segunda expedição, e nas duas vezes isso aconteceu porque ele pressionou os cientistas a terminarem o trabalho de campo quando as condições não eram ideais.

– Peraí, sério? – pergunto, e ele assente brevemente. – Por que ele ainda está na Nasa?

– Porque foi difícil provar a negligência dele e porque os membros da Amase assinam documentos assumindo o risco. Como você fez. – Ele respira fundo, tentando se acalmar. – Por que você foi lá sozinha?

– Eu precisava deixar o equipamento naquele lugar. Não tinha previsão de tempestade. Mas aí houve uma avalanche por perto, fiquei com medo de que meu minirrover fosse danificado, comecei a correr sem olhar e…

– Não, por que você estava *sozinha*, Hannah? Deveria haver outra pessoa com você. É o que consta na proposta.

– Ah. – Engulo em seco. – Era para Merel ir junto. Mas ele não estava se sentindo bem. Falei que podia esperar, mas ele disse que estaríamos perdendo dias valiosos de dados e que eu devia ir sozinha, e eu… – Aperto os dedos ao redor do tecido da camisa de Ian. – Eu fui. E aí, quando pedi ajuda, ele me disse que o tempo estava mudando, e…

– Merda – murmura ele. Seus braços se apertam ao meu redor, quase com força demais. – Merda.

Eu me encolho.

– Sei que você está com raiva de mim. E tem todo o direito…

– Eu não estou com raiva de *você* – diz ele, parecendo estar. – Estou com raiva da porra do… – Eu o observo, desconfiada, enquanto ele inspira fundo. Expira. Inspira de novo. Algumas emoções que não tenho certeza se compreendo parecem atravessar sua expressão. – Desculpa. Sinto muito. Eu geralmente não…

– Fica com raiva?

Ele assente.

– Geralmente sou melhor em…

– Não se importar? – concluo, e ele fecha os olhos e faz que sim com a cabeça outra vez.

Tá bem. Isso está começando a fazer sentido.

– A Amase não mandou você aqui – declaro.

Não é uma pergunta. Ian não vai admitir para mim, mas, neste beliche, ao lado dele, fica muito óbvio o que aconteceu. Ele veio para a Noruega para garantir a minha segurança. A cada passo do caminho, tudo que ele fez foi para me proteger.

– Como sabia que eu ia precisar de você?

– Eu não sabia, Hannah. – Seu peito sobe e desce em um suspiro profundo. Outro homem estaria se gabando disso agora. Quanto ao Ian... acho que ele só gostaria de ter me poupado disso. – Eu estava apenas com medo de que acontecesse alguma coisa com você. E não confio no Merel. Não no que diz respeito a você.

Ele diz "*você*" como se eu fosse algo valioso e importante. O data point mais precioso; sua cidade favorita; a mais bela e austera paisagem marciana. Mesmo que eu o tenha enxotado várias vezes, mesmo assim ele veio em um barco instável no meio do oceano mais frio do planeta Terra só para me aquecer.

Tento levantar a cabeça e fitá-lo, mas ele a toca com delicadeza e continua acariciando meu cabelo.

– Você realmente deveria descansar.

Ele tem razão. Nós dois deveríamos. Então forço uma perna no meio das pernas dele, e ele deixa. Como se o corpo dele fosse uma coisa minha.

– Me desculpa. Pelo que falei pra você em Houston.

– Shh.

– E por ter colocado você em perigo...

– Shh, tá tudo bem. – Ele beija minha têmpora, molhada depois de algumas lágrimas deslizarem. – Tá tudo bem.

– Não tá, não. Você podia estar trabalhando com a sua equipe ou dormindo na sua própria cama, mas está aqui por minha causa e...

– Hannah, não existe nenhum outro lugar onde eu gostaria de estar.

Dou uma risada meio chorosa.

– Literalmente *nenhum* outro lugar? De verdade?

Ouço uma risadinha pouco antes de pegar no sono.

Capítulo Oito

Antes de partirmos para Houston, passamos uma noite em um hotel em Longyearbyen, o principal povoado de Svalbard. O lugar oferece um bufê de café da manhã extremamente farto e mantém a temperatura dos quartos cerca de dez graus mais alta que o necessário para garantir algum conforto – tudo com que a Hannah pós-crevasse poderia sonhar. Não sei dizer se Ian compartilha minha felicidade, já que ele desaparece assim que eu me acomodo. Mas tudo bem, pois tenho coisas a fazer. A principal é escrever um relatório detalhado atualizando a Nasa do que aconteceu, sem mencionar Ian (a pedido dele), mas incluindo uma reclamação formal contra Merel.

Depois disso, me deparo com um raro momento de encanto: consigo me conectar ao minirrover em campo. Solto um gritinho de prazer quando percebo que ele está coletando exatamente os dados de que eu precisava. Olho para as informações que chegam, lembro-me do que Ian disse no barco sobre como meu projeto seria valioso para futuras missões e quase choro.

Não sei. Talvez eu ainda esteja um pouco sensível.

Partimos no dia seguinte. Fiz o que tinha me comprometido a fazer na Amase (surpreendentemente, com sucesso), e Ian precisa estar no LPJ em três dias. A primeira viagem de avião é de Svalbard a Oslo, em uma daquelas aeronaves minúsculas que decolam de aeroportos minúsculos com seus assentos minúsculos e lanches minúsculos de cortesia. Ian e eu não conseguimos nos sentar lado a lado, nem no voo de Oslo a Frankfurt. Passo o tempo olhando pela janela e assistindo às reprises de *JAG – Ases invencíveis* com legendas em norueguês. No final do terceiro episódio, suspeito fortemente que "*skyldig*" signifique "culpado".

– Então acho que "*ikke*" significa "não" – diz Ian enquanto me empurra na cadeira de rodas pelo aeroporto de Frankfurt. Eu me viro para olhar para ele, intrigada. – O que foi? Eu também estava vendo *JAG*. É muito boa. Me lembra a infância.

– Jura? Você costumava assistir a uma série sobre advogados militares com seu pai traficante?

Ele me dirige um olhar acanhado, e começo a rir.

– Harm e Mac acabam juntos no final? – pergunto.

Ele dá um meio sorriso.

– Sem spoilers.

– Ah, por favor.

– Você vai ter que assistir pra descobrir.

– Ou eu posso procurar na Wikipédia.

Ele continua sorrindo, como se achasse que eu não vou fazer isso. E tem razão.

Na última etapa da viagem, conseguimos nos sentar juntos. Ian me deixa ficar na janela sem que eu precise pedir e se acomoda ao meu lado depois de guardar nossas malas e colocar um travesseiro sob meu pé imobilizado. Ele é largo e robusto, suas pernas são compridas demais para o espaço pequeno e, uma vez que afivelamos os cintos, a impressão é de que ele está bloqueando o resto do mundo. Uma parede, mantendo-me a salvo do barulho e da agitação. Tenho me sentido inquieta desde o barco e com dificuldade para descansar direito, tirando apenas uns cochilos muito curtos, mas, alguns minutos depois de decolar, meus olhos começam a pesar. A última coisa que faço antes de adormecer é encostar a cabeça no ombro de Ian. A última coisa que me lembro de ele fazer é abaixar o corpo um pouco mais, para ter certeza de que estou o mais confortável possível.

Acordo em algum lugar sobre o Atlântico e fico perfeitamente imóvel por vários minutos, minha têmpora contra o braço dele, o cheiro limpo de suas roupas e de sua pele em minhas narinas. Ele está olhando para o tablet, lendo um artigo sobre propulsão a plasma. Passo os olhos em algumas linhas na seção de métodos antes de dizer:

– Eu não costumo ser assim.

Ele não parece surpreso que eu esteja acordada.

– Assim, como?

Reflito por alguns segundos.

– Carente. – Reflito um pouco mais. – Grudenta.

– Eu sei.

Não consigo ver seu rosto, mas sua voz é baixa e gentil.

– Como sabe?

– Eu conheço você.

Meu primeiro instinto é me afastar, indignada. Algo dentro de mim odeia a ideia de que alguém me conheça, porque isso significa ser rejeitada. Não é assim que funciona?

– Não. Você não me conhece, não. Tipo, a gente nunca nem transou.

– É verdade. – Ele assente e seu queixo roça no meu cabelo. – Você teria deixado eu te conhecer se a gente tivesse transado?

– Não. – Eu bocejo e me endireito, arqueando o corpo para esticar minhas costas doloridas. – Você pensa nisso?

– Nisso o quê?

– Naquela tarde. Cinco anos atrás.

– Muito – diz ele de pronto, sem hesitar.

Sua expressão é indecifrável para mim. Totalmente impossível de interpretar.

– Foi por isso que você veio me resgatar? – provoco. – Porque estava pensando nisso? Porque tem ansiado secretamente por isso há anos?

Ele me olha diretamente nos olhos.

– Acho que nunca escondi isso de você.

Ele volta para o tablet, ainda calmo, ainda relaxado. Então, depois de vários minutos e alguns bocejos, ele fecha os olhos e inclina a cabeça para trás. Desta vez, só ele pega no sono, e eu fico acordada, olhando para a linha bem marcada de seu pescoço, incapaz de impedir que meus pensamentos girem loucamente dentro da minha cabeça.

Quando saímos da área de desembarque do aeroporto de Houston, há uma placa no meio da multidão, semelhante às que os motoristas de limusine seguram nos filmes quando vão buscar clientes importantes que temem não reconhecer.

HANNAH ARROYO, diz. E embaixo: QUE QUASE MORREU E NEM SEQUER NOS CONTOU. ALÉM DISSO, ELA SEMPRE SE ESQUECE DE TROCAR O ROLO DE PAPEL HIGIÊNICO. AMIGA DE MERDA.

É uma placa bem grande. Ainda mais porque está sendo empunhada por duas garotas não muito altas, uma ruiva e uma morena, me encarando.

Eu me viro para Ian. Ele passou as últimas quatro horas dormindo e acordando e ainda parece grogue, o rosto relaxado. *Bonito*, penso. E logo depois: *Delicioso. Lindo. Quero.* Mas não digo nada e, em vez disso, pergunto:

– O que as minhas amigas idiotas estão fazendo aqui?

Ele dá de ombros.

– Achei que você fosse gostar de conversar sobre a sua experiência de quase morte com alguém, então contei pra Mara o que aconteceu. Eu não esperava que ela viesse pessoalmente.

– Muito prepotente da sua parte presumir que eu mesma já não contei pra ela.

Ele ergue a sobrancelha.

– Contou?

– Eu *ia contar*. Assim que me sentisse um pouco menos *chorona*. E… deixa pra lá. – Reviro os olhos. Uau, como sou madura. – Como você passou de não lembrar o nome da Mara pra ter o número do telefone dela?

– Tive que fazer coisas indescritíveis.

Solto um arquejo.

– A tia-avó Delphina? Não!

Ele comprime os lábios e assente devagar, tristemente.

– Ian, eu sinto muito mes…

Não consigo terminar a frase, porque estou sendo atacada por dois goblins pequenos mas surpreendentemente fortes. Cambaleio sobre meu único tornozelo funcional, quase sufocando quando seus braços envolvem meu pescoço com força.

– Por que vocês estão aqui?

– Porque sim – responde Mara contra o meu ombro.

Ambas estão chorando, essas fracas de coração mole. Meu Deus, como eu amo as duas.

– Gente. Segura a onda. Eu nem *morri*.

– E queimadura de frio, teve alguma? – murmura Sadie na minha axila. Eu tinha esquecido como ela é baixinha.

– Não muitas.

– Quantos dedos do pé amputados?

– Três.

– Não é tão ruim assim – diz Mara com uma fungada. – A pedicure sai mais barata.

Dou uma gargalhada e inspiro profundamente. Elas têm um cheiro maravilhoso, uma mistura de algo mundano e familiar, como terminais de aeroporto e seus xampus favoritos que eu costumava roubar no nosso apartamentinho apertado em Pasadena.

– Sério, gente, o que estão fazendo aqui? Vocês não têm, tipo, um trabalho?

– Nós tiramos dois dias de folga e a minha vizinha está tomando conta do Ozzy, sua *ingrata* – diz Sadie antes de começar a chorar ainda mais.

Eu a puxo para ainda mais perto e dou um tapinha em suas costas.

A poucos metros de nós, dois homens altos estão conversando baixinho um com o outro. Reconheço Liam e Erik de suas participações especiais em nossas chamadas de vídeo noturnas via FaceTime e aceno para eles com a minha melhor cara de "Essas duas, hein?". Eles acenam de volta e respondem com meneios de cabeça carinhosos que me dizem que concordam em quinhentos por cento.

– Ah… Ian? Você é o Ian, né? – Mara se desprende do nosso abraço. – Muito obrigada por ter ligado. Essa tonta nunca teria dividido com a gente a gravidade do que aconteceu. E, é… me desculpa por não ter entrado em contato nos últimos… quinze anos?

– Não se desculpa, não – digo a ela. – Até vinte minutos atrás ele achava que o seu nome era Melissa.

Ela franze a testa.

– O quê? Sério?

Ian pisca do meu lado, sem ação, parecendo um pouco envergonhado.

– Bem, mesmo assim. – Ela dá de ombros. – Eu juro que não tenho nada contra você pessoalmente. Só não sou muito fã de modo geral da família Floyd.

– Também não sou.

Os olhos de Mara se iluminam.

– São pessoas terríveis, né?

– As piores.

– *Obrigada.* Ei, a gente devia romper com eles! Formar nosso próprio clã. Sabe aquele vídeo de você fazendo xixi em uma Lowe's que eles me forçaram a ver várias vezes? Eu nunca mencionaria isso de novo.

Ian sorri.

– Parece uma boa ideia.

Mara sorri de volta, mas então ela se inclina para me abraçar mais uma vez e sussurrar no meu ouvido:

– Eu não tenho certeza se ele é mesmo um Floyd. O cabelo dele quase não é vermelho.

Eu caio na gargalhada. Acho que finalmente estou em casa.

Quero ficar acordada e aproveitar a alegria de ter Sadie e Mara ao meu lado outra vez, mas não consigo e simplesmente desmaio no segundo em que chegamos à minha casa. Acordo no meio da noite, com Sadie e Mara uma de cada lado na minha cama queen-size, e meu coração está tão cheio de amor que tenho medo de que transborde. Aparentemente, me tornei uma dessas pessoas, uma fã de gatinhos de pelúcia com chifre de unicórnio e as cores do arco-íris. *Aff.*

Ainda grogue, me pergunto para onde seus namorados foram, adormeço logo em seguida e descubro a resposta apenas algumas horas depois, quando o sol brilha na minha cozinha e estamos sentadas à mesa bagunçada.

– Eles iam ficar num hotel – diz Mara. Ela está comendo um pacote de biscoitinhos de queijo no café da manhã sem nenhum constrangimento. – Mas Ian falou que podiam dormir na casa dele.

– Ah, é?

Minha geladeira está abastecida, embora eu a tenha desligado antes de partir para a Noruega. Há várias caixas de cereal fechadas em cima dela e frutas frescas em uma cesta que eu não sabia que tinha. Fico me perguntando qual dos adultos de confiança na minha vida é responsável por isso.

– Ele tem espaço pra isso?

– Ele falou que a casa é grande.

– Hum.

Não acredito que o namorado viking de Sadie conseguiu conhecer o apartamento de Ian antes de mim.

– Então – diz ela –, essa parece ser a deixa perfeita pra te interrogar e descobrir se você está transando com o primo da Mara. Mas é óbvio que está. Então, como você quase virou picolé no polo Norte, vamos pegar leve com você.

– Muito gentil da sua parte. – Pego uma uva da cesta misteriosa. – Mas não estou.

– Mentira.

– Não estou, juro. A gente deu uns pegas cinco anos atrás, quando nos encontramos pra entrevista da Helena. Depois tivemos uma megadiscussão uns seis meses atrás, quando mandei ele à merda depois que vetou minha expedição porque era muito perigosa… Não porque ele achava que eu era uma idiota, como me disseram. Aí ele salvou a minha vida quando eu quase morri nessa expedição.

Não menciono nossa noite juntos no barco, porque… no fundo, não há nada a dizer. Tecnicamente, não aconteceu nada.

– Peraí – diz Sadie. – A gente já sabia que foi ele quem vetou o seu projeto? E a gente sabia sobre esse lance aí de cinco anos atrás? A gente esqueceu tudo isso?

– Não – diz Mara. – A gente *jamais* teria esquecido. Obrigada por nos manter atualizadas sobre a sua vida, Hannah.

– Vocês teriam interesse em saber?

O "Com certeza" delas vem simultaneamente.

– Tá bem, vamos lá. A gente meio que se pegou no LPJ. Aí ele me convidou pra jantar. Eu disse que não curtia encontros, namoro e tal, mas que transaria com ele de qualquer maneira. Ele não estava interessado, e cada um seguiu seu caminho. – Dou de ombros. – Agora vocês já sabem.

Mara me fuzila com o olhar.

– Uau. Bem na hora certa.

Sopro um beijo para ela.

– Mas as coisas mudaram, né? – pergunta Sadie. – Tipo… Ontem à noite ele carregou você no colo por sete andares de escada porque o elevador estava quebrado. É óbvio que ele gosta de você.

– É – concorda Mara. – Você vai partir o coração do meu parente de sangue? Não me entenda mal, eu continuaria do seu lado. Amigas primeiro.

– Você nem conhece o seu "parente de sangue".

– Ei, ele é meu primo ou algo assim.

Sadie dá um tapinha no ombro dela.

– É esse *"ou algo assim"* que sempre me pega. Dá pra realmente sentir os laços familiares indissolúveis.

– Nós declaramos independência ontem à noite. Somos os fundadores da família Floyd 2.0. E você – diz ela, apontando para mim – poderia se juntar a nós.

– Ah, é?

– Sim. Se desse uma chance pro Ian.

– Eu… sei lá.

Penso em como ele apertou minha mão enquanto o avião pousava. Na maneira como ele pediu biscoitos em vez de pretzels porque eu disse que preferia. No seu braço ao redor dos meus ombros na Noruega enquanto o recepcionista fazia o nosso check-in no hotel. Nele adormecendo ao meu lado enquanto eu percebia quão cansativo, quão fisicamente exigente deve ter sido me tirar da situação idiota em que me meti, mesmo que ele não tenha manifestado nenhum incômodo com isso.

Eu não gosto da palavra *namoro*. Eu não gosto nem da *ideia em si*. Mas com Ian… Sei lá. Parece diferente com ele.

– Acho que vamos ter que pagar pra ver. Não sei se *ele* gostaria de namorar comigo – digo, olhando para os Froot Loops de Sadie. O silêncio subsequente se arrasta tanto que sou forçada a erguer os olhos. Ela e Mara estão me encarando como se eu tivesse acabado de anunciar que estou largando meu emprego para me dedicar a fazer macramê em tempo integral. – O que foi?

– Ela realmente acabou de usar a palavra *namorar*? – pergunta Mara a Sadie, fingindo que não estou sentada *bem aqui*.

– Acho que sim. E *sem* fazer cara de nojo.

Dou um pigarro. Elas se voltam para mim.

– Então você vai sair com ele? – indaga Mara.

Dou de ombros. Tento pensar a respeito. A ideia é tão esquisita para mim que meu cérebro demora a assimilar. Mas lembrar do jeito que Ian sorriu para mim em Svalbard me ajuda a superar isso.

– Acho que vou perguntar. Se ele quer.

– Levando em consideração que ele salvou a sua vida, entrou em contato com a tia-avó Delphina e levou pra casa dele dois caras que nunca viu antes pras suas amigas poderem passar um tempo com você… talvez ele queira.

Assinto, meus olhos fixos no espaço entre nós três.

– Sabe, quando eu caí, o líder da expedição disse que ninguém iria me resgatar. Mas… ele foi. Ian foi. Sendo que ele nem deveria estar lá.

Sadie franze a testa.

– Está querendo dizer que acha que *tem que* sair com ele por causa disso?

– Não. – Sorrio para ela. – Como você sabe, é praticamente impossível me obrigar a fazer alguma coisa que eu não queira.

– Eu sempre consigo – discorda Sadie.

– Não é verdade.

– É, sim. Por exemplo, em dez minutos vou levar você ao médico da Nasa cujo endereço Ian anotou. Pra ver como está o seu pé.

Fecho a cara.

– De jeito nenhum.

– Vou, sim.

– Sadie, eu estou bem.

– Acha mesmo que vai ganhar essa batalha?

– Com certeza.

Ela se inclina sobre sua tigela de cereal com um sorrisinho.

– Muito bem, querida. Que vença a melhor.

Sadie vence, naturalmente.

Depois que o médico me diz coisas que eu já sabia – entorse alta do tornozelo, blá-blá-blá – e imobiliza meu pé com uma bota melhor para andar, levo Sadie e Mara à minha cafeteria favorita. Os voos delas partem só tarde da noite, e nós aproveitamos o máximo que podemos do dia. Quando chegamos ao apartamento de Ian, eu espero…

Não sei o que esperar, na verdade. Com base no que sei sobre as personalidades dos rapazes, imaginei que fôssemos encontrá-los sentados em silêncio, verificando e-mails de trabalho. Pigarreando de vez em quando, quem sabe.

Mas Ian libera nossa entrada pelo interfone e, quando entramos na ampla sala de estar, avistamos os três esparramados num sofá modular imenso, cada um segurando um controle de PlayStation enquanto gritam na direção da TV. Uma inspeção mais aprofundada revela que os avatares de Liam e Ian estão atirando em algum monstro gelatinoso, enquanto o de Erik se encolhe no canto mais distante da tela. Ele está gritando algo que pode ser dinamarquês. Ou Klingon.

Nenhum deles parece ter se dado ao trabalho de tomar banho ou trocar o pijama. Há duas caixas de pizza vazias na mesa de centro de madeira, latas de cerveja espalhadas pelo chão, e tenho certeza de que acabei de pisar em um Cheetos. Paramos na entrada, mas, se eles notam nossa chegada, não demonstram. Continuam jogando até que Liam é atingido por uma bala perdida e grunhe feito um animal ferido.

– Eu odeio amar esse cara – murmura Mara baixinho.

Sadie suspira.

– Pelo menos o seu não está correndo contra a parede porque não sabe usar o controle.

– Gente – digo a elas, balançando a cabeça –, pode ser que eu tenha me equivocado ao aprovar o namoro de vocês. Talvez consigam coisa melhor.

Mara bufa e fala:

– Peraí. Aquilo na camisa do Ian é uma rodela de pepperoni?

Claro que é.

– Touché – digo.

Sadie dá um pigarro.

– Meninos, é muito bom estarem se divertindo, mas a gente precisa ir se quiser chegar a tempo…

Eles gemem em coro. Feito crianças de 10 anos quando os pais pedem que limpem o próprio quarto.

– Eu não estou nem acreditando que eles realmente *gostam* um do outro – diz Mara, confusa.

Sadie assente e comenta:

– Não sei como me sinto em relação a isso. Parece… perigoso?

Cubro a boca para conter a risada.

Capítulo Nove

Ian está me levando para casa depois de deixarmos todo mundo no aeroporto – e de eu testemunhar uma perturbadora troca de telefones entre os rapazes e algumas lágrimas de Mara e Sadie. Definitivamente estou me sentindo muito mais eu mesma, porque me despedi delas na área de embarque com um firme "Parem de chorar" e tapinhas na bunda.

– Tenta não cair numa geleira por pelo menos seis meses, tá bem? – gritou Sadie lá do outro lado.

Mostrei o dedo do meio para ela e fui mancando até o carro de Ian.

– Agora entendo por que você ama tanto as duas – diz ele enquanto dirige para minha casa.

– Eu não amo. Só finjo, pra não magoar os sentimentos de ninguém.

Ele sorri, como se soubesse que falei isso da boca para fora, e ficamos quietos pelo resto da viagem. A estação de rádio toca músicas pop antigas do início dos anos 2000, e olho para o brilho amarelo das luzes da rua, me perguntando se também já sou "antiga". Então Ian diminui a velocidade para estacionar em frente ao meu prédio, e aquele sentimento relaxado e feliz diminui conforme meu coração acelera.

Eu disse a Sadie e Mara que perguntaria se ele quer sair comigo, mas falar é fácil. Já chamei muitas pessoas para sair, só que agora é diferente. Com certeza vou fazer merda. E Ian vai perceber de cara.

– Você... – começo a falar. Então paro. Meus joelhos de repente parecem incrivelmente interessantes. Obras de arte que exigem minha mais dedicada inspeção. – Eu estava pensando se...

– Não se preocupa, eu vou te carregar lá pra cima – diz ele.

Ele está vestindo calça jeans e uma camisa azul-oceano que combina com seus olhos e contrasta com seu cabelo e...

É assustador como eu o acho atraente. A profundidade dessa minha paixonite. Gostei dele desde o início, mas meus sentimentos foram crescendo de forma constante, depois exponencialmente, e... o que eu *faço* com isso? É como ganhar um instrumento que nunca aprendi a tocar e depois ser convidada a subir ao palco em uma sala de concertos estando totalmente despreparada.

Respiro fundo.

– Na verdade, eles consertaram o elevador. E estou andando melhor com essa bota nova. Então, não precisa. Mas você... – *Você consegue, Hannah. Vamos lá. Você sobreviveu aos ursos-polares graças a esse cara. Você é capaz de dizer as palavras.* – Você podia subir mesmo assim.

Segue-se um silêncio demorado, no qual sinto meu batimento cardíaco em cada centímetro do meu corpo. Ele se estende até ficar insuportável, e, quando não consigo mais evitar e ergo os olhos, encontro Ian me encarando com uma expressão que só pode ser descrita como... de lamento. Como se ele soubesse muito bem que vai ter que me decepcionar.

Merda.

– Hannah – diz ele, em tom de quem pede desculpa. – Não acho uma boa ideia.

– Tá bem. – Engulo em seco e assinto. Tento afastar o peso no meu peito para lidar com ele mais tarde. Meu Deus, vai ser bem ruim quando esse "mais tarde" chegar. – Tá bem.

Ele assente também, aliviado com a minha compreensão. Meu coração se parte um pouco.

– Mas, se precisar de alguma coisa, qualquer coisa...

– ... você vai estar por perto. Certo. – Sorrio, e... talvez eu ainda não esteja cem por cento eu mesma, porque começo a sentir as lágrimas outra vez. – Obrigada, Ian. Por tudo. Absolutamente tudo. Ainda não consigo acreditar que você foi até lá me buscar.

Ele inclina a cabeça.

– Por quê?

– Sei lá. Eu só… – Eu poderia inventar uma resposta para ele. Mas parece injusto. Ele merece mais de mim. – Simplesmente não consigo acreditar que *alguém* faria isso por mim.

– Entendi. – Ele suspira e morde o lábio inferior. – Hannah, se isso mudar… Se algum dia você se achar capaz de acreditar que alguém poderia se importar tanto com você… e se realmente quiser… *jantar* com esse alguém… – Ele dá risada. – Bem… por favor, lembra de mim. Sabe onde me encontrar.

– Ah. Ah, eu… – Sinto o calor subir pelo meu rosto. Estou corando? Eu nem sabia que meu corpo era capaz disso. – Na verdade, eu não estava te convidando pra subir só pra… Quer dizer, talvez pra isso também, mas principalmente… – Fecho os olhos. – Eu me expressei mal. Estava te convidando porque eu adoraria *jantar*. Com *você* – consigo falar.

Quando reúno coragem para abrir os olhos, a expressão de Ian é de perplexidade.

– Você está… – Acho que ele desaprendeu a respirar. Ele pigarreia, tosse uma vez, engole, tosse de novo. – Está falando sério?

– Aham. Quer dizer – apresso-me a acrescentar –, ainda acho que você não vai gostar. Eu só… realmente *não sou* esse tipo de pessoa.

– Que tipo de pessoa?

– O tipo de pessoa com quem os outros gostam de estar pra qualquer coisa que não seja… bem, sexo. Ou relacionada a sexo. Ou que leve diretamente a sexo.

– Hannah. – Ele me dirige um olhar cético. – Você tem duas amigas que largaram tudo pra estar aqui com você. E suponho que não tenha rolado sexo.

– Não. E eu… eu largaria tudo por elas, mas elas são diferentes. Elas são as minhas amigas mais queridas e… – Caramba, eu *estou mesmo* prestes a chorar. Mas que merda, você quase morre uma vez e sua estabilidade mental fica toda ferrada! – Tem muita gente que discorda. Como a minha família. E você… você provavelmente vai acabar não gostando de mim.

Ele sorri.

– Parece improvável, porque eu já gosto de você.

– Então você vai parar de gostar. Você… – Corro a mão pelo cabelo, desejando que ele entenda. – Você vai mudar de ideia.

Ele olha para mim como se eu fosse um pouco doida.

– Ao longo de um jantar?

– Sim. Vai me achar um desperdício de tempo. Chata.

Ele parece estar… achando graça. Como se eu fosse ridícula, o que… sei lá, talvez eu seja.

– Se isso acontecer, eu te coloco pra trabalhar. Pra depurar um código pra mim.

Rio um pouco e olho pela janela. Não há carros a esta hora da noite, ninguém passeando com o cachorro ou andando pelas calçadas. Somos apenas Ian e eu na rua. Eu amo e odeio isso.

– Ainda acho que você ia aproveitar mais se a gente transasse – murmuro.

– Concordo.

Eu me viro para ele, surpresa.

– Você concorda?

– É claro. Acha que eu *não* quero transar com você?

– Eu… Talvez?

– Hannah. – Ele desafivela o cinto de segurança e fica de frente para mim, de modo que não tenho escolha a não ser olhá-lo nos olhos. Ele parece sério e quase ofendido. – Há cinco anos eu penso todos os dias no que aconteceu aquele dia no meu escritório. Você perguntou se podia me chupar, e eu acabei… passando vergonha, e essa deveria ser a lembrança mais constrangedora da minha vida, mas por alguma razão se transformou no eixo em torno do qual giram todas as minhas fantasias e… – ele estende a mão para beliscar a ponte do nariz – … eu quero transar com você. É óbvio. Sempre quis. Eu só não quero transar com você *uma vez*. Quero várias vezes. Por muito tempo. Quero que você recorra a mim pra isso, mas também quando precisar de ajuda com o imposto de renda e pra trocar os móveis de lugar. Quero que transar seja apenas uma das milhões de coisas que faço por você, e quero ser… – Ele para. Parece se recompor e se endireita, como se quisesse me dar espaço. Nos dar espaço. – Desculpa. Eu não quero sufocar você. Você pode…

Ele recua alguns centímetros, e tudo que consigo fazer é olhar para ele boquiaberta. Chocada. Sem fala. Absolutamente… Isso aconteceu mesmo? Está acontecendo de verdade? E a pior parte é que tenho quase certeza de que suas palavras tiraram algo do lugar dentro do meu cérebro, porque a única coisa que consigo formular como resposta a tudo que ele disse é:

– Isso é um sim pro jantar?

Ele dá uma risadinha baixa, linda e um pouco triste. E, depois de olhar para mim como ninguém nunca fez antes, ele responde:

– Sim, Hannah. Isso é um sim pro jantar.

– Hum, posso fazer um… – digo, e coço a cabeça, analisando o conteúdo da minha geladeira aberta.

Sim, ela está bem cheia. O problema é que está cheia exclusivamente de coisas que precisam ser cozidas, picadas, assadas, preparadas. Coisas que são saudáveis e que não são particularmente saborosas. Agora tenho 93% de certeza de que foi Mara quem fez as compras, porque ninguém mais ousaria me obrigar a comer brócolis.

– Como é que se… Eu cozinho o brócolis, talvez? Em uma panela? Com água?

Ian está de pé atrás de mim, seu queixo apoiado na minha cabeça, o peito pairando bem atrás das minhas costas.

– Cozinha o brócolis numa panela com água – diz ele.

– Daí eu coloco o sal depois, claro.

– Você quer comer brócolis?

Ele parece descrente. Devo ficar ofendida?

Não, Ian. Eu não quero comer brócolis. Nem estou com fome, para ser sincera. Mas eu assumi um compromisso. Sou uma pessoa capaz de jantar com outro ser humano. E vou provar isso para você.

– Posso fazer um sanduíche, então. Tem uns frios fatiados ali.

– Acho que são tortilhas.

– Não, são… Merda. Tem razão.

Suspiro, bato a porta da geladeira e me viro. Ian não dá nenhum passo sequer. Tenho que me encostar na geladeira para poder olhar para ele.

– O que você acha de Froot Loops?

– O cereal?

– Sim. Café da manhã no jantar. *Se* ainda tiver leite. Deixa eu ver...

Ele não deixa. Em vez disso, envolve meu rosto com as mãos e se inclina na minha direção.

Nosso primeiro beijo, cinco anos atrás, foi uma iniciativa puramente minha. Eu fui na direção dele. Eu tomei a iniciativa. Eu o guiei. Neste beijo, porém... é Ian quem dita tudo. O ritmo, o andamento, o jeito que sua língua lambe minha boca – *tudo*. Dura um minuto, depois dois, depois um período incontável de tempo que dá lugar a uma confusão envolvendo calor líquido e mãos trêmulas e ruídos baixos e indecentes. Meus braços envolvem o pescoço dele. Uma de suas pernas desliza entre as minhas. Percebo que isso vai terminar exatamente como nossa tarde no LPJ. Nós dois completamente fora de controle, e...

– Para – digo, mal conseguindo respirar.

Ele recua.

– Para? – pergunta ele, sem respirar.

– Jantar primeiro.

Ele solta o ar com força.

– Sério? *Agora* você quer jantar?

– Eu prometi.

– Prometeu?

– Sim. Estou tentando... te mostrar que...

– Hannah. – A testa dele toca a minha. Ele ri contra a minha boca. – O jantar é... simbólico. Uma metáfora. Se você me diz que está disposta a ver onde as coisas vão dar, eu acredito em você, e nós podemos...

– Não – digo, teimosa. A vontade de tocá-lo é quase dolorosa. Não consigo me lembrar da última vez que senti tanto tesão. – Nós vamos ter o nosso jantar simbólico. Eu vou te mostrar que... O que está fazendo?

Ele está, creio eu, virando-se para pegar duas uvas do mesmo cacho que comi pela metade hoje de manhã. Ele pressiona uma delas contra os meus lábios até eu mordê-la e coloca a outra na própria boca. Nós dois mastigamos por um tempo, olhos fixos um no outro. Ele termina antes de mim, começa a me beijar de novo e... já era.

– Terminou de comer o seu jantar? – pergunta ele contra os meus lábios. Faço que sim com a cabeça. – Ainda está com fome?

Faço que não, então ele me pega no colo e me carrega para o…

– Porta errada! – digo quando ele tenta entrar no banheiro, depois no armário onde guardo o aspirador de pó que nunca uso e o único par de lençóis sobressalentes que possuo.

Quando chegamos na cama, estamos rindo. Nossos dentes colidem quando tentamos e fracassamos em continuar nos beijando enquanto nos despimos, e fico pensando que nunca vivi algo assim antes, tão íntimo e tão divertido ao mesmo tempo.

– Deixa… que eu… – Termino de tirar a camisa dele e olho para o seu tórax, hipnotizada. É pálido e largo, cheio de sardas e músculos definidos. Quero morder e lamber seu corpo inteiro. – Você é tão…

Ian tira a bota do meu pé. Ele a coloca de lado, próximo à calça do pijama que joguei no chão esta manhã, então me ajuda a despir minha calça jeans.

– Vermelho? E sardento?

Dou risada.

– Sim.

– Foi o que eu…

Eu o empurro até que ele esteja deitado na cama. Então monto nele e tiro a blusa, ignorando a leve pontada que sinto no tornozelo. Este deveria ser um terreno conhecido para mim, o corpo a corpo, pele com pele. Simplesmente percebendo o que é bom e depois fazendo mais. Deveria ser algo familiar, mas não tenho certeza se é. Estar aqui com Ian é mais como ouvir uma música que ouvi milhões de vezes, só que desta vez com um novo arranjo.

– *Meu Deus*, você é tão… Como fica melhor pra você? – pergunta ele entre uma respiração e outra. – Por causa do tornozelo.

– Não se preocupa, não está doen… – Eu paro quando me dou conta de algo. – Você tem razão. Estou machucada.

Seus olhos se arregalam.

– A gente não precisa…

– Isso significa que eu provavelmente devia ficar no controle.

Ele assente.

– Mas a gente não precisa…

Ele se cala no momento em que minha mão alcança o zíper de sua calça jeans. E fica em silêncio, respirando com força, olhando hipnotizado para a maneira como continuo a despi-lo, devagar, metódica, determinada. Sua cueca está inflada. Seu pau é grande e está duro. Lembro-me de tocá-lo pela primeira vez e pensar em como o sexo seria bom.

Só não pensei que levaríamos cinco anos para chegar lá.

– Hannah – diz ele.

Passo a mão por dentro da fenda de sua cueca para tocá-lo. No segundo em que meus dedos se fecham ao redor dele, suas narinas se dilatam.

– Oi?

– Acho que você não entende como… Caralho.

Ian é gostoso e imenso. Ele fecha os olhos e arqueia o pescoço antes de olhar para mim novamente com uma expressão meio de advertência, meio de súplica. Observa enquanto me sento nos joelhos dele, seu pau latejando na minha mão fechada enquanto me inclino para a frente.

– Hannah – diz ele, sua voz ainda mais grave que o habitual. – O que você está…

Começo lambendo a cabeça de forma minuciosa, delicada. Mas ele é macio e quente contra a minha língua, e eu imediatamente fico impaciente. Jogo o cabelo para o lado para que não fique no caminho e fecho os lábios ao redor do pau dele, chupando suavemente uma, duas vezes, e então…

Ouço um grunhido. Em seguida o som de algo se rasgando. Com o canto do olho, noto a mão de Ian agarrando o lençol. Ele acabou de rasgar meu…

– Para! – diz, implora, ordena ele.

Franzo a testa.

– Você não está gostando?

– Não é… – Fecho a mão ainda mais forte ao redor da sua ereção, e quase posso ouvir seus dentes rangendo. Suas bochechas estão coradas e brilhantes. Em um tom vermelho-Marte. – Não pode ser assim. Não na primeira vez. A gente tem que fazer isso de um jeito que não me faça…

Dou um beijo suave e demorado na base. Ele inspira fundo uma vez, ruidosamente, pelo nariz.

– Então o que você está dizendo é… que não quer gozar?

– Tem mais a ver com… *merda*… manter a minha dignidade – responde.

– A dignidade é superestimada – digo antes de correr meus dentes em todo o seu comprimento para levar a cabeça à boca novamente.

Desta vez, ele parece apenas ceder. Sua mão desliza pelo meu cabelo, segura a parte de trás da minha cabeça, e por um segundo Ian me mantém ali. Me puxa para mais perto. Me pressiona contra si até que eu sinta a cabeça do seu pau batendo no fundo da minha garganta. Eu me submeto a Ian, apreciando a sensação de vê-lo perder o controle, o sabor salgado, suas coxas trêmulas, o jeito impotente com que puxa meu cabelo para me fazer ir mais e mais fundo, melhor...

De repente, está tudo de cabeça para baixo. Sou arrastada por cima dele, virada de costas na cama. Uma de suas mãos consegue segurar meus dois punhos acima da minha cabeça, e, quando olho para cima, eu o vejo me encurralando. Primeiro noto o pânico em seus olhos, depois quão perto ele estava de gozar e, por fim, o puro alívio de ter conseguido evitar que isso acontecesse.

– Hannah – diz ele, em tom de comando.

– O quê?

Seu pênis pulsa contra minha barriga.

– Acho que quem vai ficar no controle agora sou eu.

Faço biquinho.

– Mas eu...

– Sinto muito, mas... não tem opção. Eu vou meter em você. Não vou gozar na sua...

Ele não conclui a frase. Apenas se inclina para me beijar, e, quando ele termina, estou concordando com a cabeça, sem fôlego.

– Você tem camisinha?

– Não. Mas tomo pílula. Podemos transar sem camisinha se você não for me passar nenhuma doença. Mas acho que você não me salvaria das morsas só pra depois me matar de clamídia, então...

Acho que ele gosta da ideia de não usarmos camisinha. Acho que ele ama a ideia, porque primeiro me beija até ficarmos sem ar, então começa a remover tudo – até a última camada de roupa – de nós dois.

A verdade é que não consigo me lembrar da última vez que estive totalmente nua com alguém. Quando estou fazendo sexo – o tipo de sexo que costumo fazer –, sempre tende a restar alguma estranha camada de roupas. Um sutiã, uma regata. Uma calcinha apenas afastada. Com meus parceiros acontece o mesmo: cuecas torcidas na altura dos tornozelos, saias puxadas para cima, camisas abertas na frente mas ainda fechadas nos punhos.

Eu nunca tinha pensado muito sobre isso, mas a falta de intimidade por trás daquelas transas fica muito evidente agora. Agora que Ian está curvado sobre mim, chupando meus seios como se fossem frutas maduras, sua língua doce e áspera contra a parte de baixo macia, alternando entre excessivo e não o suficiente.

Ele abre minhas pernas com o joelho, se posiciona bem entre elas, e espero que deslize para dentro em um movimento suave. Com certeza estou molhada o suficiente, e a maneira como ele aperta minha cintura revela sua ânsia. Mas por longos segundos Ian parece satisfeito em mordiscar meus seios. Mesmo que eu possa sentir sua ereção, quente e um pouco molhada, roçando na parte interna da minha coxa sempre que ele se mexe. Isso me leva a ofegar e ele a gemer, algo profundo e intenso subindo da boca do seu estômago.

– Achei que você tivesse dito que queria meter – comento, soltando o ar com força.

– Eu quero – diz ele. – Mas isso… isso também é bom.

– Não tem como – digo e sou interrompida por uma inspiração profunda –, não tem como você gostar tanto assim dos meus peitos, Ian.

Sinto uma mordida suave, bem ao redor da parte dura do meu mamilo. Minhas costas descolam da cama.

– Por quê?

– Porque… eles são… Ninguém nunca gostou.

Não quero mencionar o fato de que meus seios não têm nada de especial, porque ele provavelmente já sabe, uma vez que estiveram em sua boca durante a maior parte dos últimos dez minutos.

– Você tem os peitinhos mais perfeitos. Eu sempre achei. Desde a primeira vez que te vi. Especialmente na primeira vez que te vi. – Ele chupa um enquanto belisca o outro. E é… preciso. Bom. Entusiasmado. Safado. – São tão bonitos quanto as colinas Colúmbia.

Uma risada sufocada borbulha para fora de mim. É absurdamente bom ter alguém comparando meu corpo com um acidente geográfico de Marte. Ou talvez seja bom ter alguém que conhece as colinas Colúmbia mexendo nos meus mamilos e olhando para eles como se fossem a oitava e a nona maravilhas do universo.

– Isto – murmura ele contra a pele do meu esterno – é a Medusa Fossae. Inclusive tem essas sardinhas lindas.

Seus dentes se fecham ao redor da minha clavícula direita. Isso me daria tesão mesmo se a cabeça do seu pau não estivesse começando a roçar minha boceta. É umidade encontrando umidade, muita ânsia vinda dos dois lados, uma confusão prestes a acontecer. Coloco os braços em volta do pescoço de Ian e puxo seus ombros enormes na minha direção, como se ele fosse o sol do meu próprio sistema estelar.

– Hannah. Eu não achava que era capaz de te desejar ainda mais, mas, ano passado, quando te vi na Nasa, eu... – A fala dele está arrastada. Ian Floyd, sempre calmo, equilibrado, articulado. – Pensei que fosse morrer se não te comesse.

– Pode me comer agora – digo gemendo, impaciente, puxando seu cabelo enquanto ele se move mais para baixo. – Você pode me comer como e onde quiser.

– Eu sei. Eu sei, você vai me deixar fazer tudo que eu quiser. – Ele solta o ar fazendo cócegas ao longo da minha caixa torácica. – Mas talvez eu queira brincar com a cratera Herschel primeiro.

Sua língua mergulha dentro do meu umbigo, provando e sondando, mas, quando começo a me contorcer e a puxá-lo para cima, ele sobe humildemente, como se soubesse que não posso mais suportar. Talvez ele não suporte muito mais também: seu dedo separa meus lábios inchados para deslizar ao redor do meu clitóris, num círculo lento com um pouco de pressão demais. Que de repente é a intensidade adequada. Estou me dissolvendo agora, em uma piscina de músculos contraídos e prazer pegajoso.

Tá. Então o sexo pode ser... isto. Bom saber.

– Isto aqui... – diz ele. Ian ofega contra minha boca, sem pretensão de me beijar agora. Minha boca está frouxa de prazer e ele está apenas roubando meu ar, mordiscando meus lábios e gemendo contra minha bochecha. – Isto bem aqui é o Solis Lacus. O Olho de Marte. Fica bastante agitado durante as tempestades de poeira.

Ele tem mãos perfeitas. O toque perfeito. Vou explodir e me espalhar por toda parte, uma chuva de meteoritos pela cama inteira.

– E o monte Olimpo. – A palma da mão dele massageia meu clitóris agora. Seus dedos deslizam para onde quer que encontrem uma abertura, até que a tensão dentro de mim seja tão maravilhosa que eu sinta como se fosse enlouquecer. – Quero muito gozar dentro de você. Posso?

Fecho os olhos e solto um gemido. É um sim, e ele deve ter entendido. Porque grunhe assim que a cabeça do seu pau começa a me cutucar por dentro, um pouco grande demais até, mas muito determinada a abrir espaço para o resto. Eu me obrigo a relaxar. E então, quando ele atinge um ponto perfeito dentro de mim, me obrigo a não gozar imediatamente.

– Ou talvez seja a Vastitas Borealis. – Ele é pouco inteligível. Está dando umas estocadas leves que servem mais para me abrir do que para me foder exatamente, e ainda assim nós dois estamos muito perto do orgasmo. É um pouco assustador. – Os oceanos que costumavam preenchê-la, Hannah.

– Não existe... – Eu tento voltar à Terra. Encontrar um lugar dentro de mim que esteja a salvo do prazer. Mas acabo apenas cravando meu calcanhar bom na coxa dele, tentando compreender como pode existir uma fricção tão espetacular. – A gente não sabe se realmente havia um oceano. Em Marte.

Os olhos de Ian perdem o foco. Eles se arregalam e encaram os meus, vazios. E então ele sorri e começa a se mexer de verdade, com um pequeno sussurro no meu ouvido.

– Aposto que havia.

O prazer toma conta de mim como um maremoto. Fecho os olhos, agarro-o o mais forte que consigo e deixo o oceano me inundar.

Epílogo

Laboratório de Propulsão a Jato, Pasadena, Califórnia

NOVE MESES DEPOIS

A sala de controle está em silêncio. Imóvel. Há um mar de pessoas de camisas polo azul-escuras e cordões de crachá vermelhos, que de alguma forma respiram em uníssono. Até cerca de cinco minutos atrás, os poucos jornalistas convidados a documentar esse acontecimento histórico estavam pigarreando, revirando seus equipamentos, sussurrando uma pergunta aqui e ali. Mas isso também parou.

Agora todos nós aguardamos. Em silêncio.

– ... *é esperado que neste momento o contato seja intermitente. Uma queda enquanto o veículo muda de antena...*

Olho para Ian, que está sentado na cadeira ao lado da minha. Ele não se deu ao trabalho de ligar o próprio monitor. Em vez disso, está observando o progresso do rover pelo meu, com uma expressão séria e preocupada. Hoje de manhã, quando ajeitei a gola de sua camisa e lhe disse como ele ficava bem de azul, ele não respondeu. Sinceramente, acho que nem me ouviu. Ele tem estado muito, *muito* apreensivo na última semana – o que por acaso eu acho... meio fofo.

– *Indo diretamente para o alvo. O rover está a cerca de quinze metros da superfície e... estamos recebendo alguns sinais do MRO. O UHF parece bom.*

Estendo a mão para roçar meus dedos nos dele debaixo da mesa. É para ser apenas um toque fugaz e reconfortante, mas sua mão se fecha em torno da minha, e eu decido mantê-la ali.

Quando se trata de Ian, eu sempre decido ficar.

– *Confirmado! O* Serendipity *pousou com segurança na superfície de Marte!*

A sala explode em aplausos. Todos se levantam de suas cadeiras, aplaudindo, rindo, pulando, abraçando. E, em meio àquele caos delicioso, triunfante e radiante da sala de controle da missão, eu me viro para Ian e ele se vira para mim, com o mais largo e brilhante dos sorrisos.

No dia seguinte, o nosso beijo está na primeira página do *The New York Times*.

Capítulo
extra

Algum tempo depois

LIAM

Se alguém pedisse a Liam que fizesse uma lista com os momentos mais importantes de sua vida – aqueles que certamente passarão diante de seus olhos quando ele estiver à beira da morte, mesmo que enquanto isso ele tenha que guardá-los em um cantinho de seu coração, escondidos e protegidos, porque lidar com os sentimentos que eles provocam é algo esmagador, incontrolável e simplesmente perigoso –, o dia de hoje ocuparia o primeiro lugar.

Não o quinto, como aquela terça-feira, dois anos atrás, quando ele tentou pedir Mara em casamento e ela praticamente não o deixou falar, explodindo com um "Sim, sim, sim!" depois que ele mal abriu a boca para dizer "Você quer...?". (Isso fez com que ele passasse a semana seguinte inteira fingindo que ia apenas perguntar se por acaso ela queria sair para tomar sorvete: divertido para ele, não tanto para ela.)

Tampouco o terceiro, como o dia em que Mara anunciou que ela estava planejando se mudar para o quarto dele e converter o seu próprio em um "estúdio especial para seu blog sobre *The Bachelor*". Aproximadamente vinte minutos depois, as paredes de Liam estavam cobertas de fotos de duas garotas que ele ainda não conhecera pessoalmente, e seu edredom cinza e bastante útil tinha sido substituído por uma colcha com estampa em chevron de arco-íris que deveria ter lhe deixado com dor de cabeça, mas, em vez disso, havia lhe provocado o desejo de comer cake pops pela primeira vez na vida.

Hoje... hoje ocupa o primeiro lugar. O dia mais perfeito de sua vida. Mara em seus braços, as palavras que ela acabou de dizer pairando no ar entre eles, e a promessa do que está por vir.

Poderia ser um menino. Ou uma menina. Ou os dois. Tanto faz. Liam não se importa. A única coisa pela qual ele torce é para que tenha cabelos ruivos e cacheados, e sardas. O bebê deve se parecer com Mara. E herdar a facilidade que ela tem com números. E o seu temperamento. Seu amor por brócolis, sua capacidade de consertar as coisas, e dele apenas...

Tá bem. O ideal é que o bebê se pareça somente com Mara. Para Liam não haveria problema algum se nenhum de seus alelos chegasse ao cariótipo da criança. Liam é mais alto, o que é útil para alcançar prateleiras mais altas, mas quase nunca há espaço suficiente para suas pernas em aviões e ele não deseja cãibras para ninguém, muito menos para seu descendente...

– Hannah tinha razão.

Ele se afasta para encarar Mara. As pernas dela estão envolvendo a cintura dele, porque ele a pegou no colo no segundo em que chegou em casa e ela disse que estava grávida. Há algo alojado no punho fechado de Liam – ah, sim. O teste.

Ela o mostrou para ele assim que ele entrou, sacudindo-o debaixo de seu nariz. *Provavelmente* tem xixi nele, e *provavelmente* ele deveria achar aquilo nojento, mas...

Pois é. Não acha.

– Hannah? Sobre o quê?

– Sobre a sua reação. – Mara dá um beijo na bochecha dele, então sorri, depois se desvencilha de seus braços, descendo com agilidade. – Ela disse que você ia levar pelo menos uns quinze minutos processando tudo depois que eu te contasse.

– Quando você me contasse...?

– Isso.

Ela espalha os dedos sobre a barriga, e, por uma fração de segundo, o cérebro de Liam entra em curto-circuito da melhor maneira possível. Isso está mesmo acontecendo. Isso vai acontecer. Esta é a vida dele. Ele não merece, mas de alguma forma esta é a vida dele, e...

– Peraí – diz ele, e balança a cabeça, perseguindo a outra linha de raciocínio menos agradável. – Como Hannah sabe sobre o bebê?

– Eu contei pra ela, é claro.

Mara sorri novamente e pega a mão dele, puxando-o em direção à cozinha. Ela também pega o teste e o joga na lixeira do corredor. Liam ainda não está pronto para dizer adeus à única evidência de que *sim*, isso está acontecendo, então ele faz uma anotação mental para recuperá-lo do lixo mais tarde. Enquanto isso...

– Quando você contou pra ela?

– Hoje de manhã. Quando descobri.

– Hoje de man...

Liam franze a testa. Então fecha a cara. Em seguida um som estranho sai de dentro dele, e Mara para no meio do caminho para encará-lo. Ela é linda e ainda exibe uma expressão feliz, mas também estreita os olhos de repente.

– Você por acaso resmungou? – pergunta ela.

– Não. – Sim. – Você contou pras *suas amigas* sobre o bebê antes de contar pra *mim*?

– Sim. – Ela dá de ombros. – Eu tinha que contar pra alguém.

– E não pensou em mim?

– Você esteve no fórum o dia todo.

– Podia ter me ligado.

– Eu não ia te contar isso por *telefone*.

Ela apoia as mãos na cintura, o que em geral é a deixa para que Liam desista de discutir.

Ele *não* desiste.

– Você contou pras suas amigas por telefone.

Ele soa mal-humorado.

– É completamente diferente. E, de qualquer forma, a Hannah e a Sadie vinham perguntando sobre isso todo dia desde que eu disse pra elas que a gente estava tentando, então...

– Elas sabiam que a gente... – O som é bloqueado em algum lugar de sua traqueia. Liam pigarreia uma vez. Duas. – Elas sabiam que a gente estava tentando?

– Aham.

Mara cora um pouco, e Liam chega mais perto. Desta vez, *ele* tem as mãos na cintura.

– O que você contou pra elas?

– Só que… você sabe…

A forma como ela move as mãos é muito suspeita, e revela algo: suas amigas sabem tudo sobre a vida sexual deles ao longo dos últimos dois meses.

Absolutamente. Tudo.

– E Ian e Erik? Eles também sabem que *eu* vou ter um bebê?

– Não sei dizer – responde Mara, evasiva.

Evasiva demais.

– Mara.

– Bom, Erik mandou uns croissants de parabéns. Estavam *muito* bons. Aliás, deixei um pra você. Quer dizer, metade. E Ian me mandou uma mensagem perguntando se vamos chamar o bebê de X Æ A-Xii. É uma piada sobre o Elon Musk. E o Elon Musk é engenheiro, então é meio engraçado…

– Eu sei quem é o Elon Musk.

Por talvez metade de um segundo, Mara parece arrependida. Mas tudo se esvai quando seus braços deslizam por baixo dos dele e ela apoia a cabeça no peito de Liam.

– Eles estão muito felizes por nós – murmura Mara contra a camisa dele.

– *Eu* estou muito feliz por nós.

Tá. Beleza. Quem se importa? Então todo mundo sabe sobre o cronograma sexual dos dois. Grande coisa. Afinal, que diferença faz uma conversinha ou outra sobre a vida reprodutiva dos amigos?

– Eu estou mais feliz que você – murmura ele contra o topo da cabeça dela. – Eu sou o mais feliz de todos.

No entanto, enquanto Mara traz o jantar para ele (metade de um croissant que parece mais um terço), ele dá uma olhada no celular, clica no chat do grupo que ele compartilha com as amigas de Mara e os namorados delas, e foca numa sequência de mensagens trocadas entre Ian e Erik. O chat apitou o dia todo enquanto ele estava ocupado no fórum. Ian tentava convencer Erik a comprar um PS5 para jogar *FIFA 22*. Fala sério.

Em primeiro lugar, os babacas podiam ter mencionado que eu vou ser pai.

Liam está feliz demais para ficar irritado.

E mais importante ainda: FIFA 19 é um milhão de vezes melhor.

ERIK

O celular vibra no bolso de Erik, mas ele não verifica o que é.

Ele não se mexe. Não tira os olhos de Sadie. Não se afasta de sua posição estratégica – apoiado na geladeira –, que lhe permite uma visão completa da cozinha e, acima de tudo, de sua esposa.

Não é porque ela é bonita, ou encantadora, ou a coisa que mais ama no mundo – mesmo ela *sendo* todas essas coisas. Não é porque ele é apaixonado por ela, ou está interessado no que ela está fazendo, ou é fascinado pela maneira como ela se move – mesmo que tudo isso *seja* verdade.

A razão pela qual ele não vai desviar o olhar de sua amada esposa nesta linda noite de abril é mais básica e levemente constrangedora:

Pavor.

Não exatamente de *Sadie*, mas do que ela é capaz de fazer com o irmão dele. Seu pobre, desavisado e nitidamente aterrorizado irmão.

Anders passou os últimos anos viajando pelo mundo para "se descobrir", e por isso ainda não tinha conhecido a esposa de Erik – até hoje. Talvez, se ele tivesse aparecido no casamento deles em Copenhague... mas estava ocupado demais colhendo ameixas na Austrália. Logo, o que sabe sobre Sadie é, sem dúvida, um conhecimento de segunda mão, provavelmente recebido por meio dos pais de Erik. E, ah, Erik pode imaginar a avaliação que a mãe deles deve ter feito: *Que noiva mais simpática, radiante e encantadora. Uma jovem brilhante e gentil. Um pouco supersticiosa (ela proibiu qualquer um de presenteá-los com facas e colocou seis moedas de um centavo dentro do sapato, que caíram conforme ela caminhava em direção ao altar), mas muito adorável. O bolo de casamento em forma de bola de futebol no qual ela insistiu era peculiar, mas estava delicioso. Ela é perfeita para o seu irmão.*

Sim. Erik pode apenas imaginar. Assim como pode imaginar Anders se cagando de medo enquanto Sadie se inclina sobre a mesa da cozinha para sibilar para ele:

– Quem diabos você pensa que é?

– Eu... Eu... – Ele aponta para Erik. Seu dedo está tremendo, o que não é nenhuma surpresa. – O irmão mais novo dele...

– Eu sei quem você é. – Os olhos de Sadie se estreitam. – O que eu perguntei foi: quem você *pensa* que é pra vir até a *minha* casa e roubar o *meu* gato?

– É... tecnicamente, o Garfield é meu...

– O nome dele é Gato.

Anders só faz piscar.

– Tenho certeza de que o batizei de Garfield.

– Você *batizou* de Garfield. Pretérito perfeito. Aí Erik o acolheu porque você saiu por aí fazendo o *Comer, rezar, amar* pela Europa. Erik abriu a casa e o coração dele, e o rebatizou de Gato. E Gato gosta muito mais desse novo nome. Não é, meu amor?

No parapeito da janela, Gato lambe sua pata alaranjada no que quase parece um aceno de cabeça.

– Conhecendo o Erik, eu duvido muito que ele tenha aberto o coração dele pro...

– As coisas mudaram bastante por aqui, Anders. – O tom de Sadie é tão mordaz que o irmão de Erik, com seus noventa quilos e mais de um metro e oitenta, afunda ainda mais na cadeira. *Sim*, pensa Erik, observando alguns fios do coque dela se desfazerem e caírem sobre seu rosto. *Ela é aterrorizante. E linda.* – Principalmente entre Erik e Gato. Eles são unha e carne agora.

Não são, não. Gato odeia Erik, e Erik odeia Gato, sobretudo depois de vê-lo esfregar a bunda na escova de dentes de Erik menos de doze horas atrás. No entanto, ambos gostam muito de Sadie e, portanto, estabeleceram uma espécie de trégua.

Para permitir uma coabitação pacífica, Erik tem espalhado escovas de dente por toda a casa.

– Tá bem, olha só – diz Anders, coçando o pescoço. – Vocês dois não têm uma empresa de engenharia pra cuidar? Por acaso ainda têm tempo pra tomar conta do Garf... do Gato?

– Nós temos bastante tempo – interpela Sadie, como se a Grantham & Nowak não estivesse crescendo exponencialmente, como se os dois não estivessem mais ocupados do que nunca.

Erik recorda com carinho como Sadie ficou ansiosa quando os dois largaram seus empregos anteriores. *E se, quando a gente estiver morando e trabalhando juntos, você enjoar de mim?* Aquilo soou como algo tão improvável que ele só conseguiu dar risada.

– E, como você sabe – continua ela –, a casa que estamos construindo no norte do estado está quase pronta. Gato poderia ir com a gente nos finais de semana. Na verdade, estamos pensando em ter um cachorro... e acho que todos concordamos que Gato ia adorar implicar com um filhote. Não é, Gato?

– Miau.

O celular de Erik vibra novamente. Desta vez ele tira os olhos de Sadie para checar as mensagens.

Pelo jeito, Mara contou a Liam sobre o bebê. Pelo jeito, ele foi o último a saber.

ERIK: Parabéns, cara.

ERIK: Mudando de assunto... Vocês já sentiram medo das suas esposas?

As respostas chegam imediatamente.

LIAM: 100%.

IAN: Hannah ainda não é minha esposa, mas sim. Pra cacete.

Erik suspira, coloca o celular de volta no bolso e decide intervir. Ele vai até Sadie, passando o braço em volta dos ombros dela. Seu corpo leve se encaixa na lateral do dele. *Desculpa*, Erik diz ao irmão com um olhar. *Mas ela é muito fofa e muito aterrorizante.*

– Que tal uma guarda compartilhada? – propõe Erik.

Anders fuzila o irmão com o olhar e, então, assente, derrotado.

Sadie sorri, triunfante.

Gato sumiu de vista. *Deve estar no banheiro*, pensa Erik. *Procurando escovas de dente.*

IAN

As palavras saem da boca de Ian antes de serem devidamente processadas. No momento em que ele nota as sobrancelhas arqueadas de Hannah e sua expressão descrente, é tarde demais para retirar o que disse.

Ela para no meio do corredor.

Ian para também.

Ela olha para ele, cética.

Ian tenta não desviar os olhos.

Não é nada fácil: o Laboratório de Propulsão a Jato está lotado de estagiários, estudantes, engenheiros. É o final do expediente, e estão todos tentando sair do prédio por aquela porta ali. A que está talvez a três metros de distância.

E, aparentemente, Ian e Hannah estão prestes a ter essa conversa bem na frente deles. Perfeito.

– Como é que é?

– Nada. – Ele balança a cabeça. – Vamos logo pra casa. Esquece que eu...

– Você acabou mesmo de perguntar por que nós *não somos* casados?

– Não. Bem, sim, mas...

– Em resposta à pergunta que fiz sobre pedir ou não comida tailandesa hoje?

Ian coça a têmpora e olha para os pés.

– Talvez o timing não tenha sido muito bom. – A mão dele se ergue até as costas dela, e ele tenta direcioná-la para o estacionamento. – Vamos pra casa.

Hannah fica parada.

– De onde veio isso? – questiona ela, assim que um vice-diretor da Nasa entra e sai do campo de visão de Ian, acenando alegremente. O olhar de Hannah recai sobre o celular na mão dele.

– Ah.

– Ah?

– Ah. – Ela acena com a cabeça. – Você anda falando com Erik e Liam.

Ian franze a testa.

– O que isso tem a ver?

– Você fica assim quando conversa com eles.

Ela dá um sorrisinho e agarra a manga da camisa dele, puxando-o para o estacionamento.

– Fico como?

– Nesse climinha romântico, casamenteiro.

– Não fico nada.

– Fica, sim.

– Tenho certeza de que nunca falei sobre casamento antes.

Na verdade, ele tem sido bastante cuidadoso para não mencionar nada que esteja remotamente relacionado ao assunto. Todos sabem que Ian e Hannah estão juntos, mas, quando a chefe de Ian perguntou se ele levaria sua "esposa" ao churrasco dela – *É a Dra. Arroyo, né? A chefe de equipe da EAP?* –, ele fez questão de dizer: *Sim, eu vou levar minha companheira.* Quando Sadie enfiou seu buquê de lírios nas mãos frouxas e pouco receptivas de Hannah, ele fez questão de assentir enquanto Hannah listava os motivos pelos quais o casamento é uma instituição arcaica fundamentada em um contexto capitalista.

Não é que ele não queira se casar. Tem mais a ver com o fato de conhecê-la, de conhecer as questões dela envolvendo compromisso. Hannah já chegou bem longe, e não é como se Ian não sentisse como ela o ama a cada minuto de cada dia. Portanto, ele é capaz de aceitar o jeito dela e o fato de que ela daria risada se ele comprasse uma aliança, se ajoelhasse em sua frente e a pedisse em casamento.

– Você nunca mencionou casamento, e olha você aí agora. – Os olhos de Hannah são insondáveis enquanto caminham até o carro. – Pensando em me pedir em casamento porque minha melhor amiga está tendo um bebê ruivo.

– Pode ser que o bebê não seja ruivo...

– Vai ser.

– Tá bem, vai ser. Mas a pergunta não tinha nada a ver com isso. Eu só estava me perguntando se...

– Se?

O carro de Ian é... bem, o carro de Ian. Mas Hannah arranca as chaves das mãos dele e entra pelo lado do motorista.

– Hipoteticamente – continua ele, se ajeitando no banco do carona.

– Hipoteticamente?

Ele olha para a frente. Engole em seco. Engole em seco de novo.

– Se eu pedisse. Hipoteticamente. O que você diria?

Há um silêncio denso e desconfiado no lado do motorista. Nem um pouco promissor. E, quando ele dirige o olhar para Hannah, a expressão dela não é séria, nem aborrecida, nem qualquer outra coisa que ele possa discernir.

– Acho que você vai ter que pagar pra ver.

É tudo que ela diz.

Ian comprime os lábios e sorri.

– Acho que vou ter que pagar pra ver.

Mas a mão livre dela desliza para a dele imediatamente enquanto eles saem do estacionamento, e ele pensa que talvez, talvez ele saiba qual será a resposta. E talvez, talvez ele devesse pedir logo.

Então eles comem comida tailandesa naquela noite. E Ian não olha para o celular novamente.

Agradecimentos

Como 99,9% da minha produção escrita, estas histórias surgiram como fanfics, e a jornada até aquilo que se tornaram envolveu aproximadamente 999 pessoas maravilhosas. Em primeiro lugar, cada história começou como um presente para uma amiga: obrigada a Becca pela ideia perfeita sobre pessoas que dividem uma casa, a Marie por gostar de espaços pequenos, e a Celia e Sheppy por serem tão fãs de... ursos-polares? Sim, ursos-polares. Além disso, um agradecimento infinito a Celia, Kate e Jen pela leitura beta das fanfics originais – e a Jen por trabalhar arduamente nas versões expandidas. Gente, eu não mereço vocês e sei disso.

Meu agente inigualável, Thao Le, teve a ideia de adaptar as fanfics para uma série e me orientou ao longo do processo; minha brilhante editora, Sarah Blumenstock, as tornou tão boas quanto poderiam ser; minha querida amiga Lilith criou não uma, nem duas, mas três capas perfeitas. E, além da minha equipe incrível na Berkley (Tina Joell, Tara O'Connor, Bridget O'Toole, Liz Sellers e Jess Brock... EU AMO VOCÊS), tive uma equipe fantástica na PRH Audio (Laura Wilson, Karen Dziekonski, Katherine Punia, Heather Dalton, Brisa Robinson e Becca Stumpf). Não posso esquecer meus agentes para o mercado audiovisual, Jasmine Lake e Mirabel Michelson, nem Cindy Hwang, Tawanna Sullivan, da Penguin Creative, e de toda a equipe de produção da Berkley, que trabalha nos bastidores para tornar tudo ainda melhor.

Como eu disse: 999 pessoas maravilhosas, e isso sem contar Andrea, Jess e Jenn na SDLA, que são consistentemente As Melhores, e, claro, todos os amigos que incansavelmente me ouvem reclamar: meus Grems, minhas Berkletes, meus companheiros de estreia em 2021, meus Reylos, minhas Edgy Ladies e cada uma das pessoas que dedicaram um tempo para ler, ouvir e divulgar meus livros. Eu sou incrivelmente sortuda por estar cercada de pessoas tão espetaculares e talentosas, e incrivelmente privilegiada por elas me aturarem.

Por último, eu NÃO gostaria de agradecer ao meu gato. (Tá vendo? Isso é o que acontece quando você faz xixi nos livros que eu escrevo, Hux.)

CONHEÇA OS LIVROS DE ALI HAZELWOOD

A hipótese do amor
A razão do amor
Odeio te amar
Amor, teoricamente
Xeque-mate
Noiva
Não é amor

  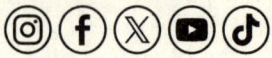